살아있는 고전문학 교과서 **2**

살아있는 고전문학 교과서

2 고전문학, 시대에 말 걸다

권 순 긍

신 동 흔

이 형 대

정 출 헌

조 현 설

진 재 교

Humanist

· **일 러 두 기**

· 고전 문학 작품을 갈래에 따라 세 가지 다른 서체를 사용하여 수록하였습니다. 운문과 산문 및
  현재 구연으로 접할 수 있는 작품(무가, 민요, 판소리, 전통극)을 구분하여 실었습니다.

· 수록된 고전 문학 작품은 원문의 의미를 살리면서도 독자들이 쉽게 이해할 수 있도록 현대어로 풀었습니다.

· 〈삼국사기〉, 〈삼국유사〉에 수록된 설화와 향가는 편찬 시점에 따라 연대를 표기하였습니다.

열두 가지 삶의 주제로 읽는 고전 문학 이야기

우리는 지금부터 옛사람들이 남긴 고전 문학의 세계로 여행을 떠나고자 합니다. '고전'이라는 말이 왠지 낡고 고리타분하게 느껴질지도 모르겠습니다. 하지만 우리의 여행은 시간의 간극을 훌쩍 뛰어넘어 옛사람들의 마음을 만나는 흥미로운 경험을 제공할 것입니다. 어떤 사람들은 고전을 '오래된 미래'라고 부르지요. 오래된 것이지만 미래를 열어 주는 옛사람의 지혜를 담고 있다는 뜻이겠지요. 이것을 공자는 온고지신溫故知新이라고 표현하였고, 박지원은 법고창신法古創新이라고 말하였습니다. 옛것을 잘 알아야 새것을 만들어 낼 수 있다는 의미입니다.

그래서일까요? 어떤 미래가 펼쳐질지 한 치 앞도 예측하기 어려운 최첨단 과학 문명 시대인 요즘, 고전에 대한 관심이 부쩍 늘고 있습니다. 불안한 현대를 넘어서는 지혜를 고전에서 발견할 수 있을 거라는 믿음 때문이겠지요. 그 기대처럼 옛사람들이 남긴 고전 문학이란 음풍농월의 도구에 불과한 것이 아니었습니다. 한시는 최고 인재를 선발하는 과거 시험의 필수 교과이자 사대부로서의 교양 수준을 가늠하는 잣대였습니다. 그 때문에 사대부들은 한시에 자신의 생활과 사유의 정수를 담아내기 위해 애썼습니다. 또한 모내기나 김매기를 할 때 부르던 노동요들은 어떤가요? 여기에는 땀 흘려 일하던 민중의 절절한 애환이 한 올 한 올 진솔하게 담겨 있습니다. 이처럼 옛사람에게 시를 짓고 노래를 부르는 일은 삶의 일부였습니다.

오영순이라는 할머니는 임종 직전에 자신이 즐겨 읽던 〈흥부전〉을 함께 묻어 달라는 유언을 남겼다고 합니다. 할머니에게 〈흥부전〉은 한낱 소설나부랭이가 아니라 여자로서 걸어야 했던 힘겨운 길을 견디게 해 준 삶의 동반자였던 것입니다. 그뿐만 아닙니다. 고전 소설의 경우 같은 작품에 여러 이본異本이 있는데, 〈춘향전〉은 무려 400여 종의 이본이 남아 있습니다. 춘향과 이 도령의 이야기를 따라가는 독자들이 수동적인 책 읽기에 머무르지 않고 자신의 생각에 맞게 줄거리를 고쳐 가며 읽었던 까닭입니다. 고전의 시대에 작자와 작품, 나아가 작자와 독자는 이렇 듯 하나였던 것입니다.

옛사람들의 삶 속에서 살아 꿈틀대던 고전 문학을 요즘 우리는 어떻게 읽고 어떻게 배우고 있나요? 난해한 어휘 풀이에 대부분의 시간을 보낸다거나 작가, 창작 시기, 시대적 배경, 주제를 달달 외우고 있는 것은 아닌가요? 그렇게 해서는 옛사람들의 삶과 그 생생한 기록인 고전 문학이 지금의 우리에게 도무지 공감할 수 없는 난해한 그 무엇이 될 따름입니다. 이 책의 집필진들은 고전 문학을 우리가 발 딛고 있는 시대로 끌어와 함께 호흡하기 위해 기존의 교과서와는 전혀 다른 체제를 택하기로 의견을 모았습니다.

많은 교과서가 고전 문학 작품을 시대에 따라 나열하거나 갈래로 나누어 설명하는 데 익숙해져 있습니다. 하지만 이 책에서는 '지금 여기'에 살고 있는 우리가 절실하게 생각하는 열두 개의 주제를 뽑아, 그에 적합한 고전 문학 작품을 선정하고 재구성하였습니다. 꿈과 환상, 삶과 죽음, 이상향, 나라 밖 다른 세계와의 만남, 소수자, 갈등과 투쟁, 노동, 풍류와 놀이, 나, 가족, 사랑, 사회적 관계가 그것입니다. 이를 다시 천지인天地人, 즉 하늘과 땅과 사람의 이야기로 나누어 '고전 문학, 저 너머를 상상하다', '고전 문학, 시대에 말 걸다', '고전 문학, 나를 깨우다'라는 주제 아래 세 권으로 묶어 보았습니다.

고전 문학과 오늘의 문제의식을 접목시키는 우리의 노력은 이런 새로운 체제의 도입에 그치지 않았습니다. 기존 교과서에서 상투적으로 다루어지는 유명 작품에만 주목하지 않고 새롭게 음미해 볼 만한 작품들을 대거 발굴하였기에, 독자들은 고전 문학의 폭과 깊이가 얼마나 드넓고도 두터운지를 실감할 수 있을 것입니다. 엄선하고 엄선했음에도 불구하고 여기에서 다루어진 작품이 300편이 넘을 정도이니 말입니다. 박제화된 고전 읽기가 아니라 오늘날의 문제와 끊임없이 연계하여 읽고 해석하는 과정에서 우리는 옛사람들의 굴곡진 삶과 분투를 목격하고 그들에게 공감하기도 할 것입니다. 그뿐만 아니라 물질문명에 오염되지 않은 옛사람들의 소박한 정감을 체험하고 싱그러운 상상력에 감탄하기도 할 겁니다.

3년이 넘는 시간 동안 다양한 분야의 고전 문학 전공자들이 이 흥미로운 작업을 함께했습니다. 각자 책임을 맡아 집필한 글을 서로 돌려 읽으며 다듬었습니다. 그럼에도 불구하고 한 사람이 쓴 글에 비해 통일성이 다소 떨어진다는 느낌을 받을지도 모르겠습니다. 집필자마다 작품을 읽는 관점과 글쓰기 방식이 다를 수 있기 때문입니다. 하지만 공동 작업이 갖는 이 같은 한계가 오히려 장점이 되기도 합니다. 다양한 주제를 다채로운 방식으로 풀어 가는 집필자들의 개성적인 독법을 접할 수 있기 때문입니다. 이 과정에서 여러분도 또 다른 빛깔로 우리 고전 문학을 읽고 가슴 깊숙이 간직하게 되겠지요. 그렇다면 우리가 함께하는 고전 문학 세계로의 여행이 참으로 값진 경험이 되리라 생각합니다. 《살아있는 고전문학 교과서》와 함께 여러분의 삶이 깊어지기를 바랍니다.

2011년 봄을 맞으며
권순긍 신동흔 이형대 정출헌 조현설 진재교

살아있는
고전문학
교과서
2

차례

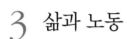

시대를 가로지른
삶의 자취

문학은 허구이다. 그러나 '실제'보다 더 사실적으로 '이야기'를 들려준다. 그런 면에서 문학은 시대의 숨결을 담고 있다. 문학은 연표나 신문 기사, 뉴스에서 다루지 못하는 개인의 깊은 내면을 형상화하고, 이를 통해 당대의 현실을 이야기한다. 윤동주의 〈자화상〉은 일제 강점기를 살았던 젊은이들이 얼마나 괴로워했는지를 생생하게 전해주며, 조정래의 《태백산맥》은 한국 전쟁이란 격동의 시대를 살아간 사람들의 애환을 내 일처럼 실감할 수 있게 한다.

　고전 문학 또한 시대의 숨결을 담고 있는데, 그 방식이 근현대 문학과는 조금 다르다. 예컨대 김시습의 《금오신화》를 보면 주인공들이 겪는 내면적 갈등과 고독감이 〈표본실의 청개구리〉나 〈날개〉에서만큼 섬세하고 사실적으로 표현되어 있지 않다. 고전 문학은 구체적 리얼리티보다 상징성과 환상적 요소를 중시하기 때문이다. 하지만 《금오신화》가 환기하는 시대의 아픔과 문학적 감동이 덜하다고는 할 수 없다. 시대의 부조리와 억압을 한 몸에 지고 그 시대를 가로질렀던 주인공들의 초상은 500년이 넘는 긴 세월 동안 사람들의 마음을 흔들어 왔다. 인물의 상징성과 현실과 환상이 결합한 상상력이 발휘한 힘이다. 이렇듯 고전 문학은 시대를 담아내면서도 시대를 넘어서는 힘을 지니고 있다.

　많은 고전 문학 작품이 현대 문학과는 다른 형식을 활용했지만 현실을 사실적으로 담아낸 작품도 적지 않다. 당대 최고의 사상가 다산 정약용이 〈애절양哀絕陽〉에서 형상화한 시대의 모순과 민중의 절절한 아픔은 오늘날에도 사례를 찾기 어려울 정도로 사실적이다. 부조리한 현실 앞에 선 지식인의 짙은 고뇌가 시대를 넘어 우리를 일깨운다.

　그렇다면 고전 문학이 작품을 통해 말 걸기를 시도한, 즉 형상화한 시대의 풍경

과 삶의 자취는 어떤 모습일까? 이 책에서는 소수자, 갈등과 투쟁, 삶과 노동, 풍류와 놀이라는 네 가지 주제를 가지고 '시대를 가로지른 삶의 자취'를 찾아 나서고자한다.

소수자. 힘을 가진 다수로부터 소외될 때, 특정한 개인이나 집단은 소수자가된다. 근대 이전 시기 가부장제 사회에서 대표적인 소수자는 여성이었다. '성적 소수자'인 여성 중에서도 신분이 낮은 하층 여성은 더 소수자였고, 이들보다 더 소수자는 신체장애를 가진 하층 여성이었다. 이 소외된 존재를 끌어안은 것이 바로 문학이다. 문학은 성적, 신분적, 신체적 소수자들의 삶과 고통을 시와 노래, 이야기와 극으로 표현해 냈다. 한편, 사회 지도층에 해당하는 사대부 남성 가운데도 소수자가 있었다. 시대를 거슬렀던 지식인들이 '사상적 소수자'가 되었으니, 김시습과박지원 같은 이가 대표적이다. 이들은 시대적 한계라는 거대한 벽에 부닥치면서도통찰력과 예지叡智, 저항 정신이 빛을 발하는 문학 작품을 창작함으로써 문학사의주역이 되었다.

갈등과 투쟁. 인류 역사에서 갈등과 투쟁이 없는 시기가 있었던가. 그런 면에서 모든 문학은 갈등과 투쟁의 기록이라 해도 지나치지 않다. 특히 고전 문학이그려 낸 시대의 갈등과 투쟁은 광범하고도 본질적이다. 전통 사회는 신분과 성별에따른 차별이 뚜렷하기 때문에 수많은 갈등을 낳았다. 홍길동은 적자가 아니라는 이유로 아버지를 아버지라 부르지 못했고, 운영은 궁녀라는 신분 때문에 사랑을 이룰수 없었다. 이러한 억압을 넘어서기 위해서는 필연적으로 투쟁을 선택할 수밖에 없다. 정치권력 또는 당파 간의 정쟁政爭, 외적外敵과의 쟁투 등도 고전 문학이 중요하게 다룬 주제였다. 〈토끼전〉은 가벼운 우화소설 같지만 여기에는 지배층 내의 정쟁, 지배층과 민중 사이의 첨예한 갈등이 복합적으로 반영되어 있다. 따라서 백성을 '먹잇감'으로 여기는 권력에 맞서는 토끼의 싸움은 눈물겨울 정도이다.

삶과 노동. '노동'은 삶의 기본 조건이다. 한 시대를 떠받치고 이끄는 것은 노동하는 사람들이다. 힘써 몸을 움직여 땀을 흘리는 노동은 주로 민중의 몫이었는데, 이들은 그 역할만큼의 인정을 받지 못했다. 죽도록 일해도 생계를 유지하기 어려웠다. 고전 문학에는 노동에 얽힌 민중의 간난신고艱難辛苦와 희로애락喜怒哀樂이 생생하게 담겨 있다. 특히 노동 문학의 대표 격인 민요에는 민중 스스로 토로해 낸 삶의 애환이 고스란히 깃들어 있으며, 지식인들의 시가 작품에도 노동의 고통과 즐거움이 다양하게 포착되어 있다. 시대의 선각자들은 노동하는 삶이야말로 지고의 가치를 지니는 진짜 삶이라는 점을 힘써 강조하였다.

풍류와 놀이. 시대를 가로지르는 삶에 모순과 고통만 있을 리 없다. 사람들은 풍류와 놀이를 통해 세상에 존재하는 기쁨을 표현했거니와, 문학은 이를 구현하는 기본 수단이었다. 조선 시대 사대부들은 번다한 세속에서 벗어나 맑은 강호 자연 속에서 시를 읊으며 삶의 즐거움과 가치를 노래하였다. 이러한 풍습은 조선 후기 들어 점차 사대부층 바깥으로까지 확대되어서 여성이나 중인들도 시회詩會를 만들어 풍류를 즐기기도 하였다. 여성들은 화전놀이 같은 해방의 시간을 마련하여 마음속의 소회를 노래로 맘껏 풀어내었다. 하층민들 또한 일상생활에서 틈틈이 신

명 나는 놀이를 즐겼다. 저잣거리에서 수시로 즐거운 이야기판과 노래판을 벌였다. 굿판이나 탈놀이판이 펼쳐지면 대동大同의 몸짓으로 마음속 신명을 한껏 펼쳐내었다. 이러한 풍류와 놀이를 통해 시대의 삶은 곧 민중의 것이 되었다.

오늘 우리가 살고 있는 시대는 옛사람들이 살았던 시대와는 많이 다르다. 하지만 한 시대를 살고 있다는 점에서는 다르지 않다. 그렇다면 고전 문학이 말을 걸었던 시대는 어떤 시대였을까? 고전 문학에 투영된 시대의 풍경과 삶의 자취는 어떤 모습일까? 앞선 시대를 살았던 선조들은 어떻게 울고 웃으며 현실과 고투해 왔을까? 이제 네 개의 열쇠를 손에 쥐고서 그 뜨겁던 시절로 찾아 들어가 보자.

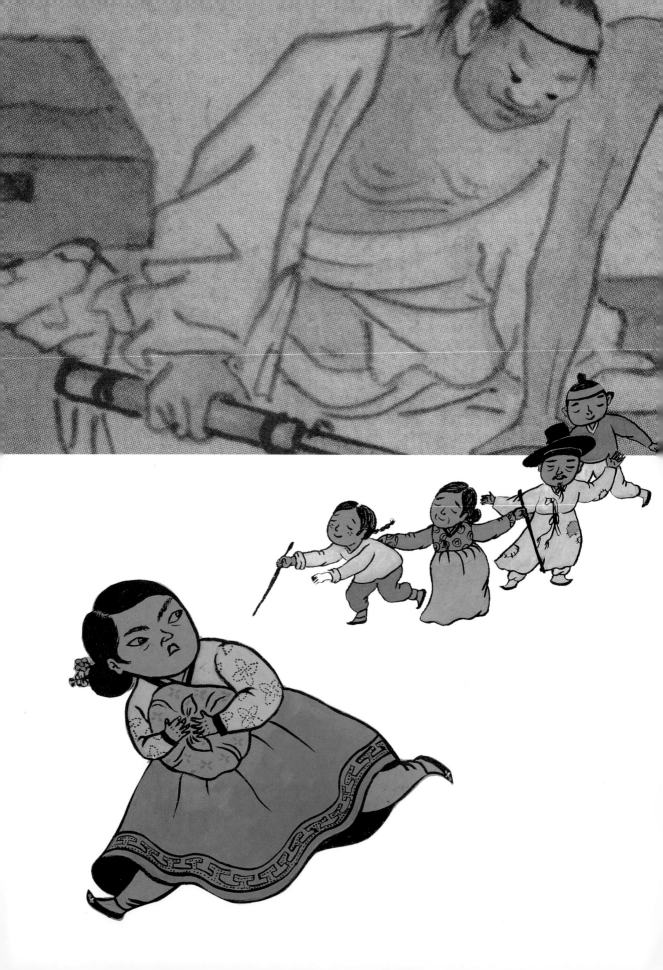

1 소수자

갈래 이야기 야담, 세상 모든 이야기

영화 〈오아시스〉(2002)의 한 장면

옆집 사는 소수자

2002에 개봉된 〈오아시스〉는 장애인을 다룬 영화다. 남자 주인공 홍종
두는 교통사고를 낸 형 대신 감옥에 갔다 온 전과 3범의 전과자이다. 여
자 주인공 한공주는 중증 뇌성마비 장애를 가진 외톨이다. 종두는 형과
형수가 보기에는 사람의 도리를 못하는 무책임한 인간이다. 정상인의 눈
에 종두는 사회생활에 잘 적응하지 못하는 정신적 장애인과 다름없다.
또 스스로를 정상인으로 여기는 공주의 오빠나 이웃들은 신체 장애인인
공주의 욕망을 비정상으로 치부하고 인정하려 들지 않는다. 〈오아시스〉
는 두 비정상인의 정상적인 사랑을 이야기한다.

형의 음주 운전으로 희생된 환경미화원 가족에게 사과하러 찾아간 종
두는 그곳에서 홀로 갇혀 사는 공주를 만나 좋아하게 된다. 종두를 거부
하던 공주는 종두의 진정성에 점차 마음을 연다. 다른 연인들처럼 두 사
람은 함께 식당에 가고, 가족 행사에 참여하고, 사랑을 나눈다. 서로를
있는 그대로 받아들이는 두 사람과 달리 가족, 이웃, 경찰 어느 누구도
이들을 인정해 주지 않는다. 이른바 정상인들은 이들의 사랑을 오해한
다. '전과자와 뇌성마비 환자가 사랑은 무슨 사랑?' 모두들 이런 편견에
갇혀 있기 때문이다.

〈오아시스〉는 편견에 갇힌 정상인들을 두 비정상인과 대비시킨다. 종두
의 형은 동생을 대신 감옥에 보냈으면서도 오히려 동생에게 사회적 책임
을 다하라며 몽둥이를 든다. 공주의 오빠는 장애인인 동생을 이용해 아파
트를 분양받고는 혼자만 이사를 가 버린다. 20만 원에 공주를 돌보기로
한 이웃은 공주를 물건처럼 취급한다. 식당 주인과 손님들은 밥 먹으러

온 종두와 공주를 벌레 보듯 꺼린다. 마침내 두 사람의 관계를 안 공주의 가족은 종두를 경찰에 넘기고, 경찰은 종두를 강간범으로 체포한다.

이 영화를 따라가다 보면 비정상인이라고 멸시당하는 두 사람이 오히려 정상인으로 느껴진다. 그러나 그 느낌은 관객을 몹시 불편하게 만든다. 종두와 공주를 둘러싼 정상인들의 모습에서 관객은 자신의 얼굴을 발견하기 때문이다. 이 불편함 속에서 관객은 자신의 감춰진 부조리가 폭로되는 당혹감과 동시에 또 다른 세계에 대한 이해를 경험한다. 그리고 이해는 반성을 불러온다. '아, 저들에게도 사랑이 있구나!' '저들과 더불어 살아가지 못하는 우리 사회는 얼마나 불행한가?'

〈오아시스〉는 사회적 소수자에 관한 영화이다. 우리 사회에는 이런 소수자들이 적지 않다. 남성과 여성의 사랑만을 정상인 것으로 여기는 사회에서 남성을 사랑하는 남성 혹은 여성을 사랑하는 여성은 소수자가 된다. 타고난 신체적 성별을 부정하는 경우도 마찬가지이다. 제도 교육을 이수하는 것을 바람직한 것으로 여기는 사회에서 학교를 거부하는 학생, 병역 의무를 받아들이는 종교가 대부분인 사회에서 병역을 거부하는 종교는 소수화된다. 한 종족이 절대 다수인 사회의 기타 종족이나 핏줄의 순수성을 강조하는 사회의 혼혈은 소수화된다. 이런 소수자들은 존재 자체가 문제이다. 다수의 사회 구성원들을 불편하게 할 뿐만 아니라 이들의 심리 상태와 사회 제도에 균열을 만들어 내기 때문이다.

그런데 우리가 소수자를 말할 때 꼭 기억해야 할 것이 있다. 소수자란 실체가 고정된 개념이 아니라 관계 속에서 정의되는 상대적 개념이라는 사실이다. 남성 지배 사회에서 여성은 남성에 대해 소수자이지만 모든 여성들이 소수자인 것은 아니다. 한공주와 그녀의 올케는 같은 여성이지만 뇌성마비 시누이와의 관계에서 올케는 상대적으로 우월한 위치에 놓인다. 이는 홍종두의 사랑이 다른 여자가 아니라 한공주를 향할 때 소수화되는 것과 같은 이치이다. 이 점을 기억해야 영화나 문학 속에 등장하는 소수자의 의미를 잘 이해할 수 있다.

문학은 일찍부터 사회적 소수자에 대해 관심을 기울여 왔다. 조선 시대 문학에는 열녀·과부·궁녀·기녀 등 소수자 여성을 형상화한 작품이 적지 않다. 양반 남성이 쓴 작품을 비롯해 여성 스스로의 목소리를 담은 작품이 있다. 남성들 가운데 천대 받았던 하인·내시·백정·서얼·내시·걸인 등과 세상의 인정을 받지 못한 협객이나 천재적 예인의 삶을 다룬 작품도 있다. 구비 문학 작품에 많이 등장하는 신체 장애인에 대한 문학적 발언도 있고, 소수자의 삶이나 사상을 스스로 선택함으로써 문제적 작가가 되고 나아가 문제적 인물을 작품 속에 창안했던 지식인들도 있다. 이는 문학의 촉수가 소수자의 사회적 문제성을 놓치지 않았기 때문일 것이다. 문학의 운명이 그러하다.

하지만 그동안 고전 문학 작품이 형상화한 소수자들의 의미를 이해하려는 노력이 부족했던 것이 사실이다. 고전 문학을 바라보는 우리의 시선이 주인공의 성격이나 작가의 능력, 그리고 작품성을 논하는 것에 머물러 있어서 소수자들에게까지 미치지 못한 탓이다. 그러나 고전 문학이 다루고 있는 시기는 계급 사회이고, 남성 지배적이고 어른 중심의 불평등 사회였다. 불평등한 사회일수록 소외되는 계층이나 개인이 많을 수밖에 없다. 이런 시대를 배경으로 하고 있는 고전 문학 작품 읽기에서 소수자에 대해 주목하지 않는다면 작품을 제대로 읽었다고 할 수 없을 것이다.

1 성적 소수자, 여성들의 목소리

영화 〈오아시스〉의 공주처럼 이중으로 소외된 여성들이 우리 문학사에는 적지 않게 등장한다. 궁녀, 과부, 열녀, 기녀 등으로 불리는 여성들은 문학 작품 속의 주인공이나 소재로, 혹은 작가로 모습을 드러낸다. 이들은 여성에 대한 사회적 억압이 극심했던 조선 시대의 문학 속에서 특히 두드러진다. 비탄과 절규 혹은 전복성이 담겨 있는 그들의 목소리를 들어 보자.

궁녀들의 슬픔

고려 시대나 조선 시대의 여성은 남성에 비해 소수적인 처지에 있었다. 여성들 중에도 이중 삼중으로 소외된 삶을 사는 이들도 적지 않았다. 같은 궁인宮人이라도 하급 궁녀들은 상급 궁녀들에 비해 더 고립된 소수자적 존재였다. 허균許筠(1569~1618)은 그런 궁녀들의 처지를 궁사宮詞*를 통해 애절하게 읊고 있다.

궁사宮詞 한시漢詩의 한 갈래로, 궁궐 안의 비사秘事 또는 전해 내려오는 이야기를 칠언절구七言絶句의 형식으로 읊은 것을 말한다.

초년에는 이불 안고 춘당을 지켰는데   初年抱被直春堂
늙고 병들어 곡방에서 쉬는구나.   因病休開在曲房
어린 궁녀 억지로 불러 대식이라도 하려고   强就小娥來對食
궤짝 열어 비단옷으로 구걸을 하네.   手開箱篋乞羅裳

이 시의 화자는 늙은 궁녀이다. 작가가 늙은 궁녀의 서글픔 속으로 감정을 이입시켜 그녀의 목소리로 시를 읊고 있다. 젊은 시절에는 이불 담당 당직이라도 섰지만 이제는 늙어서 할 일이 없어진 하급 궁녀의 심사를 토로하고 있다. 죽음에 임박해 출궁出宮할 날을 기다리는 늙은 궁녀의 처지란 궁중의 으슥한 뒷방에 갇힌 채 어린 궁녀를 비단으로 홀려 동성애나 구걸하는 신세라는 것이다. 자신의 뜻과는 상관없이 궁녀로 선발되어 이성과 사랑 한번 나눠 보지 못하고 평생을 궁에서 보낸 늙은 여성의 절절한 슬픔이 어린 궁녀를 향한 '구애'의 몸짓 속에 담담하게 그려져 있다.

궁녀와 진사의 비극적인 사랑을 그린 소설 〈운영전雲英傳〉 또한 이런 궁녀들의 억눌린 자아에 대한 이해가 있었기에 창작이 가능했을 것이다. 17세기 작품으로 추정되는 이 소설의 알려지지 않은 작가는 허균과 거의 동시대 인물일 가능성이 높다. 이 미상의 작가는 금지된 궁녀의 사랑에 주목함으로써 〈운영전〉을 명작의 반열에 올려놓았다. 허균이 궁녀의 서글픈 정감情感을 중시하여 궁사를 창작한 것이나, 한 실명失名 문인이 금지된 사랑을 통해 당대의 부조리한 현실을 비판하는 소설을 쓸 수 있었던 것은 이들 작가들이 모두 소수자의 처지를 깊이 이해하고 공감했기 때문일 것이다.

과부들의 목소리
궁사나 〈운영전〉이 남성 작가들이 여성의 목소리를 대변한 작품이라면 〈자기록自記錄〉, 〈규한록閨恨錄〉, 〈규원가閨怨歌〉는 여성 스스로의 목소리를 담고 있다.

> (어머니의) 높은 위의威儀는 천추千秋의 아득하고 어진 덕은 진토塵土에 감추어져 다시 일컬어 알 리 없으니 우리 자매의 더욱 한恨하는 바라. (중략) 나의 유시幼時의 알던 바행적만 대강 기록하나 (중략) 어찌 능히 다 형용하여 기록하리오? 겨우 만의 하나를 기록할새 부군父君의 과인過人히 인자명철仁慈明哲하신 두어 조건條件을 올리고 다시 나의 궁한 팔자와 결발結髮의 느꺼운 설움으로써 일월日月이 깊으매 능히 기억하지 못할지라. 성혼成婚 초로부터 부자夫子의 환후시말患候始末과 봉변지사逢變之事까지 대강을 기록하여 나의 생전生前 두고 목전사目前事 같이 잊지 말며 후생배後生輩 내 일을 알게 하고자 잠깐 기록하나 정신이 소삭消索하고 심의황란心意荒亂하여 자세함을 얻지 못했다.

결발結髮 옛날 관례(성년식)를 할 때 상투를 틀거나 쪽을 찌는 것.

소삭消索 점점 줄어들어 다 없어짐.

심의황란心意荒亂 마음과 뜻이 어지러움.

이 글은 풍양 조씨(1772~1825)가 쓴 자서전 〈자기록〉의 서두 부분이다. 여기서 풍양 조씨는 자신이 왜 글을 쓰는지 밝히고 있다. 작가는 자신이 겪었던 고통스러운 삶을 기록함으로써 스스로 잊지 않으며 뒷사람들에게 자신의 한을 알게 하려고 글을 쓴다고 했다. 풍양 조씨는 어떤 삶을 살았기에 이를 글로 쓸 수밖에 없었는가?

풍양 조씨는 무과에 급제하여 현감을 지냈던 조감의 딸로 열다섯에 청풍 김씨 집안의 외아들 김가기에게 시집갔다가 나이 스물에 과부가 되었다. 게다가 조씨에게는 자식이 없었다. 당대 조선 사회의 분위기에서 가문 보전의 책임을 다하지 못한 여성이 택할 수 있는 길은 하나뿐이었다. 남편을 따라 자결함으로써 열녀가 되는 것이었다. 그래서 조씨는 남편의 죽음이 임박해지자 자결하려 한다. 하지만 친정 식구의 만류와 자신이 죽으면 시부모를 모실 사람이 없다는 불효의 윤리 앞에서 결심을 거두고 만다. 대신 가도보존家道保存과 입후봉사立後奉祀의 소임을 다하겠다는 새로운 결심을 한다.

〈자기록〉은 남편을 잃은 다음 해인 1792년에 쓴 글이다. 어린 시절과 결혼, 그리고 남편의 투병과 죽음, 자신이 삶을 지속할 수밖에 없었던 이유를 밝혀 자신의 존재를 증명한 글이자 열녀가 되려다 실패한 여성의 자기 고백서이다. 이 고백을 통해 조씨는 조선 사회에서 한 여성이 처한 사회적 위치를 적나라하게 드러낸다. 자신의 부당한 처지에 대한 소수자로서의 문제 의식이 드러나 있지는 않지만 남성 중심적 가치를 철저히 내면화한 한 여성의 내면을 자신의 목소리로 들려 줌으로써 깊은 공감과 울림을 자아낸다.

〈자기록〉의 목소리가 담담하다면 〈규한록〉의 목소리는 격렬하다.

열녀문
임진왜란 후 성리학적 질서가 강화되자 열녀문도 늘어갔다. 열녀문은 가문의 영광으로 여겨졌으나 당사자에게는 가혹한 시련의 상징이었다. 사진은 남편을 먼저 보낸 영조의 둘째딸 화순옹주가 스스로 목숨을 끊자, 이를 기리고자 정조가 내린 열녀문이다. 충남 예산군의 추사 김정희 유적지 안에 보존되어 있다.

자부가 몸은 죽었사오나 말하는 귀신으로 입으로만 말할 뿐이지 시댁 살림에는 털끝만한 도움도 되지 못하옵나이다. 쓸데없는 손가락을 가지고 글을 쓰게 되니 몸 둘 바를 모르겠사옵나이다. 청상과부가 어디엔들 없겠사옵니까마는 청상과부라도 같이 있지 남편 얼굴도 알지 못하고 유언도 듣지 못한 사람이 어디 청상과부이겠사옵니까? 세상에 태어나 한 가지라도 인간의 무리에 들지 못할 인생이옵니다. 결혼한 지 달수로는 석 달이요 날수로는 오십 일이오나 겨우 사흘을 더불어 지내다가 이 모양이 신세가 되었으니 원망스런 팔자에 대한 생각에 사무칠 뿐 세상에 머물 뜻이 조금이라도 있었사오리까?

조선의 혼례
신부 집 마당에서 혼례를 치른 신랑이 신부를 가마에 태워 집으로 가고 있다. 〈규한록〉을 쓴 이씨 부인은 신랑이 태워 주는 가마도 한번 타지 못하고 과부가 되었으니 어찌 속이 상하지 않았을까. 김준근 그림.

마당과부 신부 집 안마당에서 치르는 초례나 겨우 올리고 이내 남편을 잃은 청상과부.

친영親迎 유교식 혼인 육례六禮의 하나로, 신랑이 신부 집에 가서 예식을 올리고 신부를 맞아 오는 예를 말한다.

며느리가 시어머니에게 쓴 편지라는 상황도 범상치 않지만 문투가 며느리의 말투 같지 않다는 점이 더 심상치 않다. 살아 있어도 귀신 같은 존재라느니 쓸데없는 손가락으로 글을 쓴다느니, 또는 인간의 무리에도 들지 못하는 인생이라고 자학한다. 이런 불손한 자학의 몸짓 뒤에는 시어머니에 대한 원망이 가득하다. 조선 시대 며느리로서는 매우 낯선 모습이다. 하지만 편지의 전후 사정을 따져 보면 며느리의 심정도 이해가 된다.

〈규한록〉을 쓴 이씨 부인은 열일곱 살에 해남 윤씨 13대 종손인 윤광호와 혼례를 올렸는데 신행도 못 가고 마당과부˚가 된다. 병약한 신랑이 친영親迎˚ 전에 제사 지내러 본가에 갔다가 몸져누운 자리에서 영영 일어나지 못했기 때문이다. 이씨 부인은 자신의 기구한 운명 앞에 넋을 잃고 곡기를 끊는다. 목숨을 끊어 남편을 따르려고 한 것이다. 그러나 시삼촌을 비롯한 시댁 식구들이 모두 나서서 죽음을 만류한다. 종손이자 외아들인 윤광호가 죽은 데다 이씨 부인마저 죽는다면 종가의 대가 끊어지기 때문이었다. 문중 어른들의 권유를 이기지 못하고 마음을 돌이킨 이씨 부인은 결국 남편의 얼굴도 제대로 보지 못한 채 시가에 들어가 종부宗婦의 삶을 살게 된다.

그러나 시집살이는 고난의 연속이었다. 가장 큰 문제는 양자를 들여 끊어진 후사를 이어야 하는 것이었다. 해남 윤씨 집안의 만만치 않은 재산을 기대한 시숙들은 자신들의 아이를 종손으로 들이려고 했지만 시숙들에게 휘둘리지 않으려는 이씨 부인이 말을 듣지 않았다. 그러자 종가의 살림을 돌보던 시숙들이 등을 돌려 종가로 들어오던 곡식과 물품이 줄어들고, 종가의 살림이 쪼그라들자 심지어 종들도 말을 듣지 않는다. 이런 진퇴양란의 상황에서 이씨 부인은 충남 서천에 살던 10촌 조카 윤응철을 양자로 들이기로 결정한다. 그러나 시숙들의 반대로 일이 쉽게 풀리지 않는다. 이 무렵 이씨 부인은 지친 심신을 쉬기 위해 잠시 친정인 보성 대곡리에 와 있었는데 거기서 그간의 쌓인 한을 풀어내려는 듯이 시어머니 양천 허씨에게 장문의 편지를 쓴다. 이때가 순조 4년(1834) 삼월 초사흘이었다. 〈규한록〉의 목소리에는 마당과부로 종부의 삶을 살아야 했던 여성의 고통스러운 처지가 담겨 있다.

규한록
두루마리를 펼치면 길이가 13미터에 이르는 긴 편지글이다. 격렬한 그녀의 마음이 써 내려간 글씨에서도 읽히는 듯하다.

　그러나 아무리 절박한 상황이라도 편지에는 편지의 예법이 있는데 이씨는 그런 격식을 버리고 인사도 없이 글을 시작한다. 그러고는 '개똥의 버러지', '밥 먹는 귀신', '병신 둔질', '자부가 뒈지려' 등의 거친 언사를 펼쳐 놓는다. 그뿐만 아니라 〈규한록〉은 수다스럽게 이 말 저 말을 늘어놓아 서술 시점이 왔다 갔다 하고, 과거와 현재가 모호하게 뒤섞이는 등 대단히 비논리적으로 진술되어 있다. 그래서 우리는 이런 편지글을 가치 있는 문학 작품으로 평가할 수 있을지 의심하게 된다. 하지만 이런 극단적인 언어가 어쩔 수 없이 종부의 삶을 감내해야 하는 한 사대부가士大夫家 여성의 심리를 시조나 한시 혹은 소설 같은 규범적 장르의 언어보다 더 절실하게 표현해 내고 있다면 평가에 인색할 수 없다.

　〈규한록〉이 보여 주는 서른한 살 이씨 부인의 거친 언어와 신경질적인 태도는 억압되고 소외된 인격의 한 모습이다. 다시 말하면 가문의 지속을 중시하는 남성 중심적 사회에서 욕망을 극도로 억압당한 한 여성의 정신 분열증적 징후라고 할 수 있다. 공적 비판이 담긴 글이 아니라 시어머니에게 보낸 사신私信이지만 〈규한록〉은 이런 징후를 통해 여성이 처한 부당한 현실을 격렬하게 고발하고 있다. 그래서 〈규한록〉은 위험한 글이다. 편지를 보내면서 '불태우지 말고 고이 돌려보내 주시면 시가로 돌아갈 때 짐 속에 넣어갈 생각'이라고 당부했지만 불태워진 이유도 여기에 있을 것이다. 다행히 나중에 되살려 가문의 종부들에게 대대로 전해지고 있다.

열녀의 길

《규한록》이 보여 주듯이 조선 후기 많은 여성들은 자신의 의지와는 무관한 삶을 강요받았다. 그 극점에 있는 존재가 열녀전烈女傳이 그리고 있는 열녀이다. 한국 문학사에서 열녀전은 15세기에 편찬된 《삼강행실도三綱行實圖》에 '열녀편'이 실리면서 등장한다. 열녀의 열행을 이상화하여 여성을 교화하려는 조선 왕조의 통치 이념의 결과이다.

그런데 열녀전과 관련하여 이목을 끄는 대목은, 17세기 후반에 이르면 남편이 죽었을 때 부인도 따라 죽는 것을 당연시하는 경향이 나타난다는 것이다. 이 무조건적 순절殉節은 조선 사회에서 여성에 대한 사회적 억압이 꼭지점에 다다른 증거이다. 김간金幹(1646~1732)이 쓴 〈열녀송씨전烈女宋氏傳〉에서 그 증거의 일단을 살필 수 있다.

〈열녀송씨전〉의 송씨는 열여덟 살에 우도홍에게 시집가서 며느리로서, 아내로서 도리에 어긋남이 없이 살았다. 그러다가 남편이 부스럼 병으로 죽자 따라 자결하려고 한다. 그런데 주변 사람들이 말리자 자신이 죽어야 할 세 가지 이유를 댄다.

나이가 어리니 응당 죽어야 하고, 아들이 없으니 응당 죽어야 하며, 시부모님을 모실 다른 아들이 있으니 응당 죽어야 합니다. 내 뜻은 결정되었습니다. 다만 생각건대 내가 시집온 지 얼마 되지 않아 이런 화를 입은 것은 평소 지아비를 섬기는 도와 그 임무를 극진히 다하지 못한 때문입니다. 비록 하루를 살더라도 어찌 가히 마음을 다하지 않을 수 있겠습니까?

송씨는 자신이 부도婦道를 다하지 못해 남편이 죽었다고 자책한다. 남편의 죽음이야 건강 탓이었겠지만 그것마저도 여자의 탓으로 여기도록 배웠기 때문이다. 이 부도의 도덕률 속에서 송씨는 자신이 죽어야 마땅한 세 가지 이유를 찾아냈던 것이다. 의지할 아들도 없이 과부의 삶을 평생 이어가야 하는 고통보다 죽는 게 낫다는 역설이 한편에는 도사리고 있지만, 순절을 통해 남편과 가문을 욕되지 않게 해야 한다는 가부장제 사회의 요구가 더 강했을 것이다. 결국 송씨는 졸곡卒哭을 지낸 후 순절의 길을 간다. 송씨의 순절에는 17세기 후반 소수자 여성이 겪었던 사회적 억압이 집약되어 있다.

열녀전 가운데 단연 압권은 연암燕巖 박지원朴趾源(1737~1805)의 〈열녀함양박씨전烈女咸陽朴氏傳〉이다. 이 작품은 다른 열녀전처럼 남편의 삼년상을 마치고 자결한 함양 박씨의 삶을 칭송하는 데 그치지 않는다. 《경국대전經國大典》의 본래 취지와는 달리 경직되어 버린 열녀 문화의 비인간적인 면을 지적하면서 동시에 열녀 박씨를 칭송하여, 칭송이 아니라 열녀 문화에 대한 비판으로 들리게 하는 수법을 사용한다. 동시에 자결한 박씨와 달리 평생을 과부로서 살아온 한 여자의 일화를 액자처럼 배치하여 과부로 정절을 지키는 삶이 어떤 것인가를 압축적으로 그려 내고 있다.

어느 날 높은 벼슬자리에 있는 과부의 아들 형제가 과부의 후손이라는 이유로 어떤 이의

졸곡卒哭 삼우제 뒤에 지내는 제사로, 죽은 지 석 달 만에 오는 첫 정일丁日이나 해일亥日을 택하여 지낸다.

벼슬길을 막으려 하자, 그 어머니가 "너희들이 과부를 아느냐?"라면서 자신의 가슴속 이야기를 들려준다. 너무나 유명한 엽전 이야기이다.

"앉거라. 내가 너희들에게 보여 줄 것이 있다."라고 하면서 품속에서 엽전 한 닢을 꺼냈다.

"이것에 테두리가 있느냐?"

"없습니다."

"이것에 글자가 있느냐?"

"없습니다."

그러자 어머니가 눈물을 흘리며 말하였다.

"이것은 네 어미가 죽음을 참을 수 있었던 부적이다. 십 년 동안 손으로 만져서 다 닳아 없어진 것이다. 무릇 사람의 혈기는 음양에 뿌리를 두고, 정욕은 혈기에 모이며, 그리운 생각은 고독한 데서 생겨나고, 슬픔은 그리운 생각에서 비롯된 것이다. 과부란 고독한 처지에 놓여 슬픔이 지극한 사람이다. 혈기가 때로 왕성해지면 어찌 과부라고 해서 감정이 없을 수 있겠느냐? 가물거리는 등잔불에 제 그림자 위로하며 홀로 지내는 밤은 지새기도 어렵더라. 또 처마 끝에서 똑똑 빗물이 떨어지거나 창에 비친 달빛이 하얗게 흘러들며, 잎새 하나가 뚝 떨어져 뜰에 날리거나 외기러기 하늘에서 울며 날아가고, 멀리서 닭 울음소리도 들리지 않는데 어린 종년은 세상 모르고 코를 골면, 이런저런 근심으로 잠 못 이루니 이 고통을 누구에게 하소연하랴. 그럴 때면 나는 이 엽전을 꺼내 굴려서 온 방을 더듬고 다니는데, 둥근 것이라 잘 달아나다가도 턱진 데를 만나면 주저앉는다. 그러면 나는 그것을 찾아 또 굴리곤 했다. 하룻밤에 보통 대여섯 번을 굴리고 나면 동편 하늘이 밝아 오더구나. 십 년 사이에 해마다 굴리는 횟수가 줄어들어 십 년이 지난 후에는 때로는 닷새 밤에 한 번 굴리기도 하고 때로는 열흘 밤에 한 번 굴렸는데 혈기가 쇠해진 뒤로는 더 이상 엽전을 굴리지 않게 되었다. 그런데도 내가 이것을 열 겹이나 싸서 이십 년 넘게 간직해 온 것은 엽전의 공로를 잊지 않기 위해서일 뿐만 아니라 때때로 나 자신을 경계하기 위함이었다."

말을 마치자 모자는 서로 붙들고 울고 말았다.

삼강행실도가 그린 열녀
《삼강행실도》는 열녀·효자·충신을 만들기 위한 조선 시대 교과서라 할 만하다. 그림은 《삼강행실도》 '열녀 편'의 '안처구사安妻俱死'. 고려 때 안천검安天儉의 처가 집에 불이 난 줄도 모르고 술에 취해 자고 있는 남편을 구하려다 함께 타 죽은 이야기를 묘사하고 있다.

작품 속의 형제만이 아니라 독자들도 따라 울지 않을 수 없는 사연이다. 20여 년을 만지고 굴려 테두리와 글자가 사라진 동전은 과부가 감내할 수밖에 없었던 인고의 상징이다. 정욕을 누르고 다스리면서 사는 삶이 순절보다 더 어렵다는 것을 과부의 동전은 보여 준다. 일반 백성들까지도 열녀가 되지 않으면 안 되었던 18세기 조선 사회의 풍경이 동전 위에 담겨 있는 것이다.

〈자기록〉, 〈규한록〉의 작가와 〈열녀송씨전〉의 송씨, 〈열녀함양박씨전〉의 과부는 다 사대부가의 여성들이다. 이들은 같은 여성이라도 집안의 비녀婢女들이나 집 밖의 평민 여성 또는 기녀와 같은 하층 여성들에 비해 지위가 높았지만 남성들과의 관계 속에서는 소수자일 수밖에 없었다. 그렇다면 하층 여성들의 처지는 어떠했을까? 하층 여성들은 말할 것도 없이 성별과 계급이라는 이중의 억압 속에서 살아가던 소수자였다. 이들 가운데서도 기녀와 같은 특수한 신분의 여성들의 문학을 통해 소수자 여성의 삶을 조금 더 조망해 보자.

기녀들의 은밀한 욕망

기녀라는 신분은 고려 시대에도 있었지만 조선 초기 세종 때 제도로 정립된다. 이때 기녀란 모두 관청에 소속된 관기官妓로 나라의 공식 행사에 필요한 연예를 담당하거나 국내외 사신의 접대를 담당했다. 그러므로 기녀를 창녀와 똑같이 여겨서는 안 된다. 그러나 도시 문화, 상업 문화가 발달하기 시작한 18세기에 이르면 기녀 제도가 문란해지면서 기녀의 수가 늘어나고 기녀 가운데에서도 창녀가 등장하며, 기방妓房 문화라는 것도 형성된다.

그런데 조선 시대 기녀들은 최하층의 신분이었지만 최상층의 사대부 남성들을 상대하는 이중성을 지닌 여성들이었다. 그래서 노래와 춤은 물론 한시와 같은 교양도 갖추어야 기녀가 될 수 있었다. 이런 이유로 기녀들은 문학의 소재가 되거나 스스로 작가가 되기도 하였다. 〈구운몽

九雲夢〉, 〈옥루몽玉樓夢〉, 〈춘향전春香傳〉에는 하나같이 기녀가 등장한다. 그뿐만 아니라 조선 시대 기녀의 대명사가 되어 버린 황진이를 비롯한 많은 기녀들이 시조와 한시를 남겼다. 이들의 작품 속에는 자신들의 불행한 신분에 대한 강한 자의식이 나타나 있을 뿐만 아니라 때로는 남성 중심적 사회에 대한 전복의 욕망까지 내비치고 있어 흥미롭다.

북풍은 눈을 몰아 발을 출렁 때리는데	北風吹雪打簾波
잠 못 이루는 긴 밤 정녕 어이하리.	永夜無眠正若何
훗날 내 무덤엔 찾아오는 이도 없을 테지.	塚上他年人不到
가련하다, 이 세상 한 줄기 꽃이여.	可憐今世一枝花

소홍小紅이라 불리던 이름 없는 기녀가 남긴 이 〈절구絶句〉는 '탄식'이 절로 나오게 한다. 기녀에겐 앞날에 대한 전망이 없다. 유일한 길은 좋은 양반을 만나 첩이라도 되는 것인데 쉬운 일이 아니었고, 첩 노릇 또한 쉽지 않았다. 진정한 사랑도 안락한 삶도 기약되어 있지 않은 기녀에게 밤은 잠들려고 해도 불면의 북풍이 가슴을 치는 시간이다. 한 떨기 해어화解語花로 불리지만 버려진 무덤의 주인이 될 수밖에 없는 운명에 대한 자학에 가까운 의식이 시에 가득하다. 그러나 이 자학 속에는 기녀라는 남성 편의적 제도를 만들어 낸 사회에 대한 탄식이 스며 있음을 간과해서는 안 된다.

그런데 소수자의 문학으로서 더욱 이목을 끄는 것은 기녀들의 한시가 탄식에만 머물지 않고 다수의 언어라고 할 수 있는 사대부들의 한시에 시비를 걸기도 했다는 사실이다. 서세보의 첩으로 알려진 온정溫亭의 시편에 그런 모습이 잘 나타나 있다. 제목이 전해지지 않아 '제목 잃음失題'이라는 제목을 붙인 시이다.

해어화解語花 '말을 알아듣는 꽃'이란 뜻으로, 기녀를 달리 이르는 말.

첩의 몸이 윤락하여 창가에 속했지만

바라기는 어진 낭군을 얻어 사는 것이었지요.

낭군의 마음이 반석처럼 굳은 줄 모르고

잠시 다른 동산 꽃으로 옮아 갔지요.

妾身淪落屬娼家

願得賢郎送歲華

不識郎心盤石固

暫時移向別園花

시문을 잘 지었던 기녀 온정은 서세보의 첩이 되는 행운을 누린다. 그러나 집안의 갈등 때문에 서세보를 떠난다. 서세보는 온정을 잊지 못해 시를 한 수 보내게 되는데, 이 시는 서세보의 청을 거절하면서 보낸 답시 두 수 가운데 한 수이다. '어진 낭군을 얻어 사는' 행운을 차 버린 온정의 결단도 놀랍지만 이 한시에서 더 놀라운 점은 시의 전복성이다. 꽃과 나비 혹은 벌을 비유어로 끌어올 때 여성은 꽃, 남성은 벌이나 나비에 견주는 것이 한시의 관습이면서 동시에 남성적 관습이다. 그런데 이 시는 그런 관습적 비유를 뒤집는다. 시의 화자인 기녀가 꽃을 찾아다니는 나비나 벌이 되고, 남성은 꽃에 비유되어 있다.

소수자 문학의 주요한 특징 가운데 하나가 전복성이다. 이 전복성은 사상으로 직접 표현되기도 하고 언어 형식을 통해 간접적으로 드러나기도 하는데, 온정의 한시는 후자의 예에 해당한다. 이런 전복적 시어는 정치적 소수자였던 기녀가 자신의 존재를 자각하지 않고서는 부릴 수 없는 것이다. 기녀는 사대부 문화의 장식물이 되기 위해 사대부의 언어를 교육받은 존재이지만 이처럼 문학 작품을 통해 사대부들의 문학적 관습을 뒤집는 새로운 언어를 구사한다. 지배자의 언어를 모방하기만 하는 것이 아니라 전복하는 역설이 여기에 있다. 바로 이 역설로 인해 우리 고전 문학의 숲이 더욱 무성해졌음을 기억할 필요가 있다.

인용 작품

궁사 21쪽
저자 허균
갈래 한시
연대 17세기

자기록 22쪽
저자 풍양 조씨
갈래 자서전
연대 18세기

규한록 23쪽
저자 이씨 부인
갈래 국문 서간
연대 19세기

열녀송씨전 26쪽
저자 김간
갈래 한문 산문
연대 18세기

열녀함양박씨전 28쪽
저자 박지원
갈래 고전 소설(한문)
연대 18세기

절구 31쪽
저자 소홍
갈래 한시
연대 18세기

제목 잃음 32쪽
저자 온정
갈래 한시
연대 18세기

2 신분적 소수자,
하층 남성들의 문학적 형상

중세 사회는 신분제 사회였다. 이런 사회에서 힘겨운 삶을 살아가던 하층 남성들의 형상은 주로 설화나 민요, 판소리와 같은 구전 문학에 담겨 있다. 그러나 내시나 서얼 또는 종과 같은 특수한 신분의 소수자도 있었다. 이들 가운데 글을 익힌 이들이 있어서, 또 이들을 형상화한 작품들이 남아 있어서 우리는 지금 그들의 처지와 목소리를 들을 수 있다.

내시들의 아픔

고전 문학이 다루고 있는 사회는 남성 지배 사회이자 계급 사회이기도 했다. 그래서 여성보다 남성이 문화적 우위에 있었지만 같은 남성들 안에서는 또 다른 차별이 있었다. 사대부 남성을 제외한 상당수의 남성들은 대개 신분적 소수자의 처지에 있었다. 그들은 궁중의 내시, 사대부가의 서얼, 사대부가나 관청에 소속된 종, 따로 마을을 이루어 살던 백정, 남사당과 같은 광대, 조선 시대에 와서 신분이 격하된 중이나 박수무당, 양반도 천민도 아닌 양인良人이나 백성 등 여러 가지 이름으로 불렸다.

정순왕후 가례도감의 내시
영조의 둘째 부인 정순왕후의 혼례 과정을 기록한 국가 공식 문서 〈가례도감〉에서는 어가 행렬을 수행하는 여러 문무관원과 함께 내시의 모습을 찾아볼 수 있다.

　내시는 조선 시대 내시부內侍府의 관원을 이르는 말이다. 궁궐 안에서 왕실을 위해 여러 업무를 수행하는 여성이 궁녀라면 남성이 내시였다. 궁녀가 그러하듯이 내시도 종2품 상선에서 종9품 상원에 이르는 품계가 있었고, 녹봉을 받는 국가의 관리였다. 때로는 왕권에 편승하여 권력을 휘두른 내시도 있었고, 권력을 이용하여 재산을 축적하기도 했다. 이런 점에서 보면 내시는 하층 남성과 같은 신분으로 묶기 어렵다. 하지만 내시는 생활의 터전인 궁궐의 권력 관계에서 보면 궁녀와 마찬가지로 소수적인 신분이었다고 할 수 있다.

　내시의 소수자적 성격은 여기서 끝나지 않는다. 주지하듯이 내시는 궁궐에 상주하기 때문에 거세 없이는 입궐을 할 수가 없었다. 선천적 거세든 궁핍을 벗어나기 위한 자발적 거세든 거세는 내시의 징표였고, 거세로 인해 내시는 다른 남성들에 비해 소외된 처지에 놓일 수밖에 없었다. 양자를 들여 가정을 이루고, 족보를 만든다고 해서 달라지는 것은 없었다. 내시는 조선 사회에서 이중적으로 소수화된 존재였다. 내시들의 문학적 형상 역시 이런 존재 조건에서 빚어진 것이다.

내시가 세간의 흥밋거리가 되는 것은 성性과 관련한 '거세'라는 소재 때문인데 이 흥밋거리를 야담野談처럼 잘 보여 주는 갈래도 드물다. 임매任邁(1711~1779)가 지은 《잡기고담雜記古談》에 실려 있는 〈내시의 아내窜妻〉의 한 대목을 읽어 보자.

늙은이는 본래 서울 양갓집 자식이었는데 조실부모하고 숙모의 손에서 자랐다오. 그 숙모가 나를 어여삐 여기지 않더니 결국 내시에게 시집을 보냈지 뭐겠소. 신혼 첫날밤 내시는 내 옷을 벗기고 맨 살갗을 비비면서 가슴과 배꼽을 애무하며 입술과 혀를 물고 빨고 하더라오. 내가 그때 겨우 열여섯이었으니, 남녀가 동침한다는 것이 그냥 이런 것뿐인 줄 알았지 뭐겠소. 그러다가 나중에 정욕이 점차 생겨나면서 그것이 무엇인지 차차 알게 되니 내시에 대한 미움이 점점 심해졌다오. 남자와 동침하고 싶은 욕정이 일어나면 가슴에 원망이 가득 차올랐고, 심지어는 눈물마저 흘렸다오. 봄기운이 화창하여 벌과 나비가 나풀거리고 꾀꼬리와 제비가 지저귀는 시절이 돌아오기만 하면 침상에 기대어 하품과 기지개를 켜며, 그리움에 사무치며 한편으로 가만히 생각해 보았지요.

'비단옷과 좋은 밥 따위는 내게 아랑곳없는 것이다. 초가지붕 아래서라도 진짜 남자와 반 폭짜리 베 이불을 함께 덮고 한 줄기 풀뿌리를 함께 씹는다면 그것이 인생의 참된 즐

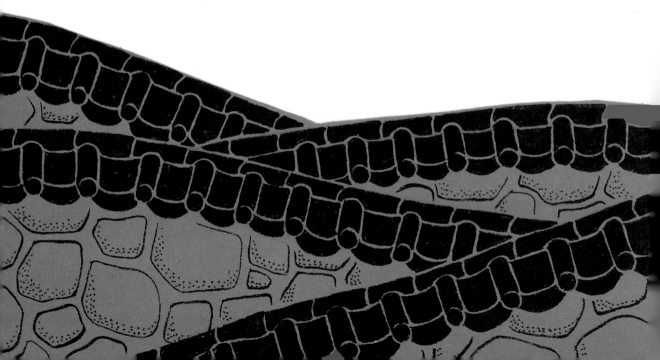

거움인 것을. 나는 아직 처녀이니 다른 남자에게로 도망친다고 해서 어찌 절개를 잃는
일이 되겠는가.'

이런 결심을 하고 도망갈 궁리를 했지만 겹겹의 문과 높은 담들이 삼엄했다오. 그러니
혹시라도 발각된다면 이 한목숨 보전하기 어려울 것 같아 두려워 감히 시행하지 못한
채 몇 년이 흘렀다오. 허나 결국 참지 못하게 되니 이런 생각이 들었다오.

'이렇게 인생을 보낸다면 백 년을 산들 무슨 즐거움이 있으랴. 차라리 도망가다 발각되
어 죽음을 당하는 것이 이곳에서 말라죽는 것보다 통쾌하지 않겠는가!'

이는 고민 끝에 결국 가출하여 중을 따라가 중을 환속시켜 아내가 된
여인의 입에서 흘러나온 고백이다. 한 서울 선비가 충청도에 논밭이 있
어 자주 내려갔는데 갈 때마다 묵던 공주 구리내의 노부부 집에서 들었
다는 이야기이다. 고백의 당사자는 바로 그 집 노파였다. 노파는 젊은 날
에 감행했던 자신의 선택이 자랑스러웠는지 자기 이야기를 하고 싶어 입
이 근질근질한 늙은이로 묘사된다. 이 노파의 형상에는
정욕을 긍정하는 작가의 시각이 개입되어 있다.
그래서인지 작품의 분위기는 이야기판의
우스갯소리처럼 시종 유쾌하다.

하지만 주인공인 '아내'의 그늘에 가려진 내시의 처지는 그리 유쾌하지가 않다. 신체적 결함 때문에 아내를 만족시키지 못해 버림받은 내시의 처지는 한없이 처량하다. 더구나 작가는 다른 사람의 말을 인용하여 '내가 들으니, 내시들의 탐욕은 보통 사람보다 배나 더하다고 한다. 잠자리에서 특히 사납다고 한다. 욕정의 불이 타오르기는 하는데 배설시키지 못하니 끌어안고 데굴데굴 구르기도 하고 심지어 살갗을 씹기도 한다고 한다.'라고 하고는, 그런 이야기 끝에 '좌중이 배를 잡고 웃었다.'면서 내시를 웃음거리로 만든다. 이 희화화 속에 권력을 가진 남성들의 필요에 의해 만들어진 내시에 대한 이해와 연민의 시선은 없다. 몰이해로 인한 소외. 내시들의 아픔이 배가되는 까닭도 여기에 있을 것이다.

그런데 또 다른 18세기 야담집 《기문습유記聞拾遺》를 보면 내시에 대한 다른 시각이 드러나 있어 좋은 비교가 된다. 〈의로운 환관義宦〉이라는 이야기이다. 작품의 후반부를 함께 읽어 보자.

이때 비로소 주인이 선비에게 사연을 들려주었다.

"저 여자는 본래 양가良家의 딸인데 가난하고 의지할 데가 없어 내가 키웠다오. 자색이 저만하고 재주도 있는데 속절없이 규방에서 늙어 가는 것이 늘 애련哀憐했다오. 근데 저번 밤 꿈에 황소 한 마리가 자기 배에 걸터앉았다가 용으로 변해 하늘로 날아갔다고 했다오. 내 몸이 병신이 아니었더라면 충분히 아들을 낳아 과거에 급제하게 할 수 있었을 텐데 이승에서는 길조에 응할 길이 없었소. 그래서 존객尊客을 맞아 이런 좋은 일을 꾸몄다오. 저 사람이 이왕 당신을 모셨으니 데려가는 것이 옳겠소."

"성의는 감사하오나 이번 걸음에 어떻게 데려갈 수 있겠습니까?"

"내가 벌써 가마에 태워 가게 준비를 해 두었다오."

집 앞에서 송별하면서 주인은 새살림 도구까지 다 마련해 주는 것이었다. 선비는 과거에 급제하고 소실까지 얻어 기쁨을 이기지 못했다. 고향 영남으로 돌아가자 모두들 축하해 주었다.

그 뒤 선비는 다시 과천에 들렀다. 그때 주인은 처연한 얼굴로 말하였다.

"전날의 정의情誼가 있기는 하지만 나는 환관宦官이요, 존객은 명관名官이라오. 이제부터는 내왕을 끊고 오직 먼 훗날 지하에서 만나기를 바라오."

이렇게 하여 서로 영영 소식이 끊기고 말았다.

선비의 성명은 밝힐 것이 없겠고, 환관은 바로 김창의金昌義다. 그는 시와 술과 글씨·거문고·그림·바둑을 잘해 풍류남아로 이름이 있었다. 일찍이 귀향하여 산속에 은거하면서 자호自號를 어초자魚樵子라고 했다.

조선의 궁중 내시
일제 강점기에 조선에 머물며 조선의 생활 풍속을 그림으로 남긴 영국 화가 엘리자베스 키스Elizabeth Keith의 〈내시〉. 그림 속의 내시는 구한말에 왕을 섬기던 실존 인물로, 매서운 눈매와 엄격한 표정이 돋보인다.

작품 속에는 환관 김창의라는 실명이 거론되어 사실처럼 실감이 난다. 하지만 환관 김창의가 실존 인물이었는지는 확인할 길이 없다. 실존 여부보다 흥미로운 것은 작가가 이야기를 엮어 나가는 솜씨이다. 과거를 보러 상경하던 영남의 한 선비가 과천을 지나다가 대갓집에 억지로 끌려 들어간다. 집주인인 환관은 그를 환대하면서 사정은 전혀 이야기하지 않고 기다리라고만 말한다. 억지로 붙잡힌 선비나 독자나 사정이 궁금하기는 마찬가지이다. 궁금증 속에서 선비는 그 집에 며칠을 머물면서 한 여인과 동침을 하는가 하면 환관의 도움으로 과거에 급제까지 한다. 선비가 삼일유가三日遊街*를 마치고 고향으로 돌아가는 길에 환관의 집에 들르자 비로소 사연을 들려준다.

작가는 물음표를 던지면서 흥미를 고조시키는 창작 수법을 구사하고 있는데, 이를 통해 인간의 본성을 과도하게 억눌러서는 안 된다는 것을 이야기하고 있다. 인간의 본성을 긍정한다는 점에서는 앞에서 읽었던 〈내시의 아내〉와 같지만 이 작품은 두 가지 점에서 차이가 있다. 하나는 초점이 내시에 맞춰져 있다는 것이고, 다른 하나는 내시에 대한 긍정적인 시선이 깔려 있다는 점이다. 작가는 환관 김창의가 선비를 끌어들이고, 선비의 어쩔 수 없는 정욕을 이용해 자기 여자의 앞길을 열어 주는 용의주

삼일유가三日遊街 과거에 급제한 사람이 풍악을 울리며 사흘 동안 시험관과 선배 급제자와 친척을 방문하던 일.

도한 면모를 통해 그의 됨됨이를 드러낸다. 더구나 김창의는 제 여자만이 아니라 과거에 급제해 벼슬길에 오른 선비의 처지도 배려해 주는 인물로 묘사된다. 이런 환관의 태도를 통해 작가는 내시를 단지 성불구자가 아니라 한 인간, 그것도 인간에 대한 깊은 이해와 사랑을 지니고 있는 바람직한 인간으로 그려 내고 있다.

서얼들의 불만

내시가 권력의 측근으로 궁중에 살면서도 소외된 존재였다면 양반 가문의 일원이면서도 가문에서 소외된 존재가 있었다. 서얼庶孽이 바로 그들이다. 이들은 양반 집안 출신이라는 점에서는 하층 남성들과 신분이 전혀 달랐지만 적자嫡子에 비해 사회적 차별을 받았다는 점에서는 하층 남성들과 통하는 바가 있었다. 〈홍길동전洪吉童傳〉에서 다루고 있는 문제가 바로 적서차별이다. 홍길동은 차별에 대한 항의 표시로 활빈당이라는 도적떼와 하나가 된다. 소외된 집단이라는 점에서 서자와 도적떼가 통했다는 뜻이다. 그러나 이들은 교육을 받고 글쓰기를 했다는 점에서 하층 남성들과는 크게 다르다. 그래서 서얼들은 시나 산문을 통해 자신의 괴로움과 사회적 불만을 토로하였다.

모래 속에 묻힌 박옥 신세 우스운데	却笑沈沙璞
어찌 햇살에 눈부신 보배를 감당하리.	那堪照乘珍
해진 담비옷 입고 가난한 집을 찾고	弊貂尋白屋
파리한 말을 타고 붉은 바퀴를 피하네.	羸馬避朱輪
봉황은 스스로 오동나무에 모여들고	鳳自梧桐集
학은 탱자나무 가시에도 길들여진다네.	鶴應枳棘馴
마음은 해바라기처럼 해를 바라지만	心如葵向日
얼굴에는 봄나물처럼 누런빛이 감도네.	顔有菜生春
수척한 모습으로 구렁을 메울까?	憔悴愁塡壑

근심하고 허둥지둥 사는 삶 나루터 묻기가 겁나네.   棲遑怵問津

지푸라기는 낙서의 언덕에 날리고   茅飛洛西岸

쑥대강이는 해동의 끝에 구르는 듯하네.   蓬累海東垠

살무사는 가는 길을 막고   虺蝮行當經

승냥이, 이리는 이웃이라네.   豺狼近作隣

나가서는 모름지기 독을 막아야 하고   出須防毒螫

집에서는 삶의 신산함을 삼켜야 하네.   居則飽酸辛

땅은 후미져 더러운 오랑캐와 이어졌고   地僻連蠻穢

풍속은 무너져 어리석은 말다툼 좋아하네.   風頹好訟嚚

장기 어린 구름은 갠 날도 울울하고   瘴雲晴亦鬱

비린내 나는 노을은 대낮에도 짙구나.   腥靄晝多陻

이 작품은 신유한申維翰(1681~1752)이 쓴 한시 〈야성의 객이 가슴이 답답하여 제 평생을 60운으로 쓰다野城作客牢愁鬱結自敍平生六十韻〉의 41~60구 부분이다. 어려운 말들을 골라 쓴 데다가 비유적 표현들이 많아 바로 이해하기 어렵지만, 제목처럼 뭔가 답답하고 우울한 분위기가 전편에 배어 있음을 알 수 있다. 무엇이 시인을 이런 '장기瘴氣˚ 어린 구름'과 '비린내 나는 노을' 속으로 밀어넣었을까?

신유한은 서른세 살에 증광시增廣試˚에서 장원을 했을 정도로 뛰어난 글솜씨를 지니고 있었고, 이미 그 이전부터 뛰어난 문학적 역량을 인정 받던 문사였다. 하지만 출신 성분이 문제였다. 그는 과거에서 장원을 했지만 서얼이었기 때문에 벼슬을 얻지 못한다. 1719년 뒤늦게 일본 통신사의 제술관製述官으로 뽑혀 일본에 다녀오면서 벼슬길에 나가기는 했지만 주로 외직外職을 전전하며 무장·평해·연천·영일 등지의 고을 원 노릇을 했다. 사정이 이러하니 신분 때문에 뜻을 펴지 못하는 현실이 신유 한으로서는 지극히 불만스러웠을 것이다. 시의 표현 속에는 그런 심사가 한껏 응축되어 있다.

장기瘴氣 덥고 습한 땅에서 생기는 독한 기운.

증광시增廣試 조선 시대 나라에 큰 경사가 있거나 작은 경사가 여럿 겹 쳤을 때 임시로 실시한 과거.

시인은 자신의 신세를 모래 속 박옥璞玉에 비유하고 있다. 다듬어지지 않은 박옥은 햇살 아래 반짝이는 눈부신 보배와 대비된다. 여기에서 보배는 당연히 적자 출신 사대부이다. 박옥은 화려한 수레를 탄 그들을 피해 다닐 수밖에 없고, 탱자나무 가시에도 길들여져 살 수밖에 없는 학과 같은 존재이다. 그래서 마음은 항상 해로 상징되는 임금을 바라보고 있지만 임금의 은덕을 입지 못해 누렇게 시들 수밖에 없는 존재이다. 해에 다가가려 해도 살무사나 시랑과 같은, 서얼 중용을 반대하는 권신權臣들이 길을 막고 있으니 하릴없이 집에서 쓸쓸함을 삼켜야 한다는 것이다. 이런 세상이니 풍속이 바를 리 없고, 자연 풍광마저 음울하지 않을 수 없는 것이다.

신유한은 과거에서 장원을 한 이듬해인 1714년에 이 시를 썼다. 벼슬을 알아보려고 상경하던 차에 지금의 경상북도 영일 지방인 야성野城에 들렀다가 쓴 시다. 장원 급제를 해도 벼슬을 못 하는 신세가 처절할 수밖에 없었을 것이다. 바로 그런 처절함이 토로된 작품인데, 다양한 비유가 이채로울 뿐만 아니라 일부러 어려운 표현을 골라 쓴 듯한 점도 인상적이다. 여기에는 이 정도로 뛰어난 문재文才를 지닌 자신을 인정해 주지 않는 18세기 조선의 사회 현실에 대한 신유한의 불만이 강하게 깔려 있다. 이처럼 한문 구사 능력이 있던 서얼들은 문자 언어를 통해 소수자인 자신들의 목소리를 낼 수 있었던 것이다.

서얼은 신분으로는 조선 사회의 중간 존재들이지만 의식으로는 양반 사대부처럼 살고 싶어 하는 존재였다. 홍길동처럼 하층 빈민이나 유민流民과 하나 되는 길을 찾아 나서기보다는 신유한처럼 끊임없이 자신의 능력을 상층 사대부들 안에서 인정받고자 했다. 이런 이유로 서얼들이 남긴 문학 작품들이 모두 소수적인 성격을 지녔다고 보기 어려울 뿐만 아니라 문제적인 성격도 약한 것이 사실이다. 양반 사대부의 일원이 아님에도 불구하고 사대부적 의식을 지녔다는 점에서는 기녀와 비슷한 처지였지만 문제 의식에 있어서는 상당한 차이가 있었던 셈이다.

노비들의 분노

내시나 서얼은 소외된 존재이긴 하였으나 신분적으로 보면 중간 계층의 성격이 있었다. 사대부에 비해 품계는 아주 낮았지만 벼슬을 얻을 수 있었기 때문이다. 그러나 관노官奴든 사노私奴든 최하층에 속하는 '종놈들'은 그런 기회조차 가지지 못했다. 고려 시대의 만적萬積처럼 반란을 일으키지 않는 한 역사에 이름을 남길 방법이 없었다. 그래서 문학사에 등장하는 노비들은 주로 야담이나 구전 설화에 도망간 노비나 어리석은 노비 혹은 꾀 많은 종과 같은 이름 없는 모습으로 등장한다.

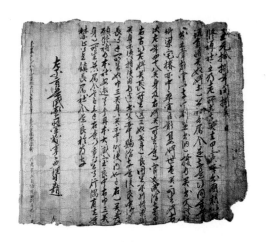

송광사 노비첩

고려 시대 노비의 상속을 기록한 문서. 남자 노비는 몸값이 베 100필, 여자 노비는 베 120필이었는데, 이는 당시의 말 값보다 쌌다. '짐승만도 못한 인간'이라는 말이 나올 만하다. 조선 시대에도 이런 노비의 처지는 나아지지 않았다.

그런 가운데 관노 출신으로 이름을 남긴 시인 어무적魚無迹(?~?)이 있다. 어무적은 아버지는 사대부였으나 어머니가 관비官婢였기 때문에 어쩔 수 없이 관노가 될 수밖에 없었다. 그러나 그는 아버지 어효량魚孝良 덕분에 천인으로서는 드물게 한문을 익히고 시에 뛰어났다. 그의 시적 재능은 어릴 때 아버지를 따라 새벽 절간 앞을 지나다가, 산에 구름이 걸린 것을 보고 시를 지으라고 하자 "손님 오시니 청산이 다소곳이, 머리에 흰 구름 갓을 썼네青山敬客至, 頭戴白雲冠"라고 읊었다는 일화에서 잘 드러난다.

그러나 16세기 조선 사회는 완강한 신분 사회였다. 관노 어무적이 자신의 시적 능력을 발휘할 수 있는 길은 없었다. 어무적은 부조리한 현실을 예민한 감각으로 아파하면서 떠돌 수밖에 없는 처지였다. 어무적의 이런 소외된 처지는 자연스럽게 같은 형편에 처한 백성들에 대한 강한 공감으로 이어진다. 그의 유명한 시 〈유민탄流民歎〉은 바로 공감의 산물이다.

백성들의 어려움이여, 백성들의 어려움이여.　　　　　蒼生難蒼生難

흉년 들어 너희는 먹을 게 없는데　　　　　　　　　年貧爾無食

내가 너희를 구할 마음은 있어도	我有濟爾心
너희를 구할 힘은 없구나.	而無濟爾力
바라노니 소인의 마음을 돌이켜	願回小人腹
잠시 군자의 덕진을 하고	暫爲君子慮
잠시 군자의 귀를 빌려	暫借君子耳
백성들의 말을 들어 보라.	試聽小民語
백성이 말해도 임금은 알지 못하니	小民有語君不知
지금 백성들은 모두 살 바를 잃었도다.	今歲蒼生皆失所
나라에선 백성을 염려하는 조서를 버리지만	北闕雖下憂民詔
큰 고을 작은 고을 보는 것은 빈 종이 한 장.	州縣傳看一虛紙
백성들의 어려움을 묻고자 특별 관리를 보내어	特遣京官問民瘼
역마로 하루 삼백 리를 달려도	馹騎日馳三百里
우리 백성 문턱을 나설 힘도 없는데	吾民無力出門限
어느 겨를에 맘속 일을 진정하리.	何暇面陳心內事
고을마다 조정 관리 하나씩을 보내도	縱使一郡一京官
관리는 귀가 없고 백성은 입이 없구나.	京官無耳民無口
급회양을 불러오는 것만 못하리라.	不如喚起汲淮陽
아직 죽지 않은 백성 구하는 것이.	未死子遺猶可救

이 시는 앞에서 소개한 신유한의 시에 비해 쉽게 쓰였다. 어려운
비유적 표현이 거의 없다. 한나라 때 선정을 베풀었던 태수 급암
의 고사인 '급회양'을 결구에서 끌어들인 것이 비유의 전부이다.
시인의 관심이 어려운 표현을 통해 자신의 시적 재능을 뽐내는 데
있지 않고 자신과 다를 바 없는 백성의 처지를 대변하는 데 있었
기 때문이다.

시의 제목에서 '유민'은 단순히 백성을 일컫는 게 아니다. 흉년
이나 부패한 관리들의 착취를 피해, 살던 곳을 떠나 떠돌아다니는

유랑민을 말한다. 그래서 유민은 고통 받는 백성들이나 국정의 혼란을 상징한다. 시 속에 그려진 백성들은 유리걸식하는 사람들은 아니지만, 흉년에 먹을 것이 없거나 처지를 하소연할 데가 없는 이들은 유민과 다름없다. 그래서 시의 제목이 '유민들의 탄식'인 것이다.

예나 지금이나 백성의 탄식이 없도록 하는 것이 바른 정치이다. 바른 정치가 이루어지려면 다스리는 자가 덕이 있어야 하고, 공평무사해야 한다. 그러나 어무적이 본 16세기 조선의 관리들은 백성을 구할 마음이 없는, 백성들을 향한 귀를 닫아 버린 소인들이었다. 군자는 덕德이나 의義를 생각하지만 소인은 사리사욕을 탐한다는 것이 조선 사대부들이 금과옥조金科玉條로 여긴 《논어論語》의 말씀이다. 어무적은 바로 조선 정치의 기틀인 유학의 군자소인론을 끌어와 부패한 정치에 비판의 칼날을 들이대고 있는 것이다. 임금이 아무리 덕이 있어도 사욕을 채우는 소인배들이 눈과 귀를 가리고 있기 때문에 백성은 유민이 될 수밖에 없다는 말이다. 같은 시기에 창작된 〈홍길동전〉의 활빈당은 바로 이런 유민들이 자신들을 도탄에 빠뜨린 정치 현실을 향하여 치켜든 칼들의 무리였다. 당시에 두 사람이 서로 교류하였는지는 알 수 없지만 허균 역시 어무적의 비판에 깊이 공감하고 있어서 서자 홍길동을 활빈당과 만나게 했던 것이 아니겠는가.

어무적은 연산군 7년(1501) 김해 땅에서 장문의 상소를 올린다. "옛말에 집이 위에서 새는 것을 밑에서 안다고 일렀듯이 지금 세상의 밑에 있으면서 새는 구멍을 잘 아는 사람으로 나만 한 자가 없다." 자신이 바로 노비였으므로 세상의 밑바닥에 있는 백성들의 처지를 가장 잘 안다는 뜻이다. 그러나 귀가 막힌 임금에게 뜻이 가 닿을 리 없었다. 그러니 고을 관장은 과실나무에까지 세금을 매기고, 견디다 못한 백성들이 과실나무를 베어 버리는 해괴한 사태가 벌어진다. 이를 신랄하게 풍자한 시가 바로 어무적의 〈매화나무를 잘라 내는 노래斫梅賦〉이다. 이 일로 인해 어무적은 김해 원님의 체포령을 피해 도망을 다니다가 객사했다는 기록이 어숙권魚叔權이 지은 《패관잡기稗官雜記》에 남아 있다.

　노비 신분이었는데도 불구하고 글을 깨우쳐 괴로웠던 어무적은 면천免賤을 했지만 처지를 부정하지는 않았다. 그는 백성들과 자신을 동일시하고, 글을 통해 백성들의 신세를 대변하고 현실의 모순을 날카롭게 비판할 수 있었다. 이와 비슷한 인물로 어무적의 앞 시대에 활동했던 장영실蔣英實이 있다. 그 역시 노비 출신이었지만 뛰어난 과학적 재능 덕분에 세종의 눈에 들어 노비 신분을 벗고 벼슬에까지 올랐다. 어무적은 신분상으로는 장영실과 비슷했지만, 철저히 소수자의 삶을 살았을 뿐만 아니라 그들의 처지에 깊이 공감하는 시를 남겼다는 점에서 기억해야 할 인물이며 작가이다.

3 신체적 소수자, 장애인을 보는 눈

인권에 대한 인식이 높아졌다고는 하나 장애인에 대한 우리 사회의 배려는 여전히 충분치 못하다. 중세 사회도 마찬가지였다. 멸시의 목소리도 있고 배려의 시선도 있다. 나아가 반성적, 평등주의적 시각도 있다. 고전 문학 작품 속에서 만나는 장애인의 모습과 그들에 대한 전통적 인식은 오늘의 인권 현실을 되돌아보는 시금석이 될 수 있을 것이다.

멸시의 눈, 평등의 눈

가부장제 사회에서는 남성과 여성이라는 성적 위계가 있었다. 근대 이전의 신분제 사회에서는 양반·양인·천민이라는 신분적 위계도 있었다. 이런 차이들로 인해 개인이나 집단은 소수적인 처지에 놓이기도 했다. 이와는 달리 신체적 장애로 인해 비장애인들로부터 소외되는 경우도 있다. 신체적 장애를 차별과 멸시의 빌미로 삼지 않았다면 소외가 발생하지 않았겠지만 전통 사회에서는 그렇지가 않았다. 장애인을 매개로 삼은 속담을 보면 그런 시각이 잘 나타난다.

우리 속담 중에는 신체 장애를 비유로 끌어오는 경우가 적지 않다. 예를 들어 '곱사등이 짐 지나 마나', '뻗정다리 서나 마나', '소경 잠 자나 마나', '절름발이 원행', '귀먹은 중 마 캐듯', '앉은뱅이 용쓴다', '병신 육갑한다' 등이 그렇다. 이 속담들은 대개 부정적인 의미나 욕을 표현하기 위해 신체 장애를 동원하고 있는데, 여기에는 장애인에 대한 조롱과 멸시가 전제되어 있다. 만일 동정과 애정 어린 시각으로 장애인을 바라보았다면 이런 표현들이 속담으로 정착할 수 없었을 것이다.

속담의 이런 인식은 민중들의 구전 문학에서도 흔히 발견된다. 〈박타령〉의 한 대목을 들어 보자.

맹인 점쟁이
앞을 못 보는 점쟁이가 지팡이를 짚고 한 손에는 부채를 들고서는 동네를 다니며 점을 보라고 부르고 있는 모습이다. 19세기 후반 김준근이 그린 그림이다.

슬근슬근 거의 타니 필채 꿰미가 박통 밖에 뾰조록이. 놀보가 보고 좋아라고, "애거, 이것 돈꿰미!" 쑥 잡아 빼어 놓으니 줄봉사 오륙백 명이 그 줄들을 서로 잡고 꾸역꾸역 나오더니, 그 뒤에 나오는 놈 곰배팔이, 앉은뱅이, 새앙손이, 반

신불수, 지겟다리에 발 디딘 놈, 밀지蜜紙로 코 덮은 놈, 다리에 피 칠한 놈, 가슴에 구멍 난 놈, 얼어 부픈 낯바닥에 댕강댕강 물든 놈, 입술이 하나 없어 잇속이 앙상한 놈, 다리가 통통 부어 모기둥만씩한 놈, 등덜미가 쑥 내밀어 큰 북통 진 듯한 놈 (중략) 그저 꾸역꾸역 나오는데, 사람들 모은 수數가 대구 십월령十月令만한데 각청으로 "놀보 불러! 놀보 불러!" 이런 야단이 없구나. 그중에도 영좌領座 고원雇員 있어, 영좌라 하는 영 감슈監 나이 오십 남짓한데, 다년多年 과객過客질에 공것 먹는 수가 터져 힘도 별로 안 들이 예상例常으로 하는 수작 사람 조질 말이로다.

　　놀부가 박을 타는 대목인데 박 속에서 갖은 병신들이 줄줄이 나온다. 봉사를 비롯해서 앉은뱅이, 절름발이, 문둥이 등 있을 법한 거의 모든 장애인이 거론된다. 그런데 이들에 대한 〈박타령〉의 인식은 대단히 부정적이다. 영좌라는 우두머리가 있는데 얻어먹는 데 이력이 나 별로 힘도 안 들고 공짜 밥을 먹는다는 것이다. 그것도 조직적으로 강짜

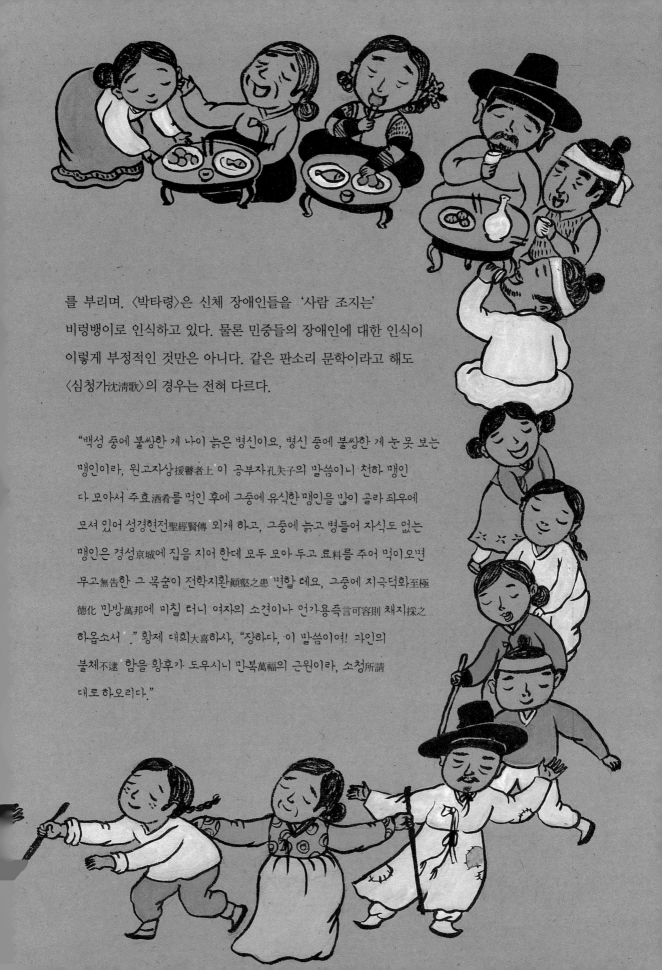

를 부리며. 〈박타령〉은 신체 장애인들을 '사람 조지는'
비렁뱅이로 인식하고 있다. 물론 민중들의 장애인에 대한 인식이
이렇게 부정적인 것만은 아니다. 같은 판소리 문학이라고 해도
〈심청가沈淸歌〉의 경우는 전혀 다르다.

"백성 중에 불쌍한 게 나이 늙은 병신이오, 병신 중에 불쌍한 게 눈 못 보는
맹인이라, 원고자상援薯者上이 공부자孔夫子의 말씀이니 천하 맹인
다 모아서 주효酒肴를 먹인 후에 그중에 유식한 맹인을 많이 골라 좌우에
모셔 있어 성경현전聖經賢傳 외게 하고, 그중에 늙고 병들어 자식도 없는
맹인은 경성京城에 집을 지어 한데 모두 모아 두고 료료料를 주어 먹이오면
무고無告한 그 목숨이 전학지환顚壑之患 면할 테요, 그중에 지극덕화至極
德化 만방萬邦에 미칠 터니 여자의 소견이나 언가용즉言可容則 채지採之
하옵소서." 황제 대희大喜하사, "장하다, 이 말씀이여! 과인의
불체不逮 함을 황후가 도우시니 만복萬福의 근원이라, 소청所請
대로 하오리다."

성경현전聖經賢傳 유가의 경전과 성현들의 전기.

전학지환顚壑之患 구덩이에 빠지지 않을까 근심하는 것.

언가용즉言可容則 채지探之하옵소서 받아들일 만한 말이면 받아들이십시오.

불체不逮 미치지 못함.

황후가 된 심청이 임금께 맹인 잔치를 열자고 청하는 대목인데, 심청의 맹인에 대한 인식이 특히 주목을 끈다. 심청은 맹인이 불쌍하니 잔치를 열어 배불리 먹이자고만 말하지 않는다. 먹이고 집을 주는 맹인 복지도 중요하지만 능력 있는 맹인에게는 공부를 시키자고 한다. 뒤에 이어지는 대목에서 고을 관장이 심 봉사를 불러 "제 인기人器 닿는 대로 직업職業을 주시기로" 했다고 말하는 것을 보면 공부를 시켜 등용하겠다는 것이다. 이는 평등의 관점에서 장애인 문제에 접근해야 한다는 요즘 사람들의 생각과 크게 다를 바 없다.

이런 인식이 어떻게 가능했을까? 물론 여기에는 심청 자신의 아버지 문제가 개입되어 있다. 팔이 안으로 굽는다고 아버지를 찾으려는 효심에서 맹인 잔치를 제안했을 수 있다. 좀 더 부정적으로 말한다면 임금의 '지극덕화'가 '만방에 미칠 터'라며 잔치와 등용을 제안하는 것이 심청의 아버지 찾기라는 사사로운 목적을 덮으려는 명분이라고 할 수도 있을 것이다. 하지만 그것만은 아니다. 장애인을 바라보는 시선이 객관적이고 긍정적이지 않았더라면 심청의 소청은 불가능하였을 것이다. 황후가 된 심청이 맹인 부친을 부끄러워했다면 맹인 잔치라는 발상을 할 수 있었겠는가? 심청의 소청에는 심청만이 아니라 〈심청가〉를 들으면서 웃고 울었던 당대 민중의 장애인에 대한 선의의 시선, 나아가 평등주의적 시선이 스며 있는 것이다.

반성의 눈

이런 선의의 시선은 세상 사람들이 멸시하는 장애인에게서 비장애인보다 더 나은 점을 포착하여 비장애인들의 왜곡된 시각을 지적하고 전복하는 데까지 이르기도 한다. 이른바 장애인을 향한 '반성적 시선'이라고 할 수 있다. 우리는 그 적절한 예를 조선 후기 가사歌辭인 〈노처녀가老處女歌〉에서 발견할 수 있다.

옛적에 한 여자가 있으되 일신이 갖은 병신이라 나이 사십이 넘도록 출가치 못하여 그저 처녀로 있으니 옥빈홍안玉鬢紅顔이 스스로 늙어 가고 설화부용雪花芙蓉이 공연히 없어지니 설움이 골수에 맺히고 분함이 심중에 가득하여 미친 듯 취한 듯 좌불안석하여 세월을 보내더니 일일一日은 가만히 탄식 왈日, 하늘이 음양을 내시매 다 각기 정함이 있거늘 나는 어찌하여 이러한고 섧기도 측량測量 없고 분하기도 그지없네 이처로 방황하더니 문득 노래를 지어 화창話唱하니 갈왔으되 어와 내 몸이여 섧고도 분한지고 이 설움을 어이하리 인간 만사 설운 중에 이내 설움 같을쏜가 설운 말 하자 하니 부끄럽기 측량없고 분한 말 하자 하니 가슴 답답 그 뉘 알리 남모르는 이런 설움 천지간에 또 있는가 밥이 없어 설워할까 옷이 없어 설워할까 이 설움을 어이 풀리 부모님도 야속하고 친척들도 무정하다 내 본시 들째딸로 쓸데없다 하려니와 내 나이를 헤어 보니 오십 줄에 들었구나 먼저는 우리 형님 십구 세에 시집가고 셋째의 아우 년은 이십에 서방 맞아 태평으로 지내는데 불쌍한 이내 몸은 어찌 그리 이러한고 어느덧 늙어지고 초롱군*이 되었구나 시집이 어떠한지 서방 맛이 어떠한지 생각하면 싱숭생숭 쓴지 단지 내 몰라라 내 비록 병신이나 남과 같이 못할쏘냐 내 얼굴 얽다 마소 얽은 궁게 슬기 들고* 내 얼굴 검다 마소 분칠하면 아니 흴까 한 편 눈이 멀었으나 한 편 눈은 밝아 있네 바늘귀를 능히 꿰니 보선볼을 못 박으며 귀먹다 나무라나 크게 하면 알아듣고 천둥소리 능히 듣네 오른손으로 밥 먹으니 왼손 하여 무엇 할꼬 왼편 다리 병신이나 뒷간 출입 능히 하고 콧구멍이 맥맥하나 내음새는 일쑤 맡네 (중략)

얼굴 모양 그만두고 시속행실 으뜸이니 내 본시 총명키로 무슨 노릇 못할쏘냐 기역 자字 나냐 자를 십 년 만에 깨쳐 내니 효행록 열녀전을 무수히 숙독하매 모를 행실 바이 없고 구고舅姑가 모인 곳에 방귀 뀌어 본 일 없고 밥주걱 엎어 놓아 이를 죽여 본 일 없네 (중략)

내 얼굴 이만하고 내 행실 이만하면 무슨 일이 막힐쏜가 남이라 별 수 있고 인물인들 별 날쏜가 남대되 맞는 서방 내 홀로 못 맞으니 어찌 아니 설울쏜가 서방만 얻었으면 뒤 거두기 잘 못할까 내 모양 볼작시면 어른인지 아해인지 바람 맞은 병인病人인지 광객狂客인지 취객인지 열없기도 그지없고 부끄럽기 측량없네 어와 설운지고

초롱군 측은하게.

궁게 슬기 들고 구멍에 슬기가 들어 있고.

　이 작품은 '노처녀가'라는 제목처럼 쉰이 넘도록 시집을 못 간 노처녀
의 노래이다. 그러나 제목이 환기하는 바와는 달리 노처녀의 신세타령이
아니다. 노래의 내용은 두 가지 점에서 오히려 제목을 위반한다. 처녀는
어쩌다 혼기를 놓쳐 노처녀가 된 여자가 아니다. 이 여자의 문제는 여러
가지 신체적 장애가 복합되어 혼인을 감히 상상할 수조차 없는 처지라는
것이다. 그러나 이보다 더한 위반은 화자로 등장하는 노처녀 '나'가 자
신의 신세를 비관하는 게 아니라 적극적으로 긍정한다는 데 있다. 우리
가 〈노처녀가〉를 문제작의 반열에 올리지 않을 수 없는 까닭이 여기에
있다.

좀 더 자세히 읽어 보자. 화자인 '나'는 먼저 자신을 자매들과 비교한다. 언니는 열아홉에, 동생은 스물에 각각 짝을 만나 잘사는데 둘째인 자신은 그렇지 못하다는 것이다. 비교 욕구는 인간이 지닌 어쩔 수 없는 운명이지만 비교는 종종 개인을 불행으로 인도한다. 화자 역시 그 때문에 불만에 차 있다. 하지만 화자의 경우 노처녀가 될 수밖에 없는 조건을 부인하지는 않는다. 사뭇 과장되어 있기는 하지만 곰보, 애꾸에다 사지가 온전한 곳이 없는 '병신'이라는 것을 화자는 직시하고 있다. 그러나 화자는 더 이상 비교하기를 접고 자신과 솔직하게 대면한다. 그리고 이 솔직한 대면은 화자를 자신의 삶에 대한 긍정의 길로 인도한다. 한쪽 눈, 한쪽 귀, 한쪽 다리, 한쪽 손으로 못할 것이 없다는 인식, 아이 잘 낳고 바느질 잘하고 음식 잘하고 부모 효도에도 모자랄 것이 없다는 자아 인식이 불구에 대한 서술 뒤에 이어진다. 물론 이런 긍정적인 자아 인식은 소수자를 배제하는 현실에 대한 이름을 알 수 없는 한 작가의 반성적 시선에서 비롯된 것이고, 나아가 작가의 반성적 시각은 신체적 소수자에 대한 기존의 통념을 뒤집는다.

그런데 〈노처녀가〉에는 흥미로운 대목이 또 있다. 노래가 이어지면, 이러한 긍정적인 자아 인식에도 불구하고 자신의 가치를 알아주지 않는 현실에 대한 불만이 폭발한다. 그러나 그 불만은 조선 시대 여성으로서는 감히 겉으로 드러낼 수 없다. 그래서 노처녀는 '날이 가고 달이 가매, 갈수록 설운 심사 어찌하고 어찌하리, 베개를 탁 던지고 입은 채 드러누워, 옷가슴을 활짝 열고 가슴을 두드리며, 답답하고 답답하다 이 마음을 어찌 할꼬, 미친 마음 절로 난다.'고 토로한다. 불만이 안으로 맺혀 울화병을 일으키고, 울화병은 화자를 심리적 분열 상태로 이끈다. 미친 마음이 절로 나는 까닭이다.

겉으로 드러낼 수 없는 이런 '미친 마음'을 보상받고 조절하기 위해 화자는 꿈을 꾼다. 꿈속에서 마음에 두고 있는 김 도령과 백년가약을 맺는 것이다. 그런데 이 꿈은 꿈으로 끝나지 않고 현실화된다.

가련하고 불쌍하다 이런 모양이 거동을 신령神靈은 알 것이니 지성이면 감천이라 부모들도 의논하고 동생들도 의논하여 김 도령과 의혼議婚하니 첫마디에 되는구나 혼인 택일 가까우니 엉덩춤이 절로 난다 주먹을 불끈 쥐고 종종걸음 보살피며 삽살개 귀에 대고 넌지시 이른 말이 나도 이제 시집간다 네가 내 꿈을 깨던 날에 원수같이 보았더니 오늘이야 너를 보니 이별할 날 멀지 않고 밥 줄 사람 나뿐이라 이처로 말한 후에 혼일婚日이 다다르니 신부의 칠보단장 꿈과 같이 거룩하고 신랑의 사모풍대 더구나 보기 좋다 전안초례 마친 후에 방친영房親迎 더욱 좋네 신랑의 동탕動蕩함과 신부의 아담雅淡함이 차등差等이 없었으니 천장天定한 배필인 줄 오늘이야 알겠구나 이렇듯이 쉬운 일을 어찌하여 지완遲緩턴고 신방에 금침 펴고 부부 서로 동침하니 원앙은 녹수에 놀고 비취는 연리지連理枝에 길들임 같으니 평생 소원 다 풀리고 온갖 시름 바히 없네

마치 온갖 수난을 겪던 고전 소설의 여주인공들처럼 뜻을 이루고 복을 받는, 해피엔딩으로 가사의 사설이 마무리되고 있다. 그러나 이런 해피엔딩은 현실에서는 좀처럼 일어나기 어렵다. '꿈같은 현실'이고, 그래서 꿈과 다를 바 없는 꿈의 연장이다. 하지만 이 꿈을 통한 문제 해결의 과정은 개인과 사회의 파괴를 넘어 광증을 치유하는 과정이면서 동시에 그런 심리적 광증을 유발한 사회에 대한 문제 제기를 동시에 함축하고 있다는 점에서 흥미롭다. 신체적 소수자에 대한 편견을 시정하려는 작가의

반성적 시선은 한 장애인 여성의 심리를 '미친 마음'으로 이끄는 원인마저도 겨냥하고 있는 것이다. 〈노처녀가〉가 오늘날에도 여전히 문제적인 작품일 수 있는 이유가 여기에 있다. 히스테리나 우울증 같은 질병이 단지 개인의 문제가 아님을 〈노처녀가〉는 유쾌하게 지적해 주고 있기 때문이다.

벙어리의 역설

작가의 반성적 시선은 종종 반성을 넘어 역설적 진리를 발견하는 데까지 나아가기도 한다. 다시 말해 장애인을 백안시하는 태도가 부당하다는 것을 말하는 데 머물지 않고 오히려 장애인이 비범한 능력을 지닐 수 있음을 역설하기도 한다. 이옥李鈺(1760~1815)의 〈신아전申啞傳〉에서 그 같은 역설을 발견할 수 있다.

> 탄재炭齋는 성이 신申이고 청도군에 사는 벙어리 칼 대장장이다. 그는 이름이 알려지지 않았고 호로 행세하게 되었다. 칼을 잘 만들었는데 칼이 날카롭고 가벼워서 왕왕 일본의 것을 능가하였다. 칼 만드는 대장장이는 대개 쇠를 세심하게 고르는데 탄재는 쇠의 품질은 묻지 않고 다만 값만 물었다. 값이 중한 것이 상품上品이기 때문이다. 탄재는 성질이 매우 포악해서 자기에게 거스르는 자가 있으면 부젓가락과 쇠망치를 겨누었다. 본도 감사가 일찍이 그에게 명령하여 일을 하라고 했는데 사자使者 앞에서 상투를 자르며 거절하였다.
>
> 탄재는 물건에 박식하였다. 군수가 구슬 갓끈을 살펴보게 하였는데 그가 침으로 긋고 지푸라기를 꽂아 도이島夷의 채색 호박琥珀 모양을 만들어, 연경燕京에서 사온 것이라 알려주면서, 손을 들어 남에서 북으로, 북에서 동으로 돌려 보였는데 사람들이 아직도 믿지 못하는 기색이었다. 탄재가 크게 노하여 갓끈을 잘라 불 속에 던지니 송진 냄새가 났다. 군수가 말하였다.
>
> "참으로 확신이 드네. 하나 갓끈이 완전치 못하게 되었으니 이를 어찌하겠나?"
>
> 탄재는 집으로 달려가 무엇을 움켜쥐고 돌아왔는데 모두 그 종류들이었다.

도이島夷 섬나라 오랑캐라는 뜻으로, 일본이나 동남아시아 지역에 사는 사람들을 가리키는 말.

태어나면서 벙어리인 자는 반드시 귀머거리인데 탄재도 벙어리이면서 귀머거리였으므로 다른 사람과 의사소통을 할 수 없었다. 오직 고을 아전 중에 손으로 말을 대신할 줄 아는 자가 있어서 몸짓으로 말을 하면 서로 그 마음의 곡절을 다 표현할 수 있었으므로 매양 그가 와서 통역해 주었다. 아전은 탄재보다 먼저 죽었는데 탄재는 상가에 가서 널을 치며 종일 개처럼 부르짖었다. 얼마 안 되어 그도 병으로 죽었다. 탄재가 만든 칼은 이제 세상에 드물다.

'신아전'은 '벙어리 신씨의 전기'라는 뜻이다. 그런데 이옥의 초점은 한 벙어리 대장장이의 윤리 의식에 맞춰져 있지 않다. 탄재는 감사도 어쩌지 못할 정도로 성질이 포악한 사람이었다고 했으니 조선 후기의 규범을 벗어나 있다. 그런데도 이옥이 탄재의 전기를 지은 데는 두 가지 이유가 있다.

하나는 일본도를 능가하는 탄재의 칼 만드는 솜씨에 대한 주목이다. 병신인 데다 성질도 사납다고 세상 사람들이 외면하는 인물이지만 오히려 그 내부에 탁월한 능력이 숨어 있다는 사실에 대해 작가는 말하고 싶었던 것이다. 이는 보이는 것이 전부가 아니라는 이치, 소수자들의 사회적 가치에 대한 발견이다. 다른 하나는 탄재와 유일하게 수화로 소통을 했던 아전에 대한 주목이다. 포악한 탄재가 개처럼 부르짖었다는 것은 탄재가 아전을 지음知音으로 여겼다는 뜻이다. 지음이 죽자 탄재도 따라 죽고, 그래서 그의 칼을 보기 어려워졌다는 진술은 지음의 가치에 대한 작가의 평가이다. 성질도 포악한 벙어리를 알아주던 아전이 더 살아 있었다면, 아니 아전 같은 사람이 더 있었다면 탄재의 칼은 세상에 더 오래도록 보존될 수 있었으리라는 아쉬움의 감정이 행간에 배어 있다.

탄재와 아전은 모두 작가 이옥의 분신이라 할 수 있다. 이옥은 성균관 유생의 신분으로 과거 시험에서 소품체를 구사하여 임금 정조로부터 불경스럽고 괴이한 문체를 고치라는 명령을 받았던 인물, 마침내 신분이 격하되어 군에 편적編籍되어 유배까지 당했던 인물, 유배에서 풀려난 이

지음知音 마음이 서로 통하는 친한 벗을 비유적으로 이르는 말. 거문고의 명인 백아가 자기의 소리를 잘 이해해 준 벗 종자기가 죽자, 더 이상 자신의 거문고 소리를 아는 자가 없다고 하여 거문고 줄을 끊었다는 《열자列子》의 고사에서 유래한다.

후에는 더 이상 과거를 보지 않고 오직 문학 창작에만 매달렸던 조선 후기의 문제적 인물이었다. 그가 탄재를 형상화하고, 탄재의 지음이었던 아전에 주목했다는 것은 예사롭지 않다. 탄재의 칼 만드는 솜씨를 그의 글 짓는 솜씨에 대한 비유로 읽을 수밖에 없는 까닭이 여기에 있다. 나아가 아전은 이옥과 교유했던 김려金鑢를, 더 나아가 벙어리 탄재의 가치를 알아보고 전을 짓고 있는 이옥 자신을 상징하는 존재로 볼 수밖에 없는 이유 또한 여기에 있다.

인용 작품

박타령 49쪽
판본 신재효본
갈래 판소리
연대 19세기

심청가 51쪽
판본 신재효본
갈래 판소리
연대 조선 후기

노처녀가 53, 56쪽
저자 미상
갈래 가사
연대 조선 후기

신아전 57쪽
저자 이옥
갈래 고전 소설(한문)
연대 18~19세기

4 사상적 소수자,
소수적 지식인의 고투

어느 시대에나 남들과는 다른 생각을 하고 말을 하고 글을 쓰는 사람은 있기 마련이다. 신분적 위계와 사상적 질서가 완강했던 조선 시대에도 그런 질서를 위반하고 넘어서는 사유를 펼치고, 그결과 문학으로 표현했던 소수적 지식인의 작가들이 있었다. 김시습, 허균, 박지원, 김병언과 같은 이들이 아니었다면 우리 문학사는 한없이 가난했을 것이다.

김시습의 소수적 사유

어느 날 하곡荷谷 허봉許篈(1551~1588)이 퇴계 이황에게 조심스레 물었다.

> 세상 사람들은 매월당이 중옷을 걸쳤다고 하여 볼 만한 것이 없다고 합니다만, 제 뜻으로는 매월이 세상에서 도망친 행동이야 중용中庸의 도리에 어긋나도 '몸을 청정한 데두고 권력에 대한 집착을 버렸다.'고 생각합니다. 이렇게 보면 어떻습니까?

매월당梅月堂 김시습金時習(1435~1493)을 두고 본받을 만한 것이 없다고 비판하는 것이 당대의 중론이었다. 이에 대해 허봉은, 유가의 도리를 벗어나기는 했지만 그래도 권력을 멀리하고 몸을 깨끗한 데 둔 것은 평가해 주어야 한다는 이견을 피력한 것이다. 그러나 퇴계의 대답은 단호하였다. 김시습의 그런 행태는 유가적 덕목과는 도저히 합해질 수 없는 기이한 짓이라는 것이었다. 김시습을 좀 너그럽게 평가함으로써 사유의 폭을 넓혀 보려고 했던 허봉의 태도를 일거에 제압한 셈이다. 일화가 말해 주듯이 김시습은 당시의 주류 사대부들에게 대단히 못마땅한 존재였다.

매월당 김시습
당대 유학자들은 흔히 쓰지 않은 염주 같아 보이는 장식을 매단 독특한 모자를 쓴 초상화이다. 시류에 휩쓸리지 않고 소수적 사유를 이어 간 그의 모습이 엿보인다. 김시습이 말년을 보낸 충남 부여군 무량사에 이 영정이 모셔져 있다.

그런데 김시습이 중옷을 걸치고 유랑하였던 데는 까닭이 있었다. 그는 15세기 조선 사회에서 출세하기에는 출신 성분이 좋지 않았다. 무인 집안 출신인 데다 일찍이 어머니를 여의고 아버지마저 병들어 외할머니 손에서 자랐다. 하지만 어릴 적부터 신동으로 불리며 세종의 칭찬까지 받은 바 있기에 과거에 큰 기대를 품고 있었다. 하지만 삼각산 중흥사에서 과거 공부를 하던 중 단종 폐위 소식을 듣고는 사흘 동안 문을 닫아걸고

식음을 전폐하다가 서책을 다 태워 버렸다. 그 길로 김시습은 머리를 깎고 유랑의 길에 오른다. 김시습은 당시의 생각을 〈탕유관서록후지宕遊關西錄後志〉에 이렇게 적었다.

어느 날 문득 감개感慨한 일을 만났다. 이에 나는 이 세상을 살아가면서 도를 행할 수 있으면 윤리를 어지럽히는 것이 부끄러운 일이겠거니와 도를 행할 수 없으면 홀로 몸을 닦는 것도 옳다는 생각이 들었다. 그래서 바깥에서 자유롭게 놀고 싶어 진도남陳圖南과 손사막遜思邈의 풍모를 부러워했지만 우리나라 풍토엔 그런 삶의 방식이 없어 결행을 못하고 머뭇거렸다. 그러다가 어느 날 저녁 문득 깨달아 승복을 걸치고 산인山人이 되면 소망을 메울 수 있으리라 생각하였다.

당나라의 은거 도인 진도남과 손사막처럼 홀로 몸을 닦는 도가적 삶을 선택하고 싶었지만 조선에는 그런 풍토가 없어 불가피하게 선택한 것이 산인의 삶이었다는 것이다. 말하자면 김시습의 '중옷'은 단지 세상에서 도망치는 자의 옷차림이 아닌 이제까지와는 다른 삶을 추구하려는 결단의 상징이었던 셈이다. 김시습은 스스로를 당대의 통념이나 사대부의 윤리에 맞서는 정신적 소수자의 길로 몰고 간다. 15세기를 빛낸 그의 사상과 문학은 그 외로운 길에서 송진처럼 빚어진 것이다.

이 소수자의 행로에서 김시습은 자신의 사유를 펼치는 장의 하나로 전기傳奇를 선택한다. 당나라 시대에 생성되어 동아시아 한문 문명권의 주요한 서사 양식으로 성장한 전기는 유가적 세계관과는 본질적으로 어긋나는 탈유가적 서사 양식이었다. 꿈과 신선, 귀신이 등장하는 비현실적 이야기는 유가의 현실주의와는 거리가 있었기 때문이다. 이를 모를 리 없는 김시습이 전기를 선택했다는 것은 심상히 넘길 일이 아니다. 전기 양식의 선택이야말로 김시습의 소수자 의식을 극명히 드러낸다. 이 고심에 찬 선택은 그에게 자신이 애독했던 《전등신화剪燈新話》의 문학적 성취를 뛰어넘는 《금오신화金鰲新話》라는 꽃송이를 안겨 주었다.

전등신화剪燈新話 명나라 구우瞿佑가 지은 전기 소설집으로, 20편의 이야기가 실려 있다. 김시습은 〈제전등신화후題剪燈新話後〉에서 '김정과 취취의 무덤 앞 산천은 아름답고, 나애애와 조원의 집 안 이끼는 가늘구나.'라는 시구를 남겼을 정도로 《전등신화》 애독자였다.

《금오신화》의 다섯 작품 가운데 그의 사유가 가장 잘 드러나는 것은 철학 소설이라고 할 수 있는 〈남염부주지南炎浮洲志〉이다.

왕성王城에 이르니 사방의 문이 활짝 열려 있었는데, 연못가에 있는 누각 모습이 하나같이 인간 세상의 것과 같았다. 아름다운 두 여인이 마중 나와서 절하더니, 모시고 들어갔다. (중략)

"선비께선 이 땅이 어디인지 모르시겠지요. 속세에서 염부주炎浮洲라고 하는 곳입니다. 왕궁의 북쪽 산이 바로 옥초산沃焦山입니다. 이 섬은 하늘과 땅의 남쪽에 있으므로, 남염부주라고 부릅니다. 염부라는 말은 불꽃이 활활 타서 언제나 공중에 떠 있기 때문에 불린 이름이지요. 내 이름은 염마입니다." (중략)

박생이 물었다.

"주공과 공자와 석가는 어떤 사람들입니까?"

임금이 말하였다.

"주공과 공자는 중화中華 문물文物 가운데서 탄생한 성인이요, 석가는 서역西域의 간흉한 민족 가운데서 탄생한 성인입니다. 문물이 비록 개명하였다 하더라도 성품이 얼그러지고 어지러운 사람도 있고 순수한 사람도 있으므로, 주공과 공자가 이들을 통솔하였습니다. 간흉한 민족이 비록 몽매하다고 하더라도 기질이 날카로운 사람도 있고 노둔한 사람도 있으므로, 석가가 이들을 일깨워 주었습니다. 주공과 공자의 가르침은 정도正道로써 사도邪道를 물리치는 일이었고, 석가의 법은 사도로써 사도를 물리치는 일이었습니다. 그러므로 정도로써 사도를 물리친 말씀은 정직하였고, 사도로써 사도를 물리친 말씀은 황란하였습니다. 주공과 공자의 말씀은 정직하였으므로 군자들이 따르기가 쉬웠고, 석가의 말씀은 황란하였으므로 소인들이 믿기가 쉬웠던 것입니다. 그러나 그 지극한 경지에 이르면 모두 군자와 소인들로 하여금 마침내 바른 도리로 돌아가게 하는 것입니다. 세상을 의혹시키고 백성을 속여서 이도異道로써 그릇되게 하려는 것은 아닙니다."

주인공 박생은 성품이 온화하여 스님들과도 벗하고 지내지만 근본적으로 유가 지식인이다. 그래서 불가의 천당지옥설 같은 주장은 인정하지 않는다. 그런 그가 꿈속에서 염부주, 곧 염라국에 이르러 염왕(염라대왕)을 만나게 된다. 작가의 신념이 꿈속에서 부정되는 순간이다. 게다가 박생은 자신이 부정했던 염왕을 통해 오히려 진리에 이른다. 박생의 물음에 대해 염왕은 유가와 불가가 사도를 물리치는 방법은 다르지만 군자와 소인을 바른 길로 가게 하는 가르침이라는 점에서는 같다고 대답한다. 염왕과의 대화라는 환상적 장치를 통해 유가의 편향된 주장을 부정하면서 동시에 염왕의 입을 통해 석가의 법을 사도라고 함으로써 불가 역시 부정하는, 다시 말해 어느 쪽에도 치우치지 않으려는 사유의 줄타기를 시도하고 있는 것이다. 이런 줄타기는 귀신에 대한 문답, 천당지옥에 대한 문답, 인간 세상에 대한 논의에서 지속적으로 반복된다.

박생이 또 물었다.

"귀신이란 어떤 것입니까?"

임금이 말하였다.

"귀鬼는 음陰의 영이고, 신神은 양陽의 영입니다. 귀신은 대개 조화造化의 자취이고, 이기理氣의 양능良能입니다. 살아 있을 때에는 인물이라 하고 죽은 뒤에는 귀신이라 하지만, 그 이치는 다르지 않습니다."

박생이 말하였다.

"속세에서는 귀신에게 제사 지내는 예법이 있는데, 제사를 받는 귀신과 조화의 귀신은 다릅니까?"

"다르지 않습니다. 선비는 어찌 그것도 알지 못합니까? 옛 선비가 이르기를, '귀신은 형체도 없고 소리도 없다.'고 하였습니다. 그러나 물질이 끝나고 시작되는 것은 음양이 어울리고 흩어지는 데 따르는 것이고, 하늘과 땅에 제사 지내는 것은 음양의 조화造化를 존경하는 것이며, 산천에 제사 지내는 것은 기화氣化가 오르내리는 것을 보답하려는 것입니다. 조상께 제사 지내는 것은 근본에 보답하기 위한 것이고, 육신六神에게 제사 지내는 것은 재앙을 면하기 위해서입니다. (이러한 제사들은) 모두 사람들이 공경하는 마음을 가지게 하기 위해서 지냅니다. (이 귀신들이) 형체가 있어서 인간에게 화와 복을 함부로 주는 것은 아닙니다. 그렇지만 사람들은 향불을 사르고 슬퍼하면서 마치 귀신이 옆에 있는 것처럼 지냅니다. 공자가 '귀신은 공경하면서도 멀리하라.'고 하신 말씀은 바로 이러한 태도를 일러주신 것입니다." (중략)

박생이 또 물었다.

박생이 또 물었다.

"저는 일찍이 불자들로부터 하늘 위에는 천당이라는 즐거운 곳이 있고 땅 밑에는 지옥이란 고통스러운 곳이 있다고 들었습니다. 명부冥府 에서는 시왕十王을 배치하여 열여덟 지옥의 죄인을 문초한다고 하더군요. 그 말이 정말입니까? 또 사람이 죽은 지 이레가 지난 후 그 영혼을 위해 부처님께 공양드리고 제를 베풀며, 대왕께 제사를 드리며 종이돈을 사르면 지은 죄가 면해진다고 했습니다. 비열하고 포악한 사람들을 왕께서는 너그러이 받아 주십니까?"

왕이 크게 놀라며 말하였다.

"나는 그런 말을 들은 적이 없습니다. 옛사람이 말하기를 한 번 음이 되고 한 번 양이 됨을 도道라고 하였고, 한 번 열리고 한 번 닫힘을 변變이라 하였으며, 낳고 또 낳음을 역易이라 하였고, 망령됨이 없음을 성誠이라 하였습니다. 사리가 이와 같을진대 어찌 건곤乾坤 밖에 또 건곤이 있으며, 천지 밖에 또다시 천지가 있겠습니까?

염라대왕이 피력하는 귀신이나 지옥천당에 대한 견해는 유가의 귀신론鬼神論을 크게 벗어나지 않는다. 귀신론에는 제사 받는 귀신과 조화의 귀신이 다르다는 시각도 있었지만 김시습의 〈귀신설鬼神說〉이라는 글을 보면 둘을 모두 '기운의 움직임'이라는 관점에서 이해한다. 이를 철학에서는 기일원론氣一元論이라고 한다. 이런 관점에 서면 천당이나 지옥이라는 것이 있을 수 없다. 그래서 염왕은 "천지 밖에 천지가 어디 있느냐?"고 반문하고 있는 것이다.

하지만 염왕과 박생의 문답에는 논리적 모순이 있는 것으로 보인다. 귀신이라는 것은 형체가 있는 것이 아니고, 귀신이 진짜 있어서 제사를 받는 것이 아니라고 하는데, 또 불교가 이야기하고 일반 백성들이 믿듯이 천당이나 지옥이 천상과 지하에 실재하는 것이 아니라고 하는데, 정작 그 주장을 펴는 존재가 박생이 아니라 염왕이기 때문이다. 염왕은 스스로를 부정하는 발언을 아무렇지도 않게 늘어놓고, 작품의 결말부에서는 자신의 왕위를 박생에게 물려주기까지 한다.

그러나 이를 모순이라고만 보면 김시습의 사유를 제대로 알 수가 없다. 박생과 염왕의 대화는 모순이 아니라 역설이다. 〈일리론一理論〉이라는 글을 썼을 정도로 세상에는 하나의 이치만 있을 뿐이고 유학자는 그것만을 탐구해야 한다는 굳건한 철학을 지닌 유가 지식인 박생을 등장시킨 뒤 염왕을 통해 그런 태도를 비판하게 했을 뿐만 아니라, 그 박생을 염라대왕에 등극시키는 방법으로 유가의 편벽된 철학을 부정하고 있다. 또 염왕이라는 불교적 신격을 등장시켜 불교의 천당지옥설을 부정하는 방법으로 현실 불교의 혹세무민 행태를 비판하고 있다. 그러므로 이는 모순이 아니라 역설의 수사학이다. 진리를 말하는 김시습의 글쓰기 방법인 것이다.

김시습은 고독한 존재였고, 스스로 소수자적 삶을 선택했던 인물이다. 따라서 그는 사상적으로 어느 한쪽에 쉽게 발을 담글 수 있는 인격이 아니었다. 끊임없이 반성하고, 반성을 통해 세계를 새롭게 사유하려고 한 지성이었다. 그래서 그는 어느 한쪽에 기울 수 없는, 경계적인 지적 편력을 보여 주었던 것이다. 소수적 지성이란 이처럼 번득이는 칼날의 숲 위에 걸린 외줄을 타는 존재이다.

허균의 호민 되기

김시습이 사변적이라면 소수적 지성의 실천적 면모를 보여 준 사람은 허균이다. 허균은 〈홍길동전〉이나 〈남궁선생전南宮先生傳〉과 같은 소설의 작가로 유명하지만 그의 사상을 더 직접적으로 만날 수 있는 글은 〈호민론豪民論〉이나 〈유재론遺才論〉과 같은 산문이다. 〈홍길동전〉의 원작자에 대한 시비가 있긴 하지만 아래와 같은 산문들 때문에 허균을 원작자로 보는 의견이 설득력을 얻고 있는 것이다.

천하에서 두려운 것이 오직 백성이다. 백성은 물이나 불, 호랑이나 표범보다도 더 두려운 것이다. 그런데도 윗자리에 있는 사람들은 제 마음대로 이들 백성을 업신여기고 모질게 부린다. 도대체 어찌하여 그러는가?

무릇 조그만 일이 이루어진 것을 함께 즐거워하느라 늘 눈앞의 이익에 얽매이고 시키는 대로 따라서 법을 만들고 윗사람의 부림을 받는 자를 항민恒民이라 한다. 이들 항민은 별로 두려운 존재가 아니다. 다음, 모질게 빼앗겨서 살이 발리고 뼈가 부서지며 집에 들어온 것이나 땅에서 소출되는 것을 몽땅 빼앗기면서 끝없는 욕심을 채워 주느라 걱정하고 탄식한다. 이렇게 윗사람을 탓하는 자는 원민怨民이다. 이 원민들도 반드시 두려운 존재는 아니다. 다음, 자기의 모습을 푸줏간에 감추고 다른 마음을 품고서 남몰래 세상 돌아가는 틈새를 눈을 부릅뜨고 흘겨보다가 시대의 변고가 있는 것을 다행히 여겨 자기의 소원을 풀어 보려는 자는 호민豪民이다. 무릇 이들 호민이야말로 참으로 두려운 존재이다. 호민은 나라의 틈을 엿보고 형세가 편승할 만하기를 노리다가 팔을 흔들며 들판에 올라서서 한번 소리를 크게 지른다. 그러면 저 원민들은 소리만 듣고도 모여들어 모의 한번 하지 않았어도 그들과 같은 소리를 외치게 마련이다. 이에 항민들도 또한 살길을 찾아 호미와 따비와 창자루를 들고 쫓아와서 무도한 놈들을 죽인다. (중략)

오늘의 우리는 그렇지 못하다. 변변치 못한 백성에게 거두어 들이는 것으로 제사를 받드는 일이나 윗사람을 섬기는 범절은 중국과 같이 하고 백성들이 세금을 다섯 몫을 내면 공가公家에 돌아가는 것은 겨우 한 몫쯤이고 그 나머지는 간악한 무리들이 제 배를 채운다. 또 나라에는 모아 둔 것이 없어서 나라에 무슨 일이 있으면 한 해에 두 번씩이나 거두어들이고 고을의 원님들은 이를 빙자하여 덧붙여서 키질하듯 빗질하듯 짱그리 긁어 간다. 그리하여 백성들의 근심과 원망이 고려 말기보다 훨씬 더 심하다. 이러한데도 윗사람은 마음 편하게 두려움을 알지 못하니 우리나라에는 호민이 없는 탓이다. 불행히도 진황과 궁예 같은 사람이 나와서 몽둥이를 휘두르면서 백성들을 충동질한다면 근심과 원망에 가득 찬 민중이 어찌 따르지 않는다고 보장할까? 황소의 난 같은 것을 발을 개고

기다릴 수는 있을 것이다. 이런 때에 민중을 다스리는 사람이 이런 두려운 형상을 밝게 알아 느슨한 활시위를 바로잡고 어지러운 수레바퀴 자국을 지운다면 겨우 유지할 수는 있을 것이다.

〈호민론〉에서 허균은 백성을 세 유형으로 나눈다. 항민은 허균 시대에 지배 계층이 쓰던 용어로 바꾸면 '소인배'들이다. 힘센 사람 앞에 꼼짝하지 못하고 시키는 대로 하는 어리석은 백성들이다. 그에 반해 원민은 말 그대로 지배 계층의 수탈에 대해 '원한을 지닌 백성'들이다. 하지만 이들의 원한은 탄식에만 머물 뿐 행동으로 옮겨지지 않는다. 하지만 호민은 다르다. '푸줏간'이라는 일상 속에 거주하면서도 그 일상에 빠져 있지 않기에 눈을 부릅뜨고, 수탈을 일삼는 지배 계층을 몰아낼 기회를 엿보는 혁명아가 호민이다.

허균이 주목한 존재가 바로 호민이다. 호민은 항민과 원민들 속에서 때를 기다리는 소수일 뿐이지만, 호민이 팔을 흔들고 소리를 지르면 원민이 따르고 항민도 추종하기 때문에 윗자리에 앉아 있는 자들이 가장 두려워해야 할 존재라는 것이다. 그런데도 우리나라의 지배 계층이 백성들을 두려워할 줄 모르는 것은 견훤이나 궁예 같은 호민이 적기 때문이라는 것이 허균의 진단이다. 〈호민론〉은 반역과 역모를 선동하는 듯한 시한폭탄과 같은 글이다. 허균은 어떻게 이런 문장을 감히 쓸 수 있었을까?

역적의 괴수 허균은 성품이 올빼미 같고 행실은 개와 돼지 같고 인륜의 도덕을 더럽히고 음탕함을 좇으며 사람으로서는 못할 짓을 다하였다. 기강을 업신여기고 상례를 버리고 스스로 공자의 도를 끊었다.

이 글은 허균이 능지처참 형에 처해진 뒤 임금이 내린 반교문頒教文의 일부이다. 이 글에 따르면 허균은 극악한 패륜아이다. 실재로 허균은 부모상을 당하고도 기생과 술을 먹고 놀아난 적이 있고, 삼척부사로 있을 때 참선과 예불을 게을리하지 않아 파직되기도 했으며, 도참*圖讖에 관한 책을 써서 당대와 후대 유가들에게 음란하고 경박하다는 욕을 먹기도 했으니, 임금으로부터 이런 대접을 받을 만도 했다고 할 수 있을 것이다. 하지만 이는 그 시대의 규범에서 벗어난 한 소수적 지식인에 대한 다수 지배 계층의 지나친 비난으로 볼 수도 있다.

도참圖讖 앞날의 길흉을 예언하는 술법 또는 그런 내용을 적은 책.

허균 정신의 주요한 계보에 선禪과 선仙이 있었다. 허균의 친불교적 행로는 적대자들에겐 그를 곤경으로 몰아가는 빌미가 되었지만 그는 아랑곳하지 않고 선담禪談을 일삼고 승려들과 끊임없이 교유했다. 그가 서산대사의 문집인 《청허당집》의 서문 〈사명당비명〉을 쓴 것이 그 예이다. 허균이 불교를 어떻게 생각하고 있었는지는 그가 마흔 무렵에 쓴 〈해안이란 중에게 준 글送釋海眼還山序〉에 잘 압축되어 있다.

해안은 불교도요, 나 또한 불교를 좋아한다. 일찍이 그 글들을 읽어 보았더니 환하게 마음에 깨치는 것이 있었다. (중략) 비록 예법을 배운 선비들의 꾸짖음과 책망을 입는다 하더라도 나는 불교를 마다하지 않겠다. 마땅히 깨달음을 얻어 나고 죽는 큰 환난을 없애 번뇌의 바다를 함께 건넌다면 머리를 깎지 않고 중이 되지 않았더라도 해안과 나는 같은 석가모니의 무리이다.

머리를 깎지는 않았지만 자신은 이미 석가모니의 무리라고 말한다. 머리를 깎고 가사를 입고 불교에 관한 이론을 펼쳤지만 스스로를 석가모니의 무리라고 하지는 않았던 김시습과는 다르다. 그만큼 허균은 과감하고 격정적이었다.

허균은 불교 못지않게 도교에 대해서도 관심이 많았다. 조선 시대 사대부들의 도교에 대한 관심은 상당히 일반적인 것이었다. 지적인 관심이거나 무병장수의 건강술에 대한 관심이기도 했다. 하지만 허균은 그 이상이었다. 허균은 도道를 논하는 데에서는 《노자老子》가 유교의 경전보다 우위에 있다고 보았다. 장자의 글을 읽고는 "욕심이 없고 담백하며 고요하고 청정무위한 사상이 은연중에 불교와 부합된다."라고 말할 정도였다. 허균의 사유는 이처럼 거칠 것이 없었다.

　사실 허균은 이렇게 과격할 필요가 없었던 인물이다. 그는 김시습과는 비교가 안 될 정도로 좋은 집안에서 태어났다. 그의 부친 허엽은 대사간과 경상도 관찰사를 지낸 인물로 청백리로 이름이 높았으며, 큰형 허성은 이름난 문장가로 이조판서까지 올랐던 인물이다. 이런 집안의 후광을 입고 있었던 허균이었기에 당대의 관습을 따라 살았다면 안녕과 출세를 보장받았을 것이다. 실제로 그는 20대에 벼슬길에 나가 정2품 형조판서라는 고위직까지 올라간 바 있다. 그런 그가 왜 능지처참의 길로 걸어갔는지 참으로 의문스럽다.

　허균은 의도적으로 소수자의 길을 선택한 것이 아닐까? 허균의 시문집 《성소부부고惺所覆瓿藁》의 〈대힐자對詰者〉에는 그의 생생한 육성이 담겨 있다.

　좋은 풍채에 갓을 쓴 사람이 와서 나를 꾸짖는다. "그대는 문장이 뛰어나고 벼슬이 높아서 높은 갓을 쓰고 넓은 띠를 두르고 임금 행차 모실 적에 따르는 자가 구름처럼 옹위하

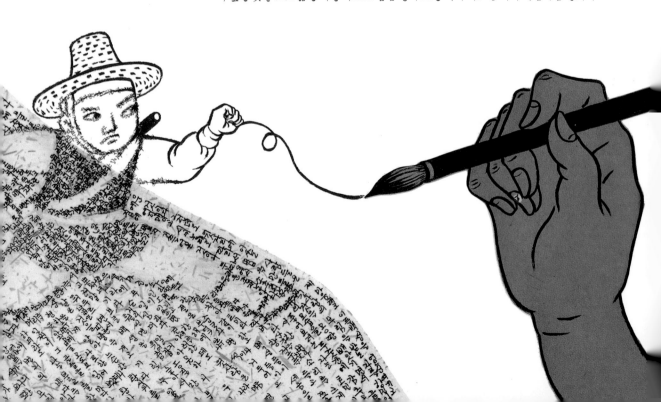

고 큰 거리에서 인도하고 뽐냈네. (중략) 하루아침에 권세를 휘어잡아 부엌이나 곳간에 물건을 그득히 쌓아 놓고 살 수 있건만 어찌하여 조정에서 물러 나올 적에는 숙맥같이 입을 다무느뇨? 현달한 이가 찾아오는 법이 없으며 괴상망측한 사람들과 어울려 다니는가? (중략) 그래서 미워하는 사람들이 저 남산의 숲과 같이 많고 등을 돌리는 선비들이 별처럼 헤아릴 수 없이 많다. 마땅하다. 그대 몸은 진흙길에 내동댕이쳐진 신세이거늘 어째서 이런 무리들을 쫓아 보내고 중요한 지위에 있는 인사들과 사귀지 않는가?"

내가 말하였다. "아니다. 아니고말고. 그대가 말한 것은 잘못된 것이다. 나의 성품은 더럽고 옹졸하고 엉성하고 거칠어서 기교를 부릴 줄도 모르고 아첨하지도 못한다. 하나라도 마음에 맞지 않으면 잠시도 참지 못하고 이야기가 남을 칭찬하는 데 미치면 입이 머뭇거려지고 발이 권세 있는 집의 대문에 이르면 발끔치가 갑자기 쑤신다. 높은 사람에게 절하려면 몸이 기둥처럼 뻣뻣해진다. 이런 떨떠름한 모습으로 높은 사람들을 뵈오니 보는 이들이 금방 나를 미워해서 목이라도 자르고 싶겠지. 어찌할 수가 없어서 저 강호에나 가서 살려고 생각하였는데 가난이 무서워 녹이나 조금 받기 위해 물러가려고 해도 주저된다오. (중략) 여러 사람이 좋아하는 것을 나쁘다고 하고 여러 사람이 추켜세우는 것을 더럽다고 하니 이것을 사람들이 병든 풍습이라고 말하지만 나는 막돼먹은 것을 좋아한다. 이런 것들로 말미암아 내 몸은 늘 중한 허물에 빠졌다. 그러나 이런 사귐을 끊기보다는 몸이 곤궁해지는 것이 낫다."

이 글을 보면 허균은 자신의 처세에 대한 비난의 목소리들과 그것이 출세에 전혀 도움이 되지 않는다는 사실을 분명히 알고 있었다. 그렇지만 알고 있으면서도 그렇게 처신하는 까닭을 허균은 자신의 '막돼먹은' 성품에서 찾고 있다. 그러나 이는 단지 허균의 기질 문제가 아니다. 드러난 문면文面의 배후에는 허균의 다른 의지가 도사리고 있다. '막돼먹은 것'을 좋아한다는 선언은 당대의 '잘돼먹은 현실'을 인정할 수 없다는 반어反語의 표현인 것이다. '괴상망측한 사람들'과 어울리는 허균의 처세는 의지적 선택의 결과였다. 〈대힐자〉의 말미를 보면, 문제를 제기하던 사람이 "그럴 듯하다. 내가 참으로 잘 몰랐다. 그대가 따져 말하는 것을 들으니 마치 유명한 무당을 본 듯하다. ……나의 말은 실수였고 나는 정말로 소인이었다."라며 굴복하고 물러가는 '걸음걸이가 시원스러웠다.'고 쓰고 있는데, 여기에서는 자신의 선택에 대한 자부심까지 느껴진다.

〈호민론〉은 허균의 이런 소수자적 삶에 대한 추구가 낳은 사회 변혁을 향한 선언문 같은 글이다. 그리고 이 선언은 그의 삶에서 역모로 구체화되고, 〈홍길동전〉이라는 소설을 통해 형상을 얻는다. 그의 생애에서는 스스로가 호민이었고, 소설에서는 홍길동이 바로 호민이었다. 허균과 서얼들의 연합, 홍길동과 활빈당의 결합은 〈호민론〉이 내세웠던 호민과 원민의 혁명적 연대였다고 해도 좋을 것이다. 물론 현실의 호민은 능지처참이라는 결말을 맞이했다. 그러나 소설 속의 호민 홍길동은 율도국이라는 이상향을 통해 원민의 꿈을 이루어 낸다. 비록 현실에서는 실패했을지라도, '홍길동'과 '율도국'이라는 상상력은 허균의 소수자적 사유가 없었다면 우리 문학사에 등록될 수 없었을 것이다.

박지원의 소수적 미학

지식인과 소수자의 만남이 문학을 통해 표현되는 것에는 여러 가지 길이 있다. 15세기 김시습처럼 유가 지식인을 등장시켜 작가의 소수자적 사유를 표현하는 길도 있고, 16~17세기에 걸쳐 살았던 허균처럼 소수자를 주인공으로 내세워 그들의 목소리를 대변하고, 그들의 꿈을 상상적 방식으로 실현하는 길도 있다. 그런데 18세기 연암 박지원에 이르면 소수적 지성과 소수자들의 만남은 전혀 다른 형식으로 표현된다. 박지원은 말 거간꾼, 똥 치우는 사람, 늙은 이야기꾼, 남산골의 숨은 선비 등 당대의 소수자를 다룬 전傳을 많이 남겼다. 18세기 한양의 명물 거지였던 광문을 다룬 〈광문자전廣文者傳〉도 그 가운데 하나이다. 이 작품을 통해 박지원이 창안한 형식을 만나 보자.

〈광문자전〉은 몇 개의 일화로 구성되어 있다. 첫 번째 일화는 거지 광문의 이야기다. 광문은 종로 거지들의 추대로 거지 왕초가 된다. 그런데 사건이 생긴다. 병이 들어 구걸을 못 나간 거지 아이를 위해 대신 밥 동냥을 나간 사이 아이가 죽자 구걸하고 돌아온 다른 거지들이 광문을 의심하여 두들겨 패서 내쫓는다. 광문은 어느 집에 들어갔다가 도둑으로 오인되어 붙잡히는데, 광문의 순박한 말에 집주인은 오해를 풀고 새벽녘에 풀어 준다. 그러고는 떨어진 거적을 달라는 광문이 이상하여 뒤를 좇는다. 그랬더니 광문은 거지들이 수표교 아래 버린 아이의 시체를 거적으로 싸 짊어지고는 서쪽 교외의 공동묘지에 묻고 통곡하는 것이었다. 집주인이 붙잡고 사정을 물으니 그제야 사연을 털어놓았다. 광문은 거지였지만 범상한 거지가 아니었다는 이야기이다.

이 첫 번째 일화는 다음과 같이 두 번째 일화로 이어진다.

집주인은 내심 광문을 의롭게 여겨, 그를 데리고 집으로 돌아와 옷을 주며 후하게 대우하였다. 그리고 마침내 약국을 운영하는 어느 부자에게 광문을 천거하여 고용인으로 삼게 하였다.

그런 지 한참 지난 어느 날 약국의 부자가 대문을 나서다 말고 자꾸 뒤를 돌아보았다. 그러다가 도로 다시 방으로 들어가서, 자물쇠를 찬찬히 살펴본 다음 대문을 나서 가 버렸는데, 마음속으로는 몹시 꺼림칙한 눈치였다. 그런데 돌아와서는 화들짝 놀라며 광문을 뚫어져라 살펴보면서 무슨 말을 하려다가 안색이 달라지면서 그만두었다. 광문은 실로 무슨 영문인지 몰라 날마다 아무 말도 못하고 지냈으며, 또한 감히 그만두고 떠나 버리지도 못하였다.

며칠이 지나자 부자의 처조카가 돈을 가지고 와 부자에게 돌려주며, "접때 제가 아저씨께 돈을 빌리러 왔다가 마침 아저씨가 안 계시기에 스스로 방에 들어가 가져갔습니다. 아마 아저씨는 모르셨을 걸요." 하였다. 이에 부자는 광문에게 몹시 부끄러워하며 사과하기를, "내가 속 좁은 사람이로다. 점잖은 어른의 마음에 상처를 주었으니 앞으로 자네를 볼 낯이 없네." 하였다. 그러고는 자기가 잘 알고 지내는 여러 사람과 다른 부자들과 큰 장사치들에게 두루 광문을 의로운 사람이라고 칭찬하였다.

만석희蔓碩戲 황진이의 미모에 빠
져 파계했다는 지족 선사를 조롱하
는 내용의 탈춤.

철괴무鐵拐舞 이철괴라는 기괴한
모습의 신선을 흉내 내 추는 춤.

우림아羽林兒 궁궐의 호위와 의장
임무를 맡은 근위병.

별감 조선 시대 장원서나 액정서에
속하여 궁중의 각종 행사와 준비에
참여하고 임금과 세자가 행차할 때
호위하는 일을 맡아 보던 하인.

부마도위駙馬都尉 임금의 사위.

연암은 두 번째 일화 뒤에 광문이 외모는 추악했지만 만석희蔓碩戲를
잘하고 철괴무鐵拐舞를 잘 추었다는 것과 광문의 인물됨이 어떠했는지
를 말한 후 세 번째 일화를 덧붙이는 형식으로 소설을 마무리한다.

한양의 이름난 기생들이 아무리 곱고 아름다워도, 광문이 소문을 내주지 않으면 그 값
이 한 푼도 못 나갔다.

예전에 궁궐을 호위하는 우림아羽林兒와 궁궐 각전各殿의 별감, 부마도위駙馬都尉
의 청지기들이 옷소매를 나란히 하고 함께 운심雲心의 집을 찾아간 적이 있었다. 운심은
유명한 기생이었다. 대청에 술자리를 벌이고 가야금을 타면서 운심더러 춤을 추라고 권
하였으나, 운심은 일부러 시간을 끌며 선뜻 추려고 하지 않았다.

광문이 그날 밤에 운심의 집으로 가서 대청 아래에서 어슬렁거리다가, 마침내 술자리에
끼어들어가 스스로 윗자리에 앉았다. 광문은 비록 해진 옷을 입었으나 행동거지는 안하
무인으로 의기가 양양하였다. 눈가는 짓무르고 눈곱이 끼었으며, 취한 척 구역질을 해
대고 헝클어진 머리로 북상투를 튼 채였다.

온 좌객이 질색하여 광문에게 눈총을 주어 쫓아내려고 하였다. 그럴수록 광문은 다가앉
아 무릎을 치며 곡조에 맞춰 높으락낮으락 콧노래를 불렀다. 그러자 운심이 즉시 일어
나 옷을 바꿔 입고, 광문을 위해 칼춤을 추는 것이었다. 그리하여 온 좌객이 실컷 즐겼을
뿐 아니라, 또한 광문과 벗을 맺고 헤어졌다.

연암은 이 소설을 〈서광문전후書廣文傳後〉에 밝힌 대로 열여덟 살에 썼
다. 연암은 이 무렵 신경쇠약과 우울증 기미가 있어 공부에 힘쓰기가 힘
들었다고 한다. 그래서 〈민옹전閔翁傳〉의 민 노인 같은 이야기꾼을 불러
들여 이야기를 즐겨 들었다. 《조선왕조실록》에도 이름이 보이는 실존인
물인 광문에 관한 이야기도 그때 들은 것이다. 연암은 그런 풍문들을 엮
어 한 편의 거지 왕초 이야기를 썼던 것인데, 왜 하필 광문이었을까?

연암이 거지 광문을 주인공으로 삼은 것은 글쓰기 전략이었다. 거지
무리, 집주인, 약국 주인, 기방의 사내들, 이들은 모두 광문의 '겉'만 보

고 속까지 심판하는 잘못을 저지른다. 하지만 광문은 실로 대단한 예인 藝人이었다. 그뿐만 아니라 그는 "나는 부모도 형제도 처자도 없는데, 집을 마련해서 무얼 하겠소? 더구나 나는 아침이면 소리 높여 장타령을 부르며 저자에 들어갔다가, 날이 저물면 부귀한 집 문간에서 자는데, 한양 안에 가구가 자그마치 팔만 호라오. 그러니 내가 날마다 처소를 바꾼다 해도 내 평생에는 다 못 자게 된다오."라고 말하는 깨달음을 얻은 거지, 무한히 자유로운 거지였다. 중요한 것은 겉이 아니라 속에 찬 것, 당대의 철학적 언어로 바꾸면 허虛가 아니라 실實이다. 실질에 무게를 두었던 박지원의 사상이 거지 광문을 통해 드러난 것이다.

연암의 손끝을 통해 되살아난 광문은 조선 후기 사회의 소수자였다. 그 자신의 말대로 아침이면 '얼씨구씨구 들어간다~'로 시작하는 장타령을 부르며 저자에서 구걸을 하는 처지였다. 알아주는 춤꾼이었다고 해도 다를 것이 없다. 거지 신세와 다를 바 없는 것이 조선의 광대였다. 박지원 역시 그러했다. 그는 대단한 가문 출신이었지만 스스로 소수 지식인의 길을 선택한다. 기존의 통념과는 다른 사유, 다른 글쓰기를 추구했기 때문이다. 그를 필두로 모여든, 서얼 출신이 태반인 북학파 지식인들이 그러했다. 이런 소수자 지식인의 시야에 광문과 같은 당대의 소수자들이 포착되지 않을 리 없다.

하지만 연암은 거지를 동정하여 구제해야 한다는 주장을 하지 않았다. 그는 오히려 자신의 사유를 드러내기 위해 거지, 말 거간꾼, 똥 치우는 사람, 숨어 있는 선비와 같은 소수자들을 문학 속에 형상화했다. 이를 통해 연암은 역설적으로 소수자의 존재 의의를 드러낸다. 영화 <오아시스>를 본 관객들이 그러했듯이 <광문자전>의 독자들은 자신들의 통념을 반성하게 된다. 반성은 가던 길을 돌이키게 하고 낡은 생각을 바꾸는 힘이 있다. 이것이 거지 광문을 통해 연암이 말하려고 했던 핵심이다. 이 '소수자−거지'를 통한 말하기는 거지에 대한 동정만큼, 아니 그 이상으로 값진 것이다.

박지원의 이런 성취는 실사구시實事求是의 정신을 바탕으로 '대체 참된 학문이란 무엇인가'를 끊임없이 되물었던 지적 노력의 산물이다. 그런 노력이 양반과 서얼이 함께 어울린 연암학파라는 동아리를 형성하게 했고, 〈열하일기〉와 같은 새로운 글쓰기에 도달하게 했다.

김병연의 시적 파격

박지원보다 더 파격적인 글쓰기로 나아갔던 인물이 19세기의 김병연金炳淵(1807~1863)이다. 박지원이 인물전 형식의 소설을 통해 소수자에게 주목했다면, 김삿갓이라는 별칭으로 더 잘 알려진 김병연은 특히 한시를 통해 소수적 지성의 문학적 고투를 보여 주었다. 그 고투 속에서 그는 당대 하층 계급과 더불어 울고 웃었으며, 그들의 삶과 정서를 시를 통해 대변했다.

세상 사람 부유를 따르고 가난을 따르지 않으니	世今隨富不從貧
산가을의 춥고 여윈 사람들 누가 기억하겠는가?	誰記山村冷瘦人
하늘만이 오직 후하지도 박하지도 않아	唯有乾坤無厚薄
추운 오막살이 띳집에도 봄볕을 보내고 있다.	寒門茅屋亦生春

〈가난을 읊는다貧吟〉라는 이 시는 읽기 쉽고 뜻도 어렵지 않다. 하지만 쉬운 시어 뒤에는 번득이는 시적 통찰이 있다. 부유함을 추구하는 인간의 욕망과 그런 욕망을 부추기는 세태, 그 속에서 비롯되는 사회적 불평등에 대한 인식이 있고, 동시에 그것과 상반되는 자연의 평등함에 대한 성찰이 있다. 시인은 사회와 자연의 명징한 대비를 통해 사회적 불평등 속에서 신음하는 하층민의 가난한 삶을 이야기하면서 그들에게 마치 '추운 오막살이를 찾아간 봄볕'과 같은 시선을 보내고 있다.

이런 따뜻한 시선이 있었기에 김병연의 소제시訴題詩들이 가능했을 것이다. 김병연은 방랑 생활 중에 곤란한 일을 당한 이들을 만나면 소제시를 지어 관가에 문제를 제기하여 해결의 물꼬를 터 주곤 했던 것이다.

곤란하다 곤란하다 대동난	難之難之大同難
세상에 제일 곤란한 대동난	世上難之大同難
내 나이 일곱 살의 실부난	我年七世失父難
우리 어미 청춘의 과부난	吾母靑春寡婦難

이 작품은 〈대동난大同難〉이라는 소제시이다. 쉬운 시이지만 '란難' 자를 반복함으로써 시상을 고조시켜 나가다가, 3, 4연에서는 충격적인 발언을 통해 화자인 '나'의 고난과, 나아가 대동법에서 비롯된 지배 계층의 백성에 대한 수탈이 얼마나 심각했던가를 집약적으로 드러내고 있다.

대동법은 조선 시대에 공물貢物을 국가에 바치던 것을 쌀로 통일하여 바치게 한 납세 제도로 17세기 효종 때에 와서야 전국적으로 시행된다. 흔히 조선 시대 개혁 정치의 꽃이라고 평가되는데, 그 이유는 땅을 많이 소유한 부자에게는 세금을 많이 걷고 땅이 없는 백성들에게는 세금을 면제해 주었기 때문이다. 그러나 김병연의 시대에 이르면 대토지 소유자가 물어야 할 대동세를 땅을 빌려 농사를 짓는 소작인들이 떠맡는 사태가 발생한다. 먹고살자니 땅이라도 빌려 농사를 지어야 하는데 수확을 해도 대부분을 세금으로 내야 하니 가난한 백성들은 죽을 지경에 처할 수밖에 없었다. 〈대동난〉의 화자는 그 와중에 아버지를 잃었고, 화자 역시 그럴 수밖에 없는 현실이었다. 김병연은 이런 백성들의 처지를 앞장서 하소연했던 것이다.

김병연이 이렇게 백성들의 처지를 대변할 수 있었던 것은 그의 유랑 생활 덕분인데, 사실 그의 유랑은 당시 백성들의 현실과 무관치 않다. 19세기 대표적 민란의 하나인 '홍경래의 난'(1811)이 일어났을 때 선천부

소작료 납입
조선 후기 김윤보가 그린 풍속화이다. 소작료를 받는 양반과 땀 흘려 수확한 결실을 소작료로 죄다 내야 하는 소작민들의 상황이 대조적으로 그려져 있다. 이는 김병연이 유랑하며 목격한 장면들과 크게 다르지 않을 것이다.

사宣川府使인 할아버지 김익순이 홍경래에게 항복하는 사건이 발생한다. 결국 김익순은 대역죄로 처형되고 집안 역시 죽음에 내몰린다. 당시 여섯 살이었던 김병연은 하인 김성수의 도움으로 황해도 곡산에 피신해 성장한다. 나중에 사면을 받아 과거에 나갔다가 집안 내력을 몰랐던 김병연은 하필 김익순의 항복 행위를 비판하는 내용의 답을 적어 급제를 한다. 하지만 뒤에 김익순이 조부라는 사실을 알게 된 김병연은 큰 충격을 받고 스스로를 용서할 수 없었던 그는 차마 하늘을 볼 수 없어 삿갓을 쓰고 방랑의 길로 나선다. 이러한 연유로 정치적 소수자의 길을 선택한 김병연은 신분적 소수자였던 하층민의 삶과 정면으로 마주할 수 있었던 것이다.

김병연의 소수자적 행로가 가장 극적으로 나타난 문학 형식이 희작시戱作詩이다. 희작시란 말 그대로 유희적으로 지은 시다. 시 짓기를 통해 웃고 즐기는 놀이의 일종이다.

신선은 산 사람이고 부처는 사람이 아니며	仙是山人佛不人
기러기는 오직 강의 새니 닭은 어찌 새가 아니랴?	鴻惟江鳥鷄奚鳥
얼음에서 한 점을 빼면 다시 물이 되고	氷消一點還爲水
두 나무가 서로 마주보면 곧 숲을 이룬다.	兩木相對便成林

이 시는 〈파자시破字詩〉라는 제목대로 한자를 깨뜨리면서 이루어지는 재미있는 말놀이를 보여 주고 있다. 신선 선仙 자는 깨뜨리면 사람 인人 자와 뫼 산山 자가 모인 것이니 신선은 '산 사람'이란 뜻이 된다. 그렇다면 부처 불佛 자는 사람 인人 자와 아닐 불弗 자가 모인 것이니 부처는 '사람이 아니다'라는 뜻이라고 슬쩍 농담을 하는 것이다. 이 두 글자의 조합 원리는 다르다. 회의자會意字인 신선 선仙 자와 달리 부처 불佛 자는 뜻이 아니라 소리만 빌려 조합한 형성자形聲字이다. 그러니 이렇게 던지는 말장난에 웃음이 나오지 않을 도리가 없다.

이어지는 2연도 유사하다. 기러기 홍鴻 자는 본래 음을 표시하는 강(江, 홍은 강이 변한 소리) 자와 뜻을 표시하는 새 조鳥 자가 모여 이루어진 형성자이다. 그런데 회의자처럼 강江 자의 뜻을 가져와 기러기를 '강의 새'라고 우긴 다음, 같은 논리로 닭 계鷄 자의 왼쪽에 있는 어찌 해奚 자를 소리가 아니라 뜻으로 새겨 '닭이 날지 못한다고 왜 새가 아니라고 하느냐?'고 반문하고 있는 것이다. 파자 유희가 묘한 재미와 웃음을 선사한다. 1, 2연에 비하면 얼음 빙氷 자나 수풀 림林 자의 파자를 통해 얼음이 물이 되고, 나무가 수풀을 이루는 자연의 원리를 진술한 3, 4연은 다소 싱겁다.

희작시의 사례로 든 〈파자시〉는 김병연의 작품이지만 이런 식의 희작시는 김병연만 즐겼던 것은 아니기 때문에 이 작품에서 그의 진면목을 살피기는 어렵다. 김병연 희작시의 진면목을 보여 주는 〈파격시破格詩〉를 살펴보자.

    天長去無執　花老蝶不來
    菊樹寒沙發　枝影半從池
    江亭貧士過　大醉伏松下
    月利山影改　通市求利來

이 시는 외형적으로 오언율시五言律詩의 형식을 취하고 있다. 이 시를 풀이하면 "하늘은 멀어서 가도 잡을 수 없고 / 꽃은 시들어 나비가 오지 않네. / 국화는 찬 모래밭에 피어나는데 / 나뭇가지 그림자는 반이나 연못에 드리웠네. / 강가 정자에 가난한 선비가 지나가다 / 크게 취해 소나무 아래 엎드렸네. / 달이 기우니 산 그림자 바뀌는데 / 시장을 통해 이익을 얻어 오네."이다. 여러 풍경이 나열되어 있는데 이미지가 통일되어 있지 않아 시의 뜻이 모호하다. 더구나 마지막 연은 종잡을 수가 없다. 쓸쓸하고 우울한 분위기 정도만 느껴질 뿐이다. 파격시가 아니고 격에 맞춘 시라면 품격이 높은 시라고 할 수 없다.

　이런 모호함의 함정에서 빠져나오려면 제목이 가르쳐 주는 대로 파격적인 해석을 해야 한다. 한시의 관습적인 발상을 버리고 소리에 주목해야 한다. "천장 거무(미)집, 화로 접(겻)불 내. 국수 한 사발, 지영(지렁=간장) 반 종지. 강정 빈 사과, 대취(대추) 복숭하(복숭아). 월리(워리) 산영개(사냥개), 통시(변소) 구리래(구린내)"라고 소리 나는 대로 읽으면 손은 무릎을 치고 웃음은 절로 난다. 그러나 두세 번 소리 내어 읽다 보면 웃음이 그치면서 겨울 산골의 넉넉지 않은 살림살이가 떠오른다.

　이런 뜻과 소리의 불협화음을 통한 파격과 파격이 불러일으키는 웃음이야말로 한시 쓰기와 읽기의 관습을 전복시킨다. 앞서 〈파자시〉 역시 한시 창작의 규범을 희화화하는 측면이 있지만 그것은 여전히 동아시아 한문의 전통 안에 있는 것이다. 그러나 〈파격시〉에 이르면 한문의 전통마저 해체된다. 당대 조선 하층민들의 일상 언어를 통해서만 의미가 구성된다. 이처럼 당대의 지배적 문화 체계를 형성하고 있었던 한문과 한문에 기초한 정치적 지배 체제를 철저히 부정했던 것이 김병연의 희작시였던 것이다. 이는 당대 하층의 연희 문화였던 탈놀이 판에서 말뚝이가 언어 유희를 통해 양반을 놀리는 방법과 대단히 유사하다. 그만큼 유랑자 김병연의 삶이 하층민의 삶에 가까웠다는 뜻이다. 김병연의 파격은 스스로 소수자가 되었던 19세기 지식인의 유쾌한 초상이다.

야담, 세상 모든 이야기

이야기가 있으면 이야기를 하는 판이 있고, 이야기판에는 좌중을 휘어잡는 이야기꾼이 있기 마련이다. 학교 교실에도 이야기를 재미있게 하는 친구가 있고, 옛날 아낙네들이 모이는 우물가나 사내들이 모이는 동네 사랑방에도 이야기꾼이 있었다. 예나 지금이나 같은 이야기라도 더 재미나게 하는 이야기꾼이 있다.

청구야담

"그 옛날 옛집에서 술이 오르고 등불의 심지가 타 들어가도록 손뼉을 쳐 가며 이야기꽃을 피우던 일이 끊이지 않았다. 나는 그때 어린아이로 자리 한 귀퉁이에 앉아 이야기에 빠져들었는데 어느덧 달이 기울고 닭이 울고 북두성은 희미해졌다."

홍봉한의 손자인 홍취영이 어린 시절 들었던 이야기판, 곧 《동패낙송東稗洛誦》의 편찬자인 노명흠이 이끌던 이야기판에 대한 회상이다. 어른들이 밤새워 가며 신나게 벌였던 이야기판에 대한 기억을 홍취영은 50년쯤 후에 이렇게 술회하고 있다. 조선 시대에는 글을 모르던 하층 백성들의 사랑방에서만이 아니라 상층 사대부 집안에서도 이야기판이 벌어지곤 했다. 박지원의 소설 〈민옹전〉에 등장하는 괴짜 노인 민옹도 그런 이야기꾼이다.

이야기는 길거리에서도 성행했다. 특히 18, 19세기에는 이야기를 직업으로 삼는 이야기꾼이 등장했다. 강담사講談師 혹은 전기수傳奇叟라고 불린 이야기꾼이 그들이다.

전기수는 설화가 아닌 주로 고전 소설을 이야기해 주는 이야기꾼이었다. 청계천과 종로를 정기적으로 오르내리면서 판을 벌이거나, 마치 드라마처럼 긴장이 고조되는 대목에서 이야기를 마치는 흥미로운 말하기 전략을 구사했다. 이런 이야기꾼의 수법은 탑골공원, 달성공원 같은 도시의 이야기판에서도 이어졌다. 야담野談은 이런 이야기판에서 탄생한 조선 후기의 문학 양식이다. 유능한 이야기꾼 노명흠이 야담집 《동패낙송》을 엮었듯이, 야담은 이야기에 흥미를 느낀 조선 시대 사대부들이 《청구야담靑邱野談》, 《계서야담溪西野談》 등 야담이란 이름이 붙여진 일련의 이야기책을 엮어 내면서 나타난 갈래이다. 그런데 야담집 안에는 일화도 있고, 신화나 전설 혹은 귀신 이야

현대의 이야기꾼 탑골공원의 이야기꾼 김한유(금자탑)가 〈장사 홍대권〉 설화를 구연하는 모습.

전기수 담배 가게에서 담뱃잎을 다듬고 써는 일을 하면서 이야기꾼이 읽어 주는 소설을 듣고 있다.
여럿이 모이는 자리마다 이야기가 읽히고 만들어지면서, 야담이 활발하게 창작되었다. 김홍도의 그림이다.

기 등의 설화도 있고, 시화詩話나 소설도 있다. 그래서 야담은 대단히 복합적인 양상을 지닌 조선 후기의 특이한
문학 양식이라고 할 수 있다. 말하자면 이야기판에서 이야기되던 모든 종류의 이야기를 편집자가 자신의 시각에
따라 집약해 놓은 이야기책이 야담인 셈이다.

임방의 《천예록天倪錄》, 신돈복의 《학산한언鶴山閑言》, 이원명의 《동야휘집東野彙輯》이나 편자 미상의 《청구야
담》, 《계서야담》 등이 대표적인 야담집으로 전해지고 있다.

2 갈등과 투쟁

갈래 이야기 | 판소리, 누추한 삶을 주인공으로 만든 최고의 노래

캐테 콜비츠Kathe Schmidt Kollwitz, 〈전쟁에 반대한다〉(1924)

갈등은 문학의 힘

우리들 대부분은 꿈 많던 학창 시절, 즐겨 읊조리던 애송시 한 편씩을 간직하고 있다. 교과서에도 실려 있던 〈가지 않은 길The Road Not Taken〉도 그 가운데 하나이다. 로버트 프로스트Robert Frost가 지은 그 시의 처음은 이렇게 시작된다.

> 노란 숲 속에 길이 두 갈래로 났었습니다.
> 나는 두 길을 다 가지 못하는 것을 안타깝게 생각하면서,
> 오랫동안 서서 한 길이 굽어 꺾여 내려간 데까지,
> 바라다볼 수 있는 데까지 멀리 바라다보았습니다.

이 시가 널리 사랑받고 있는 까닭은, 두 갈래로 난 숲길 앞에서 망설이고 아쉬워하는 구절에 공감하기 때문일 터이다. 어느 길로 가야 할까, 우리는 그런 선택 앞에서 늘 흔들린다. 우리가 이번에 살펴보려는 갈등과 투쟁이란 거대한 테마도, 이렇듯 한 개인의 내면에서부터 시작되기 마련이다. 하지만 갈등과 투쟁은 나 자신과 나를 둘러싼 세계 사이에서 보다 치열하게 전개된다. 내가 몸담고 있는 현실 세계가 나와 어긋난 선택을 강요할 때, 나보다 강하다고 자신의 존재를 무시할 때 우리는 그들과 갈등하고 팽팽하게 맞서게 된다. 갈등이 투쟁으로 전환하는 순간이다. 그리고 그런 갈등과 투쟁은 문학을 창출하는 힘이 되기도 했다. '복수는 나의 것'이라는 영화 제목처럼.

실제로 갈등과 투쟁은 다양한 관계, 다양한 방식으로 벌어진다. 그 가운

데 가장 극단적인 것으로는 국가의 존망을 걸고 벌이는 전쟁을 꼽을 수 있겠다. 7세기 신라·고구려·백제가 벌인 삼국 통일 전쟁이나 민족이 서로 나뉘어 쟁패를 다투던 한국전쟁을 비롯하여 인접한 다른 민족들과 치렀던 숱한 전쟁은 많은 문학 작품으로 다루어졌다. 백제의 백전노장 계백과 신라의 젊은 관창이 맞붙은 황산벌 전투를 다룬 《삼국사기》, 임진왜란과 병자호란의 상흔을 다룬 〈임진록〉과 〈박씨전〉은 잘 알려진 작품들이다. 거기에는 나라의 명운을 걸고 죽음으로 맞섰던 전쟁 영웅들의 눈부신 활약과 비장한 최후가 생생하게 그려져 있다.

하지만 갈등과 투쟁은 국가 간의 전쟁에 국한되지 않는다. 전쟁에 동원된 구성원들에게 혹독한 수난과 깊은 상처를 안겨 주는 과정에서 국가와 개인 사이에도 갈등은 첨예하게 드러난다. 또는 국가 권력의 주도권을 둘러싼 정치적 주체들 사이에서도 양보할 수 없는 갈등과 투쟁이 빈번하게 일어난다. 그리하여 문학은 국가의 부당한 횡포에 맞서는 문제적 개인에 주목하는가 하면, 정치 투쟁에서 패배한 자의 울분을 격정적으로 토로하기도 한다. 조조의 정치적 야욕에 동원된 위나라 군사들의 설움을 날카로운 풍자로 담고 있는 〈적벽가〉라든가 18년이란 세월을 척박한 유배지에서 보낸 정약용의 번뜩이는 저작은 그 대표적인 사례이다.

그뿐만 아니라 고귀한 신분과 미천한 신분의 차별, 지배하는 자와 지배받는 자의 맞섬, 부유한 자와 궁핍한 자의 반목에 이르기까지 갈등과 투쟁의 그림자는 문학 작품 곳곳에 드리워져 있다. 지금도 그러하고, 예전에도 그러했다. 우리의 고전 문학은 옛사람들이 겪었던 갈등과 투쟁의 국면을 다양한 갈래, 다양한 모습으로 담아내고 있다. 우리는 지금부터 국가의 존망을 걸고 한 치의 물러섬도 없이 싸웠던 전쟁의 체험, 국가의 횡포에 대항한 개인의 날카로운 풍자의 정신, 정치 권력을 잡기 위한 정쟁과 패배자의 쓰라린 울분, 그리고 고귀하게 태어난 자와 미천하게 태어난 자 사이의 신분적 갈등 등을 살펴보고자 한다.

우리는 그런 과정을 통해 갈등과 투쟁의 원인을 성찰하게 되는 것은 물론 모두가 평화롭게 공존할 수 있는 삶의 지혜를 배울 수 있을 것이다. 지구촌 곳곳에서 인종 차별, 종교 갈등, 민족 반목, 국가 분쟁이 하루도 빠짐없이 벌어지고 있는 지금, 아니 같은 민족이 남북으로 나뉘어 팽팽히 맞서고 있는 지금의 우리에게 갈등과 투쟁이 그 어떤 테마보다 절실한 까닭이다. 우리가 다루려는 갈등과 투쟁은 지나간 과거가 아니라 바로 현재이자 미래인 것이다.

1

전쟁과 죽음,
국가와 개인의 맞섬

1970년대에는 온 국민이 의무적으로 외워야 하는 글이 있었다. "우리는 민족 중흥의 역사적 사명을 띠고 이 땅에 태어났다."로 시작하는 〈국민교육헌장〉이다. 그런데 우리가 태어난 까닭이 정말 민족 중흥을 위해서였을까? 국가와 민족, 그리고 거기에 속한 구성원의 이해관계는 항상 일치할까? 그렇지 않은 경우가 많다. 국가와 개인은 한 마음이 되기도 하지만, 날카롭게 대립하기도 한다. 국가와 개인이 맺고 있는 관계의 양상은 그래서 간단치 않다.

충절이라는 이름, 남겨진 자의 슬픔

김부식金富軾(1075~1151)의 《삼국사기三國史記》를 보면, 한 해도 빠짐없이 전투 기사가 실려 있다. 전쟁 일지를 방불케 한다. 고구려·백제·신라 삼국으로 나뉘어 쟁패를 다투던 시절에 전쟁은 일상이었던 것이다. 삼국 통일 즈음에는 살기등등하게 내달리던 장수와 죽음으로 내몰리던 장졸들의 모습이 뒤얽혀 있다. 김부식은 《삼국사기》 열전 권 7에 그들의 모습을 싣고 있는데, 소나·취도·눌최·설계두·김영윤·관창·김흠운·열기·비녕자·죽죽·필부·계백 등이 그들이다. 모두 자신의 목숨을 국가에 바친 충절의 이름이다. 이들의 죽음은 장엄하기 그지없다. 대를 이은 부자의 죽음, 형제가 서로 뒤질세라 함께한 죽음, 죽을 이유가 없는 종이 상전의 뒤를 따르는 죽음……. 이 중 어떤 죽음도 소홀히 할 수 없지만, 한 충절의 죽음 장면을 먼저 보기로 하자.

소나素那는 칼을 휘두르며 적을 향하여 큰소리로 외쳤다.

"너희들은 신라에 심나沈那의 아들 소나가 있는 줄 모르느냐? 나는 진실로 죽음을 두려워하여 살기를 도모하지 않는다. 싸우고 싶은 자가 있으면 나와 보거라."

드디어 분노하여 적진에 돌진하니 적군이 감히 가까이 오지 못하고 다만 소나를 향하여 활만 쏘았다. 소나도 또한 활을 쏘니 양편에서 나는 화살이 벌떼와 같았다. 진시辰時로부터 유시酉時에 이르니 소나의 온몸에는 화살이 고슴도치 털처럼 꽂혔으므로 마침내 쓰러져 죽고 말았다. ──〈소나〉

진시辰時 오전 7시부터 9시까지.

유시酉時 오후 5시부터 7시까지.

소나는 백제의 군사들을 벌벌 떨게 만들었던 신라의 장수 심나의 아들이다. 그런 소나의 최후는 과연 그 아버지의 아들답다. 홀로 하루 종일 공방전을 벌인 끝, 그의 온몸에는 고슴도치처럼 빽빽하게 화살이 꽂혔다. 마침내 쓰러졌다. 그의 이런 최후는 끔찍할 정도로 장렬하다. 하지만 어디 소나뿐이겠는가? 계백과 관창의 최후도 극적이다.

"한 나라의 군사로서 당나라와 신라의 많은 군사를 당해 내게 되었으니 나라가 보존될지 멸망될지 알 수 없게 되었다. 내 처자가 잡혀가서 노비가 될까 염려되니, 살아서 그들에게 욕보는 것보다는 죽는 것이 통쾌하다."
마침내 처자를 다 죽이고 말았다. (중략)
마침내 치열하게 싸워 한 사람이 1000명을 당해 내지 못하는 이가 없을 정도이니, 신라군이 그만 퇴각하였다. 이와 같이 맞붙어 싸우고 물러나기를 네 번이나 하더니, 힘이 다해 죽었다.　　　　　　　　　　　　　　　　　　　　　　　　　　　─〈계백〉

관창은 말에 올라 창을 비껴들고 바로 적진에 쳐들어가 말을 달리면서 몇 사람을 죽였다. 그러나 상대편은 수가 많고 신라는 적어 적들에게 사로잡혀 백제의 원수인 계백 앞에 끌려갔다. 계백이 투구를 벗기게 하더니 그가 어린 나이에도 용맹한 것을 아깝게 여겨 차마 해치지 못하고 탄식하며 말하였다.
"신라에 빼어난 인물이 많구나. 소년조차 이러하거늘 하물며 장사들이야 어떠하겠는가?"
이윽고 관창을 살려 보내도록 하였다. 관창이 돌아와서 말하였다.
"아까 내가 적진에 들어가 적장을 베지 못하고, 깃발을 뽑아 오지 못한 것이 몹시 한스럽도다. 다시 가면 반드시 공을 이룰 수 있으리라."
말을 마치자 손으로 우물물을 움켜 마신 다음 다시 적진에 달려들어 매섭게 싸우니, 계백이 잡아 베어 죽이고 그 목을 말안장에 매어 돌려보냈다. 품일은 아들의 머리를 집어들고 소매로 피를 닦아 주며 말하였다.
"내 아들 얼굴 모습이 살아 있는 듯하구나. 나라의 일에 훌륭하게 죽었으니 후회할 것이 없다."　　　　　　　　　　　　　　　　　　　　　　　　　　　─〈관창〉

처자식을 모두 죽인 뒤 결사항전의 마음으로 전투에 임했던 백전노장의 계백, 그리고 그런 결사대의 기세를 꺾어 버릴 정도로 죽음을 두려워하지 않던 어린 관창의 맞섬. 백제와 신라가 맞섰던 황산벌 전투의 하이라이트이다. 실제로 그들의 전투는 '힘이 다해 죽었다.'는 계백의 맥없는 죽음과 '손으로 우물물을 움켜 마신 다음 다시 적진에 달려들어 매섭게 싸웠다.'는 관창의 장렬한 죽음이 암시하듯, 한 개인의 최후가 아니라 한 국가의 최후이기도 했다. 강성했던 백제가 의자왕의 사치와 향락으로 맥없이 허물어지고, 한반도 구석에 위치해 미약했던 신라가 화랑과 함께 힘차게 비상하던 역사적 부침을 상징적으로 보여 주고 있는 것이다. 개인의 최후는 그렇게 국가의 운명과 연결되어 있었다. 그것이 김부식이 말하고자 한 바이다.

하지만 우리는 되묻지 않을 수 없다. 계백의 칼에 죽어 간 처자식들은 무슨 생각을 했을까? 적장의 칼에 죽는 것보다는 지아비와 부친의 손에 죽는 것이 낫다고 생각했을까? 냉정하게 생각해 보면, 온갖 수모를 겪으며 치욕스럽게 살아가는 것보다 차라리 깨끗하게 죽어 버리는 게 나을지도 모른다. 충절의 사내들은 단연코 그렇게 생각했다. 하지만 죽어 간 아내는 어떤 길도 자기 의지로 선택하지 못한 채 참혹한 지경에 내던져지고 말았다. 왜 그렇게 죽어 가야 하는가를 누구도 설명해 주지 않았다. 아니, 어떤 위로의 말도 해 주지 않는다. 위로가 부질없는 것이긴 하지만 말이다. 그것이 충절의 아내가 걸어가고 감수해야만 하는 외길이었던 것이다. 지아비의 죽음을 전해 들은 소나의 아내는 이처럼 의연했다고 전해진다.

고을 사람들이 소나가 죽었다는 말을 듣고 그를 위로하니, 그 아내가 울면서 말하였다.
"내 남편은 늘 말하기를 '장부가 마땅히 전쟁터에서 죽어야지 어찌 자리에 누워서 집사람의 손에 죽을 수 있겠소?' 했습니다. 평소의 말이 이와 같았으니 지금 죽은 것은 그의 뜻대로 된 것입니다."

대왕이 소식을 듣고 눈물로 옷깃을 적시며, "부자가 함께 나랏일에 용감하였으니 대대로 충의를 이루었다 하겠다." 하며 벼슬을 잡찬迊湌으로 추증해 주었다.   —〈소나〉

참으로 비감하다. 아니, 잔혹하기 그지없다. 김부식은 어찌하여 소나의 아내로 하여금 마음 놓고 통곡하지도 못하게 하는가? 물론 소나의 충절을 더없이 장렬하게 포장하기 위해서이다. 하긴 그 시절에만 그랬던 게 아니다. 지금도 가끔 볼 수 있는 장면이다. 먼 이역의 전쟁터로 내몰려 개죽음을 당한 젊은 자식의 주검 앞에 통곡하는 어머니에게, 또는 그 아내에게 마이크를 들이대며 기어코 무슨 말이든 하게 만드는 광경 말이다. 그때 그들은 이렇게 말하곤 한다. 정말 착하고, 평소에 책임감 강한 젊은이었다고, 결국 국가를 위해 기꺼이 자기 한 몸을 던져 희생하였으니 그 희생을 헛되이 하지 말아 달라고. 정말 오랫동안 반복되고 있는 국가 이데올로기의 상투이다.

그런 점에서 영화 〈황산벌〉에서 계백의 아내가 "뭐라고라~"라며 자결을 거부하는 장면은 통렬하다. 삼국 통일이라는 명분을 내걸고 죽음의 잔치를 벌이고 있던 남성들의 음험한 야욕에 대한 신랄한 야유였던 것이다. 꽃 같은 젊은이를 죽음으로 내몰아 불리한 전투의 반전을 노린 김유신이든, 처자식을 죽이면서까지 결사대의 항전 의지를 북돋우려던 계백이든 황산벌에서 맞섰던 이들은 모두 전쟁에 눈이 먼 전쟁 기계들이었다. 그때 자기들은 군주와 국가를 위해서는 죽음도 아깝지 않다고 생각했겠지만, 땅에 묻혀 백골이 진토가 되고도 남고 남았을 지금, 왜 그때 자신이 그토록 전쟁에 광분했는지 기억이나 하고 있을까? 도도하게 흘러가는 역시의 흐름 속에서, 더욱이 경상도든 전라도든 모두 한 나라가 되어 버린 지금에 와서 말이다.

소나, 계백, 관창 외에도 전쟁에서 죽어 간 인물은 많다. 빼앗긴 옛 땅을 수복하지 않으면 돌아오지 않겠다고 다짐하고 떠나 신라군과 싸우다가 죽은 고구려의 온달이 있다. 그 한이 얼마나 사무쳤던지, 부인 평강공주가 와서 관을 어루만지며 "죽고 사는 것은 결정되었으니, 이제 그만 돌아가십시다."라고 달래자 그제야 관이 움직였다는 온달에게서 전쟁의 승리에 대한 강렬한 집착을 읽는다. 또한 임금의 두 아우를 구하기 위해 죽음을 무릅쓰고 적국 고구려와 일본으로 갔던 신라의 박제상이 있다. 일본 왕에게 모진 고문을 받으면서도 "차라리 신라의 개돼지가 될지언정 왜국의 신하가 되고 싶지는 않다."며 굴복하지 않았던 박제상에게서도 군주에 대한 충절의 끔찍함을 읽는다. 국가가 일으킨 전쟁은 개개인에게 무한한 희생을 요구하고 그것을 충절이라 칭송하지만, 돌이켜보면 잔혹하기 그지없는 것이기도 하다. 바보 온달에게 시집가서 파란곡절을 겪은 끝에 가까스로 되찾은 부귀와 권세를 채 누려 보지도 못하고 온달을 떠나보낸 평강공주의 슬픔, 돌아오지 않는 지아비를 치술령에 올라가한없이 기다리다가 망부석이 되었다는 박제상 부인의 슬픔을, 충절이란 이름으로 죽은 사내든 그들을 죽음으로 내몬 국가든 과연 얼마나 진정으로 헤아리고 있을까?

참혹한 전쟁, 문학을 통한 허구적 재현

전쟁이란 무고한 사람의 목숨을 담보로 한 가장 참혹한 행위이다. 그렇지만 기록으로 전하는 전쟁이란 승리와 패배에 대한 보고서 차원에서 끝나는 경우가 많다. 삼국 통일 전쟁의 경우는 《삼국사기》 열전을 통해 그때의 죽음과 아픔의 편린을 엿볼 수 있지만, 그 밖의 전쟁과 관련한 사연들은 전하는 게 별로 없다. 수나라의 장수 우중문于仲文이 이끌고 온 100만 대군을 물리친 을지문덕의 '살수대첩', 거란의 소배압蕭排押이 이끌고 온 10만 대군을 몰살시킨 강감찬의 '귀주대첩' 정도로 담담하게 기록될 뿐이다. 그때 먼 이역으로 동원되었다가 몰살당한 병졸들의 갖가지 사연은 말할 것도 없고, 고국에 남겨졌을 가족들의 가없는 슬픔은 역사의 시간 속에 묻히고 만 것이다.

　물론 전쟁의 과정과 아픔을 생생하게 증언하고 있는 기록도 적지 않다.

특히 임진왜란과 병자호란은, 소설류·야사류·일기류 등의 다양한 형식으로 많은 기록들이 전해 오고 있다. 시간적으로 그리 멀지 않은 까닭도 있겠지만, 그 어떤 전쟁보다 끔찍하고 처참한 희생을 치러야 했기 때문일 것이다. 거기에 다시는 그런 참혹한 전쟁을 겪지 않겠다는 반성의 다짐도 큰 몫을 했다. 유성룡柳成龍(1542~1607)이 과거의 잘못을 잊지 말고 뒷날을 대비해야 한다는 의미로 이름 붙인 《징비록懲毖錄》은 그 대표적인 기록이다.

실제로 1592년 4월 중순, 부산에 도착한 왜군은 물밀듯이 밀고 올라와 불과 두 달 만에 서울과 평양을 빼앗았다. 선조 임금은 황급히 서울을 버리고 압록강에 위치한 의주까지 달아났다. 왜군의 대규모 침공을 받은 조선은 거의 속수무책으로 당하고 말았던 것이다. 그 가운데 탄금대 전투의 패배는 끊임없는 논란과 시비의 대상이 되었다. 만약 신립이 험준한 조령에서 매복전을 펼쳤더라면 승리하였을 것을, 탄금대에 배수의 진을 친 신립의 전략적 실패를 내내 아쉬워했던 것이다. 윤계선尹繼善(1577~1604)과 황중윤黃中允(1577~1648)이 〈달천몽유록達川夢遊錄〉이란 같은 제목의 몽유록을 지어 그날의 패배를 되새겼던 것도 그런 까닭이었다. 윤계선의 〈달천몽유록〉에 담긴 참혹한 광경을 보자.

동래부 순절도
임진왜란 당시 왜군에 맞서 치열한 전투를 벌인 동래성(지금의 부산) 주민과 군인들의 모습을 그린 전쟁 기록화이다. 성 한복판에는 장렬하게 최후를 맞고 있는 동래부사 송상현의 의연한 자태가 그려져 있다.

혼자 배회하며 나무에 기대어 읊조리노라니, 난데없이 빠른 바람이 성내어 불어와 살기가 들에 가득하고 천지는 캄캄하여 지척을 분간할 수가 없었다. 횃불을 든 한 무리가 먼 데서부터 오는데 많은 장정들이 떠들썩하였다. 점점 가까이 다가오자 파담자는 꼼짝도 못하고 섰는데 머리털이 오싹했다. 급히 숲 속에 숨어 그들을 엿보니, 서로 뒤섞여 울부짖는데 겨우 형체만 분간할 수 있었다. 혹은 머리가 없는 자, 혹은 오른팔이 잘렸거나 왼팔이 잘린 자, 혹은 왼발을 잘린 자, 오른발을 잘린 자, 혹은 허리는 있으면서 다리가 없는 자, 혹은 다리는 있으면서 허리가 없는 자, 배가 팽팽하여 비틀거리는 자는 아마 물에 빠진 것이리라. 모두 머리카락을 풀어헤치고, 비린내 나는 피가 사지四肢에서 쏟아져 참혹해서 차마 볼 수가 없었다. 하늘을 향하여 한 마디 부르짖고 가슴을 두드리며 통곡하니 산이 흔들리고 흐르는 물도 멎는 듯했다. 이윽고 구름이 흩어지고 달은 높은데, 온 세상이 쥐 죽은 듯이 고요하다. 흰 이슬은 서리가 되어 갈대 우거지고, 차가운 별은 쓸쓸하고 넓은 들은 빨아 널어 놓은 명주와도 같다. 여러 귀신이 눈물을 닦고 말하기를, "하늘이 무너지고 땅이 꺼져도 이 원한은 그지없구나. 달은 밝고 바람은 맑으니 이런 좋은 밤을 어이할꼬. 한바탕 이야기나 하며 이 밤을 지새우자." 하며, 목소리를 모아 노래하기를, "살아서도 쓰이지 못했는데 죽어서 또한 무엇을 하리. 나를 낳은 것은 부모인데 나를 죽인 자는 누구인고? 우리를 길러주신 임금의 은혜가 깊으니, 나라의 일이 위급할 때에 대장부 한번 죽음은 아까울 것 없으나, 장군이 말을 너무도 쉽게 해서 이다지도 극도에 이르렀네." 하였다.

작가 윤계선이 꿈속에서 인도되어 간 달천강에서 목격한 장면이다. 거기에는 탄금대 전투에서 죽은 조선 병졸들의 원혼이 모여 신립이 배수진을 친 까닭에 죽었다는 원망과 흐느낌을 쏟아 내고 있다. 머리가 잘린 자, 팔이 잘린 자, 다리가 잘린 자, 배에 물이 찬 자 등 죽은 병졸의 흉측한 모습은 비감을 한껏 더한다. 이 이름 없는 병졸들이 한바탕 서러움을 토로하고 나면 다음으로 이순신·고경명·최경회·송상현·김여물·김천일·조헌·김시민 등 이름 있는 장수들이 등장한다. 역시 임진왜란 중에 전사한 장수들인데, 자신의 서러운 감회를 한 명씩 돌아가면서 시로 읊는다. 그리고 작가 윤계선은 이들 순절자를 위한 제문을 지어 위로해 준다. 그런 점에서 〈달천몽유록〉은 임진왜란 중에 죽은 장수와 병졸의 원한을 풀어 주기 위한 일종의 진혼곡鎭魂曲이다.

임진왜란 초기의 무기력한 패배는 명나라의 구원, 전국 각지에서 일어난 의병의 활약, 그리고 이순신이 거느린 수군의 연이은 승전으로 새로운 국면을 맞이했다. 패배의 전황이 승리의 국면으로 전환되면서, 그에 발맞춰 새로운 전쟁 영웅들이 속속 등장하기 시작했다. 유성룡·이덕형·이항복과 같은 문신들, 이순신·원균·권율과 같은 장수들, 고경명·곽재우·조헌·김덕령과 같은 의병장들, 영규·사명당과 같은 승려들, 그리고 계월향·논개와 같은 기녀들까지. 그리하여 임진왜란은 7년 만에 치유하기 힘든 상처를 남기고 종결되지만, 왜군과 싸웠던 이들의 영웅담은 분노와 자성을 촉구하는 목소리와 함께 널리 회자되었다.

현재 70종이 넘는 이본異本으로 전해지는 〈임진록壬辰錄〉은 그런 전쟁 영웅담이 집적된 결과이다. 이 가운데는 역사적 사실을 충실하게 따르고 있는 이본도 있고, 전쟁 패배에 대한 위로와 승리에 대한 소망을 허구적 사실로 꾸며 낸 이본도 많다. 특히 역사적 인물의 행적에 부풀려진 영웅담을 교묘하게 덧씌우는 방식은 〈임진록〉이 창출한 소설적 기법으로 주목할 만하다. 사실과 허구를 절묘하게 결합시켜 새로운 전쟁 영웅들을 만들어 냈던 것이다. 평양성 탈환 때 김응서가 왜장의 목을 베도록 도와

주고 죽었다는 기녀 계월향, 진주성 함락 때 왜장을 끌어안고 남강으로
뛰어들었다는 기녀 논개, 혁혁한 공을 세우고도 역적으로 몰려 죽은 의
병장 김덕령, 그리고 신비한 도술을 부려 일본의 항복을 받고 돌아온 승
려 사명당 등이 대표적인 인물이다. 그 가운데 〈임진록〉의 대미를 장식
한 사명당 이야기를 보자.

계월향
왜장의 목을 베고 자신도 죽음을 당
한 평양 기생 계월향의 초상화. 진주
의 논개와 함께 지금까지 의기義妓
로 기려지고 있다.

> 각설, 임금이 사명당을 보내시고 칠보부처를 위하여 안주성 밖에 칠보암七寶庵을 짓고,
> 향산사 중에게 잡역雜役을 시키지 말라 하시니라. 이때 일본 사신 주문이 왔거늘 임금이
> 맞으라 하시다. 일본 사신이 들어와 진공進貢할 새 인피人皮를 바치니 임금이 크게 놀라
> 가라사대, "인피 300장을 조공하니, 네 나라 백성이 얼마나 반성하였느냐?"
> 노산홍이 눈물을 흘리며 묵묵히 절하고 앉았거늘 임금이 전교 왈, "왜왕의 죄상이 불측
> 하여 네 나라 백성을 다 없애고자 하였더니, 이제 귀순하니 다시는 외람된 뜻을 두지 말
> 라. 인피 300장을 감해 주노니, 왜놈 300명씩 동래관에 번番을 세우도록 해라. 그리고
> 놋쇠 1000근과 정철正鐵을 매년 조공으로 바치라."
> 일본 사신이 분부를 듣고 황공하여 아뢰기를, "성은이 망극하여이다." 하고 물러나 본국
> 으로 돌아가 조선 임금의 분부를 고하니, 왜왕이 기쁨을 이기지 못하고 문무백관을 모
> 아 조선 임금의 은혜를 감격하여 만만세를 부르며 태평하게 되었더라. 그 후에 왜왕이
> 동래 땅에 관關을 짓고 군사 300명을 보내어 수자리 살리며 무쇠와 정철을 매년 조공하
> 더라.

　실제 역사에서 임진왜란은 도요토미 히데요시의 죽음과 함께 막을 내렸
지만, 참혹한 시련을 겪은 조선 민중의 마음속에서는 전쟁이 끝나지 않았
다. 당한 만큼 분풀이를 해야만 했던 것이다. 그래서 〈임진록〉은 왜군의
퇴각에서 작품이 끝나지 않는다. 일본의 항복을 받아 내기 위해 바다를
건너간 사명당은 왜왕의 갖가지 시험을 도술로 이겨 낸 뒤, 천지를 물바
다로 만들어 기어코 일본 왕의 항복을 받아 낸다. 그때 사명당은 인피 300
장을 매년 조선에 바칠 것을 요구한다. 끔찍한 항복 조건이었지만, 그건

사명대사
임진왜란 때는 승병을 이끌었으며, 전란이 끝난 뒤에는 일본에 건너가 포로로 잡혀간 조선인 3500여 명을 송환해 왔다. 머리는 깎았지만 사내 대장부임을 드러내기 위해 수염을 길렀다고 한다.

왜군들이 조선인의 코와 귀를 베어 간 것에 대한 복수였다.

하지만 그런 끔찍한 항복 조건은 매년 일본인 300명을 인질로 보내는 것으로 완화된다. 살아 있는 사람의 목숨을 그토록 잔인하게 빼앗아서는 안 된다는 마음, 그러나 다시는 침공하지 못하게 해야 한다는 다짐이 내비치는 소설적 결말이다. 그런데 〈임진록〉의 허구적 결말에서 주목할 점은, 전쟁의 종결을 사명당이 담당하고 있다는 설정과 왜왕의 항복이다. 사명당이 임진왜란의 뒤처리를 위해 일본에 건너가서 도쿠가와 이에야스를 만나고 포로로 잡혀간 3500여 명의 조선인을 귀환시킨 것은 역사적 사실이지만, 당대 민중은 여기에 왜왕의 항복이라는 허구담을 덧붙여 전쟁을 승리로 마무리하고 싶었던 것이다.

이처럼 평소 천하게 여기던 승려 신분의 사명당에게 결말을 맡긴 것은, 절대 권력을 행사하던 사대부 사회에 대한 통렬한 야유와 다름없다. 병자호란의 참담한 패배를 박씨 부인이라는 여성이 해결하는 것으로 그리고 있는 〈박씨전朴氏傳〉 또한 같은 맥락이다. 남성에게 무시당하던 여성이 전쟁을 승리로 이끄는 〈박씨전〉이나 유교 사회에서 배척당하던 승려가 전쟁을 승리로 이끄는 〈임진록〉은 동일한 비판의 정신을 공유하고 있었던 것이다. 그리고 흥미로운 것은 박씨 부인과 사명당은 모두 외적을 눈부신 도술로 물리치고 있다는 점이다. 현실적인 패배를 도술과 같은 신비한 힘에 의존하지 않고서는 극복하기 어렵다는 사실의 역설적 표현인 동시에 그런 승리의 힘은 사대부 남성이 아니라 그들이 천시했던 승려나 여성에게 있었음을 보여 주는 소설적 표현이었다. 우리의 고전 문학은 그렇게 전쟁의 아픈 체험을 고발하고 또 극복해 가고 있었다.

장수와 병졸, 헛된 욕망과 비참한 죽음
역사적 사실을 소재로 한 이런 작품들과 달리 판소리계 소설 〈적벽가赤壁歌〉는 중국의 전쟁을 빌려 와 병졸의 수난과 풍자의 정신을 보다 날카롭게 가다듬고 있다. 이는 중국 소설 〈삼국지연의〉 가운데 하이라이트에 속하는 적벽대전 장면을 클로즈업하여 조선 후기 민중의 날카로운 정치 의식을 담아낸 작품이다. 〈적벽가〉는 유비, 관우, 장비, 그리고 제갈공명과 같은 촉나라의 영웅들이 하나하나 힘을 모아 가는 장면에서 시작된다. 초반 분위기는 전체적으로 장중하면서도 비장하다. 그도 그럴 것이 천하를 호령하고 있는 위나라의 조조에 비하면, 그들은 혼란한 시대를 구하려는 의지만 두터웠을 뿐 아직 간웅 조조를 제압할 만한 현실적인 힘이 없었다. 조조는 100만 대군을 몰고 내려와 적벽강에 수천 척이나 되는 배를 띄워 진을 치고 있었는데, 그 위세는 천하를 단숨에 집어삼킬 만큼 대단했다.

그때 적벽강 승상 조조는 100만 대병을 거느리고 1000여 척 전선을 모아 연환계連環計*를 굳이 묶어 강 위에 육지 만들어 두고 일등 병장이 진을 치고 머무를 제, 말 달려 창 쓰기며 활 쏘아 총 놓기, 십팔계 연습하기 100만 장병이 요란할 제, 조조 진중에서 술 많이 빚고 돼지, 소, 양을 많이 잡아 장졸들을 실컷 먹일 제, 동산의 달빛은 마치 대낮과 같고 한 줄기 긴 강은 마치 흰 비단을 펼쳐 놓은 듯하였다. 그때 조조는 장대 위에 높이 올라 남병산의 색은 채색이 영롱하여 그림 병풍을 두른 듯, 동쪽을 가리키니 시상柴桑이요, 서쪽을 가리키니 하구강夏口江이요, 남쪽을 가리키니 번성樊城이요, 북쪽을 바라보니 오림烏林이로구나. 사면이 광활하거든 어찌 성공 못할쏘냐? 내 나이 쉰네 살로 만약 강남을 얻게 되면 부귀를 누림이 어떠하겠느냐? 동작대銅雀臺 좋은 집에 대교大喬·소교小喬 이교녀二喬女를 얻어 늘그막에 즐거움을 누리는 것이 나의 바람에 족할지라. 어와 장졸들아, 너희들도 오늘은 술이든 고기든 실컷 먹고 위나라, 촉나라, 오나라 승부를 내일 결판 내자. 천자의 위업을 나 한 사람에게 맡겨라. 천하를 얻은 후에 천금千金을 상으로 내리고 천호千戶의 제후에 봉하리라. 문무 장졸들이 영을 듣더니 군례로 모두 늘어서서, "개선가를 부르며 돌아가기를 바라나이다." 하더라.

연환계連環計 적벽대전에서 방통이 조조를 속여 위나라의 배들을 쇠사슬로 묶어 두고, 화공으로 모두 불태워 버린 것이 대표적인 예이다.

적벽강에서 일대 결전을 앞두고 있던 조조는 있는 호기 없는 호기를 잔뜩 부리고 있었다. 1000여 척이 넘는 배를 쇠사슬로 묶어 평지처럼 만들어 놓고 100만 대군을 훈련시키는 한편, 푸짐한 술자리를 마련하여 사기를 북돋고 있었던 것이다. 동서남북을 차례로 가리키며, 천하를 얻을 날이 눈앞에 다가왔다는 그의 호언장담은 헛말이 아닌 듯 보였다. "동작대銅雀臺 좋은 집에 대교大喬, 소교小喬 이교녀二喬女를 얻어 늘그막에 즐거움을 누리는 것이 나의 바람이라."는 말이야말로 조조가 얼마나 기고만장했는가를 잘 보여 준다. 대교라는 여인은 오나라 군주 손권의 형인 손책의 아내이고, 소교라는 여인은 오나라 대원수 주유의 아내이다. 모두 예쁘기로 소문난 여인이었다. 조조는 오나라의 항복을 받아 그런 부인네를 곁에 끼고 실컷 놀아 보겠다며 떠벌리고 있었던 것이다. 참으로 대단한 기세지만, 그런 조조의 호언장담 저편에서 터져 나오는 위나라 병졸의 목소리는 아주 딴판이었다.

군사들이 술과 고기를 잔뜩 먹고, 노래 부르며 춤추는 놈, 서럽게 우는 놈, 이야기로 히히 하하 웃는 놈, 투전하다 다투는 놈, 반쯤 취해 욕하는 놈, 잠에 지쳐 서서 자다 창끝에 턱 꿰인 놈, 곳곳에 많은 병졸 눈물이 그치지 않으니 불행이라. 그때 한 군사 모자를 벗어 또루루 말아 베고 누워 봇물 터진 듯이 울음을 운다. 아이고 아이고 우니, 한 군사 내달으며, "아나, 이애. 승상은 지금 대군을 거느리고 천 리 전쟁을 나오시어 승부를 못 끝내고 천하 대사를 바라는데 이놈 요망스럽게 왜 울음을 우느냐? 울지 말고 이리 오너라. 술이나 먹고 놀자."
저 군사 계속하여 왈, "네 설움 제쳐 놓고 내 설움 들어 보아라. 집에 계신 늙은 부모, 이별한 지가 몇 날 며칠이나 되느냐? 아버지 날 낳으시고 어머니 날 기르시니 부모 은덕을 갚고자 한들 하늘처럼 끝이 없구나. 화목하던 집안 식구들, 어여쁜 우리 처자, 천 리 먼 길 전쟁터에 나를 보내고 오늘이나 소식 올까, 내일이나 기별 올까 기다리고 바라다가 서산에 해는 기우니 문밖에 나와 기다린 지 몇 번이며, 바람 불고 비 죽죽 오는데 대문에 기대어 기다린 지 몇 번이나 되나? 총과 칼을 둘러베고 육전 수전 섞어 할 제 생사가 조석에 달렸구나. 만일 객사客死를 하게 되면, 게 뉘라서 묻어 주랴? 해골이 벌판에 흩어져서 까마귀밥이 된다 한들 뉘라서 손벽을 쳐서 후여쳐 날려 줄 이 뉘 있더란 말이냐?"

이렇듯 섦게 우니 여러 군사 하는 말이, "부모 생각하는 네 설움, 효성스런 마음 기특하구나."

큰소리 치는 조조에 뒤이어 나오는 '군사설움타령' 대목의 시작이다. 여기에서 듣게 되는 병졸들의 서러운 사연은 조조의 호기로운 장담과는 거리가 멀다. 병졸들은 자식 걱정으로 밤잠 못 자고 있을 고향의 늙은 부모 생각에 하염없이 울고 있다. 언제 돌아갈지, 아니 살아서 돌아갈 수나 있을지 기약할 수 없는 전쟁에 끌려 나온 병졸의 두려움이 곳곳에 배어 있는 것이다. "해골이 벌판에 흩어져서 까마귀의 밥이 된다 한들 뉘라서 손뼉을 쳐서 후여쳐 날려 줄 이 있더란 말이냐?"라는 한탄은 참으로 절절하다. 하지만 전쟁터에 끌려 나온 설움이 어디 부모 생각뿐이겠는가? 어떤 병졸은 고향집에 두고 온 자식을 그리워하고, 어떤 병졸은 사랑스러운 아내를 그리워하고, 어떤 병졸은 헤어진 형제를 그리워하기도 한다.

병졸들의 설움은 이렇듯 봇물 터지듯 터져 나오는데, 조조는 저 혼자 그토록 호기를 부리고 있었던 것이다. 따지고 보면 적벽강으로 싸우러 나온 병졸들은 조조가 일으킨 전쟁과는 아무런 상관도 없는 백성들이었다. 다만 "위국 땅 백성들아, 적벽강으로 싸움 가자."라는 국가의 강요에 하는 수 없이 끌려 나왔을 뿐이다. 그들의 설움 타령은 다시는 고향으로 돌아가지 못할 것 같은 불안감의 표시와 다름없다. 아닌 게 아니라 그런 불길한 예감은 바로 다음 날 참혹한 현실이 되고 만다.

수만 전선이 간 데 없고, 적벽강이 후두두 뒤끓을 제, 불빛이 난리가 아니냐? 가련할손 100만 군병은 날도 뛰도 오도 가도 오무락 꼼짝 달싹 못하고, 숨 막히고 기막히고 살도 맞고 창에도 찔려 앉아 죽고, 서서 죽고, 웃다 죽고, 울다 죽고,

밟혀 죽고, 맞아 죽고, 애타 죽고, 성내 죽고, 덜렁거리다 죽고, 복장 덜컥 살에 맞아 물에 풍 빠져 죽고, 부서져 죽고, 찢어져 죽고, 가없이 죽고, 어이없이 죽고, 무섭게 눈 빠져 혀 빠져 등 터져 오사, 급사, 익사, 몰사하여, 다리도 작신 부러져 죽고, 죽어 보느라고 죽고, 무단히 죽고, 함부로 덤부로 죽고, 땍때그르르 궁글다 아뿔사 낙상하여 가슴 쾅쾅 뚜드리며 죽고, "이놈, 제기랄." 욕하며 죽고, 꿈꾸다가 죽고, 떡 큰 놈 입에다가 물고 죽고, 한 놈은 주머니를 부시럭부시럭거리더니 "옛다, 이 제기를 칠 놈들아. 나는 이런 다급한 판에 먹고 죽으려고 비상 사 넣었더니라." 와삭와삭 깨물어 먹고 물에 가 풍. 또 한 놈은 뱃전으로 우루루루루루 둥둥둥둥 나가더니 고향을 바라보며 망대에 망곡으로 "아이고, 아버지 어머니. 나는 하릴없이 죽습니다. 언제 다시 뵈오리까." 물에 가 풍. 거품이 푸르르르. 또 한 놈은 그 통에 제가 한가한 체하고 시조 반 장 빼다 죽고, 즉사, 몰사, 대해 수중 깊은 꿀에 사람을 모두 국수 풀듯 더럭더럭 풀며 적벽 풍파에 떠나갈 제 일등 병장이 쓸데가 없고 날랜 장수도 무용이로구나.

〈적벽가〉 가운데 하이라이트라 할 수 있는 '죽고타령'이다. 판소리 장단 가운데 자진모리장단에 맞춰 부르는 이 대목은 일견 흥겹다. 하지만 가만히 뜯어보면 너무 참혹하다. 어찌하면 이렇듯 100만 병졸이 하루아침에 몰살할 수 있을까? 그들의 죽음 하나하나에는 참으로 서러운 사연들이 담겨 있었을 것이다. '군사설움타령'에서 늘어놓았던 부모 생각, 자식 생각, 아내 생각, 형제 생각 등등. 하지만 그들은 자신과 아무런 상

관도 없는 전쟁터에 끌려 나와 이렇듯 죽어 갔다. 아마 가장 참혹한 표현은 맨 마지막, '적벽강 깊은 물에 모든 군사들이 국수 풀어지듯 터럭터럭 풀어져 죽어 갔다.'라는 대목일 것이다. 뜨거운 물에 국수 풀어지듯 스러져 간 병졸들의 수많은 주검들. 상상하면 끔찍하기 그지없다. 그렇다면 그들을 죽음으로 몰아간 뒤, 간웅 조조는 어찌하고 있었던가?

화전 궁전 가는 소리 여기서도 피르르르르르 저기서도 피르르르르르, 허저·장요·서황 등은 조조를 보위하여 천방지축 달아날 제, 황개 화염 무릅쓰고 쫓아오며 하는 말이, "붉은 홍포 입은 것이 조조이니라. 도망 말고 쉬 죽어라. 선봉대장 황개니라."

호통하니 조조가 황겁하여 입은 홍포 벗어 버리고, 군사 전립 빼앗아 쓰고 다른 군사를 가리키며, "참 조조 저기 간다." 제 이름을 제 부르며, "이놈, 조조야. 날 다려 조조란 놈, 제가 진정 조조이니라."

황개가 쫓아오며, "저기 수염 긴 것이 조조이니라."

조조 정신 기겁하여, 긴 수염을 걸어잡아 와드득와드득 쥐어뜯고 피탈 양탈 도망할 제, 좌우편 호통소리 조조가 넋이 없어 오림께로 도망을 할 제, 조조 잔발이 비상하여,

"문 들어온다, 바람 닫아라. 요강 마렵다, 오줌 들여라. 둔동 났다, 다칠세라. 배 아프다, 농치지 마라. 까딱하면 똥 싸겠다. 여봐라, 정욱아. 위급하다, 위급하다. 날 살려라, 날 살려라."

자신이 데리고 나온 100만 대군을 적벽강에서 모두 죽게 만든 뒤, 혼자만 살겠다고 달아나는 조조의 몰골이다. 한껏 거드름을 피우다가 제갈공명의 동남풍을 빌린 오나라의 화공火攻으로 대패하여 병졸들이 적벽강에서 몰살당하던 그 순간, 조조는 이렇듯 몇몇 장수들의 호위를 받으며 허겁지겁 도망치고 있었던 것이다. 전쟁을 책임져야 할 최고 통치자가 위기의 순간에 먼저 달아나 버리는 일은 역사의 기록을 보면 그리 드문

일이 아니다. 임진왜란 때 선조는 의주로 줄행랑을 치고, 병자호란 때 인조는 강화도로 도망가려다 여의치 않자 남한산성에 들어가 있다가 항복했다. 한국전쟁 때 대통령 이승만은 서울 시민에게 안심하라고 허위 방송을 하고서 몰래 도망갔다. 조조도 마찬가지였다. 뒤따라오던 오나라 장수 황개가 붉은 홍포를 입고 있는 자가 조조라 소리치니, 병졸이 입고 있는 전포를 빼앗아 걸치고는 그 군사를 도리어 '조조'라 지목하는 비겁함. 수염 긴 자가 조조라며 다시 따라오니, 이번에는 수염을 와드득와드득 쥐어뜯으며 허둥대는 몰골. 〈적벽가〉의 전반부는 그렇게 병졸의 죽음과 조조의 도주로 끝이 난다.

살아남은 병졸, 그들의 분노와 야유

〈적벽가〉의 후반부는 대패한 조조가 화용도로 달아나면서 겪는 치욕의 대목들로 채워져 있다. 그리고 그 부분에 이르러 조선 후기 민중이 진정으로 하고 싶었던 이야기가 거침없이 쏟아져 나온다. 끝없이 추락하는 조조의 몰골 너머로 비참하게 죽어 간 병졸들의 분노가 하나둘씩 터져 나오기 시작하는 것이다. 이는 뜻밖에도 조조 자신이 가장 믿었던 일등 참모, 정욱의 입에서부터 시작된다. 적벽강에서 오림으로 도망칠 즈음의 한 장면이다. 오림에는 촉나라의 명장 조자룡이 매복하고 있었다.

> 창황분주 도망을 갈 제, 새만 푸르르르르 날아나도 복병인가 의심하고, 낙엽만 버썩 떨어져도 추병인가 의심을 하여, 엎더지고 자빠지며 오림 험한 곳을 반생반사 도망을 간다. 조조가 가다가 목을 움쑥움쑥하니, 정욱이 기가 막혀, "아, 여보시오, 승상님. 무게 많은 중에 말 허리 늘어집니다. 어찌하여 그리 목은 움치시나이까?"
>
> "야야, 말 마라. 말 말어. 내 눈 위에 칼날이 번뜻번뜻하고, 귓전에 화살이 윙윙하는구나."
>
> 정욱이 여짜오되, "이제는 아무것도 없사오니, 목을 늘여 사면을 더러 살펴보옵

소서."

"진정으로 조용하냐?"

조조가 목을 막 늘여 사면을 살펴보려 할 제, 의외에 발굽통 머리에서 메추리란 놈이 표루루루루루 날아나니, 조조 깜짝 놀라, "아이고, 야야, 정욱아! 내 목 달아났다. 내 목 있나 좀 봐라."

정욱이 기가 막혀, "눈치 밝소. 그 자그마한 메추리를 보고 그대지 놀래실진댄, 큰 장꿩을 보았으면 기절초풍을 할 번하였소그려."

"야야, 그것이 메추리더냐? 허허 그놈, 비록 자그마한 놈이지마는, 털 뜯어서 갖은 양념하여 보글보글 볶아 놓으면 술안주 몇 점 씸뿍하니 좋으리라마는."

겨우 목숨만 부지한 채 도망하다가 복병을 만날까 겁을 내는 모습, 새가 푸르르 날아올라도 복병이 나타난 줄 알고 벌벌 떠는 모습, 복병이 아니라 메추리란 말에 술안주 운운하며 거드름을 피우는 모습. 추락하는 조조가 갖은 못난 짓을 보여 주고 있는 장면이다. 그럴 때마다 곁에 있던 정욱의 목소리에도 야유의 기색이 짙어진다. "여보시오, 승상님!"이라 부르는 호칭에는, 더 이상 높임의 마음이 담겨 있지 않다. 다른 곳에서는 "장졸將卒을 다 죽이고 좆만 차고 가는 터에 무슨 좋은 일이 있어 저다지 웃으시오."라며 노골적인 핀잔을 퍼붓기도 한다. 정욱은 점점 조조 곁을 떠나가고 있었던 것이다.

하지만 조조는 자신의 잘못을 뉘우치거나 반성하지 않는다. 그리하여 오림에서는 매복해 있던 조자룡에게 죽을 뻔하고, 호로곡에서는 매복해 있던 장비에게 죽을 뻔한다. 그런 조조가 마침내 화용도로 들어가는 갈림길에 도착하게 된다. 제갈공명이 관우로 하여금 험한 길에 연기를 피워 놓고 매복해 있으라고 시킨 바로 그곳이다. 그곳에 이르렀을 때, 살아남은 조조의 병졸들은 더 이상 조조를 믿고 따르려 하지 않는다. 아니, 분노에 찬 그들은 이제 정면에서 조조에게 대들고 조롱하고 나선다. 병졸들의 이런 목소리가 터져 나오는 장면은 바로 '군사 점고' 사설이다.

화용도로 들어가기 전, 조조는 남은 군사가 얼마인가를 헤아려 보라고
시킨다.

정욱이가 군졸 장부를 들고 군사 점고를 하는데, "대장의 안유병이!"
"물고物故요."
조조가 듣더니마는, "아차, 아까운 놈 죽었다. 안유병이가 어찌하여 죽었느냐?"
"오림에서 조자룡 만나 죽었소."
"너희 급히 가서 안유병이 죽은 것 물러오너라."
"아, 승상님, 혼자 가서 물려 보시오."
"야, 이놈들이. 나 혼자 가서 맞아 죽게?"
"아, 그러면 저희 소졸小卒들은 어찌 간단 말씀이오."

그 유명한 '군사 점고' 사설의 첫 장면이다. 조조는 생사 여부를 알아
보기 위해 병졸 이름을 부르기 시작하는데, 첫 번째 부른 안유병은 '물
고物故'였다. 물고란 전쟁터에서 죽었다는 뜻이다. 유의해서 읽어야 할
대목은 바로 그 다음이다. 조조는 아까운 부하 안유병이 죽었으니, 그를
죽인 조자룡에게 가서 안유병의 죽음을 물러오라고 시킨다. 터무니없는
명령이다. 죽은 것을 어찌 물리겠는가? 그러자 병졸들은 조조 네가 가서
물러와 보라며 보기 좋게 거절한다. 조조 네가 죽는 게 두려워 가기 싫은
곳이라면, 우리도 가지 않겠다는 것이다. 조조에게 대드는 것이 정욱과
같은 일급 참모에 그치지 않고 하찮던 병졸들까지 그러했음을 확인할 수
있는 대목이다. 이런 군사 점고의 과정을 좀 더 읽어 보자.

"좌기병에 골래종이!"
골래종이 들어온다. 좌편 팔 창을 맞고 우편 팔 화살을 맞아 다리도 절룩절룩,
반생반사 들어와, "예."
조조가 보더니, "예끼, 엇다, 거 병신 부자로구나. 저놈이 어디서 낮잠 자다가

산벼락 맞은 놈 아니냐? 네 여봐라, 우리는 죽었다 살았다 달아나면 저놈은 뒤에 느지막히 떨어졌다가 우리 간 곳만 손가락으로 똑똑 가르쳐 줄 놈이니, 저놈 큰 가마솥에다가 물 많이 붓고 폭신 진하게 달여라. 한 그릇씩 먹고 가자."

골래종이 골을 내어 눈을 찢어지게 흘기며, "승상님 눈을 보니 인장식人醬食 하게 생겼소."

"어따, 저놈, 보기 싫다. 쫓아내고 또 불러라."

이름을 부르자 대답하며 들어온 군사는 골래종이다. 그는 온몸에 창과 살을 맞아 성한 곳이라곤 하나도 없는 비참한 모습이었다. 조조는 자기 부하의 그런 모습을 보고 불쌍하게 여기기는커녕 '병신 부자'라며 비웃는다. 그뿐 아니다. 어차피 함께 갈 수 없어 뒤에 처져 있다가 우리 도망간 곳을 알려 줄지 모르니 가마솥에 삶아 먹자고 한

적벽도
15세기 안견이 그린 것으로 추정되는 이 작품은 소동파 소식의 시 〈적벽부〉를 그림으로 나타낸 것이다. 오래전의 적벽대전을 회상하며 변함없는 자연 앞에서 인생의 덧없음을 노래하고 있다. 시간은 흘렀지만 적벽대전에서 죽어 간 숱한 군사들의 절규가 들리는 듯하다.

다. 끔찍한 말인데도 조조는 서슴없이 내뱉는다. 하긴 서슴없기로 말하면 골래종이도 못지않다. 삶아 죽이라는 말에 겁을 내기는커녕 조조를 똑바로 쳐다보며 '눈을 보니 사람을 죽여 젖 담아 먹을 인상'이라며 대드는 것이다. 하지만 그렇게 대들어도 조조는 할 말이 없다. 자기 죄를 알기는 아는 모양이다. 그리하여 다시 군사 점고를 이어 간다.

"우기병 전동다리!"

전동다리가 들어온다. 전동다리가 들어온다. 부러진 창대 둘러메고, 발세치레 건조로 세 발걸음 중뛰엄 몸을 날려 껑정껑정 섭수 있게 들어와, "예."

조조 보더니마는, "예끼, 웬 놈이 저리 성하냐? 저놈이 장비 군사 아니냐?"

"누가 장비 군사요? 성하거든 어서 회 쳐 잡수시오."

"너 이놈아, 그게 웬 소린고?"

"아, 아까 병든 놈 가마솥에다 달여 먹자기로, 성한 놈은 회 쳐서 잡수라고 했소."

"어따 이놈아. 너는 하도 성하기에 반가워서 하는 말이로다."

"승상님 군사들이 미련해서 죽고 병신이 되지요."

"네 이놈, 그게 웬 소리냐?"

"아, 승상님도 생각을 좀 해 보시오. 싸울 때는 뒤로 숨고, 싸움 아닐 때는 앞에서 저정거리고 다니면 죽을 바도 없고 병신될 바 만무하지요."

"어따 저놈 뒀다가는 군중에 씨 될까 무섭구나. 저놈 보기 싫다. 쫓아내고 또 불러라."

이번에 들어온 전동다리는 다친 데라고는 하나도 없는 성한 모습이었다. 조조는 너무도 반가웠다. 자기 군사 가운데 성한 군사는 처음 보니, 혹시 장비의 군사가 아니냐고 물을 정도였다. 그런데 전동다리의 대답이 걸작이다. 자신을 회 쳐 먹으라는 것이다. 조조가 영문을 몰라 그게 무슨 말이냐고 묻자 전동다리는 이렇게 대답한다. 온갖 부상을 입은 골래종이는 삶아 먹는다고 했으니 성한 자신은 회를 쳐 먹으라고. 이쯤 되면 막가자는 것이겠다.

그러더니 〈적벽가〉 전체를 통틀어 잊지 못할 명언을 내뱉는다. 다른 병사들은 미련해서 죽고 병신이 되었노라고. 자기는 싸울 때는 숨어 있다가 싸움이 끝나면 앞에 나와서 싸운 척 어정거리고 다녔노라고. 그러면 죽을 일도 없고, 병신 될 일도 없다고. 조조는 온갖 명분을 들어 백성들을 이끌고 적벽강에 싸우러 나왔건만, 전동다리는 그런 싸움에서 자기 목숨이 희생될 아무런 이유도 찾을 수 없었던 것이다. 오히려 명분도 없고 영문도 모르는 전쟁터에 끌려 나와 목숨 걸고 싸우다가 죽거나 부상을 당하는 것은 미련한 짓이라고 버젓이 말한다. 이쯤 되면, 조조는 더 이상 전쟁 영웅이 아니다. 무고한 백성을 죽음으로 몰아 자신의 정치적 야욕을 채우려던 간교한 야심가에 지나지 않는다. 판소리 광대들은 〈적벽가〉를 통해 바로 이 말을 하고 싶었던 것이다. 명분 없는 국가의 전쟁에 개인이 희생될 수 없다는 그 놀라운 각성 말이다. 판소리 〈적벽가〉는 원작 〈삼국지연의〉의 적벽대전 대목에서는 거의 주목하지 않았던 병졸들을 등장시켜 이렇게 조조에게 분노하고 야유를 퍼붓고 있었던 것이다.

국가의 부당한 요구와 그에 맞선 개인

〈적벽가〉는 지배층과 피지배층의 이해관계가 얼마만큼 다를 수 있는가를 놀랍도록 날카롭게 그려 내고 있다. 하지만 이런 엇갈림은 전쟁과 같은 극한적 상황에서만 드러나는 게 아니다. 부패한 군주에게 부당한 희생을 강요당하는 경우도 마찬가지이다. 역시 판소리계 소설인 〈토끼전〉은 그 대표적인 작품이다. 〈토끼전〉은 동물을 의인화하여 조선 후기의 정치 현실을 풍자하고 있다. 여기에 등장하는 토끼·자라·용왕이 누구를 의인화하고 있는가는 분명하다. 용왕은 향락에 빠져 병든 자신의 생명을 연장하기 위해 힘없는 백성의 목숨을 빼앗으려는 봉건 군주이고, 자라는 그런 군주에게 헌신적으로 충성을 바치는 봉건 관료이다. 토끼는 그런 부류에게 수탈당하던 힘없는 민중이다. 그런 까닭에 〈토끼전〉의 주인공은 토끼일 수밖에 없다. 그런데 〈토끼전〉의 주인공은 토끼 혼자만이 아니다. 자라 역시 또 다른 주인공인 것이다. 그런 사실을 반영하듯 〈토끼전〉은 다양한 제목으로 전한다. '토끼전'이 있는가 하면 '별주부전'도 있다. 둘의 이름을 나란히 적은 '토별가' 또는 '별토가'라는 제목도 있다.

　그곳에서 토끼는 살기 위해, 자라는 잡아가기 위해 치열하게 맞선다. 그렇다고 토끼와 자라가 서로 적대적인 것만은 아니다. 토끼의 진정한 적대자는 자라가 아니라 용왕이다. 토끼와 자라가 맞서게 된 발단은 바로 용왕의 병 때문이었다. 용왕이 주색에 빠져 병이 들어 토끼의 간이 필요했던 것이고, 자라도 죽을 고생을 하며 위험한 육지에 다녀와야 했던 것이다. 〈토끼전〉의 작가는 그런 용왕의 모습을 다음과 같이 흉측하게 그리고 있다.

하루는 남해 용왕이 궁전을 새로 짓고 좋은 날을 골라 다른 세 바다 용왕을 불러 큰 잔치를 벌였다. 용왕들은 온 바다 물고기가 한자리에 모여 여러 날 동안 물리도록 실컷 놀았다. 잔치가 끝난 뒤 남해 용왕이 시름시름 앓더니만 온몸에 오만 가지 병이 들었으니, 머리는 쑤시듯 아프고 눈에는 쌍다래끼요, 귓병이

토끼와 자라
용왕의 병을 고치기 위해 토끼의 간을 구하러 간 자라가 토끼를 등에 태우고 용궁으로 가는 모습이다. 경북 상주 남장사 벽화.

나 들을 수가 없으며, 코 밑에는 부스럼 나고, 입술은 부르트고, 혓바닥에는 물집 잡히고, 목구멍은 헐어 부스럼, 뒷덜미엔 연주창, 어깨는 견비통이요, 등에는 등창이요, 허리는 요통에 황달, 흑달이며 체증에다 관격이 들어 소변이 막히고, 설사에 이질 곱똥을 겸하고, (중략) 손가락이 다리 같고, 정강이가 허리 같고, 눈은 끔쩍끔쩍, 코는 벌룩벌룩, 불알은 달랑달랑하는구나. 어떠한 병이건대 이리 구색 갖춰 곁들였나. 온몸을 둘러보니 앓는 곳 제하고 성한 곳 하나 없다.

여기에서 분명하게 밝히고 있듯, 용왕의 병은 궁전을 새로 짓고 질리도록 주육酒肉에 빠져 있다가 든 것으로, 그 병의 가짓수가 얼마인지 헤아릴 수 없었고 병든 그의 몰골은 차마 보기 끔찍할 정도였다. '눈은 끔쩍끔쩍, 코는 벌룩벌룩, 불알은 달랑달랑하는구나.'라니! 아마도 우리 고전 문학에서 군주의 모습을 이보다 심하게 희화화한 경우는 찾기 힘들다. 병세가 이런데도 밤마다 아름다운 여자와 풍류로 지내고, 낮이면 의원과 점쟁이에게 병 고칠 방도를 묻느라고 국력을 소진하고 있었다. 용왕의 향락은 죽음에 이르도록 그칠 줄 몰랐던 것이다.

이것은 자라가 토끼를 잡아 오는 역할을 맡고 있음에도 토끼와 적대적이기만 하지 않은 이유이다. 토끼와 자라 사이에는 '맞섬'만이 아니라 '어울림'도 존재하는 것이다. 어울림이란 무엇인가? 토끼는 이렇게 말하고 있다.

토끼 내려와서 하는 말이 "네 말도 옳다마는 고금의 일렀으되 '남이 죽는 것은 내 고뿔만 못하다.' 하니 너는 충성하려니와 나는 무슨 일이냐. (중략) 용왕이 무도無道하지 너야 무슨 죄 있느냐? 우리 둘은 혐의 마세. 남아하처불상봉男兒何處不相逢이랴, 일후 다시 만나 보세."

죽을 고비를 겨우 넘기고 육지로 돌아온 토끼가 자라에게 하는 말이다. 자기를 죽을 곳으로 끌고 들어간 자라의 소행을 생각하면 분통이 터지고도 남을 일이다. 그런데도 토끼는 자라에게 서로 미워하는 마음을 갖지 말자고 한다. 심지어는 너는 죄가 없으니 어디에선들 다시 만날 수 없겠느냐며 훗날을 기약하기까지 한다. 토끼는 아마도 자라나 자신이나 처지가 다를 뿐, 탐욕스럽고 향락에 빠진 봉건 군주로 말미암아 곤욕을 치르기는 매한가지라고 생각했을 것이다. 모든 것이 '용왕의 무도無道'에서 비롯되었다는 토끼의 말은 바로 이를 일컬음이다. 하지만 토끼와 자라는 역할과 입장이 다르다. 그러므로 토끼와 자라의 '갈라섬'에도 주목해야 한다. 죽을 뻔했던 토끼가 살아 돌아와서 기뻐 춤추며 한 말에 그 단서가 숨어 있다.

제기를 붙고 발기를 갈 녀석. 뱃속에 달린 간을 어찌 내고 들인단 말이냐? 미련하더라, 미련하더라, 너의 용왕 미련하더라. 너의 용왕 슬기가 나와 같고, 내 미련하기 너의 용왕 같았으면 영락없이 죽을 것을, 내 밑궁기 셋이 아니드면 내 목숨이 살아 가랴? 병든 용왕을 살리랴 허고 성한 토끼 내가 죽을쏘냐? 내 돌아간다, 내가 돌아간다. 백운청산으로 내 돌아간다. 자라 곰곰 생각을 해 보니 '저놈한테 속절없이 돌렸구나.' 하릴없어 수궁으로 들어가 버렸다.

자라의 꾐에 빠져 죽었다 살아난 토끼는 가슴에 묻어 두었던 말을 거침없이 내뱉는다. 이 대목은 〈토끼전〉을 통틀어 가장 압권이다. "병든 용왕 살리자고 성한 토끼 나 죽으랴?"라는 충격적인 선언! 토끼의 이 말에는 지배층의 일방적인 희생 요구를 받아들일 수 없다는 의지로 충만하다. 돌이켜 보면, 용왕은 토끼의 목숨을 빼앗으려 하면서도 이를 당연한 일로 여겼다. 토끼는 조그만 짐승이요 자신은 용왕으로 귀천이 분명히 다르며, 천한 목숨을 존귀한 자신에게 바치는 것은 당연하다고 생각했다. 그걸 충忠이라 여겼던 것이다. 하지만 토끼는 반문한다. "평생을 다 살아도 오히려 부족하거늘, 무슨 까닭에 남의 명에 죽어야 하느냐?"라고. 그건 수직적인 군신 관계를 절대적 도리로 믿고 있던 중세적 이념의 부당한 요구를 정면에서 거부하는 선언이었던 것이다.

하지만 자라는 그런 사실을 미처 깨닫지 못하고 있다. 그에게서 군주에 대한 충성은 절대적인 가치였다. 그 결과 자라는 비극적인 결말을 맞이한다. 토끼가 달아난 뒤 자라는 어디로 갈지 몰라 방황한다. 어떤 이본에서는 빈손으로 돌아갔다가 귀양을 가기도 하고, 어떤 이본에서는 바위에 머리를 부딪쳐 스스로 목숨을 끊기도 한다. 또 어떤 이본에는 수궁으로 돌아갈 면목이 없어 소상강으로 도망갔다가 쓸쓸하게 죽기도 한다. 충성을 다하기 위해 죽을 고생을 한 것에 대한 대가는커녕 한결같이 비극적 최후를 맞게 되는 것이다. 일제 강점기 신소설의 창시자였던 이해조李海朝(1869~1927)는 〈토의 간〉에서 자라를 불쌍하게 여긴 도사가 나타나 불로초를 주는 것으로 바꿔 보기도 하지만, 그는 여전히 동정의 대상일 뿐이다.

토끼의 맞수이자 또 다른 주인공이었던 자라는 충성을 다하고자 했음에도 불구하고 왜 이리 초라한 최후를 맞게 되는 것일까? 그것은 자라가 용왕의 무도함을 박차고 달아나지 못하는 구시대적 인물이었던 까닭이다. 자라는 몸에 밴 낡은 습속을 버리지 않는 한 새롭게 다가오는 사회에 적응할 수 없는 봉건적 인물이었다. 반면 토끼는 발랄하면서도 확고한 신념을 지니고 있는 근대적 인물이었다.

이것이 〈토끼전〉이 담고 있는 뜻깊은 결말이다. 부패한 국가가 자신에게 극한의 희생을 요구할 때 순순히 따르는 것이 옳은가? 아니면 단호하게 거부하는 것이 옳은가? 참으로 답하기 곤란한 질문이다. 어느 쪽이 옳다고 쉽게 답하기 어렵다. 하지만 〈토끼전〉은 분명하게 답하고 있다. 토끼는 수궁이 좋다 해도 이 산중만 못하다며 청산靑山으로 훌훌 떠나갈 수 있었던 반면, 자라는 토끼를 놓친 뒤 갈 곳을 몰라 주저하다가 끝내 비극적인 최후를 맞이한다는 결말은 부패한 국가가 부당한 요구를 해 올 때 어떤 선택을 해야 하는가에 대한 분명한 문학적 메시지였다. 조선 후기, 무너져 내리는 봉건 국가와 각성하기 시작한 개인은 이처럼 날카롭게 갈라서고 있었던 것이다.

인용 작품

소나 91, 93쪽
작가 김부식
갈래 전
연대 고려 전기

계백 92쪽(위)
작가 김부식
갈래 전
연대 고려 전기

관창 92쪽(아래)
작가 김부식
갈래 전
연대 고려 전기

달천몽유록 99쪽
작가 윤계선·황중윤
갈래 고전 소설(한문)
연대 16세기

임진록 101쪽
작가 미상
갈래 고전 소설
연대 17세기(추정)

적벽가 103~106, 108~113쪽
창본 박봉술 본
갈래 판소리
연대 미상

별토가(가람본) 115, 117쪽
작가 미상
갈래 판소리계 소설
연대 조선 후기

2 승자와 패자의 엇갈림

인간에 대한 수많은 정의 가운데 인간을 정치적 동물로 바라보는 시각이 있다. 인간의 일거수일
투족은 자신의 이해관계를 관철시키기 위한 정치적 행위라는 의미일 것이다. 실제로 갈등과 투쟁
이 정치적 다툼의 형태로 진행되는 사례는 수없이 많았고, 그 연원도 매우 길다. 그리하여 승리한
자와 패배한 자로 나뉘게 되는데, 그 과정에서 역사는 새로운 시대를 맞이하기도 하고 그런 역사
의 뒤편으로 스러져 가는 아픔을 겪기도 한다.

사랑 노래에 감춰진 정치적 다툼

우리 고전 문학에는 아름다운 사랑 노래가 참으로 많다. 기다림의 설렘
을 노래하기도 하고, 만남의 기쁨을 노래하기도 하고 또 이별의 아픔을
노래하기도 한다. 그 가운데 만날 수 없는 임을 그리워하는 노래는 애절
한 정조의 극점을 이룬다. 다음의 노래도 그렇게 읽힌다.

> 자른 해 수이 지어 긴 밤을 고초 앉아
> 청사초롱 걸은 곁에 공후箜篌를 놓아 두고
> 꿈에나 임을 보려 턱 받고 비겨스니
> 원앙금침도 차도 찰사 이 밤은 언제 샐꼬?
> 하루도 열두 때, 한 달도 서른 날
> 저근덧 생각 마라. 이 시름 잊자 하니
> 마음에 맺혀 있어 골수에 깨쳤으니
> 편작扁鵲이 열이오나 이 병을 어찌하리?
> 어와, 내 병이야 이 임의 탓이로다.
> 차라리 쉬어 지어 범나비 되오리라.
> 꽃나무 가지마다 간 데 족족 앉았다가
> 향 묻은 날개로 임의 옷에 옮으리라.
> 임이야 나인 줄을 모르셔도 내 임 좇으려 하노라.

공후
서양의 하프와 비슷한 고대 동양의
현악기.

우리 국문 시가의 대가로 알려진 송강松江 정철鄭澈(1536~1593)의 〈사

미인곡思美人曲〉 마지막 대목이다. 제목을 그대로 풀면 '아름다운 사람을 그리워하는 노래'라는 뜻이다. 삼백예순 날 그리운 임 생각에 뼛속까지 사무친 깊은 병은 편작 같은 중국의 이름난 명의 열 명도 고칠 수 없다고 했다. 청사초롱 밝혀 놓고 원앙 이불 깔아 놓은 싸늘한 빈 방에서 홀로 기다린다는 걸 보면 노래 부르는 화자는 여인임이 분명한데 누구를 그토록 그리워하는 것일까? 멀리 전쟁터에서 돌아오지 않는 정겨운 남편, 아니면 빨래터에서 우연히 훔쳐본 훤칠한 남정네일까? 정철이 간절하게 부르는 임은 바로 임금, 좀 더 구체적으로 말하면 조선 제14대 임금인 선조이다.

정철은 쉰 살 되던 선조 18년에 〈사미인곡〉을 지었다. 사간원과 사헌부의 탄핵을 받아 관직에서 물러나 고향인 전남 창평에서 4년간 울울한 생활을 보내고 있을 때 지은 작품이다. 임을 그리는 한 여인의 애끊는 심사를 빌려 와서 임금에 대한 자신의 변치 않는 충정을 읍소하고 있었던 것이다. 임금과 신하의 관계를 사랑하는 임과의 연정에 빗대어 노래하는 것은 동아시아 문학사에서 아주 오래된 관습이었다. 중국 초나라 굴원屈原이 지은 〈이소離騷〉의 제9장 '사미인思美人'으로부터 고려 시대 정서鄭敍(?~?)가 지은 〈정과정鄭瓜亭〉에서 그 연원을 찾을 수 있다. 그런 〈정과정〉이 노래한 애절함을 한번 음미해 보자.

내 님을 그리워하여 우니다니
산 접동새와 난 이슷하요이다.
아니시며 거짓인 줄 아으
자는 달과 새벽 별이 알으시리이다.
넋이라도 임은 함께 지내고 싶어라 아으
어기신 이가 뉘러시니이까?
과過도 허물도 천만 없소이다.
모두 헛말이었네.

사라지고 싶어라 아으

아소 임아, 마음 돌이키어 사랑해 주소서.

임을 향한 하소연이 〈사미인곡〉보다 훨씬 절절하다. 하지만 이런 애틋한 노래 뒤편에 감추어진 창작 배경을 살펴보면 오히려 살벌하다. 거기에는 권력을 둘러싸고 한 치의 양보도 없었던 사대부 남성들의 정치적 갈등과 투쟁의 그림자가 드리워져 있기 때문이다. 연약한 여인의 목소리를 빌려 애절하게 임을 그리는 노래를 부르던 정철과 정서 또한 다르지 않다. 잘잘못을 떠나 그들 모두는 임금을 정점으로 한 중앙 정치 무대에서 권력을 장악하기 위해 분투하던 인물들이었다. 그러고 보면 자신의 억울한 심정을 애절하게 하소연하는 것과 권력을 장악하기 위해 살기등등하게 정적을 공격하는 것은 예나 지금이나 다름이 없다.

기록 문학에 담은 사대부의 정치의식

인간 사회에서 정치적 갈등과 투쟁이 없었던 때는 없었다. 그 때문에 정치적 다툼을 소재로 한 문학 작품도 많을 수밖에 없다. 그 가운데 수양대군이 자신의 어린 조카를 죽이고 왕위를 빼앗은 일은 가장 극적인 사건으로 꼽을 만하다. 세조와 그를 따르던 부류를 한편으로 하고, 단종과 그를 따르던 부류를 다른 한편으로 한 정치적 투쟁은 당시는 물론이고 뒷날에도 두고두고 문제가 되었다. 심지어 근대 소설가들도 두 편으로 나뉘어, 이광수는 《단종애사端宗哀史》라는 소설을 통해 수양대군의 포악한 패륜을 꾸짖었는가 하면, 김동인은 소설 《대수양大首陽》을 통해 수양대군이 어린 조카를 대신하여 왕위에 오를 수밖에 없었던 불가피한 정치적 선택을 옹호하기도 했다.

이렇듯 수양대군의 왕위 찬탈을 둘러싼 논란은 유교적 명분을 중시하던 조선 건국 초기에 벌어진 최대의 정치적 사건이었다. 김종직이 이런 불법적 사건을 우의적으로 시에 담은 〈조의제문弔義帝文〉을 지었다가 연부관참시 죽은 뒤에 큰 죄가 드러난 사람에게 내린 형벌로, 무덤을 파고 관을 파헤쳐 그 시체의 목을 베어 거리에 내거는 극형.

산군 때 부관참시'를 당했는가 하면, 그에 동조한 젊은 문인들이 수없이 죽어 간 무오사화戊午士禍의 발단이 된 것은 잘 알려진 사실이다. 그뿐 아니다. 김종직의 문인門人이자 생육신의 한 사람이었던 남효온南孝溫(1454 ~1492)은 단종의 복위를 도모하다가 역적으로 몰려 죽은 여섯 명의 충절을 되새기는 〈육신전六臣傳〉이란 기록 문학을 남겼다. 지금이야 사육신을 만고에 다시없는 충절의 인물로 기리고 있지만, 남효온 때만 하더라도 그들의 이름은 감히 입에 올리기조차 어려웠다.

그런데도 남효온은 여섯 명의 신하가 충신이라고 역설하는 불온한 기록을 남겼고, 박계현과 같은 인물은 선조 임금에게 그 기록을 한번 읽어보라고 권하기까지 했다. 박계현의 추천으로 〈육신전〉을 처음 접한 선조 임금은 과연 어떤 반응을 보였을까?

이제 〈육신전〉을 보니 매우 놀랍다. 처음에는 이와 같을 줄 생각지도 못하고 아랫사람이 잘못한 것이려니 여겼었는데, 그 글을 직접 읽어 보니 춥지 않은데도 벌벌 떨린다. 지난날 우리 세조에서 하늘의 명을 받아 위태로운 조정을 다시 일으킨 것은 진실로 사람의 힘으로는 할 수 있는 것이 아니었다. 그런데도 저 남효온이란 자는 어떤 자이기에 감히 붓을 놀려 국가의 일을 드러내어 기록하였단 말인가? 이는 바로 우리 조정의 죄인이다. 이 자가 살아 있다면 내가 끝까지 추국推鞫하여 죄를 다스렸을 것이다.

《선조실록》의 기록인데, 선조의 말에는 서릿발 같은 분노가 서려 있다. 그리하여 신하들을 모아 놓고 〈육신전〉의 잘못을 하나하나 따져 물었다. 성삼문을 비롯한 사육신이 진정 충신이었다면, 세조가 단종에게 왕위를 물려받던 날 바로 자결하든지 백이·숙제처럼 벼슬을 내놓고 조정을 떠났어야 했다는 주장을 펼쳤다. 심지어 〈육신전〉을 모두 찾아내 불태워 버리고, 책에 대해 이야기하는 자들도 벌하라는 엄명을 내릴 정도였다. 〈육신전〉에 도대체 어떤 내용이 기록되어 있었기에 선조는 그토록 진노했던가? 한 대목을 직접 읽어보자.

세조가 말하였다. "너는 내 녹을 먹지 않았느냐? 녹을 먹고도 배반을 하였으니, 너는 믿을 수 없는 사람이다. 명분은 상왕 단종을 복위시킨다고 하지만, 실상은 네가 임금이 되려고 한 짓이지."

성삼문이 말하였다. "상왕이 계시는데, 나으리進賜가 어찌 나를 신하라 하오? 또 나으리의 녹은 먹지 않았으니, 만약 믿지 못하겠다면 내 가산을 몰수하여 세어 보시오."

임금이 몹시 노하여 무사를 시켜 쇠를 불에 달구어 그 다리를 뚫고, 그 팔을 자르게 했으나 얼굴빛이 변하지 않았다. 성삼문은 천천히 말하였다. "나으리의 형벌이 너무 참혹하오."

세조가 성삼문을 잡아들여 혹독하게 고문하는 대목이다. 성삼문은 세조를 임금으로 인정하지 않았다. 그래서 세조를 '전하'라고 부르지 않고 '나으리'라 불렀던 것이다. 남효온은 세조를 피도 눈물도 없는 냉혈한으로, 성삼문은 그런 폭군 앞에서 한 치의 물러섬도 없었던 충절의 인물로 기록하고 있다. 성삼문만이 아니다. 박팽년도 그러했고, 이개와 유성원도 그러했다. 선조 임금은 이런 〈육신전〉을 도저히 묵과할 수 없었다. 세조가 불법적으로 왕위를 빼앗은 것이라면, 자신의 정통성도 부정되기 때문이다. 선조가 노발대발하자 곁에 있던 신하가 "만약 그런 일이 다시 일어난다면, 그때는 제가 전하의 성삼문이 되겠습니다."라는 말로 화를 누그러뜨렸다는 일화는 지금까지도 전해지고 있다.

그렇다면 남효온은 왜 그토록 위험천만한 사건을 기록으로 남겨 전하고자 했던 것일까? 사실 남효온이 생육신의 한 사람으로 기려지게 된 까닭은, 〈육신전〉을 짓기도 했거니와 소릉 복위昭陵復位에 대한 상소를 올려 현실 정치권에서 철저하게 소외당한 인물이었기 때문이다. 소릉이란 단종의 생모 현덕왕후를 가리킨다. 왕위를 넘겨준 단종은 상왕의 자리에 있다가 사육신의 거사가 실패로 끝난 뒤 노산군으로 강등되어 영월로 유배 보내졌고, 결국 그곳에서 살해되고 만다. 단종의 생모인 현덕왕후도 서인庶人으로 강등되어 무덤이 파헤쳐져 왕릉에서 내쳐지는 수난을 겪

성삼문의 묘
성삼문은 사육신의 한 사람으로, 세조의 왕위 찬탈에 극렬히 반대하였다. 최고형인 거열형에 처해져 비참한 죽음을 맞았다. 사진은 충남 논산에 있는 성삼문의 묘.

었다. 젊은 남효온은 그런 처사가 잘못된 것이라는 상소를 성종에게 올렸다가 정치권에서 영원히 쫓겨나게 된 것이다.

남효온은 그 사건 이후 전국을 방랑하며 시와 술로 세월을 보내다가 쓸쓸하게 죽어 갔고, 갑자사화 때는 소릉 복위를 건의했다는 이유로 스승 김종직처럼 부관참시를 당하기까지 했다. 세조의 왕위 찬탈과 사육신의 충절에 대해서는 그 누구도 거론할 수 없도록 하려는 조치였다. 하지만 조선의 사대부들은 중종, 명종, 선조 대를 거치면서 사육신을 충신으로 되돌려야 한다는 신념을 더욱 강하게 다져갔다. 박계현이 〈육신전〉을 읽어 보라고 건의했던 것은 물론이고 그와 절친했던 임제林悌는 〈육신전〉의 내용을 소재로 삼아 〈원생몽유록元生夢遊錄〉을 지어 자신들의 정치적 신념을 보다 널리 알리고자 했다. 그리하여 결국 숙종 17년(1691) 여섯 명의 신하들은 비로소 사육신이라는 충절의 인물로 복권되기에 이르렀다. 역적이라는 이름으로 죽은 지 200년도 넘게 시간이 흐른 뒤였다. 그런 점에서 〈육신전〉은 한 치의 불의도 용납할 수 없다는 조선 시대 사대부들의 올곧은 정치의식이 극명하게 표출된 대표적인 사례라 할 수 있다. 정치적 갈등과 투쟁에서 패배했던 그들, 그렇지만 그들은 이렇듯 문학의 힘을 통해 역사 앞에 당당하게 다시 서게 되었던 것이다. 문학의 힘을 빌려 기록된 역사적 진실은 이처럼 준엄하고도 무서운 법이다.

영웅 서사에 담은 충신과 간신의 대결

권력을 둘러싼 정치적 갈등과 투쟁은 다양한 방식으로 다루어졌지만, 언제나 현실 정치를 그대로 소재로 삼았던 것은 아니다. 대개는 현실 정치의 모습을 본뜬 허구적 이야기로 그럴듯하게 꾸며지기 일쑤였다. 〈소대성전蘇大成傳〉, 〈유충렬전劉忠烈傳〉, 〈조웅전趙雄傳〉 등 영웅 소설로 불리는 일군의 작품이 대표적인 예이다. 그때 그곳에서 벌어지는 투쟁은 절대 권력을 지닌 임금을 정점에 두고 전개되기 마련이다. 임금을 충성으로 받들고 있다고 자부하는 주인공과 이에 맞선 적대자의 대결인 것이다. 그런데 주인공과 적대자가 벌여 나가는 서사적 대결이 보다 많은 사람들에게 흥미를 주기 위해서는 몇 가지 전제가 필요하다. 주인공은 선하고, 적대자는 악해야 하는 것은 물론이고, 그들의 대결은 손에 땀이 날 정도로 긴박하고 실감나게 그려져야 한다. 또 주인공이 일방적으로 적대자를 이긴다거나 반대로 주인공이 일방적으로 적대자에게 패배해서는 안 된다. 서로 팽팽하게 맞서 승패의 향배를 쉽게 점칠 수 없어야만 독자들에게 서사적 긴장을 불러일으킬 수 있는 것이다.

이런 서사 문법을 가장 잘 활용한 영웅 소설은 조선 후기에 가장 사랑받는 이야기 유형으로 떠올랐다. 청중은 선한 주인공과 악한 적대자가 벌이던 팽팽한 대결을 숨죽이며 지켜보았던 것인데, 그 열기는 우리의 상상을 초월한다. 이런 일도 있었다.

예전에 어떤 사람이 종로 거리 담배 가게에서 고전 소설 읽는 것을 듣고 있었다. 그러다가 주인공인 영웅이 뜻을 이루지 못한 대목에 이르자 눈을 부릅뜨고 입에 거품을 물면서 담배 써는 칼을 들고 달려들어 책 읽던 사람을 찔렀다. 소설 읽던 사람은 그 자리에서 죽고 말았다.

듣고 있던 사람이 분을 참지 못해 글을 읽어 주던 사람을 칼로 찔러 죽였다는 어처구니없는 살인 사건은 꾸며 낸 이야기가 아니다. 이 살인 사건은 실제로 서울 종로 거리에서 일어났던 일로 《조선왕조실록》을 비롯한 각종 문헌에 전하고 있다. 어째서 이런 사건이 일어났을까? 그건 이야기 속 주인공이 뜻을 이루지 못하고 패배한 사실을 차마 인정할 수 없었던 독자의 울분 때문이었다. 고전 소설의 독자들은 주인공에게 벌어진 일을 마치 자기 자신의 일인냥 여기고 있었다. 갈등과 투쟁을 다루고 있는 영웅 소설은 주인공과 독자 자신이 하나가 될 만큼 인기를 끌었던 것이다.

그래서 영웅 소설의 작가는 주인공이 벌여 나가는 갈등과 투쟁을 실감나게 그리기 위해 많은 공력을 기울였다. 그리하여 마침내 '영웅의 일대기'라는 서사 구조와 '권선징악'이라는 결말 구조를 완성시키기에 이르렀다. 처음에는 주인공이 적대자에게 모진 박해를 받아 숱한 고난을 겪지만, 끝내는 적대자를 물리치고 승리를 쟁취한다는 구조가 그것이다. 영웅은 풍전등화와 같은 위태로운 나라를 구원하는 것은 물론 산산조각난 자기 가문을 다시 일으켜 세우고야 마는 것이다. 이런 영웅 소설 가운데 〈유충렬전〉은 대표적인 작품으로 꼽힌다. 거기에 그려진 정치적 갈등 국면은 다음과 같다.

이때, 주부 유심이 조회를 마치고 나오다가 군사를 일으키려 한다는 말을 듣고 탑전榻前에 들어가 아뢰기를, "듣자오니 폐하께옵서 남쪽 오랑캐를 치기 위해 병사를 일으킨다는 말씀이 사실이옵니까?"
천자 왈, "정한담의 말이 여차여차하기로 그러려고 하노라."
주부 여쭈되, "폐하, 어찌 망령되게 허락하였습니까? 왕의 신하는 미약하고 적은 강성하니 이는 잠자는 범을 찌르는 것과 같고, 그물에 든 토끼를 놓침과 같음이로소이다. 한낱 달걀로 천근의 무거움을 어찌 당할 수 있겠나이까? 가련한 백성 목숨이 너른 백사장에서 죽어 외로운 혼이 되게 만들면 그 어찌 악을 쌓는 것이 아니리오. 엎드려 바라옵건대 황제께서는 군사를 일으키지 마옵소서."
천자 그 말을 들으시고 만가지로 의심하고 있던 차에 정한담과 최일귀가 함께 아뢰기를, "유심의 말을 듣사오니 죽여도 아깝지 않고, 나라를 그릇되게 만드는 간신과 한가지로소이다. 우리 대국을 저버리고 도적놈만 칭찬하고, 개미의 무리를 우리 대국에 비하고 한낱 달걀을 폐하에게 비하니 세상에 다시없는 간신이요 만고의 역적이라. 신 등은 생각건대 유심이 남쪽 가달을 못 치게 하니 그들과 한마음이 되어 서로 내응하고 있는 듯합니다. 유심을 먼저 벤 뒤에 가달을 치사이다."
천자가 그 말을 듣고 마침내 허락하였다.

작가는 주인공인 유충렬의 아버지 유심을 더없는 충신으로 그리고, 이런 충신을 모함하는 정한담은 천하에 둘도 없는 간신으로 그리고 있다. 이들의 정치적 대립은, 조공을 바치지 않는 오만불손한 남쪽 오랑캐를 정벌할지 말지에 대한 이견에서 비롯된 것이었다. 유심은 전쟁을 일으켜 불쌍한 백성을 전쟁터에서 죽게 해서는 안 된다는 주장을 폈고, 정한담은 유심이 적국과 내통하고 있기에 정벌을 반대하는 것이라며 모함을 한다. 사실 이것만 가지고는 누가 옳고 누가 그른지, 다시 말해 누가 충신이고 누가 간신인지 판단하기 어렵다. 군사를 일으켜 주변 나라와 전쟁을 해서는 안 된다는 유심의 말도 일리가 있고, 호시탐탐 엿보는 변방 오랑캐를 제압하지 않으면 안 된다는 정한담의 말도 일리가 있기 때문이다.

그런데도 정한담을 간신으로 규정할 수 있는 것은 일신의 영달을 위해 충신을 모함기에 급급한 인물이라는 전제가 있었기 때문이다. 권력을 움켜쥔 그는 포악하기 그지없을 뿐 아니라 황제의 자리를 차지할 흑심을 품은 인물로 그려지고 있다. 실제로 정한담은 눈엣가시 같던 정적政敵 유심을 먼 곳으로 유배 보내는 데 그치지 않고, 후환을 없이하고자 그의 어린 자식 유충렬마저 죽이려 할 정도로 잔인하다. 물론 주인공 유충렬은 죽지 않는다. 하늘의 도움을 받아 목숨을 건지고 도사를 만나 무술을 배워 복수할 날을 기다리는 영웅으로 성장한다. 그리고 그의 바람은 나라의 멸망이 눈앞에 닥친 위기의 순간에 극적으로 이루어진다.

이때 정한담이 군사를 모아 급히 도성에 들어오니 성안에 군사는 없고 천자는 깊은 잠에 들어 있었다. 뜻밖에 천병만마가 성문을 깨고 궐내에 들어가 소리 질러 하는 말이, "이봐라, 황제야! 어디로 가려느냐? 바람개비라 하늘로 날아오르며, 두더지라 땅으로 들어갈 것이냐? 네놈의 옥새를 빼앗으려고 하니 이제 어디로 갈 것이냐? 바삐 나와 항복하라." 황제는 넋을 잃고 용상에서 굴러떨어져 옥새를 품에 품고 말 한 필 잡아타고 엎더지며 자빠지며 북문으로 도망한다. 정한담이 궐내에 달려들어 천자를 찾은즉 간데없고 황후, 태후, 태자가 도망하여 나오거늘 호령하고 달려들어 잡아서 호왕에게 맡겨 놓고 북문으로 나선다. 이때 황제는 변수 가로 도망하거늘, 정한담이 천둥 같은 소리를 지르며 순식

간에 달려들어 구척장검 번듯하니 황제 탔던 말이 백사장에 거꾸러진다. 천자를 잡아내어 말 아래 엎어뜨리고 서리 같은 칼로 통천관通天冠을 깨 던지며 호통치며 하는 말이, "이봐 들어라. 하늘이 나와 같은 영웅을 내실 때는 천자를 시키기 위함이라. 네 어찌 천자를 바랄쏘냐. 네 한 놈 잡으려고 십 년을 공부하여 변화무궁하니 네 어찌 순종치 아니하고 조그마한 유충렬을 얻어 내 군사를 침노하려 하느냐? 너의 죄를 논하건대 바삐 죽일 것이로다. 다만 옥새를 드리고 항서를 써 올리면 죽이지 아니하려니와 그렇지 아니하면 네놈의 노모처자를 한 칼에 죽이리라."

천자 하릴없어 하는 말이, "항서를 쓰자 한들 붓과 종이가 없다." 하시니 정한담이 분노하여 창검을 번득이며 왈, "곤룡포를 찢어 내고, 손가락을 깨물어 거기에 항서를 쓰지 못할까?"

천자 곤룡포 자락을 떼고 손가락을 깨물려 하니 차마 못할 즈음에 황천인들 무심하랴?

〈유충렬전〉에서 가장 극적인 대목이다. 간신 정한담이 오랑캐와 결탁하여 자신의 나라를 치고, 황제를 핍박하여 옥새를 빼앗으려는 장면이다. 황제가 곤룡포 자락을 찢어 손가락에서 피를 내어 항복의 글을 적으려는 절체절명의 순간, 유충렬은 긴 칼을 높이 치켜들고 천사마를 타고 하늘에서 내려온다. 그리하여 역적 정한담을 단숨에 사로잡고, 무릎 꿇고 있던 천자를 일으켜 세우는 것은 두말할 필요도 없다. 요즘의 통속적인 무협지를 방불케 하는 것이지만, 당대 독자들은 지금의 우리처럼 이런 극적 반전의 순간을 열렬하게 박수 치며 환호했다.

물론 천자를 위기에서 구원하는 것으로 적대자와의 갈등이 끝나지는 않는다. 위기에 빠진 나라를 구원하는 공을 세운 뒤, 유배지에서 고생하던 부친과 절에 숨어 지내던 모친을 모셔와 가문의 영화를 되찾는 일도 빠뜨리지 않고 있다. 영웅 소설은 주인공의 가문과 국가를 뒤엎으려 했던 적대자에 맞서 싸우는 젊은 영웅의 활약을 눈부시게 그려 내는 작품이었던 것이다. 마침내 주인공 유충렬은 가문과 국가를 뒤흔들었던 적대자에게 잊을 수 없는 복수를 한다.

유충렬이 나졸을 재촉하여, "정한담의 목을 장안 거리에서 베라!" 하니 나졸이 달려 들어 정한담의 목을 매어 수레에 싣고 장안 큰길로 나오며 소리쳐 왈, "이봐, 백성들아! 만고 역적 정한담을 오늘 베러 가니 백성들도 구경하라."

소리 하고 나올 적에 성 안팎 백성들이 정한담 죽이러 간다는 말을 듣고 남녀노소 상하 없이 그놈의 간을 내어 먹고자 하여 동편 사람은 서편 사람을 부르고 남촌 사람은 북촌 사람을 불러 서로 찾아 골목골목 빈틈없이 나오며 소리 한다.

"이봐 벗님네야, 가세 가세 어서 가세. 만고역적 정한담을 우리 원수 장군님이 사로잡아 두 팔 끊고 전후 죄를 물은 후에 백성들에게 보이려고 장안에서 벤다 하네. 바삐바삐 어서 가서 그놈의 살을 베어 부모 잃은 사람은 부모 원수 갚아 주고 자식 잃은 사람은 자식 원수 갚아 주세."

백발노인 손자 업고 홍안의 젊은 아낙 자식 품고 전후좌우 나열하여 어떤 사람은 달려 들어 정한담에게 호령하고, 어떠한 여인들은 정한담의 상투 잡고 신짝 벗어 양 귀밑을 찰딱찰딱 치며, "네 이놈 정한담아! 너 아니면 내 가장家長이 죽었으며, 내 자식이 죽었을쏘냐. 덕택이 하해 같은 우리 원수, 네놈 목을 진중에서 베었더라면 네놈 고기를 맛보지 못할 것을, 백성들에게 보이려고 산 채로 잡아 내어 오늘날 베는 고로 네 고기를 나누어다가 우리 가장 혼백이나 여한 없이 갚으리라."

수레 끄는 소를 재촉하여 사지를 찢어 놓으니 장안 만민들이 벌떼같이 달려들어 점점이 오려 놓고, 간도 내어 씹어 보고, 살도 베어 먹어 보며 유 원수의 높은 덕을 뉘 아니 칭송하리.

작가는 악인 정한담의 최후를 참으로 처참하게 그려 놓고 있다. 장안 큰길에서 거열형車裂刑을 행하여 정한담의 사지를 갈기갈기 찢고, 모인 백성들은 간을 내고 살을 베어 씹어 먹는다는 그 잔인한 복수극! 차마 눈 뜨고 보기 어려운 끔찍한 장면이다. 〈유충렬전〉만이 아니라 다른 영웅소설에도 이와 유사한 처절한 복수극이 대부분 들어 있다. 그런 끔찍한 징벌은 정한담과 같은 의롭지 못한 간신배로 인해 단란했던 가정이 산산조각 나고, 폭정으로 인해 숱한 고통에 신음해야만 했던 조선 후기 민중의 울분과 분노가 얼마나 컸던가를 암시하는 사례일 것이다. 역모를 일으켜 나라를 혼란에 빠뜨리고, 전쟁을 일으켜 남편과 자식을 죽게 만들었으니 어찌 분노하지 않을 수 있었겠는가? 작품의 주인공 유충렬은 그렇게 고통받던 민중이 허구적 서사라도 빌려 간절하게 그리던 구원자인 셈이다.

이것이 영웅의 일대기라는 통속적인 서사 구조와 권선징악이라는 천편일률적인 결말 구조로 이루어진 영웅 소설이 담고 있는 의미이다. 지금도 정쟁을 일삼아 나라를 파탄 지경으로 몰고 있거나 지구 곳곳에서 전쟁을 일으켜 수많은 사람을 고통과 죽음으로 내몰고 있는 권력자들은 새겨 읽어야 할 대목이다. 그런 점에서 영웅 소설이 꿈꾸던 바람은 지금도 여전히 유효하다. 혼란스런 시대의 아픔을 진정으로 이해하며 새 세상으로 이끌어 줄 올바른 지도자에 대한 간절한 바람, 그리고 착한 사람이 승리하고 악한 사람은 대가를 치른다는 사회 정의에 대한 확고한 믿음. 우리가 지금도 이루려고 하는 그 꿈을, 옛사람들은 허구적인 영웅 소설을 통해 다짐하고 또 다짐했던 것이다. 이것이 영웅 소설이 담고 있던 정치의식의 핵심이며, 조선 후기 가장 사랑받는 소설로 인기를 끌었던 이유이기도 하다.

정치적 패배와 유배, 또는 새로운 전환의 계기

영웅 소설에서의 소망과 달리 현실 정치에서는 선이 승리하는 경우보다는 악이 승리하는 경우가 더 많다. 사마천司馬遷이 《사기》 열전 〈백이伯夷 · 숙제叔齊〉에서, 충신은 수양산에 들어가 굶어 죽었는데 도적은 평생 호의호식하며 제명대로 살다가 죽는다며 분통을 터뜨렸던 것도 그런 까닭이다. 정의롭고 선한 세상을 꿈꾸는 사람이 오히려 세상에서 버려지는 경우가 허다했던 것이다. 그런 인물로 다산茶山 정약용丁若鏞(1762~1836)이 있다. 천주교를 믿었다는 이유로 18년간 혹독한 유배 생활을 했으니 그럴 법도 하다. 하지만 우리가 정약용을 기억하는 것은 단순히 오랜 유

정약용
"천자를 추대하는 것도, 그를 끌어 내리는 것도 군중"이라고 말한 정약용은 18~19세기 진보적 지식인들의 학술 연구 활동을 종합한, 한국의 가장 대표적인 학자이다. 민중에 대한 애정을 바탕으로 중앙과 지방 행정의 대안을 제시한 500여 권의 방대한 저서를 남겼다.

배 생활 때문만이 아니다. 오히려 척박한 유배지에서 일궈 낸 중세 지식인으로서의 열정적 삶과 쉽게 넘보기 어려운 방대한 성과 때문이다. 유배지에서 저술한 《목민심서牧民心書》,《경세유표經世遺表》,《흠흠신서欽欽新書》를 비롯한 방대한 저작물은 한 인간의 힘으로는 도달하기 어려운 기적과도 같은 일이었다.

정약용을 최고의 지성으로 만든 것은 바로 유배지에서의 혹독한 현실 체험이었다. 물론 유배를 가기 전부터 정약용은 더 나은 세상을 만들기 위한 희망을 품고 그것을 실천에 옮기고자 했던 '젊은' 지성이었다. 힘겨운 삶을 살아가는 백성에 대한 따스한 시선과 그들을 위한 정치 개혁에 남다른 열정을 품고 있었던 것이다. 우리가 발 딛고 살아가는 땅, 곧 토지 문제에 남다른 관심을 기울인 것도 그런 이유에서였다. 정약용은 토지 문제의 해결책으로 여전제閭田制라는 매우 급진적인 방안을 제시하기도 했다. 농사짓는 사람만이 토지를 소유해야 한다는 이 토지 개혁 방안의 실효성을 따지기란 어렵다. 다만 공산주의 사회에서 실험했던 협동농장을 연상시키는 여전제의 주장을 읽고 있노라면 인간 개개인에 대한 깊은 신뢰, 그리고 개혁을 향한 순수한 열정에 절로 가슴이 저려 온다. 하지만 현실에 뿌리박지 못한 이상주의적 열정이 과도하여 깨지기 쉬운 유리잔처럼 위태롭게 느껴지기도 한다.

그럼에도 불구하고 정약용이 오늘날 조선 시대를 통틀어 최고의 현실주의자로 평가받고 있는 이유는 무엇일까? 아마도 젊은 이상주의자가 간직하고 있던 '뜨거운 열정'이 유배지의 '팍팍한 현실'과 대면함으로써 겪게 된 변화 때문이리라. 정약용의 이러한 변모는 그가 남긴 시편詩篇에서도 읽어 낼 수 있다. 정약용은 동물을 소재로 한 우화시를 상당수 남겼다. 경상도 장기로, 다시 전라도 강진으로 유배를 간 뒤에 창작한 것들이다. 인간 이외의 삶, 곧 하찮은 미물조차 허투로 볼 수 없는 생활 환경이 제공해 준 뜻밖의 선물이겠다. 그러나 눈여겨보아야 할 점은 동물을 의인화하여 말하려고 한 내용의 변화 과정이다. 유배 가던 첫 해인 1801년,

정약용은 장기 바닷가에서 〈해랑행海狼行〉이란 우화시를 짓는다.

솔피란 놈 이리 몸에 수달의 가죽	海狼浪身而獺皮
가는 곳엔 수많은 무리 떼 지어 다니네.	行處十百群相隨
물속 동작 날쌔기가 나는 것 같아	水中打圍捷如飛
갑자기 덮쳐 오면 고기들도 알지 못하네.	欻忽撛襲魚不知
큰 고래 한 입에 천 마리 삼키니	長鯨一吸魚千石
한 번 스쳐 간 곳 고기 씨가 마른다네.	長鯨一過魚無跡
솔피 차지 없어지자 큰 고래를 원망하여	狼不逢魚恨長鯨
큰 고래 죽이기로 솔피들 모의하네.	擬殺長鯨發謀策
한 떼는 달려들어 고래 머리 공격하고	一群衝鯨首
한 떼는 뒤로 가서 고래 꼬리 엮어매고	一群繞鯨後
한 떼는 왼쪽에서 기회를 노리고	一群伺鯨左
한 떼는 오른쪽에서 옆구리 치고 받아	一群犯鯨右
한 떼는 물속에서 배때기를 올려 치고	一群沈水仰鯨腹
한 떼는 뛰어올라 고래 등에 올라타고	一群騰躍令鯨負
상하사방 일찌히 고함지르며	上下四方齊發號
난폭하게 깨물고 잔인하게 할퀴니	抓膚齧肌何殘暴
무지개 사라지고 파도 점점 가라앉자	虹光漸微波漸平
아, 슬프도다. 고래 죽고 말았구나.	嗚呼哀哉鯨已死
혼자 힘이 많은 힘 당하지 못해	獨夫不遑敵衆力
작은 꾀가 드디어 큰 미련 이겼구나.	小黠乃能殲巨慝
너희들 혈전 어찌 이 지경에 이르렀나.	汝輩血戰胡至此
원래 뜻은 먹이 싸움하는 것에 불과했는데.	本意不過爭飮食
호호탕탕 끝없이 넓은 바다에서	瀛海漭洋浩無岸
너희들 어찌하여 꼬리를 흔들며	汝輩何不揚鬐掉尾相休息

서로 사이좋게 놀지 못하는가?

다산 초당

정약용은 18년간 유배 생활을 하면서 대부분의 시간을 이곳에서 보냈다. 〈이노행〉도 여기서 지었다. 집 뒷산에 차가 많이 나서 다산茶山이라는 호를 지었다고 한다. 지금의 건물은 50년 전에 복원한 것으로 전남 강진에 있다.

경상도 바닷가 끝인 장기(지금의 경상북도 영일)는 지금도 고래가 많기로 유명한데, 그때는 더 많았을 것이다. 솔피란 지금은 멸종 위기에 놓인 범고래이다. 솔피가 더 많은 물고기를 잡아먹기 위해 방해자인 큰 고래에게 떼거리로 몰려가 잔인하게 죽이는 장면을 포착하고 있다. 정약용은 솔피들이 무리를 지어 큰 고래를 죽이는 걸 보면서 문득 중앙 정계에서 벌어지고 있는 피비린내 나는 정치 투쟁을 떠올렸던 것이다. 1800년 정조의 갑작스런 죽음을 계기로 노론 벽파僻派는 시파時派를 일거에 제거해 정권을 틀어쥐는가 하면, 이듬해에는 정조의 비호를 받던 남인들조차 신유사옥辛酉邪獄을 일으켜 무자비하게 처형하거나 유배 보냈던 것이다. 그런 정치적 격변 중에 정약용과 그의 형제들 모두 천주교를 믿었다는 이유로 참변을 겪어야만 했다.

여기에서 솔피는 권력을 쥐고 있던 세력을, 물고기는 힘없는 백성을 상징하고 있다. 그리고 고래는 그들보다 힘센 어떤 세력을 암시하는 것으로 보인다. 보다 많은 이권과 권력을 차지하기 위한 지배 세력 간의 정치 투쟁을 우의寓意하고 있는 것이다. 이처럼 정약용은 유배 직후 중앙 정계의 피비린내 나는 정치적 갈등과 투쟁을 읊거나 변방으로 유배 오게 된 자신의 울울한 심경을 토로하는 우화시를 여러 수 짓는다. 하지만 유배 생활이 10년쯤 지난 즈음에 지은 〈이노행狸奴行〉은 무척 다르다.

남산골 한 늙은이 고양이를 길렀더니	南山村翁養狸奴
해묵고 꾀 들어 요망한 늙은 여우가 되었네.	歲久妖兜學老狐
밤마다 초당에서 고기 뒤져 훔쳐 먹고	夜夜草堂盜宿肉
작은 단지 큰 단지 마구잡이 깨뜨리네.	翻瓺覆瓿連觴壺
(중략)	
그런데도 너 이제 한 마리 취도 안 잡고	汝今一鼠不曾捕
도리어 네놈이 도둑놈이 되었구나.	顧乃自犯爲穿窬

쥐는 본래 좀도둑이라 피해가 적지만	鼠本小盜其害小
너는 힘 좋고 기세 높은데 맘씨까지 거칠구나.	汝今力雄勢高心計麤
쥐가 못하는 짓 제멋대로 행하니	鼠所不能汝唯意
처마에 올라가고 뚜껑 여닫고 담벼락까지 무너뜨리네.	攀簷撤盖頹堅塗
이로부터 쥐들은 꺼릴 것 없어	自今群鼠無忌憚
들락날락 큰 웃음 지으며 수염을 쓰다듬네.	出穴大笑掀其鬚
쥐들은 훔친 물건 모아다가 뇌물로 바치고	聚其盜物重賂汝
태연히 너와 함께 돌아다니는구나.	泰然與汝行相俱
호사가들 때때로 네 그림 그리는데	好事往往亦貌汝
무수한 쥐 떼가 하인처럼 떠받들고 있네.	群鼠擁護如騶徒
북 치고 나팔 불며 떼를 지어	吹螺擊鼓爲法部
깃발을 휘날리며 앞장서 가네.	樹纛立旗爲先驅
너는 큰 가마 타고 거만 부리며	汝乘大轎色夭矯
쥐들의 떠받듦만 즐기고 있구나.	但喜群鼠爭奔趨
내 이제 붉은 활에 큰 화살 메겨	我今彤弓大箭手射汝
내 손으로 네 놈들 쏘아 죽이리니	
만약에 쥐들이 행패 부리면	若鼠橫行寧嗾盧
차라리 무서운 개 불러 대리라.	

백성들에게 행패를 부리는 쥐, 그런 쥐를 잡으라고 기른 고양이. 그럼에도 불구하고 고양이는 쥐들과 공모해 더 큰 행패를 부린다. 여기에서 쥐는 백성을 수탈하는 도둑, 고양이는 도둑을 잡아야 할 향리를 비유하고 있는 것으로 보인다. 도적과 향리가 결탁하여 백성을 괴롭히고 있는 상황을 풍자하고 있는 것이다.

이런 내용을 담고 있는 〈이노행〉은 앞서 본 〈해랑행〉과 사뭇 다르다. 풍자의 정신은 여전히 성성하지만, 풍자의 대상이 달라진 것이다. 정약용은 유배 직후처럼 더 이상 중앙 정치 무대에서 벌어지던 지배층의 권력 투쟁이라든가 그런 와중에 변방으로 귀양 온 자신의 심경 따위에 연연하지 않는다. 대신 자신이 직접 목격한 19세기 향촌 사회의 모순, 구체적으로는 아전 및 수령의 가혹한 수탈과 그로부터 고통 받던 백성의 삶을 작품 전면에 드러내고 있는 것이다. 유배지에서 체험하게 된 19세기 향촌 사회의 현실이 정약용으로 하여금 개인적 울분을 넘어서서 백성의 고통을 안쓰러워하는 사회적 공분公憤으로 확장되게 만들었던 것이다. 유배 생활은 한 젊은 지성을 대지에 확고하게 발 딛고 있는 현실주의자로 거듭나게 했던바, 유배지야말로 정약용 자신에게 새로운 힘을 불어넣는 계기였던 것이다.

정약용이 유배 생활에서 남긴 작품들의 태도는 정서의 〈정과정〉이나 정철의 〈사미인곡〉에서처럼, 임금에 대한 그리움을 호소하며 다시 권력의 중심으로 돌아가기를 연연하는 모습과 매우 다르다. 그가 유배지에서 목도한 백성들의 참혹한 현실은 차마 눈뜨고 보기 어려울 정도였다. 하지만 현실 정치를 통해 이들의 고통을 구제할 방도가 없었던 정약용은 그곳에서 글을 통해 세상을 바꾸고자 했다. 유배 생활을 마치던 1818년에 완성한 《목민심서》는 그렇게 해서 쓰인 저작이다. '백성을 다스리는 수령이 마음에 새겨 두어야 할 책'이란 뜻으로 제목을 삼은 이 책은 지방관이 지켜야 할 지침을 세세하게 기록하고 있다. 그리하여 지금도 관직을 맡은 사람이라면 반드시 읽어야 할 저작으로 손꼽히고 있다. 그것은 척박한 유배지가 일궈 낸 한 인간의 기념비적 걸작이다.

3 순종과 반항의 길항

오늘날 우리 모두는 법 앞에 평등하다고 믿는다. 타고날 때부터 동등한 권리를 지녔다고도 한다. 하지만 불과 100여 년 전만 해도 이런 생각은 꿈꾸기조차 어려웠다. 타고난 혈통에 따라 모든 게 결정되던 신분제 사회에서 인간은 결코 평등하지 않아서 차별을 당연한 것으로 여기며 살아야 했지만, 때론 거기에 반항하기도 했다. 인간은 본래 자유롭고자 하는 본성을 가지고 있기 때문이다. 그리하여 그런 평등한 세계로 훨훨 날고자 하는 꿈을 다양하게 펼쳐 갔다.

아름다운 고전의 시대, 차별의 실상과 소망

우리는 신라라는 나라를 생각할 때마다 아련한 향수를 느낀다. 천년의 고도古都 경주를 중심으로 소박하면서도 화려한 문화를 활짝 꽃피운 그 시절을 아름답게 기억하고 있는 것이다. 불국사의 화려함과 석굴암의 숙연함, 남성적인 석가탑과 여성적인 다보탑, 단정하게 마주한 감은사지의 동탑과 서탑 등 경주에 가면 지금도 신라인의 숨결을 느낄 수 있다. 어디 그뿐인가? 마를 캐던 천한 서동이 거리거리 노래를 부르고 다니며 고귀한 선화 공주와 아름다운 로맨스를 퍼뜨리던 곳, 불도를 닦던 원효 스님이 춘정을 이기지 못해 요석 공주와 승속을 넘나드는 로맨스를 꽃피운 곳도 바로 그곳이었다. 그리고 선덕, 진덕, 진성이란 세 여성이 임금이란 지존의 자리에 올랐던 것도 우리 역사에서 그 시절에만 있었던 미담이다.

  그리하여 신라는 더더욱 아름답고 자유로운 시절처럼 느껴진다. 하지만 정말로 서동이란 천한 사내와 어여쁜 선화 공주가 결혼에 이를 수 있었을까? 원효 스님이 정말로 과부로 지내던 요석 공주를 유혹했던 것일까? 아마도 그것은 신분과 차별을 넘어서고 싶은 사람들이 도달하고자 했던 상상의 세계였을 것이다. 또한 정말로 여성도 왕위에 오를 수 있을 만큼 신라의 모든 사람이 평등했을까? 그렇지 않다. 잘 알고 있는 것처럼 골품 제도가 있어서, 조선 시대의 신분제보다도 더 촘촘하게 인간과 인간의 관계를 구별하여 차별했다. 선덕 여왕이 왕위에 오를 수 있었던 것은, 선덕이 그럴 만한 능력을 갖춘 여성이기 때문이 아니라 왕위에 오를 자격을 갖춘 성골의 남성이 없었던 까닭이다. 성골이 없어서 여자임에도 지존의 자리에 오를 수 있었던 것이니, 신라 사회의 골품 제도가 얼마나 엄격한 차별의 잣대로 작동했는지 실감할 수 있다.

그럼에도 신라인들은 그런 차별을 넘어서기를 거듭 꿈꾸었다. 아마도 가장 대표적인 소망의 서사는 지귀志鬼라는 천한 사내가 지엄한 선덕 여왕을 사랑했다는 로맨스가 아닐까 싶다. 이 이야기는 《수이전殊異傳》의 〈심화요탑心火繞塔〉에 전하고 있다.

지귀志鬼는 신라 활리活里에 살던 역졸이다. 선덕 여왕의 아름다움을 사모해 슬퍼하며 우느라 모습이 야위었다. 여왕이 절에 가서 향을 사를 때 그 소식을 듣고 지귀를 불렀다. 지귀는 절로 가 탑 아래에서 행차를 기다리다가 홀연 잠이 들었다. 여왕은 팔찌를 빼서 지귀의 가슴에 얹어 두고 궁으로 돌아갔다. 그 뒤에 잠이 깬 지귀는 한참 동안 번민하고 절망한 끝에 마음에 불이 일어나 그 탑을 돌다가 불귀신으로 변했다. 이에 여왕은 술사에게 명해 주문을 짓게 했으니 이르기를

"지귀의 마음속 불에 몸을 태워 불귀신이 되었구나. 푸른 바다 밖으로 흘려보내 보지도 않고 가까이 하지도 않으리."

했다. 그러므로 그때 풍속에서는 이 말을 문의 벽에 붙여 화재를 막았다.

역졸이던 지귀는 평소 자신이 모시고 다니던 선덕 여왕을 흘낏흘낏 훔쳐보다 연정을 품게 되었을 것이다. 하지만 이룰 수 없는 사랑을 하게 된 지귀는 비쩍비쩍 말라 가고, 그 사실을 전해들은 선덕 여왕은 지귀를 몹시 가엾게 여겼다. 그래서 기꺼이 만나 주겠다고 약속한다. 참으로 긴장된 순간이다. 둘이 만난다면 어떤 일이 일어날까? 하지만 아무 일도 일어나지 않았다. 약속 장소인 영묘사 탑 아래에서 기다리던 지귀가 하필 선덕 여왕이 당도한 시간에 그만 깊은 잠에 빠져들고 말았던 것이다. 참으로 납득이 안 된다. 어찌하여 그토록 사모하던 사람이 왔는데 잠이 들고 말았던 것일까? 너무 긴장된 나머지 잠에 빠져들었던 걸까? 아니면 너무 오랫동안 기다리다가 지쳐 잠들었을지 모른다. 하지만 그게 답은 아니다.

본래 이 이야기는 인도의 불교 경전에 실렸던 것이다. 주인공 이름만 바꿔 우리 이야기로 정착된 것이다. 그런데 원작인 인도 설화에는 잠든 까닭이 자세하게 밝혀져 있다. 고귀한 왕비가 미천한 사내와 만나는 모욕을 겪게 할 수 없어 하늘의 천신天神이 사내를 잠들게 만들어 버렸던 것이다. 인간을 구별 짓는 카스트 제도가 엄격하던 인도 사회에서 계층을 넘어서는 사랑은 도저히 용납될 수 없었고, 그래서 만남을 그렇게 차단했던 것이다. 아름다운 한 편의 로맨스에도 이런 차별의 기제는 항상 작동하고 있었다. 인간을 차별하던 시절에는 어디에서나 그렇다. 〈춘향전〉이 그렇지 않았던가? 하지만 춘향과 이 도령의 진정한 사랑이 그런 장애를 훌쩍 뛰어넘었던 것처럼 신분에 의한 차별을 넘어서고자 하는 시도는 곳곳에서 터져 나왔다. 이러한 시도는 수많은 문학 작품으로 만들어져 사람들의 가슴 깊숙한 곳에 한 가지 소망을 심어 주었다. 인간과 인간은 서로 평등하게 살아야 한다는 굳은 믿음을.

양반 이야기, 신분 변동과 몰락 양반들의 행로

신라의 골품제나 조선 시대의 신분제는 사람을 차별하는 수직적인 질서를 뒷받침하는 제도였던 만큼 억압받는 자들로부터 늘 크고 작은 저항을 받았다. 고려 후기 최충헌의 사노비였던 만적萬積이 "왕후장상王侯將相의 씨가 본래 따로 있는가?"라며 노비들을 선동하여 난을 일으킨 것은 잘 알려진 바다. 그뿐만 아니다. 임진왜란 때 서울이 왜군에게 함락되자 장안의 노비들이 장예원掌隸院으로 몰려가서 가장 먼저 노비 문서를 불태운 것도 잘 알려진 사실이다. 신분제에 의해 인간 취급을 받지 못한 노비들의 설움과 분노, 그리고 이를 넘어서려는 인간 해방의 의지를 표출했던 굵직한 사건들이다.

하지만 주인을 죽이고 노예 문서를 불태워 천민 신분을 영원히 없애고자 했던 그들의 소망은 좌절로 끝나고 말았다. 사회 질서를 유지하기 위한 억압적 제도란 폭력이나 반란으로 쉽사리 무너지는 게 아니다. 그럴 만한 준비가 충분히 숙성되어야 한다. 실제로 신분제의 붕괴는 다른 방식으로 무너져 내리기 시작했다. 조선 후기 들어 변화된 사회 모습 가운데 신분은 높지만 경제적으로 가난한 양반, 신분은 낮지만 경제적으로는 부유한 평민의 등장은 의미심장한 현상이다. 신분적 우열과 사회적 지위의 불일치 현상은 신분제를 심각한 위기의 국면으로 몰고 갔다.

공명첩
공명첩은 이름 쓰는 난을 비워 둔 관직 임명장이다. 부자인 평민은 돈과 곡물을 내고 관직을 사 신분을 바꿀 수 있었다.

박지원의朴趾源(1737~1805) 〈양반전兩班傳〉은 그런 변화된 사회를 배경으로 창작된 작품이다. 부자인 상놈이 가난한 양반의 신분을 돈으로 사겠다고 나서는 세태에서 신분의 우열이 반드시 부귀 빈천과 일치하지 않는 새로운 현실을 목도하게 된다. 〈흥부전興夫傳〉과 〈허생전許生傳〉에서도 그렇다. 놀부는 본래 남의 집 종살이를 하던 집안 출신이었음에도 불구하고 엄청난 재물을 모은 덕에 양반 행세를 하며 살아갈 수 있었고, 〈허생전〉에서 허생에게 돈을 빌려 주는 갑부 변씨로 등장하는 실제 인물 변승업卞承業은 역관 신분임에도 불구하고 나라의 돈줄을 틀어쥐고 있을 정도로 막대한 부를 소유하고 있었다.

이런 현상은 조선 후기에 사대부의 사랑방 주변에서 만들어진 야담野談에서 자주 발견된다. 중인·서리나 평민은 말할 것도 없고 최하층 신분이던 노비조차 상당한 부를 축적하는 이야기가 자주 회자되었던 것이다. 사태가 이쯤 되고 보니, 기존의 신분제는 심각한 모순에 빠져들기 시작했다. 천한 사람은 모은 재물을 가지고 양반을 사서 자신의 열악한 신분을 상승시켜 나갔고, 그 결과 양반의 숫자가 전체 인구의 절반이 넘는 기현상이 초래되기도 했다. 이런 현상과 궤를 같이하여 양반 신분 내에서도 급격한 변화가 일어났다. 소수 양반에게 부와 권력이 집중되어 가는 반면, 그로부터 배제된 대다수 양반들은 사회적으로나 경제적으로 점차 몰락해 갔던 것이다.

그런 점에서 조선 후기 몰락 양반의 행로를 눈여겨볼 필요가 있다. 그들의 궁핍상은 널리 알려진 것이지만, 다음과 같은 극단적인 경우까지 있었다고 한다. 메주를 만들어 말리는 훈조막燻造幕에서 구걸로 연명하던 홍 생원洪生員은 가난이 안겨다 준 치욕 대신 굶어 죽는 길을 택한다. 달리 살아갈 방도가 없었던 것이다. 〈홍생이 굶어 죽다洪生餓死〉의 사연은 이러하다.

서소문 밖의 홍 생원은 홀아비로 두 딸과 함께 살았다. 가난하여 먹을 것이 없어서 항상 훈조막에 가서 일꾼들에게 밥을 빌어먹었다. 일꾼들은 저마다 한 술 밥을 덜어서 주었고, 홍 생원은 싸들고 가서 두 딸을 먹였다. 어느 날 홍 생원이 또 밥을 빌러 왔을 때 훈조막 일꾼이 술기운에 욕지거리를 해댔다.

"홍 생원은 도대체 훈조막 신령님이요? 우리들 상전이요? 무슨 까닭에 날마다 찾아와서 밥을 내라 하시는게요?"

홍 생원은 눈물을 글썽거리며 돌아섰다. 그리고 자기 집 안으로 들어간 지 5~6일이 지나도록 사립문은 굳게 닫혀 있었다. 한 일꾼이 사립문을 열고 들어가서 보니 홍 생원과 두 딸이 정신을 못 가누고 누워서 눈물만 주르르 흘리고 있었다. 그 일꾼은 가련한 마음이 들어 급히 나와 죽을 쑤어 가지고 갔다. 홍 생원은 열세 살 먹은 큰딸을 돌아보고 말하기를, "얘들아, 이 죽을 먹겠니? 우리 세 사람이 굶주림을 참은 지가 벌써 엿새가 되었다. 이제 죽음이 가까워졌다. 이제까지 참은 공이 아깝지 않느냐? 지금 이 죽 한 그릇을 받아먹고, 저 사람이 계속 가져다준다면 좋겠지만 내일부터 매일 당해야 하는 치욕을 어찌 다 감당하겠느냐?"

홍 생원이 말하는 동안에 다섯 살 된 막내딸이 죽 냄새를 맡고 일어나려고 머리를 추켜들었다. 큰딸이 동생을 따독따독하여 누이며 달랬다.

"자자, 그냥 자자."

이튿날 일꾼이 다시 가 보니, 모두 죽어 있었다.

가난하다는 이유로 양반이 천한 일꾼에게 모욕을 받는 장면도 충격적이지만, 양반의 체모를 잃지 않기 위해 두 딸과 함께 굶어 죽기로 결심하는 장면도 충격적이다. 죽 냄새를 맡고 일어나려는 어린 동생을 다독이면서 만류하는 언니, 그리고 그런 참혹한 광경을 지켜보면서도 아무것도 할 수 없는 아버지 홍 생원의 심사는 과연 어떠했을까? 가난한 양반은 그렇게 죽어 갔고, 강고하던 신분제도 그들을 보호할 힘을 잃어 가고 있었다. 그러나 홍 생원과 달리, 양반 의식에 연연하여 굶어 죽는 길을 택하지 않고 살길을 찾아 나선 부류도 적지 않았다. 양반 신분임에도 불구하고 삶의 전선에 직접 뛰어들어 재산을 모으기 시작했던 것이다.

18~19세기에 편찬된 《계서야담溪西野談》, 《청구야담靑邱野談》, 《동야휘집東野彙輯》과 같은 야담집에는 이런 방식으로 부자가 된 인물들의 이야기가 많이 실려 있다. 궁핍하게 살던 부친이 죽자, 이제까지 해 온 글공부를 포기하고 돈을 벌려고 나선 허공許拱이란 양반도 그런 인물이다. 허공은 돈을 벌겠다고 결심하고서 양반의 의관을 벗어던지고 농부들이 입는 적삼에 베잠방이를 걸친다. 그리고는 밤낮으로 길쌈도 하고 자리도 치고 도롱이도 엮으며 쉬지 않고 일했다. 게다가 경험 많은 농부에게 쟁기질을 배워 남보다 수확을 많이 하고, 상업 작물인 담배를 심어 남보다 빨리 부를 축적해 갔다. 간혹 친구가 찾아오면 아예 집 안에 들어오라는 말도 하지 않고 "나를 사람의 예절로 꾸짖지 말고 그냥 돌아가 주오."라며 돌려보냈다. 심지어 부자가 되었다는 소식을 듣고 8년 만에 형과 아우가 찾아왔지만, "저희 부부가 죽만 먹기로 정한 기간이 아직 남았다."며 죽 두 사발만 대접해 돌려보낼 정도였다. 결국 그런 근면과 절약으로 10년 만에 큰 부자가 되었다.

허공이 정말로 밑바닥에서 시작하여 엄청난 갑부가 된 것이 사실인지, 아니 그런 일이 가능한지를 묻는다면 답은 아마도 부정적일 것이다. 꾸며지거나 부풀려진 이야기일 가능성이 크다. 그럼에도 불구하고 이런 이야기가 사실처럼 자주 이야기되었던 것은, 조선 후기에는 예전과 비교할 수 없을 만큼 다양한 방식으로 재물 축적이 가능했기 때문이다. 생산량의 비약적 증대를 가져다주는 수리 시설 정비와 시비법施肥法*의 개선,

자리짜기
남편은 자리를 짜고 아내는 실을 뽑고 있다. 남편은 양반의 표식인 망건을 쓰고 있지만 더 이상 양반이 부와 권력의 상징이 아닌 시대인지라 소맷자락을 걷어붙이고 힘겨운 노동을 하고 있다. 그래도 아이는 과거 준비를 위해 공부를 한다. 김홍도 그림.

시비법施肥法 토양이나 작물에 비료 성분을 공급하여 생육을 촉진시키는 농작법.

면화·약재와 같은 수익성 높은 상업 작물의 재배, 시세를 이용한 고리대금업 및 대규모 토지 집적 등을 통해 빠르게 부자로 성장하는 경우가 종종 있었다. 물론 이런 방식으로 모두가 부자가 되었던 것은 아니다. 다만 그런 가능성이 현실처럼 여겨지며 널리 퍼져 나간 것으로 보아야 한다. 오늘날 복권에 당첨되었다거나 주식 투자와 부동산 투기로 벼락부자가 되었다는 소문이 많은 사람들의 마음을 들뜨게 하는 것과 비슷하다.

하지만 눈여겨볼 만한 대목은 양반이 돈을 벌었다는 사실 자체가 아니다. 허공이 '의관을 벗어던지고 적삼에 잠방이를 걸쳤다.'고 했듯, 이제 그들에게서 체면치레에 급급하던 양반의 모습을 찾아보기 어렵다는 사실이다. 〈염鹽〉이란 작품에 등장하는 김생金生이란 양반은 지게를 지고 다니면서 소금장사로 돈을 벌었고, 〈삼난三難〉이란 작품에 등장하는 조삼난趙三難이란 양반은 아내와 함께 술장사로 돈을 벌 정도였다. 양반이라는 허울 좋은 이름보다 경제적 능력이 중요한 기준이 되고 있는바, 새로운 사회로의 재편을 의미하는 것으로 보아도 좋다. 그래서 어느 가난한 양반이 서민 부잣집 딸에게 청혼을 했다가 다음과 같은 치욕적인 말을 듣는 지경까지 이르게 되었다. 《파수록破睡錄》의 한 대목이다.

"그가 비록 삼한三韓의 갑족甲族이라도 자기 한 몸 의지할 데가 없는 거지나 다름없는 사람인데, 어떻게 귀여운 딸을 그런 사람에게 주겠어요? '문벌을 삶아 먹는다.烹食家閥'는 세상의 말을 어째 당신만 못 들었우?"

비록 지체가 높다고 해도 거지나 다름없는 양반집에 딸을 시집보낼 수 없다는 어머니의 말은 예전 같으면 감히 상상하기 어려운 이야기였다. 어디 그뿐인가? '문벌을 삶아 먹는다.'는 말은, 아무런 도움이 되지 못하는 신분적 우위는 더 이상 의미가 없음을 적나라하게 폭로한다. 이는 조선 후기에 이르러 신분제가 해체되기 직전까지 이르렀음을 보여 주는 증거이다. 실제로 1801년 공노비가 해방되고, 1895년 갑오경장 때 신분제가 공식적으로 철폐된다. 어쨌든 가난을 견디다 못해 스스로 목숨을 끊었던 홍 생원이나 가난에서 벗어나기 위해 가리는 일이 없었던 허공의 이야기는 조선 후기 양반들이 대거 몰락해 가면서 빚어낸 양반 사회의 자기 분열이자 자기 부정이기도 했다. 그들에게서는 더 이상 양반의 사회적 역할이나 사족士族의 자존감을 발견하기 힘들다. 더욱이 미천한 노비·천민들은 점차 자기 목소리를 내면서 양반 사회를 흔들어대기 시작했다.

노비 이야기, 상전과 도망 노비의 갈등

경제적으로 몰락한 양반들은 새롭게 재편되는 사회적 변화에 결국 굴복할 수밖에 없었다. 양반의 자존심을 지키기 위해 죽음을 선택하거나 양반의 체모를 벗어던지고 생활 전선에 뛰어들어야 했던 것이다. 그렇지만 오랜 습속인 신분 의식을 단번에 털어 버리지는 못했다. 〈생계를 잘 가꾸어 허공이 부자가 되다治産業許仲子成富〉에서 양반의 의관을 벗어 던지고 적삼에 베잠방이를 걸쳐 입고 농사를 지어 만석꾼이 된 허공조차 그러했다. 부자가 된 허공은 어느 날 한밤중에 일어나 통곡을 했다. 형이 의아하게 여겨 공후公候도 부럽지 않은 부귀를 누리고 있는데 무엇이 부족하여 우느냐고 묻자, 대답은 다음과 같았다.

"부모님이 당초 우리 형제의 과거 급제에 기대를 거셨습니다. 형님과 아우는 비록 소과小科에나마 급제하였으니, 어버이의 뜻을 이룬 것입니다. 그러나 저는 아무 한 일이 없습니다. 오로지 먹고사는 데 골몰하여 글공부를 놓은 지 이미 10여 년이 지나 이젠 한 글자도 기억나지 않는군요. 이렇듯 어버이의 뜻을 저버렸으니 어찌 슬프지 않겠습니까?"

양반의 체모를 내던지고 돈을 벌어 부자가 되었지만 그는 여전히 허전했다. 아무것도 한 일이 없다는 말까지 한다. 부자가 된 뒤에야 자신이 양반이란 사실을 다시 깨닫게 된 것이다. 그것은 재물로 대신할 수 없었다. 양반이라면 마땅히 글공부를 해야 하고 과거에 급제하여 벼슬길로 나아가야 했다. 아버지의 뜻도 그러했고, 자신도 그렇게 믿고 있었다. 절대적 궁핍을 타개하기 위해 양반의 체모를 잠시 벗어던졌지만 완전히 버릴 수는 없었다. 그리하여 허공은 글공부 대신 활쏘기를 연습해 무과에 올랐다. 부친의 뜻도 이루고 자신의 허전함도 채웠던 것이다.

우리는 여기서 당대 양반들의 내면 깊숙이 자리 잡고 있던 질긴 신분 의식의 단면을 엿볼 수 있다. 그리하여 신분 의식을 고수하고자 하는 낡은 관념과 경제적 능력을 바탕으로 이를 부정하려는 새로운 의식이 치열하게 맞서기도 했다. 이런 갈등은 한 개인의 내면에서 그치는 것이 아니라, 때로는 심각한 계층 간의 갈등으로 표출되기도 했다. 상전과 하인의 관계를 다룬 이야기에서 그 갈등과 대립은 극단적으로 드러난다.

조선 후기 신분제의 동요에서 비롯된 갈등은 사회 구성원 모두에게 문제의 상황이었다. 그 가운데서도 최하층 신분인 노비와 그들의 주인인 상전과의 대립을 다룬 야담은 특히 흥미롭다. 당시 주인과 멀리 떨어진 곳에 살던 외거 노비들은 부를 축적하여 독립된 삶을 영위하는 경우가 있었고, 주인집에 살던 사노비들 또한 도망하여 신분의 질곡에서 빠져나가곤 했다. 이에 대해 노비 주인들은 자신의 기득권을 유지하기 위해서든, 경제적 곤궁을 해결하기 위해서든 도망간 노비를 잡으러 떠나곤 했다. 노비야말로 큰 재산이었기 때문이다. 노비 이야기 가운데는 이처럼 신공身貢을 받기 위해 나선 상전과 그것을 거부하는 노비의 대립을 다룬 작품이 많다.

하지만 노비 문서 한 장만 믿고 도망간 노비를 잡아오는 것이란 쉬운 일이 아니었다. 그래서 그들의 갈등과 대립은 팽팽하게 전개된다. 살림이 곤궁해진 양반 송생宋生이 자기가 부리던 노비 막동莫同이와 벌인 사연을 들려주는 〈송생이 궁한 지경에서 옛 종을 만나다宋班窮途遇舊僕〉도 그 가운데 하나다. 송생은 예전부터 친분이 있던 강원도 고을 수령에게 도움을 청하러 가는 길에 우연히 최 승지崔承旨라는 인물을 만난다. 그는 바로 자기 집 종이었던 막동이었다. 막동이는 종노릇 하는 천한 신세로 늙지 않으리라 맹세하고 도망쳐 나와 죽도록 돈을 모으고 글도 배워 동부승지同副承旨 벼슬에까지 올랐다. 그리하여 자신의 신분을 속여 양반 행세를 하고 있었던 것이다. 하지만 막동이는 옛날 상전의 아들을 만나자 주인과 노비의 도리를 어긴 죄를 사죄하며 용서를 구한다.

막동이의 행동을 보면 그가 여전히 신분이라는 낡은 명분에 얽매어 있는 것처럼 보인다. 하지만 막동이는 항상 마음 한구석에 찜찜하게 자리하고 있던 자신의 '부끄러운' 과거를 돈으로 해결해 버리려고 한다. 그의 말을 직접 들어 보자.

"소인은 이제 나이 칠십을 넘어 자손이 집에 가득합니다. 해마다 거둬들이는 곡식이 1만 섬이고, 매일 쓰는 돈도 1000냥이나 되지요. 자신의 분수를 생각하고 힘을 헤아려 볼 때 어찌 스스로 만족하지 못하겠습니까? 하지만 아직도 상전의 은혜를 갚지 못하여 자나깨나 마음에 걸립니다. 매번 한번 찾아가 뵐까 해도 탄로 날 것이 두렵고, 어려운 형편을 좀 돕고 싶어도 길이 없어 한탄하던 터였습니다. 그로 인해 항상 마음이 아프고 어찌할 바를 몰랐었는데, 이렇게 하늘이 기회를 주시어 서방님이 이곳에 왕림하셨으니 소인은 언제 죽어도 눈을 감을 수 있게 되었습니다. 서방님을 몇 달 머물게 하면서 하찮은 정성이나 표하고자 합니다. 그런데 보통 길손으로서 갑자기 후대를 받게 되면 필시 주변 사람의 의심을 사기 쉽습니다. 그러니 황공하오나 낮에는 친척으로 행세하여 소인의 가문을 빛내 주시고, 밤에는 노비와 주인으로 돌아가 명분을 바로 하는 게 어떠할지, 너그러이 들어 주시겠습니까?"

송생은 그러기로 응낙을 하였다.

노비 막동의 말은 겉으로는 공손하지만 담긴 속뜻은 냉혹하다. 낮에는 친척으로 행세하여 자기 가문을 빛내 주고, 아무도 없는 밤에는 노비와 주인으로 돌아가 명분을 바로 하자는 제안의 의미는 명확하다. 낮에는 옛 주인이 자신을 아저씨라 부르고, 밤에는 자신이 주인이라 부르겠다는 것이다. 상하 명분이 경제력 앞에서는 쓸데없이 되어 버린 사정이 밤에만 주인과 노비의 관계를 지키겠다는 막동의 말 속에 담겨 있음은 물론이다. 송생이 막동이의 의도를 모를 리 없었다. 하지만 막동이의 제안을 받아들인다. 그 대가로 받은 1만 냥으로 부자가 될 수 있었기 때문이다. 경제적 우위가 낡은 명분을 어떻게 무력화시키는가를 암시하고 있다.

　　하지만 작품은 상전과 노비의 두 계층이 빚어내는 대립을 여기에서 그치지 않는다. 이런 치욕적인 상황을 알게 된 송생의 아우는 "그런 노비의 패륜을 만천하에 폭로하여 우선 형님이 당한 오욕을 씻고, 다음으로 말세의 기강을 바로잡겠다."며 막동을 다시 찾아간다. 호언장담하며 떠난 아우는 어찌 되었을까? 그는 막동의 계교로 미친놈 취급을 받아 온갖 수모를 당하다가, 노비였던 막동이를 아저씨로 대접하겠다고 빌고서야 겨우 목숨을 부지할 수 있었다. 그 대가로 3000냥을 받고 돌아가 평생 이 일을 발설조차 못했다. 새롭게 변화하는 세태를 인정하지 않으려던 힘없는 양반이 결국 어떻게 되는가를 극명하게 보여 준다.

　　물론 모든 노비 이야기가 이처럼 상전의 패배와 노비의 승리로 끝나지는 않는다. 노비를 다룬 야담 가운데는 노비를 잡으러 간 양반이 소기의 목적을 달성하는 경우도 많다. 상전은 노비의 항거에 의해 잠시 어려움에 빠지기도 하지만, 우여곡절 끝에 노비의 몸값을 받아 오기도 하는 것이다. 하지만 이런 경우라 해도 신공, 곧 몸값을 받아 내기까지의 과정이 순탄하지 않다는 점을 간과해서는 안 된다. 어떤 상전은 노비들 손에 죽을 위기에 빠졌다가 호랑이의 도움으로 살아난다든가, 항거하는 노비들 가운데 충직한 늙은 노비를 만나 목숨을 건진다든가, 아니면 관가의 힘을 빌려 노비들을 제어하게 되는 것이다.

어떤 노비도 상전이 들고 온 낡은 노비 문서의 힘에 눌려 순순히 신공을 바치지는 않는다. 그래서 상전들은 신이한 도움이나 수령의 힘을 빌려 몸값을 받아 올 수밖에 없는 것이다. 그렇다면 이런 유형의 노비 이야기가 갖는 의미 또한 분명하다. 몰락 양반들은 기존의 상하 명분에 의지하고자 하지만, 그것은 현실적인 힘을 지니지 못한다는 사실이다. 신이한 도움이나 관가의 무력이 아니고서는 노비를 결코 굴복시키지 못하는 것이다. 경제적으로 몰락한 양반과 경제적으로 성장한 노비의 갈등과 대결은 이렇게 역전된 상황에서 전개되고 있었다.

도적 떼 이야기, 내몬 자와 내몰린 자의 갈등

조선 후기에 이르게 되면, 인간과 인간의 관계를 결정짓는 데 경제력이 가장 중요한 판단 기준으로 자리 잡아 간다. 돈만 많다면 그 무엇도 부러울 것이 없는 사회로 변해 가고 있었던 것이다. 양반이란 '이 양반, 저 양반'이란 호칭에서 보듯 비칭卑稱이 되고 말았다. 사정이 이렇게 되고 보니 많은 사람들은 돈을 버는 데 혈안이 될 수밖에 없었다. 돈만 있다면 양반도 크게 부러울 것 없었다. 그러나 예나 지금이나 돈 벌기가 말처럼 쉬운 일은 아니다. 오히려 가난한 사람은 점점 극한 궁핍으로 내몰리기 일쑤였다. 앞서 살펴본, 부자가 된 노비의 성공담은 극히 드문 사례이었다.

실제로 그 무렵 대다수 농민들이 급속하게 빈궁한 삶으로 전락하고 있었다. 봉건 국가와 지방 수령들의 불법적이고도 무제한적인 수탈, 상품 화폐 경제에 힘입어 부를 축적한 토호들의 대규모 토지 집적과 고리대금업 등으로 부익부 빈익빈의 모순은 점차 심화되었던 것이다. 그들이 겪던 참상을 그린 작품은 무척 많은데, 가장 극적인 상황은 정약용이 유배지에서 쓴 〈애절양哀絶陽〉의 다음 장면일 것이다.

노전에 젊은 부인의 곡소리 긴데　　　　　　　　蘆田少婦哭聲長
관청 문을 향해 통곡하다 하늘 향해 부르짖네.　　哭向縣門號穹蒼

남편이 출정 나가 돌아오지 않는 건   夫征不復尙可有
오히려 있을 수 있지만

예로부터 남자가 스스로 생식기 잘랐다는 말은   自古未聞男絕陽
들어 보지 못했네.

시아버지 죽어 상복을 입고   舅喪已縞兒未澡
갓난아이 배냇물도 마르지 않았건만

삼대의 이름이 군적에 올랐다네.   三代名簽在軍保

짧은 언변으로 하소연하러 갔더니   薄言往愬虎守閽
범 같은 문지기 버티고 섰고

이정이 호통치며 마구간에서 소마저 끌고 갔다네.   里正咆哮牛去早

칼을 갈아 방에 들어가자 피가 자리에 흥건한데   磨刀入房血滿席

아이를 낳아 이런 재난을 당했다고   自恨生兒遭窘厄
스스로 한탄하고 있네.

잠실에서의 음형이 어찌   蠶室淫刑豈有辜
그만한 죄를 지었기 때문이리오.

민나라 자식의 거세도 진실로 또한 슬픈 것이거늘.   閩囝去勢良亦憾

자식을 낳고 사는 이치는 하늘이 준 것이요   生生之理天所予

하늘의 도는 남자 되고 땅의 도는 여자 되는 것이라.   乾道成男坤道女

거세한 말과 거세한 돼지도 오히려 슬퍼할 만한데   騸馬豶豕猶云悲

하물며 백성이 후손 이을 것을 생각함에 있어서랴!   況乃生民思繼序

세도가의 집에서는 일 년 내내 풍악을 즐기지만   豪家終歲奏管弦

쌀 한 톨 비단 한 조각 바치는 일 없도다.   粒米寸帛無所捐

같아야 할 우리 백성들 어찌 이리 가난하고 부유한가   均吾赤子何厚薄

객창에서 거듭하여 〈시구편〉을 읊조려 본다.   客窓重誦鳲鳩篇

강진으로 유배 온 지 3년쯤 되었을 때 정약용이 직접 들은 사건을 시로 읊은 것이다. 제목으로 삼은 애절양哀絶陽은 '남자의 양기를 자른 것을 슬퍼한다.'는 뜻이다. 어느 백성이 자신의 생식기를 칼로 잘라 낸 까닭은, 자신이 자식 낳은 죄로 이토록 고통 받고 있다는 생각 때문이었다. 부인은 피가 뚝뚝 떨어지는 남편의 생식기를 들고 관가에 가서 눈물로 하소연해 보려 했지만, 그들은 들은 척도 하지 않았다. 참혹하고도 비정한 현실이 눈앞에 선하다. 이런 사연은 곳곳에서 벌어졌다. 조선 후기 수취收取 제도의 근간인 전정田政·군정軍政·환정還政, 곧 삼정三政이 문란해짐으로써 백성들이 겪어야 했던 경제적 고통은 상상을 넘어서고 있었다. 그 가운데 군역을 면제받는 대신 납부해야 했던 군포는 특히 감당하기 어려웠다. 어린아이까지 군적에 올려 군포를 징수했던 황구첨정黃口簽丁이라든가 죽은 사람도 군적에 올려 군포를 징수했던 백골징포白骨徵布는 대표적인 악법으로 꼽힌다. 한 농부가 자신의 생식기를 자른 참극은 바로 황구첨정이 빚어낸 실제 사례였던 것이다.

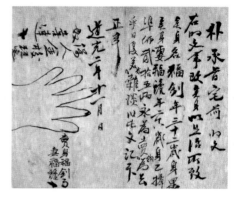

노비 문서
복쇠라는 사람이 생활고를 이유로 자신을 노비로 판 매매 문서이다. 스스로 노비가 될 수밖에 없었던 복쇠의 사연이 〈애절양〉의 이야기와 닮아 있다.

그렇다면 생식기를 자기 손으로 자른 이 농부는 어찌 되었을까? 필경 궁핍으로 죽음에 이르렀던지, 죽기를 각오하고 고향을 등졌을 것이다. 당시의 도둑들은 '동서남북 유랑하던 사람들로서 배불리 먹고 마음놓고 살기 위해서 몰려들어, 드디어 이렇게 한 무리를 이룬 것'이라고 자기를 규정했다. 정약용도 '흩어지면 농민이요, 모이면 도적'이라 하지 않았던가? 조선 후기 야담은 이런 도적떼 이야기들을 많이 전하고 있다. 흥미로운 점은 이런 도적들이 재물 탈취의 대상으로 삼고 있는 부류는 배부르고 행세깨나 하는 부자나 벼슬아치라는 사실이다. 그러고는 힘없고 굶주린 백성들을 도와주며 의로운 도적 홍길동의 후예임을 자처하고 자신들의 행위를 정당화하고자 했다. 다음은 다리가 길고 잘 달린 까닭에 이름 대신 박장각으로 불린 도적 이야기 〈박장각朴長脚〉이다.

장각은 아주 용맹하고 날래어서 4~5길 정도는 휙휙 날았으며, 걷고 달리기를 잘하여 하루 400~500백 리를 걷고도 지칠 줄 몰랐다. 그리고 언변도 능숙하고 지략도 뛰어났

다. 도둑질하는 수단은 교묘하였으니 개구멍이나 뚫는 좀도둑의 짓은 하지 않았다. 어떤 때는 거마를 타고 하인까지 거느려 대낮에 남의 집에 버젓이 들어가서 재물을 탈취하였으며, 어떤 때는 관가에서 상납하기 위해 운반하는 재물을 털기도 하였다. 그러면서도 부하들을 경계하여 국고國庫의 조세며 공납貢納으로 들어가는 것이라든지, 등짐·봇짐장수며 나그네의 보따리는 절대로 손대지 못하게 하였다. 오직 벼슬아치들의 뇌물과 부상富商들의 모리해서 얻은 재물을 가차 없이 빼앗았던 것이다. 더러 시골 마을을 털기도 하는데 가난한 농가나 점막店幕 따위는 피해를 안 주고 오로지 부잣집만 들어갔다. 완강하게 덤비지 않으면 몽둥이나 칼을 휘두르지 않고 위엄을 보이는 정도에

서 그쳤다. 빼앗은 금전으로 종종 빈민을 구제하였으며, 자신은 언제나 허름한 복장을 하고 다녔다. 이 때문에 장각의 이름이 온 나라에 유명하여 큰 도적으로 일컬어졌으나 사람들은 대개 의적義賊으로 치고 있었다.

　비범한 능력과 절묘한 지략은 물론이고 가난한 사람을 구제하기도 했던 박장각은 완연한 의적의 모습이다. 더욱이 그가 탈취의 대상으로 삼은 자는 부패한 벼슬아치의 뇌물, 부당한 방법으로 모은 상인의 재물, 부잣집의 재물에 한정되어 있었다. 왜 그들이었을까? 그들은 바로 자신을 도적으로 내몬, 곧 고향에서 자신을 쫓아낸 부류들이었기 때문이다. 이런 점에서 박장각을 중심으로 한 도적들과 부패 관료·부상·부호의 갈등과 대립은 19세기에 빈번하게 일어났던 일련의 농민 항쟁과 맥락을 같이한다고 말할 수 있다.

　양자 간의 유사한 맥락은 그들을 지휘하는 우두머리의 면모에서도 발견된다. 도적 떼를 지휘하는 우두머리는 대체로 도적들에게 초청을 받아 들어가게 되는데, 박장각도 변산반도에서 활동하던 도적 떼에게 불려 갔던 인물이다. 비록 가난하고 천한 출신이었지만 인품이 뛰어나고 명민하여 우두머리로 추대받았던 것이다. 〈도적 떼가 심상사를 꾀어 모시다綠

林客誘致沈上舍〉의 심 진사進士라는 또 다른 도적의 우두머리도 그런 경우이다.

심 진사는 명문 사족이었다. 창의동에 집을 짓고 살았는데, 성격이 호방해서 예법에 구애되지 않았다. 일찍이 진사에 오르고 나서 과거 글을 폐해 버렸고, 또 구태여 음직으로 벼슬길에 나가는 길도 구하지 않았다. 누가 그 이유를 채근하면 다만 한 번 껄껄 웃고 말 뿐이었다. 특히 말을 타고 경쾌하게 달리는 것을 좋아했다. 당시 높은 벼슬을 하고 있는 귀족 가운데 좋은 말을 기르는 집이 있으면 반드시 사람을 보내어 한번 타 보기를 청하였다. 그들은 심 진사의 명성을 알고 있었기 때문에 흔쾌히 말을 내놓았다. 심 진사는 큰 길을 쉴 줄 모르고 멋대로 달리다가 말의 걸음이 약간 늘어지는 기색을 보이면 곧 말에서 뛰어내리면서, "말이 지쳤군. 더 못 타겠다." 하고 터덜터덜 걸어서 돌아왔다. 그리고 다시 찾아가거나 재차 요구하는 법도 없었다.

성격이 호방하고 예법에 구애받지 않는 인물, 능력이 있으면서도 과거 공부나 벼슬살이를 구하지 않는 인물, 그 까닭을 물으면 껄껄 웃는 것으로 대신하는 인물, 그러고는 말을 타고 어디로든 펄펄 내달리는 인물. 심 진사는 답답한 현실의 굴레에서 벗어나기를 간절히 바라는 인물이었던 것이다. 다시 말하면 부패한 현실에 불만을 품고 있던 비판적이고 반체제적인 인물이라 할 수 있다. 그런 까닭에 도적들은 심 진사를 초청해 자신들의 우두머리로 추대했던 것이고, 심 진사 역시 기꺼이 그들 무리에 동참한다.

심 진사와 같은 양반이 도적떼의 요구에 순순히 응한 것은 반체제적인 기질 외에 그럴 만한 이유가 있었다. 조선 후기 격화된 사회 모순은 천한 신분의 농민을 보다 극심한 지경으로 내몰았지만, 양반 신분의 사족들도 극한의 국면으로 내몰았다. 그들은 신분 차이에도 불구하고 농민 항쟁의 대열에 함께 나설 만큼 공감대가 형성되어 있었던 것이다. 그리하여 평소 익힌 지식과 전술을 발휘하여 신출귀몰한 방법으로 관가나 부잣집의 재물을 탈취하는 데 주도적 역할을 수행하기도 했다. 그뿐만 아니라 자신들의 행위를 사회적으로 지탄받는 여타의 도적들과 구분하여, 의적의 행위로 승화시키는 지도 이념을 만들어 낸 〈홍길동전〉도 그러했다. 양반 집의 서얼로 태어나 나름 풍부한 학식을 쌓았던 홍길동은 도적의 무리에 들어가 그들을 지도하고, 무리의 이름을 활빈당活貧黨으로 고쳐 도적에서 의적으로 전환해 갔던 것이다.

우리가 잘 알고 있는 전봉준도 수령의 가렴주구를 견딜 수 없어 농민들을 규합하여 갑오농민전쟁을 이끌었다. 그뿐 아니다. 1811년 평안도 지역의 농민 반란을 주도했던 홍경래, 1862년 삼남 전역에서 일어난 임술민란의 단초를 열었던 유계춘 등도 모두 양반 신분으로서 농민들과 함께 반봉건 항쟁에 나섰던 인물이다. 양반과 평민의 연대, 그것은 지배층의 탐학에 시달리던 그들이 신분적 차별을 넘어서서 사회 구성원 전체의 공분公憤을 담아 신분제 철폐를 포함한 봉건적 모순의 타개라는 기치를 함께 추켜든 뜻깊은 출발이었다. 아득한 신라로부터 조선 후기까지 강고하게 이어져 오던 신분제와 그로부터 비롯된 모순은 그렇게 무너지고 있었던 것이다. 비록 경제적 차별이 그 자리를 대신하게 되기는 했지만. 경제적 모순의 해결을 위한 우리 모두의 각성과 분발이 절실한 까닭이다.

인용 작품

심화요탑 142쪽
작가 미상 갈래 설화
연대 신라 시대

홍생이 굶어 죽다 146쪽
작가 미상 갈래 야담
연대 조선 후기

파수록 148쪽
작가 부묵자 갈래 야담
연대 조선 후기

**생계를 잘 가꾸어 허공이
부자가 되다** 149쪽
작가 노명흠 갈래 야담
연대 조선 후기

**송생이 궁한 지경에서
옛 종을 만나다** 151쪽
작가 미상 갈래 야담
연대 조선 후기

애절양 153쪽
작가 정약용 갈래 한시
연대 19세기

박장각 155쪽
작가 미상 갈래 야담
연대 조선 후기

**도적 떼가 심상사를 꾀어
모시다** 158쪽
작가 미상 갈래 야담
연대 조선 후기

판소리, 누추한 삶을 주인공으로 만든 최고의 노래

우리 고전 소설의 주인공 가운데 가장 잘 알려진 인물은 누구일까? 홍길동과 같은 영웅 소설의 주인공을 꼽는 사람도 있겠지만, 아무래도 더 많은 사람들이 춘향·심청·흥부 등과 같은 인물을 꼽을 것이다. 이들은 모두 조선 후기에 선풍적인 인기를 끈 판소리라는 연행 예술을 듣고, 그 감동적인 이야기를 소설의 형식으로 담아낸 판소리계 소설의 주인공들이다. 그만큼 판소리는 조선 후기를 대표하는 연행 예술이었고, 거기에서 비롯된 판소리계 소설은 고전 소설을 대표하는 갈래였다.

판소리라는 갈래의 어원은 흔히 '판'과 '소리'의 결합이라고 한다. 너른 공간(판)에서 부르는 소리(노래)라는 뜻이다. 판소리 광대들은 많은 관객 앞에서 춘향의 이야기, 심청의 이야기, 흥부의 이야기를 장단에 맞춰 노래로 불렀던 것이다. 물론 노래로만 부르지 않고 중간중간 이야기를 섞기도 했는데, 노래 부분을 '창'이라 하고 이야기 부분을 '아니리'라 한다. 이처럼 소리하는 광대 옆에서는 북을 치는 고수가 앉아 장단을 맞추고, 청중은 광대의 흥을 돋우기 위해 추임새를 넣기도 한다. 판소리는 소리하는 창자, 박자를 맞추는 고수, 그리고 추임새를 넣는 청중이 어우러져 벌이는 한 판의 공연 예술이다.

이런 판소리가 조선 후기에 그토록 사랑받는 예술로 성장할 수 있었던 비결은 무엇이었을까? 많은 이유가 있겠지만, 아무도 주목하지 않았던 범상한 인물들을 이야기의 주인공으로 끌어올린 데 있을 것이다. 판소리의 주인공은 인간 취급도 받지 못하던 천한 기생 춘향, 극한의 궁핍으로 말미암아 죽음에 내몰린 어린 심청, 굶주림에 떨면서도 착한 마음을 잃지 않았던 가장 흥부 등이다. 이들 모두는 소설의 주인공이 되리라고는 상상하기조차 어려운 인물이다. 그때까지 고전 소설의 주인공은 거의 모두 재자가인才子佳人의 몫이었다. 재주 있는 남자 주인공과 아리따운 여자 주인공이 벌이는 한 편의 로맨스가 고전 소설의 단골 메뉴였던 것이다. 하지만 판소리 광대들은 이런 관습을 완전히 뒤엎어 버렸다. 대신 그들은 아무도 주목하지 않던 인물을 당당히 내세웠다. 그러고는 그들의 누추한 삶과 거기에 담긴 진정성을 정련된 가락과 장단에 얹어 노래했던 것이다.

판소리 중요무형문화재
제5호 판소리 〈춘향가〉
보유자 오정숙의 춘향가
완창 장면.

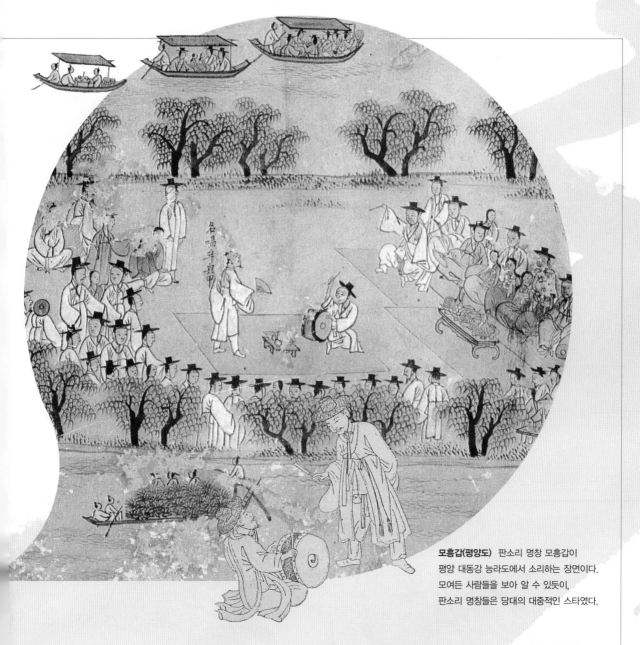

모흥갑(평양도) 판소리 명창 모흥갑이
평양 대동강 능라도에서 소리하는 장면이다.
모여든 사람들을 보아 알 수 있듯이,
판소리 명창들은 당대의 대중적인 스타였다.

　조선 후기에 불린 판소리는 모두 열두 마당이었다. 그 가운데 〈춘향가〉·〈심청가〉·〈흥부가〉·〈수궁가〉·〈적벽
가〉는 지금까지도 불리고 있어 '전승 5가'라 한다.

　반면에 지금은 전승이 끊긴 '실전 7가'가 있다. 전승 5가가 중세적 윤리의 문제를 다루고 있는 데 반해 이들은
부정적인 인물을 무대에 올려놓고 신랄하게 풍자하는 데 초점을 맞추고 있다. 〈배비장타령〉·〈강릉매화타령〉과
같은 작품은 허위의식에 가득 찬 양반의 행태를, 〈장끼타령〉·〈옹고집타령〉·〈변강쇠타령〉·〈무숙이타령〉과 같은
작품은 남성 가장의 권위적 행위를 신랄하게 풍자하고 있다. 판소리는 이렇듯 중세 사회의 이념을 근본적으로 회
의하는가 하면, 일그러진 남성 지배 사회의 모순을 신랄하게 풍자하면서 당대 민중의 지지를 넓혀 갔던 것이다.

3

삶과 노동

갈래 이야기 민요, 어울려 부르며 신명 내기

이담, 〈이 눈가루가 모두 쌀가루였으면〉(2010)

일하면 복이 온다

예로부터 전해 오는 설화가 있다.

옛날 어떤 노파가 자식을 여럿 두고 있었는데, 자식들이 자기만 의지하고 통 일을 하지 않았다. 노파는 자기가 죽고 나면 자식들의 앞날이 어찌 될지 항상 걱정이었다. 마침내 죽음을 앞두었을 때, 노파는 자식들을 모아 놓고 이렇게 말하였다.

"내가 너희들을 위해 밭 속에다 보물을 묻어 두었으니 파서 쓰거라."

어머니가 돌아가시고 나자 자식들은 어머니가 묻어 둔 보물을 찾기 위해 열심히 밭을 파기 시작했다. 넓은 밭을 아무리 파도 보물은 좀처럼 나타나지 않았다. 그러는 사이에 집 안에 먹을 것은 다 떨어져 갔다. 자식들은 할 수 없이 그간 애써 일군 밭에 곡식을 심어서 키우기 시작했다.

그 곡식이 자라나 열매를 맺었을 때, 자식들은 비로소 깨우쳤다. 보물은 따로 있는 것이 아니라, 그렇게 힘써서 밭을 일구어 먹을 것을 얻는 행위가 곧 보물이었다. 자식들은 어머니의 깊은 뜻을 깨닫고 열심히 농사를 지으며 행복하게 살았다고 한다.

짤막한 옛이야기이지만, 담고 있는 뜻은 가볍지 않다. 이 이야기는 사람이 살아가면서 일을 한다는 것이 어떤 의미를 지니는지를 잘 말해 주고 있다. 가만히 앉아서 남이 가져다주는 것을 받아먹는 삶은 온전한 삶이라 할 수 없다. 스스로 나서서 자기 자신을 감당해야만 한 인간으로서의 자격을 갖추게 된다.

일이란 일종의 습관과 같은 것이다. 하루 이틀 하고서 끝나는 것이 아니라 오랜 기간을 꾸준히 이어 가야 하는 나날의 일상이다. 그렇게 매일 힘든 일을 반복하는 것은 무척 지루하고 고단해서, 일로부터 도망하고픈 마음이 일어나기도 한다. 하지만 그렇게 회피하기를 그만두고 떨치고 나서서 기꺼이 감당해야 한다. 처음에는 귀찮고 힘들지 모르지만, 몸에 배면 편안하고 또 즐거워지는 것이 바로 노동이다. 노동을 즐거운 습관으로 삼을 때 삶은 활력으로 넘치고 복이 절로 굴러 들어오게 된다. 이 어찌 최고의 보물이 아니겠는가.

노동勞動은 말 그대로 '힘써 움직인다'는 뜻이다. 노동의 본모습은 온몸을 움직이는 육체노동에서 찾을 수 있다. 몸을 움직이는 노동을 해야만 식의주食衣住를 생산해 낼 수 있거니와 그것은 인류가 생활하는 기본 바탕이 된다. 인간은 땀 흘리며 몸을 움직이는 가운데 살아 있음을 충만하게 느끼는 것이기도 하다. 그 몸짓 하나하나에 삶의 의미가 깃든다.

오랜 세월 동안 노동과 문학은 긴밀한 관계에 있었다. 전통 사회의 민중에게는 노동의 현장이 곧 문학의 현장이었으며, 양반 사대부들에게도 노동은 언제나 빼놓을 수 없는 문학적 주제였다. 어떻게든 노동하는 삶에 다가서서 그것을 이해하고자 했으며, 노동하는 삶의 애환과 의미를 힘써 드러내고자 했다. 그러한 전통은 단지 고전 문학의 시대에 그치지 않고 근대까지 이어졌으니, 카프(KAPF, 조선 프롤레타리아 예술가 동맹)를 비롯한 근대 문학 운동은 노동자·농민이 당면하고 있는 부조리와 억압을 드러내고 극복하는 것을 문학적 과제로 삼았다. 그리고 1970, 1980년대에는 노동 문학 운동이 조직적으로 광범위하게 수행되면서 큰 성과를 내었다. 지식인 문인의 주도로 시작된 노동 문학 운동은 박노해와 장남수, 김해화 등의 노동자 출신 작가를 배출하면서 노동과 문학의 결합 가능성을 드러내 보였다.

최근의 상황을 돌아보면 어느새 문학과 노동이 서로 점점 멀어지고 있음을 느낀다. 21세기로 들어온 현 시점에서 노동은 더 이상 문학의 중요하고 매력적인 관심 대상이 아니다. 노동 현장에서 문학이 우러나오는 모습을 더 이상 찾아보기 어렵게 되었다. 사람들의 관심이 노동보다는

여가나 문화에 쏠리면서 문학 또한 여유롭고 고상한 '문화생활'의 일부
로서 소비되는 경향이 강해졌다. 그러다 보니 문학의 주제에서도 노동은
구석으로 내몰리고 있다. 자연스러운 시대적 추세라고 볼 수 있을지 모
르나, 가만히 생각해 보면 이는 오늘날의 문학이 원초적이고 실질적인
삶의 현장으로부터 멀어지고 있음을 보여 주는 징표이기도 하여 예사로
이 지나칠 일이 아니다. 이런 추세로 나아가다 보면 문학의 역동적인 생
명력이 크게 약화될지도 모른다.

현대에 들어 삶의 양태가 크게 바뀌었지만, 사람들은 예나 이제나 노동
을 하면서 살아가고 있다. 노동하는 삶이 건강한 삶이다. 문학은 다시금
노동과 손잡을 필요가 있다. 노동이 건강한 문학을 낳고, 문학이 노동을
즐겁고 의미롭게 하는 선순환이 활발히 이루어져야 한다. 그리 된다면
현재와 미래의 우리 문학 전체가 더욱 건강하고 풍요로워질 것이다.

이제 이 장에서는 노동이 삶과 문화의 중심이었던 옛 시절로 돌아가서
문학 속에 노동이 어떻게 깃들었으며, 노동 현장에서 문학이 어떻게 펼
쳐졌는지를 살펴보기로 한다. 노동과 문학이 긴밀히 어울려 강렬한 파토
스pathos를 발현하던 그 모습을 하나하나 살펴보면서, 현장의 생활 문화
를 건강하게 살려 나가는 데 문학이 어떤 역할을 할 수 있고 또 해야 하
는지에 대해 함께 고민해 보기로 하자.

1 민요에 깃든 노동의 한(恨)과 신명

농업과 어업, 수공업 등에 종사해 온 민중은 노동하는 삶의 핵심 주체였다. 그들의 노동은 온몸을 놀려서 땀을 흘리며 하는 진짜 노동이었다. 그 노동은 지루하고도 고단한 것이었거니와, 사람들은 갖가지 민요를 통해서 일하는 삶의 애환을 풀어냈다. 그 노래 속에는 한과 신명이라고 하는 이질적인 정서가 함께 깃들어 있다. 한숨과 눈물이 아롱지는가 하면, 한바탕 신명과 웃음이 펼쳐지기도 한다. 민중에게 민요는 단순한 노래나 문학을 넘어서 삶 그 자체였다.

자기 표출의 문학, 노동요

흔히 문학 하면 무의식중에 '글'을 떠올린다. 노동 문학이라고 하면 노동을 소재나 주제로 한 시나 소설 따위를 연상하게 된다. 그러나 옛 시절에 노동의 주역이었던 일반 평민들의 삶은 글과 거리가 멀었다. 아예 글이라고는 배울 기회를 갖지 못한 사람들이 대부분이었다. 그렇다면 일반 평민들이 만들고 향유한 노동 문학은 그 모습을 어떻게 남겼던 것일까?

일반 평민들은 글을 가지지 못했으나 '말'이 있었다. 그들은 자신의 삶을 글이 아닌 말로 표현해 냈다. 말로 된 문학을 일컬어서 구비 문학口碑文學이라 하거니와, 구비 문학은 설화와 민요, 굿노래, 판소리, 민속극 등 그 종류가 다양하다. 그 가운데 노동과 넓고도 깊은 관련을 지니는 양식이 민요民謠이다. 사람들은 노동을 할 때 노래를 부름으로써 시름을 달래고 신명을 풀어냈다. 일을 하면서 부르는 민요를 노동요라 하는데, 그 종류가 무척 다양하다. 거의 모든 형태의 일에 민요가 결부되어 있었다. 노동요는 그 자체가 노동의 한 부분이었다고 할 수 있다.

농민들의 노동의 한 축을 이루었던 벼농사의 진행 과정을 보기로 하자. 한 해의 벼농사는 겨우내 묵혔던 논을 가는 데서부터 시작한다. 논을 갈고 나면 물을 퍼서 대고 거름을 낸 다음 논을 삶는 작업*을 한다. 그 다음에는 못자리를 만들며, 모가 적당히 자라면 모내기를 위해 모를 떠내는 작업을 하는데 이를 모찌기라고 한다. 그 다음에는 모를 옮겨 심는 모심기 혹은 모내기 작업이 이어진다. 모가 자라서 결실을 이루기까지는 논에 자라나는 잡초를 뽑아내는 논매기 작업이 여러 차례에 걸쳐 진행된

논삶기
써레를 이용해 못자리할 자리를 고르게 펼치는 것을 논삶기라 한다. 위 사진의 모습처럼 일소에게 써레를 지워 끌게 하는 경우가 많았다.

농촌의 한해살이
논을 갈고 모를 심는 것은 농촌의 한
해살이의 중요한 출발이었다. 모내
기에서 민요가 빠질 수 없었다. 논둑
에서 북을 치며 농사일의 신명을 북
돋우는 사람의 모습이 인상적이다.
작자 미상.

다. 가을이 되어 벼가 익으면 벼를 베는 작업을 하며, 볏단을 묶어서 날라 쌓은 다음 벼를 터는 타작을 하게 된다. 그렇게 타작을 마친 벼를 보관하거나 공출함으로써 한 해 농사가 마무리된다.

겉보기에 간단해 보이지만 실제로는 이런 복잡한 과정을 거쳐 논농사가 이루어지는데, 그 일련의 과정에서 민요가 불리는 것이 상례였다. 알려진 논농사 노래의 종류만 해도 다음과 같이 매우 다양하다.

논가는소리, 논파는소리, 물품는소리, 논고르는소리, 거름내는소리, 논삶는소리, 못자리만드는소리, 논둑쌓는소리, 모찌는소리, 모심는소리, 논매는소리, 뒷풀이하는소리, 새쫓는소리, 벼베는소리, 볏단묶는소리, 볏단나르는소리, 볏단쌓는소리, 볏단내리는소리, 볏단세는소리, 벼터는소리, 도리깨질하는소리, 검불날리는소리, 탈곡하는소리

그야말로 거의 모든 노동의 과정에는 고유의 민요가 있었다. 그 가운데도 논가는소리와 논삶는소리, 모찌는소리, 모심는소리, 논매는소리, 벼터는소리 등은 가장 기본이 되는 것으로, 전국 각지에서 수많은 민요 자료가 구전되어 왔다. 시간을 거슬러 100년, 200년 전으로 돌아가면 일터에서 불리는 민요가 더욱 다양하고 풍부했을 것이다.

위에 제시한 민요의 명칭에서 볼 수 있듯이, 최근에는 민요를 일컬음에 있어 '노래'라는 말보다 '소리'라는 말을 많이 쓰고 있다. 둘 사이에 특별한 구분 기준이 있는 것은 아니지만, '소리'가 더 소박하고 토속적인 것이라 할 수 있다. 반주 없이 육성으로 뽑아내는 진솔한 마음의 소리임을 강조하는 차원에서 '소리'라고 부르게 되었다. 정해진 선율과 가사에 맞추어 기교를 부리기보다 몸과 마음에서 우러나는 대로 사설과 가락을 자유롭게 풀어내는 것은 민요의 기본 특성이다. 마음속에 깃든 희로

애락喜怒哀樂이나 애오욕愛惡慾의 갖은 정서를 진솔하게 드러내는 자기 표출의 문학이 바로 민요이다.

일반 평민들이 수행하는 노동이란 대부분 온몸을 움직이는 노동이었는데, 그러한 노동은 육체적으로나 정신적으로 매우 힘겨운 것이었다. 긴 시간을 두고 하염없이 이어지는 단조로운 작업을 하노라면, 몸과 마음이 피곤하고 지치기 마련이다. 특히 마음 나눌 사람도 없이 혼자서 하는 노동은 더욱 감당하기 어려운 것이다. 고된 일을 혼자서 하염없이 하다 보면 외롭고 슬픈 마음이 절로 솟아날 수밖에 없다. 사람들은 그러한 마음을 소리로 풀어냈다.

엄마 엄마 울 엄마요
나를 낳아 키울 적에
진자리 마른자리 가려 골라 키워 놓고
북망산천 가시더니 오늘에도 소식 없네.

어떤 사람 팔자 좋아
고대광실 높은 집에 부귀영화로 지내건마는
이내 나는 어찌하여 팔공산 짊어지고 낮자리 품 팔아 먹고
산천초목으로 후려 잡고 지게로 살러를 가노.
산천은 보니 청산이요 이내 머리는 백발이 되니
불쌍하고 원통하네.
가는 허리 바늘 같은 내 몸에 황소 같은 병이 드니
부르는 건 울 엄마요 찾는 거는 냉술러라.

〈어사용〉은 산에서 나무를 할 때 주로 남성들이 많이 부른 노래이다. 부르는 사람에 따라 노랫말과 곡조가 다양한데, 깊은 산중에서 홀로 나무를 하면서 느끼는 고독감을 신세 한탄의 형태로 풀어낸 것이 많다. 위

의 노래에서도 그러한 면모를 볼 수 있다. 나이는 들고 몸은 아픈데 힘든 노동을 해야만 하는 신세에서 우러나오는 설움이 생생하게 드러나 있다. 그 설움이 어찌나 깊고 신세 한탄이 어찌나 처량한지, 노래 사이사이에서 한숨 소리가 들려오고 눈물짓는 모습이 절로 눈앞에 펼쳐진다. 돌아가신 어머니를 애타게 부르는 외침이, 바늘 같은 몸에 황소 같은 병이 들었다는 한탄이 무척이나 가슴 아프게 다가온다.

위의 민요는 노래하는 사람이 스스로 지은 것은 아니다. 예부터 이어져 내려온 민요를 소화해서 부른 것이다. 하지만 노래에 담긴 사연이나 정서는 노래하는 사람 자신의 것이라고 보아도 좋다. 노래의 가락이 육화되어 자기 것이 된 상황이며, 노랫말의 사연 또한 자신의 신세를 반영한 측면이 짙다. 직접 확인하기는 어렵지만, 자신의 마음을 그대로 담아서 노랫말을 새로 엮은 부분이 있을 것이다. 그것이 민요가 전승되고 향유되는 방식이다.

사람들은 위와 같이 처량한 정조의 민요를 다른 사람이 함께 있는 데서는 잘 부르지 않았다. 남들 앞에서 '우는 소리'를 한다는 것은 좀 민망한 일이기 때문이다. 하지만 듣는 사람이 없는 곳에서 홀로 힘들게 노동을 할 때면, 사람들은 이처럼 처량한 노래를 즐겨 불렀다. 그를 통해 마음속에 깃든 설움을 밑바닥에서부터 한껏 퍼올려서 실컷 풀어냈다. 그렇게 한바탕 설움을 토해 내고 나면 거짓말처럼 마음이 깨끗하게 가라앉기도 하는 것이 세상사 이치이다. 요컨대 이러한 노래를 부르는 과정은 진솔한 자기 표출의 과정이면서 노동의 고통을 이겨 내고 슬픈 마음을 달래는 자기 치유의 과정이었다고 할 수 있다. 노동의 문학으로서 노동요가 지니는 본질적인 기능이다.

여성의 노동, 여성의 설움

노동은 누구에게나 힘든 것이었지만, 낯선 땅으로 와서 시집살이를 하는 여성에게 맡겨지는 노동은 특히나 힘들고 서러운 것이었다. 여성들 사이에서 전승되어 온 노동요 가운데는 오롯한 '한恨의 문학'이라 할 정도로 짙은 슬픔의 정서를 담아낸 것들이 아주 많다.

옛날 여성들에게 '시집가는 일'이란 두렵고도 긴장되는 일이었다. 정든 고향과 친정 식구를 떠나 모든 것이 생경한 시댁으로 들어가서 얼굴도 모르던 사람의 아내가 되고 또 며느리나 올케가 되어서 살림을 꾸려 간다는 것이 어찌 쉬운 일이었겠는가. '벙어리 삼 년, 귀머거리 삼 년, 장님 삼 년'이란 말도 있거니와, 시집살이는 여성들이 짊어져야 할 크고도 버거운 숙명이었다. 남편이나 시댁 식구들이 잘 이해하고 돌봐 주기라도 하면 그나마 다행이겠지만, 시댁 식구의 외면과 꾸중 속에 외톨이가 되기라도 할라치면 단 하루도 감내하기가 힘든 고통의 삶을 견뎌 내야 했다. 시댁의 살림살이가 가난하여 생계를 유지하기가 어려울 경우에도 살림을 맡은 입장에서 겪어야 하는 심적 고통은 이루 헤아릴 수 없는 것이었다. 그런 삶을 하루 이틀도 아니고 1년 365일 내내 감당해야 했으니 그 얼마나 힘든 일이었을지 상상하기조차 어렵다. 오늘날까지도 많은 할머니들이 시집살이 사연을 떠올리면 한숨과 눈물부터 내보이는 것이 가히 그럴 만한 일이다.

여성이 시집와서 살림을 산다는 것은 단순히 밥을 짓고 빨래를 하며 아이를 낳아 키우는 일만을 뜻하는 것이 아니었다. 그러한 집안일은 여성에게 주어진 노동의 한 부분일 뿐이었다. 새벽에 누구보다 먼저 일어나 집안일을 시작하며 누구보다 늦게 잠드는 것은 기본이고, 그 외에도 여성은 틈나는 대로 온갖 종류의 노동을 감당해야 했다. 들에 나가서 논밭을 매고, 산에 가서 나물을 캐고 나무를 했다. 실을 잣고 베를 짜며 방아를 찧는 등의 일도 여성에게 주어진 중요한 노동이었다. 들에 나가 남자와 함께 일을 하고서 집에 들어오면, 남자들이 쉬는 동안 밥을 해서 밥상을 차리고 설거지와 빨래를 하며 집안의 어른을 챙기고 아이를 보살폈다. 그야말로 거의 쉴 틈이 없이 노동에서 노동으로 이어지는 것이 전통 사회 여성의 일상이었다.

시집와서 외로움과 설움 속에 갖가지 힘든 노동을 감당해야 하는 여성들에게 그나마 좋은 벗이 되어 준 것이 바로 민요였다. 집 안에서, 또는 들에서 일을 하면서 그들은 넋두리를 하듯 민요를 풀어냈다. 하지만 시댁 식구가 있는 곳에서는 함부로 입을 떼기가 어려웠다. 저 혼자 있을 때, 또는 비슷한 처지의 다른 며느리와 함께 있을 때 비로소 '소리'를 풀어낼 수 있었다. 저도 모르게 눈물이 나는 슬픈 소리를. 경북 영천 지역의 〈밭매는소리〉를 들어 보자.

나물 캐기
농촌에서는 식량이 부족한 겨울을 나는 일이 매우 힘겨웠다. 봄이 되면 산과 들에 나가 나물을 캐다 먹었는데, 쑥은 흔하면서도 귀한 것이었다. 사람들은 나물을 캘 때도 민요를 불렀다. 윤두서 그림.

불같이도 더운 날에 뫼같이도 험한 밭을
한 골 매고 두 골 매고 삼세 골로 매고 나니
땅이라 내려다보니 먹물로 품은 듯하고
하늘이라 쳐다보니 별이 총총 나왔구나.
행주치마 떨쳐입고 집이라고 돌아오니
시어머님 하신 말씀
아가 아가 며늘아가 무슨 일로 그렇게 늦게 했느냐.
친정어머니 죽었다고 부고 왔다.

한 여인네가 있다. 때는 불같이 더운 날, 곳은 산처럼 험한 밭. 여인은 홀로 밭을 매고 있다. 하염없이 밭을 매다 보니 어느새 하늘에 별이 총총하다. 그제서야 집으로 들어서니 청천벽력 같은 소식이 기다리고 있다. 친정어머니가 돌아가셨단다.

뜨거운 하늘 아래 혼자서 하염없이 힘든 일을 하다 보면 솟아나는 건 서글픈 생각뿐이다. 언제나 끝날지, 한도 끝도 없는 일이다. 이때 누구보다 앞서 생각나는 사람이 자기를 낳아서 길러 준 어머니이다. 친정에서 지내던 지난날들이 떠오르면서 마음은 어머니가 있는 고향으로 자꾸만 날아간다. 보고 싶지만 보러 갈 수 없는 어머니. 그 어머니가 돌아가셨다는 것이다. 임종을 지켜볼 기회도 안 주고서.

무슨 일로 그렇게 늦게 왔느냐고 말하는 시어머니가 야속하기만 하다. 며느리 심정을 알 만도 한데 밭으로 달려와 소식을 전해 주지 않고서 별 총총 늦은 밤이 되어서야 들어오니까 비로소 남의 일처럼 던지는 말이 책망 투라니! 다른 사람도 아니고 어머니가 돌아가셨다는데, 밭고랑 몇 개 더 매는 것이 그렇게 중요한 것인지.

마음이 산란하여 친정으로 향하여서
한 고개를 넘어가니 상두꾼의 행상소리 길게 나네.
아이고 답답 울 엄마요
살아생전 못 본 얼굴 뒷세상에서나 보러 했더니
하마 행상길을 가는군요.
서른둘 행상꾼아 잠시 조금 멈춰 주소.
우리 엄마 얼굴 주검이나마 한번 봅시다.
아이고 아이고 울 어머니!
들은 체도 아니 하고 상두꾼 황천길로 가는구나.

뒤늦게 달려가 보니 벌써 어머니 상여가 나가는 중이다. 돌아가신 어머니 모습이나 보려 했으나 그마저도 허락되지 않는다. 오히려 늦게 온 게 잘못이라며 타박이다. 어머니가 없는 친정이란 옛날의 그곳이 아니다. 이제 마음 둘 곳도 편안히 쉴 곳도 없다. 어쩌겠는가. 눈물을 머금고서 돌아갈 곳은 시댁밖에 없다. 그 시댁에서 자신을 기다리고 있는 것은 따뜻한 위로였을까?

> 그러구러 집으로 돌아오니 시어머니 하신 말씀
>
> 어제 그제 아니 오고
>
> 저 김을 누가 매노 저 밭을 누가 맬꼬 하니
>
> 어머님요 제가 할 겁니다 하며 행주치마 떨쳐입고
>
> 몽당호미 손에 들고 밭에 가 엎드렸으니
>
> 눈물은 비가 되어 서산에 오는 비를 부슬부슬 뿌려 주고
>
> 한숨은 바람 되어 오초동남 부는 바람 쓸쓸히도 희롱하네.

이 여인을 기다리고 있는 것은 따뜻한 위로가 아니라 냉정한 꾸중이다. 그리고 미처 못 마친 노동이다. '저 밭을 누가 맬 거냐?' 하는 책망에 '제가 하오리다.'라고 대답하는 마음자리에 눈물이 가득하다. 이 여인, 몽당호미를 들고 나가서는 그대로 밭고랑에 엎드려 쓰러진다. 눈물이 비가 되고 한숨이 바람이 된다는 말이 조금도 과장이 아니다. 삶이 어찌 이리도 슬프고 억울한 것인지!

밭을 매면서 부른 민요에 담긴 사연이다. 노래 속에 이렇게 한 여인의 슬픈 이야기가 깃들어 있다. 여성들의 노동요 가운데는 이처럼 이야기를 담고 있는 것들이 많은데, 이를 서사 민요敍事民謠라고 한다. 서사 민요 가운데는 위와 같이 극단적이라 할 정도의 슬픈 사연을 담고 있는 것들이 많다.

위의 슬픈 여인은 노래 속의 등장인물로, 노래를 하는 사람은 아니다. 하지만 노래 속의 여인과 노래를 하는 여인은 서로 긴밀히 연결되어 있다. 노래의 사연은 주인공이 밭을 매는 데서 시작하여 밭을 매는 데서 마무리된다. 이 노래의 창자唱者 또한 지금 밭을 매고 있는 중이다. '뙤같이도 험한 밭을 한 골 매고 두 골 매고 삼세 골로 매'는 것은 이야기의 주인공이면서 또한 창자 자신이기도 하다. 창자는 지금 자기 자신의 처지

와 심정을 그대로 표현하고 있는 중이다. 슬픈 사연을 노래로 풀어내면서 그 마음이 어머니한테로 달려가고 있는 중이다. 친정으로, 또는 하늘나라로. 하지만 그것은 마음뿐이다. 시댁에 매인 처지이니 가고 싶어도 갈 수가 없다. 여기 이렇게 머물러 험한 밭을 오늘도 매고 내일도 매야 한다.

생각하면 가슴 먹먹한 일이다. 저토록 슬퍼서야 삶을 어찌 견뎌 낼지 걱정이다. 하지만 이러한 슬픈 노래가 노동의 고통을 헤쳐 내고 삶의 슬픔을 풀어내는 통로였다는 사실을 주목할 필요가 있다. 앞에서도 말했지만, 슬픈 노래를 맘껏 부르고 나면 오히려 마음이 깨끗하고 차분하게 가라앉는 것이 세상사 이치이다. 이 노래 또한 그러하다. 노래를 통해 극단의 슬픔 속에 한껏 빠져 봄으로써, 절망의 극한을 맘껏 토로해 봄으로써 자신의 처지를 객관화하는 한편으로 슬픔을 넘어설 수 있게 되는 것이다. 눈물로 눈물 닦기. 바로 카타르시스catharsis 또는 '한恨'의 미학이다.

다시 잡초 우거진 밭으로 돌아가 보자. 한 여인이 땡볕 아래 외로이 밭을 매고 있다. 해도 해도 끝이 보이지 않는 노동. 자신의 심정을 하소연할 사람 아무도 없이 혼자뿐이다. 그러나 그녀는 혼자이되 혼자가 아니었다. 그녀는 노래를 통해 자기의 분신과도 같은 슬픈 여인을 만나 그녀와 함께 밭고랑을 움직여 가고 있는 중이다. "어찌 나랑 그리 똑같노.", "어머니 그렇게 보낼 때 심정이 어땠노." 이렇게 대화를 하면서 말이다. 어쩌면 "임자한테 비하면 그래도 나는 행복한 사람이야." 이렇게 위로를 받기도 하면서 말이다.

여성들의 노동요에는 삶의 정한과 고통을 절실하게 표현한 노래들이 아주 많다. 울도 담도 없는 집에서 귀머거리에 장님 노릇을 하며 시집살이를 하던 중 남편이 첩을 데리고 와서 술판을 벌이며 권주가를 시키는데 분개하여 스스로 목숨을 끊은 아내의 사연을 담은 〈진주 낭군〉이나, 시집 식구의 박대가 하도 심하여 견디지 못하고 스님을 따라 집을 나간 며느리의 사연을 담은 〈중 된 며느리〉라는 노래가 대표적이다. 여인네들은 밭을 매거나 길쌈 등의 노동을 할 때 이 같은 슬픈 사연의 민요를 읊조리면서 자신의 처지를 표출하고 마음속 시름을 달랬다.

여성들이 노동을 하며 부르는 민요들 가운데는 제3자가 아닌 자기 자신의 사연을 담아낸 형태의 노래들도 많이 있다. 이렇게 자기 신세를 풀어낸 노래는 흔히 '신세타령'이라고 부른다. 〈신세타령〉 민요들 가운데는 출구조차 보이지 않는 막막한 심정을 더할 바 없이 처연하게 표출한 것들이 많다. 전남 해남에서 전승되어 온 다음 노래는 그 좋은 예가 된다.

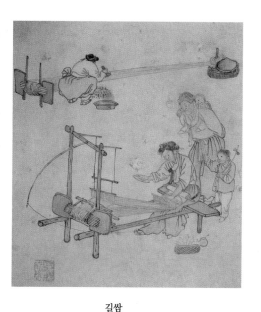

길쌈
실을 내어 옷감을 짜는 일을 통틀어서 길쌈이라 한다. 물레질과 베짜기는 여성의 가내 노동 가운데도 중요한 것이었다. 길쌈을 하면서 부르던 물레질소리와 베틀소리가 널리 구전되었다. 김홍도 그림.

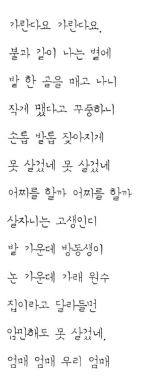

가란다요 가란다요.
불과 같이 나는 볕에
밭 한 골을 매고 나니
작게 맸다고 꾸중하니
손톱 발톱 잦아지게
못 살겄네 못 살겄네
어찌를 할까 어찌를 할까
살자니는 고생인디
밭 가운데 방동생이
논 가운데 가래 원수
집이라고 달라들면
암만해도 못 살겄네.
엄매 엄매 우리 엄매

밭을 매러 가란다요.
뫼와 같이 우거진 밭에
삼세 골째 거듭 맨께
이 노릇을 못 살겄네.
이것을 해서 뭣을 할까
기가 막혀 못 살겄네.
죽자니는 청춘이오
이 노릇을 어찌 할까
호미로나 지을거나
아무리 매도 아니 구네.
시뉘새끼 앙당앙당
이 일을 어찌 할까
이내 나 좀 데려가게.

이 노래의 작중 상황 또한 앞서 살핀 〈밭매는소리〉와 아주 비슷하다. 여인은 불볕 아래서 외롭게 거친 밭을 매고 있다. 그렇게 힘들여 밭을 맸는데, 막상 돌아오는 것은 적게 맸다는 꾸중이다. 손톱 발톱이 다 잦아져도 알아주는 이가 없다. 밭에 나는 잡초(방동생이)도 논에 나는 잡초(가래)도 모두 원수 같다. '죽자니 청춘이고 살자니 고생'이라는 한탄이, 이러지도 저러지도 못하며 한숨과 눈물로 하루하루를 버텨 나가는 한 여인의 일상이 어찌나 애처로운지 모른다. 끝부분에서 엄마를 부르면서 나를 좀 데려가 달라고 하는 대목을 노래로 듣자면 절로 눈시울이 젖는다. 삶을 위로하고 슬픔을 달래는 노래라고 하기에는 고독과 절망의 무게감이 너무 커 보인다.

이 노래 속의 사연은 다른 사람의 것이 아니다. 이 노래의 시적 화자는 노래를 부르는 창자와 일치한다고 볼 수 있다. 힘들여 밭을 매고서 작게 맸다고 꾸중을 들은 일, 방동생이나 가래 같은 풀에 적의를 느낀 일, 시누이 등쌀에 가슴 무너지던 일, 이 모두가 제 자신의 삶과 경험을 줄줄이 풀어낸 것이다. "엄매 엄매 우리 엄매, 이내 나 좀 데려가게." 하는 하소연이 창자 자신이 마음속 심정을 그대로 토로한 것이라는 사실은, 믿고 싶지 않을 정도로 가슴 아픈 일이다. 그나마 이러한 노래를 통해 한을 토로함으로써 저이는 최소한의 위로라도 받을 수 있었던 것일까?

하층 평민 가운데도 더욱 큰 소외와 핍박의 대상이었던 여성이 펼쳐 내는 슬픈 노동의 문학. 지금 우리는 국문학의 가장 밑바닥의 모습을 생생히 들여다보고 있는 중이다. 글로 된 어떤 문학에서, 지식인이나 남성들이 펼쳐 내는 어떠한 문학에서 이토록 슬프고도 간절한 삶의 정서와 만날 수 있겠는가.

여성의 노동요에 깃든 깊고도 짙은 한과 슬픔. 그것은 단지 깊은 슬픔의 문학이라는 이유로 의의를 갖는 것은 아니다. 그것은 세상의 모든 문학을 통틀어서 가장 진솔한 생활 문학이라 할 만하다. 온몸으로 풀어내는 노동의 삶은 글이나 지식과 거리가 먼 지점에서 더할 바 없이 원초적이고 진실하며 비할 데 없이 깊고 먼 울림을 지닌 '참문학'을 낳았던 것이다. 밑바닥의 노동의 삶에서 우러나온 이토록 진솔한 생활 문학에서부터 우리 문학과 삶의 바탕을 새롭게 돌아보는 일이 시작되어야 한다.

노동은 어떻게 즐거운 놀이가 되는가

노동은 많은 고통을 낳는 힘든 일이다. 그 노동을 나날이 짐 지며 살아야 하는, 그렇게 애써 노동을 해도 자기 몫을 가지지 못하는 하층 평민의 삶이란 슬픔과 고통 그 자체라고 생각되기도 한다. 하지만 노동이 그렇게 힘들기만 해서야 어찌 삶을 살아 나갈 수 있을까. 그리고 노동이란 것이 어찌 그리 힘들고 슬프기만 한 것일까. 앞에서도 말했지만, 몸을 움직여 노동을 하는 것은 인간이 살아가는 근본이 되는 일이다. 사람이 살아갈 수 있도록 해 주는 것이 노동이며, 사람이 살아 있음을 느끼게 해 주는 것도 노동이다.

민중들이 구전으로 이어 온 민요에는 노동의 즐거움을 짙게 반영한 것들이 많다. 특히 혼자가 아니라 여럿이 어울려서 일하며 부르는 민요 가운데 재미있고 신명나는 것들이 많다.

아나 여따 징검아 / 네 다릴랑 팔어서 / 내 돈 석 냥을 갚으마.
아나 여따 징검아 / 네 눈깔은 빼어서 / 아마 사탕으로 팔어서 /
내 돈 석 냥을 갚으마.
아나 여따 징검아 / 네 꼬릴랑 팔어서 / 화산 부채로 팔어서 /
내 돈 석 냥 갚으마.
아나 여따 징검아 / 네 등어리는 팔어서 / 구유 통으로 팔어서 /
내 돈 석 냥 갚으마.
아나 여따 징검아 / 대단히도 고맙다.

이 노래는 충남 연기 지역에서 '징거미'라 불리는 물새우를 다듬는 작업을 하면서 부르던 〈징거미타령〉이라는 민요이다. 위에 인용한 노래는 혼자서 부른 것을 채록하였지만, 본래는 여럿이 모여 함께 작업을 하면

서 이 노래를 불렀다.

이 민요의 내용은 작업에 얽힌 정경을 해학적인 노랫말로 풀어내는 형태로 구성되어 있다. 조그만 새우를 상대로 농을 걸면서 일을 진행하는 것인데, 그 노랫말이 꽤나 엉뚱하고 재미있다. 새우의 눈깔을 빼서 사탕으로 판다든가, 꼬리를 부채로 판다든가, 새우 등을 구유통으로 판다든가 하는 식으로 과장 섞인 표현을 이어나가고 있다. 노래를 하는 가운데 절로 웃음이 나게 만드는 해학적인 노랫말이다. 이러한 재미있는 노래를 부르며 일을 하다 보면 지루한 노동이 어느새 훌쩍 지나가게 된다.

위의 민요가 주로 노랫말의 내용을 통해 재미를 살려내는 것이라면, 노래 부르는 형식 속에 재미와 신명이 깃들어 있는 민요들도 있다. 공동의 노동에서 불리는 민요는 여럿이 함께 어울려 부르기에 적합한 형식을 갖추고 있는데, 본 노랫말과 후렴이 교체되는 선후창先後唱 형식의 노래가 많으며, 패를 둘로 나누어 본 노랫말을 주고받는 방식으로 부르는 교환창交換唱 형식의 노래들도 있다. 이러한 노래들을 여럿이 함께 입을 모아서 부르다 보면 현장에 모인 사람들이 자연스럽게 서로 어울려 즐거움을 얻게 된다.

(앞) 상주 함창 공갈 못에 연밥 따는 저 처자야
(뒤) 연밥 줄밥 내 따 줄게 우리 부모 섬겨 주소

(앞) 모시야 적삼에 반쯤 나온 연적 같은 젖좀 보소
(뒤) 많이야 보면 병 난단다 담배씨만큼만 보고 가소

(앞) 아물꼬저물꼬다헐어 놓고주인네양반어디갔나

(뒤) 문어야 전복 손에 들고 첩의 집에 놀러 갔네

위의 노래는 경북 상주 지역의 〈모심는소리〉인데, 본
노랫말을 주고받는 교환창 형식의 노래이다. 특히 이
노래는 남녀가 함께 어울려 부르기에 적합한 형태로
구성되어 있다. 남녀가 한자리에 모이면 흥이 나는 것
이 인지상정이거니와, 이 경우 또한 예외가 아니다. 노
랫말과 가락에 한껏 멋을 내는 가운데 신명나는 교감
의 장이 펼쳐진다.

지금 논에서 남녀가 함께 모여 한창 모를 심는 중이
다. 남자들이 먼저 앞소리를 뽑아내면, 여자들이 받아
서 뒷소리를 부른다. 노래의 사연이 남녀의 사랑에 얽
힌 것이어서 어울려 부르다 보면 절로 흥이 난다. 특히
2절에서 "연적 같은 젖 좀 보라."고 하는 말에 "담배씨
만큼만 보고 가라."고 답하는 것은 절묘하게 남녀의 대
화에 어울린다. 이러한 재미난 노랫말을 한 소절씩 주
고받다 보면 모심는 작업이 힘든 줄 모르게 술술 되어
나간다. 마치 놀이라도 되는 양 신명 속에서 노동이 진
행되는 것이다. 민요의 가락과 노랫말이, 그리고 민요
의 형식이 노동에 리듬과 생명력을 부여하고 노래하는
사람들을 소통하고 연합하도록 한다.

이처럼 힘겨운 노동이 민요를 통해 즐거운 놀이로 변
해 가는 것은 저절로 이루어지는 일이 아니다. 그러한
전이轉移가 자연스레 이루어지게끔 민요의 형식과 내
용이 짜여 있다. 정해진 고정적 틀이 적용되는 게 아니
고, 현장의 상황 속에서 즉흥적으로 신명의 발현이 이

루어지게 하는 방식이다. 다음 노래는 민요를 통해 노동의 몸짓이 신명으로 전환되는 원리와 과정을 잘 보여 준다.

우러리 굵은 나무.

지렁이 갈빗대 가는 싸리나무를 비유하여 표현한 말.

맛보지 말구 '맛본다'는 것은 작두를 디디려다 마는 것을 말함.

우러리*야 / 일시두 맘 놓지 말고 / 지렁이 갈빗대*다 / 한아름 안고 닥쳤다 / 대화 방림 새초거리 / 싸릿가지 강릉 곶감꽂이 / 우러리 / 둥둥 울렸다 북나무 / 우러리 / 늙은이 방구 북나무 / 젊은이 방구 뽕나무 / 아 우러리 / 한아름 안구 닥쳤다 / 일시도 맘 놓지 말구 / 자 개다리 힘 올랐다 / 양다리 힘 올랐다 / 맛보지 말구* / 야 안구 닥쳤다 / 밀구 다려라 / 우러리 / 일시두 맘 놓지 말고 / 우러리 / 야 개다리 힘 올랐다 / 쾅쾅 딛어 / 대화 방림 새초거리 / 왜 이래 / 우러리 / 조심해 / 늙은이 방구 뽕나무 / 젊은이 방구 북나무 / 둥둥 울렸다 북나무 / 대화 방림 새초거리 / 일시도 맘 놓지 말고

이 〈풀써는소리〉는 사람들이 함께 모여서 풀을 썰면서 부른 강원도 횡성 지역의 민요이다. 농사일에 긴요한 역할을 하는 소를 먹이려면 풀을 썰어 여물을 만들어야 하는데, 발로 밟아서 움직이는 커다란 작두를 이용하여 풀을 썰었다. 풀을 밀어넣는 사람과 작두를 밟는 사람이 박자를 맞추어 일을 진행하거니와, 나뭇가지나 잡동사니가 섞인 풀 뭉치를 써는 것은 수월한 일이 아니다. 힘을 적절히 안배하고 박자를 맞추어 동작을 이어 가야만 한다. 자칫 호흡이 맞지 않으면 날카로운 작두날에 손이 잘릴 수 있다.

이러한 노동을 할 때 민요는 필수적인 요소가 된다. 노래의 박자에 맞추어 작업을 하면 힘이 덜 들 뿐 아니라, 사고로 몸을 다칠 위험이 크게 줄어든다. 어떤 식인가 하면, '우러리야', '일시도 맘 놓지 말고' 같은 노래 소절이 끝나는 순간에 맞추어 작두를 밟으면 된다. 작두날이 삐그덕 움직이며 '쓱싹'하고 풀을 써는 소리가 일종의 후렴 역할을 하는 가운데 노래와 노동이 일정한 리듬 속에 원활하고 안전하게 진행된다. 노래가 없는 것과 비교하면 무척이나 큰 차이이다.

위 노래를 세심히 살펴보면 박자 외에 노랫말 또한 노동의 상황과 밀접한 연관을 맺고 있음을 알 수 있다. 풀과 나무가 작두에 들어가는 모습을 나타내는 말과, 조심하라든가 힘을 더 내라든가 하는 등의 말이 주된 노랫말을 이루고 있다. 풀단이 들어가는 모습만 하더라도, 힘을 더 주어야 할 때는 '우러리야'라든가 '한아름 안고 닥쳤다' 같은 표현을 써서 더 힘을 주도록 하고, 그렇지 않을 때는 '지렁이 갈빗대다' 같은 표현을 해서 편안하게 작두를 밟도록 한다. '맛보지 말고'라든가 '쾅쾅 딛어' 같은 말 또한 작두를 밟는 사람에게 보내는 직접적인 신호이다. 이처럼 노래 내용이 일의 진행과 긴밀히 연결되어 즉흥적으로 구성되는 것이 노동요의 두드러진 특징이다.

눈길을 끄는 사실은, 위험하고 힘든 작업을 수행하고 있음에도 불구하고 두 가지 측면에서 노래 전체에 생기와 신명이 흘러넘치고 있다는 점이다. 첫째, 노래의 박자에 맞추어 역동적으로 몸을 움직이는 데 따른 박진감과 율동성이다. 박자에 맞추어 몸을 반복적으로 움직이다 보니 마치 즐거운 놀이를 하는 것처럼 몸짓에 흥이 실린다. 둘째, 노랫말에 재미있는 비유와 해학이 짙게 배어 있다. 상대방의 다리를 '개다리'나 '양다리'로 만드는 재치나 '늙은이 방구 뽕나무 / 젊은이 방구 북나무' 같은 해학적 표현, '지렁이 갈빗대' 같은 희극적인 비유가 말의 묘미와 상황의 재미를 한껏 살려 내고 있다. 거친 마음을 훌훌 털어 내 편안히 즐길 수 있게 하는 악의 없고 격의 없는 문학적 표현들이다. 거칠고 투박하면서도 무척 정겹고 아름다운 시적 언어들이다.

민중이 감당해야 할 노동이 고되고 괴로운 것이라 하지만, 또 그 노동의 결과가 수탈에 의해 속절없이 남의 것이 되곤 한다지만, 여기에는 국외자가 모르는 부분이 있다. 이렇게 일하는 과정 자체에 짙은 신명이 있다는 것. 생활 현장의 문학으로서의 민요가 그들을 즐겁고 행복하게 해 준다는 것. 노동과 거리가 먼 생활을 하며 호의호식하는 사람은 온몸을 움직여 일하는 사람들이 한심하고 불쌍해 보이겠지만, 실제로 불쌍한 것은 이러한 진짜 신명을 알 리 없는 그 사람들일 수 있다. 과연 누가 세상의 진정한 주인이겠는가 말이다.

그렇게 순환되는 생명의 길

노동요의 흥과 신명은 작업의 종류에 따라, 마을이나 사람에 따라 발현 양상이 다르다. 그뿐 아니라 그것은 하나의 노동 현장에서도 다양한 형태로 변주가 된다. 예컨대 논매는 작업을 한다고 할 때 사람들은 처음부터 끝까지 같은 가락의 노래를 하는 것이 아니다. 작업이 진행되면서 노래가 달라진다.

경북 예천군 예천읍 통명리에서 이어져 온 '통명 농요'의 예를 들어 본다. 통명리의 논매기 작업에서 처음에 불리는 민요는 〈에행소리〉인데 선율이 길게 늘어지는 유장한 노래이다. 길고 지루하게 이어지는 단조로운 노동인 논매기 작업의 리듬에 어울린다. 이 노래를 부르며 차근히 작업을 해 나가다가, 일의 속도가 빨라지고 작업이 막바지를 향하게 되면 〈상사소리〉로 넘어간다. 〈에행소리〉보다 더 빠르고 힘찬, 힘을 내어 일을 마무리 하는 데 적합한 노래이다. 논매는 일을 다 끝마칠 무렵에는 〈방애소리〉를 부른다. 〈상사소리〉보다 더 빠르고 흥겨운

노래이다. 이제 일이 끝난다는 신호가 되는 터라서 노래하는 사람의 몸
짓과 목소리에 더 큰 흥이 실린다. 그것으로 끝이 아니다. 논에서 길로
나올 때 농민들은 또 다른 노래를 부른다. 그 노래는 〈에이용소리〉이다.
일손을 털고 논으로부터 벗어나 길로 올라서는 농부들의 몸짓과 목소리
에 한껏 신명이 넘치는 것은 당연한 일이다.

　〈에행소리〉에서 시작하여 〈에이용소리〉로까지 이어지는 예천 통명 농
요, 〈논매는소리〉의 후렴 부분을 비교하면 다음과 같다.

에행소리　에이 에잉 이요하 에이 아어엉 아우후야 이후후

상사소리　에헤이 아헤 오호이 상사디요

방애소리　오호라 방해야

에이용소리　에이용

김매기
뙤약볕 아래에서 하루 종일 김을 매려면 힘이 들지만 함께 부르는 흥겨운 민요가 고된 노동을 잊게 하는 듯하다. 작자 미상.

후렴 부분은 선창자를 제외한 다른 사람들이 다 함께 부르는 대목으로, 일의 리듬과 정서를 그대로 반영한다. 위에서 볼 수 있듯이 논매기 작업의 앞부분에는 노래의 후렴이 길었던 것이 막바지 작업으로 갈수록 후렴이 점점 짧아진다. 그만큼 선율과 호흡이 빨라지고 흥이 살아나게 된다. 손발에 묻은 진흙을 털고서 〈에이용소리〉를 부르며 길로 올라설 때, 몸과 마음은 한껏 가벼워진다. 하루의 힘든 일과가 이렇게 또 무사히 끝난 것이다.

그러나 민요는 사람들이 일을 마치고 논에서 길로 나오는 것으로 마감되지 않는다. 이제 작업으로부터 손을 턴 상태에서 마음껏 흥을 낼 시간이다. 사람들은 자유로워진 손으로 풍물을 요란하게 울리고 몸을 마음껏 움직여 춤을 추면서 신명의 행렬을 이룬다. 풍물과 어울리고 또 춤과 어우러지는 신명 나는 노래를 부르며 마을로 행진하여 들어온다. 마치 축제라도 벌이는 것처럼 흥과 신명이 넘치는 행렬이다.

이렇게 하루의 노동을 마치고 마을로 돌아오면서 풍물에 맞추어 부르는 민요를 '장원질소리'라고 한다. 세간에 널리 알려진 〈쾌지나 칭칭 나네〉는 본래 장원질소리로 불리던 민요였다. 예천 통명마을에서는 장원질소리로 〈캥마쿵쿵노세소리〉를 부른다. 일터에 나갔던 모든 사람들이 같은 쪽의 손과 발을 동시에 들어올리는 흥겨운 춤을 추면서 부르는 신명 나는 노래이다. 농사꾼 가운데 한 사람은 삿갓을 뒤집어쓰고 소를 거꾸로 탄 채 노래를 불러서 노동을 마친 신명을 더욱 크게 북돋운다. 그 노래의 사설은 다음과 같다.

노세이 노세 캥마쿵쿵 노세   노세 노세 캥마쿵쿵 노세

낙락장송 고목 되면 캥마쿵쿵 노세   노세 노세 캥마쿵쿵 노세

눈먼 새도 아니 오네 캥마쿵쿵 노세   노세 노세 캥마쿵쿵 노세

비단옷도 떨어지면 캥마쿵쿵 노세   노세 노세 캥마쿵쿵 노세

행주 걸레기로 다 나가네 캥마쿵쿵 노세 노세 노세 캥마쿵쿵 노세

우렁차게 잘 놀아 보세 캥마쿵쿵 노세   노세 노세 캥마쿵쿵 노세

노세 소리도 고민하세 캥마쿵쿵 노세   노세 노세 캥마쿵쿵 노세

생명을 일구어 내는 신성한 노동의 하루 일과는 이렇게 저문다. 그리고 해가 뜨면 또 다시 이러한 일과가 되풀이된다. 그러는 가운데 봄이 가고 여름이 오며, 여름이 가고 가을과 겨울이 온다. 그렇게 세월이 흘러 한 세대가 떠나가고 또 다른 세대가 뒤를 잇는다. 앞 세대가 부르던 노래를 뒷 세대가 이어 부르며 삶을 풀어낸다. 우주 자연의 질서와 하나로 어우러진 거룩한 생명의 순환이다. 오랜 세월을 연면히 이어 온 '참삶'의 풍경이자 '참문학'의 풍경이다. 이것이 문학 예술의 본령이 아니고 무엇이겠는가.

인용 작품

어사용 171쪽
지역 경북 울진
갈래 민요
연대 미상

밭매는소리 175~177쪽
지역 경북 영천
갈래 민요
연대 미상

신세타령 179쪽
지역 전남 해남
갈래 민요
연대 미상

징거미타령 181쪽
지역 충남 연기
갈래 민요
연대 미상

모심는소리 182쪽
지역 경북 상주
갈래 민요
연대 미상

풀써는소리 184쪽
지역 강원 횡성
갈래 민요
연대 미상

캥마쿵쿵노세소리 189쪽
지역 경북 예천
갈래 민요
연대 미상

2 노동의 안과 밖 사이에서

전통 사회에서 노동 문학은 민중뿐만 아니라 지식인에 의해서도 다양하게 산출되었다. 많은 지식인들이 사명감과 연민 속에 민중의 노동하는 삶을 지켜보면서 그 삶의 정경과 애환을 문학 속에 담아냈다. 그들은 민중의 삶의 현장에 기꺼이 참여하여 노동을 권면하기도 했으며, 때로는 직접 노동에 나서서 기쁨과 보람을 찾기도 했다. 노동에 대한 깊은 관심은 전통 시대 지식인 문학을 건강하게 하는 하나의 큰 동력이었다.

노동을 보다

노동은 사회를 지탱하는 기본 바탕이다. 그 노동을 영위하는 핵심 주체는 일반 민중이었으나, 노동에 대한 관심이 그들만의 것일 리 없었다. 지식인들 또한 전통적으로 농사를 비롯한 노동에 큰 관심을 가져 왔다. 일반 민중이 노동함으로써 지식인들이 생활을 영위할 수 있는 것이니, 항상 민중의 삶에 관심을 가지고 그들을 보살피는 것은 지식인이나 관료의 사회적 의무에 해당하였다.

현실적으로 모든 지식인이나 관료가 백성의 생활상에 관심을 나타냈던 것은 아니다. 많은 이들이 자신이 받고 있는 혜택을 당연한 것으로 누리면서, 힘든 노동을 담당하며 어렵게 살아가는 민중을 천시하고 무시하여 수탈과 착취의 대상으로 삼기도 했다. 그리고 그러한 차별과 억압은 민중의 노동을 더욱 무거운 짐으로 만들었다.

하지만 어느 시대에든 깨어 있는 양심은 있는 법. 일반 백성의 삶과 노동에 깊은 관심을 가지고 그것을 세심한 시선으로 지켜보는 문인 지식인들이 있었다. 그 노동이 있음으로써 자신의 삶이 유지되는 것인데, 노동의 삶이 외면당하고 소외되는 것은 안타깝고도 슬픈 일이었다. 지식인들은 그 노동의 삶에 얽힌 애환을 '글'로 펼쳐 냄으로써 그들과 동반자가 되고자 하였다. 그러한 '노동 문학'이 지식인 문학의 한 맥으로 연면히 이어져 왔다.

노동의 삶을 그려 낸 지식인의 문학 작품은 시詩의 형태를 취한 것이 많다. 지식인의 문학 양식이었던 한시와 시조, 가사 등에 노동의 삶이 다

양한 형태로 반영되어 있다. 그 시선을 보자면, 고통으로 가득 찬 노동의
삶을 바깥에서 지켜보면서 동정이나 죄책감, 분노 같은 것을 드러내는
작품이 주류를 이루는 가운데, 현장으로 다가가서 노동의 삶을 이끌면서
노동을 권면하는 작품이 지어지기도 했다. 소수이기는 하지만 직접 노동
행위의 주체로 나서서 움직이면서 노동하는 삶의 정취를 생생히 드러낸
작가도 있었다.

애틋한 마음으로 노동을 '지켜보면서' 그 삶의 풍경을 담아낸 작품들
을 먼저 살펴보기로 하자.

새끼 꼬아 지붕 이은 것이 어찌 같은데,	索綯如隔晨
봄이 되어 밭 갈기 시작하는구나.	春事起耕耨
따비 들고 동쪽 들로 나가노라고,	負耒歸東皐
숲 사이 길을 꼬불꼬불 돌았네.	林間路詰曲
들새는 농사철 알려 주고서,	野鳥記農候
날아 울며 씨뿌리기 재촉하네.	飛鳴催播穀
밥 나르는 아낙네 밭머리에 나오는데,	饁婦繞田頭
짚신은 겨우 발에 걸리는구나.	芒鞋才受足

무신정변의 혼란 속에 있었던 12세기 후반 고려에서 활동했던 김극기
金克己(1150?~1205?)가 지은 〈시골집의 사계절田家四時〉이다. 김극기는 생
애가 잘 알려져 있지 않고 전하는 작품도 많지 않지만, 양심적 지식인이
혼란의 시대에 처한 민중의 삶의 모습을 어떻게 문학에 담아냈는지를 볼
수 있게 해 준다.

위 작품은 봄이 되어 바쁘게 움직이는 농촌의 일상을 생동감 있게 담
아내고 있다. 새끼를 꼬아서 지붕을 새로 잇는 것은 농한기인 겨울의 일
이다. 그렇게 겨울을 난 뒤 봄이 오면 농촌의 하루는 무척이나 바빠진다.
새벽 일찍 농기구를 챙겨서 먼 들로 나가는데 시골의 숲길이란 게 꼬불

꼬불하기 마련이다. 마침 들새가 울음을 우는데, 농민들한테는 그것이 빨리 씨를 뿌리라는 재촉으로 들린다. 다들 몸과 마음이 어찌나 바쁜지, 밥 나르는 아낙네의 발에 걸린 짚신이 벗겨질 지경이다.

가만히 상상해 보면 한 편의 목가적인 전원시田園詩처럼 보인다. 바쁜 시골의 일상이 정겹고도 평화롭게 느껴지기도 한다. 하지만 농민의 삶이란 겉에서 보는 것처럼 그렇게 평화로운 것이 아니다. 작가는 이어지는 '가을' 부분에서 그들의 삶에 짙게 밴 시름을 놓치지 않는다.

술을 다 마시고 일어나 서로 보내며,	酒闌起相送
얼굴빛은 다시금 온갖 시름에 잠겼구나.	顔色還百憂
관청의 세금 독촉 성화 같으니,	官租急星火
집안 식구 모아서 미리 의논하네.	聚室須預謀
진실로 공납은 바쳐야 하겠으니,	苟可趁公費
사사로이 남겨 둘 것이 어찌 있으랴.	私廬安肯留

힘써 노동을 한 끝에 결실을 맺어 추수를 마친 뒤, 함께 모여 앉아 기쁨의 술잔을 나누는 것이 가히 그럴 만하다. 하지만 그 뒤에 이어지는 것이 '온갖 시름百憂'이다. 가을걷이는 했으되 뒷감당할 일이 태산이다. 그 복판에 있는 것이 관청에 내야 하는 세금이다. 그 시절의 세금이란 오늘날과 비교도 안 될 정도로 과중한 것이었으니, 농사를 지은 자신의 몫으로 남겨 둘 만한 것이 남지 않을 정도였다. 애써 노동한 결과물을 세금으로 다 바쳐야 하는 심정이 오죽했을까. 그리고 그것을 지켜보는 시인의 마음은 또 어떠했을까. 안타까운 한숨이 천년의 세월을 훌쩍 넘어 곁에서 들려오는 듯하다.

온몸을 바쳐 열심히 노동을 하고도 그 수확물을 다 빼앗겨야 하는 노동자의 서럽고 비통한 심정은 다음 시에서 더욱 강렬하게 표출된다. 김극기보다 조금 뒤의 시대를 살았던 이규보李奎報(1168~1241)가 지은 작품

〈농부를 대신하여 읊다 代農夫吟〉이다.

새 곡식 아직도 푸르게 밭에 있는데,	新穀靑靑猶在畝
고을 관리들 벌써 세금 버라 야단이네.	縣胥官吏已徵租
힘껏 일해 나라 살찌우는 것 우리 일이건만,	力耕富國關吾輩
어찌 이다지 괴롭히며 살을 벗기는가.	何苦相侵剝及膚

이 또한 지식인의 입장에서 농민들의 생활상을 나타낸 작품인데, 농민을 화자로 설정함으로써 그들이 느끼는 심정을 더욱 직접적이고도 강렬하게 표출했다. '우리吾輩'라고 하는 표현에서 농민이 화자 역할을 하고 있음을 뚜렷이 볼 수 있다. 글을 몰라 시를 짓지 못하는 '농부들을 대신하여代農夫' 작가가 그들의 고통과 분노를 생생하게 전하고 있는 상황이다.

농민들에게 곡식은 자식과 같은 것이다. 곡식이 자라나는 것을 보면 자식이 커 가는 모습을 보는 듯 마음이 뿌듯하기 마련이다. 그런데 위 시를 보면, 곡식들이 미처 자라나기도 전인데 관가에서 빨리 세금을 바치라고 야단이다. 애써 곡식을 키워 수확해 봤자 남의 배를 불리는 일일 뿐이다. 미처 크지도 않은 자식을 뺏어 가려고 재촉하는 것과 같은 상황이 어찌 고통스럽고 또 원망스럽지 않겠는가. 작가는 그 고통과 분노를 '살을 벗겨 가는 일'이라 표현하고 있는데, 과장이 아닌 정확한 진실이라 할수 있다.

이규보는 '신진 사인士人', '신흥 사대부'라 불렸던 문인 지식인 집단의 대표적인 인물이었다. 당시 고려 사회는 문벌 귀족 내지 권문세족 권력층이 백성들을 노예처럼 마구 부리면서 자신들의 권력과 욕망을 채우기에 혈안이 되어 있었다. 양심적인 지식인의 입장에서 그냥 지나치기 어려운 부조리이자 모순이다. 그 모순은 사회적으로 구조화된 것으로서, 일부 지식인의 힘으로 해결할 수 있는 것이 아니었다. 그렇더라도 그냥 체념하며 모른 척 넘어가는 것과 이렇게 드러내어 고발하는 것에는 본질적인 차이가 있다. 그러한 깨어 있는 양심이 마침내는 역사를 바꾸는 힘으로 이어지는 법이니, 신흥 사대부의 계보를 이은 혁신세력이 고려 왕조를 무너뜨리고 새 왕조의 주체가 된 것은 우연이라 할 수 없다.

고을 수령의 가마 행렬
수령이나 고관이 이동할 때는 가마를 이용했다. 가마는 손으로 들거나 어깨에 메고 날랐는데 일반 농민들도 징발되기 일쑤였다. 김준근 그림.

조선은 일종의 '역성 혁명'으로 세워진 왕조였지만, 지식인 지배층과 하층 민중이 신분제에 의해 엄격히 분리된 사회였다. 하층 민중은 고된 노동과 생산을 담당하면서 힘들고 고통스러운 삶을 지속할 수밖에 없었다. 특히나 사회가 혼란스럽고 부조리가 횡행할 때 민중의 고통은 더욱 커질 수밖에 없었다. 노동의 어려움과 고통이란 오히려 감수할 만한 것이었다. 그보다 더 민중을 괴롭힌 것은 비인간적인 차별과 착취였다고 할 수 있다. 조선 후기의 대표적인 양심적 지식인 가운데 한 사람이었던 정약용丁若鏞(1762~1836)은 민중에 대한 지배층의 비인간적인 착취와 수탈을 생생히 고발하는 작품을 여럿 남겼다. 다음은 그 중 하나인 〈가마꾼肩輿歎〉이라는 작품이다.

통솔하는 고을 아전은 채찍 들고 감독을 맡고,	領吏操鞭扑
우두머리 중은 대오를 정돈하네.	首僧整編部
높은 분 영접에 기한을 어기지 않고	迎候不差限
엄숙한 행렬이 서로 이어지네.	肅恭行接武
가마꾼 숨소리 폭포 소리에 뒤섞이고	喘息雜潺瀑
해진 옷에 땀이 배어 속속들이 젖어 가네.	汗漿徹襤褸
외진 모퉁이 지날 때 옆엣놈 뒤처지고,	度虧旁者落
험한 곳 오를 때엔 앞엣놈 허리 숙여야 하네.	陟險前者傴
새끼 눌리어 어깨에 자국 나고,	壓繩肩有瘢
돌에 채여 부르튼 발 미처 낫지 못하네.	觸石跰未瘉
자기는 병들면서 남을 편케 해 주니,	自瘏以寧人
하는 일 당나귀와 다를 바 하나 없네.	職與驢馬伍

무거운 가마를 맨몸으로 짊어져 옮기는 일이란 얼마나 힘든지 모른다.
허리와 어깨, 발 어디 하나 상하지 않는 곳이 없다. 하지만 그보다 더 속
상하고 답답한 일은, 누구는 가마를 타고 누구는 가마를 메야 하는 차별
의 현실이다. 자신은 온몸에 골병이 들면서 남들을 편하게 해 주어야 하
는 신세가 억울하고 슬프다. 그 공을 알아주기라도 하면 좋으련만, 최소
한의 인간적 대우는커녕 사정없는 채찍질을 당하고 있는 상황이니 이건
사람이 감수할 만한 처사라 하기 어렵다. 그 하는 일이 '당나귀와 다를
바 없다.'고 하는 대목에서 그만 가슴이 먹먹해진다.

큰 지렛대 쌍마의 가마에다,	巨槓雙馬轎
촌마을 사람들 모조리 동원하네.	服驂傾村塢
닭처럼 개처럼 내몰고 부리면서,	被驅如太鷄
소리치고 꾸중하기 범보다 더 심하네.	聲吼甚豺虎
예로부터 가마 타는 자 지킬 계율 있었는데,	乘人古有戒
지금은 이 계율 흙같이 버려졌네.	此道棄如土
김매던 자는 호미를 버린지고	耘者棄其鋤
밥 먹던 자는 먹던 음식 뱉고서	飯者哺以吐
죄 없이 욕먹고 꾸중 들으며,	無辜遭嗔喝
일만 번 죽어도 머리만 조아린다.	萬死唯首俯
병들고 지쳐서 험한 고비 넘기고 나면,	顚頓旣踰艱
그때야 비로소 노략질 면하도다.	噫吁始贖擄
가마 탄 자는 일산 쓰고 훌쩍 가 버릴 뿐,	浩然揚傘去
한마디 위로의 말 남기지 않네.	片言無慰撫
기진맥진하여 논밭으로 돌아오면	力盡近其畝
실낱같은 목숨 시름시름하는구나.	呻唫命如縷

앞에서 이어지는 대목이다. 가마를 지는 사람들이 관가에 속한 일꾼인가 했더니 그게 아니다. 농사를 짓는 평범한 촌마을 사람들이 관가에 의해 징발된 것이다. 일하고 있는 사람을 마음대로 불러다 가마를 짊어지게 하는 것도 안 될 일인데, 사람들을 마치 닭과 개처럼 취급하며 꾸중하여 몰아붙이다니 어찌 인간을 이렇게 다루는지 모른다. 그렇게 중노동을 강요받아 기진맥진한 상태로 논밭에 돌아와서야 무슨 힘 무슨 낙으로 일손을 잡을 수 있겠는가. 목숨이 구차할 따름이다.

'농자천하지대본農者天下之大本'이라는 말이 있다. 농사를 짓는 일이 천하의 큰 근본이라는 것이다. 이치에 딱 맞는 말이다. 하지만 그러한 깃발

아래 가려진 농민의 삶의 실상이란 위에서 보듯 차별과 모순이 가득한 것이었다. 그 모순이 사람들의 노동을 한없이 힘들고 슬픈 일로 만들었으니, 세상은 왜 이리 불공평한 것인지 모른다. 특별히 위하지는 못하더라도, 그냥 제 요량껏 자유롭게 일할 수 있도록 놔두기만이라도 하면 좋을 것을!

다른 이의 노동에 의지하여 호의호식하면서 노동하는 이를 천시하는 사람들. 이들은 사회의 공적公敵이라 해도 과언이 아니다. 그런 삶이 얼마나 비인간적이고 부조리한 것인가를 우리는 위의 작품들을 통해 절실하게 느낄 수 있다. 자유롭게 노동을 하고 그 결실을 누릴 수 있도록 하는 것이 얼마나 소중한 일인지도 가슴으로 깨달을 수 있다. 비록 그 자신이 노동자가 되어 일터에 나서지는 못했으되, 날카로운 통찰력으로 사회의 모순을 꿰뚫어 낸 저 양심의 문학이 우리에게 전해 주는 삶의 진실이다.

노동을 권하다

지식인은 농민을 비롯한 민중의 삶에 대한 깊은 관심을 문학적으로 표현해 왔다. 하지만 지식인과 민중 사이에는 일정한 거리가 있을 수밖에 없었다. 고통의 참상을 생생하게 고발하곤 했지만, 지식인이 곧 노동의 당사자는 아니었다. 또한 모든 문인 지식인들이 사회의 모순이나 민중의 생활상에 관심을 두고 그것을 표현한 것도 아니었다.

지식인이나 지배층이 백성을 대하는 가장 일반적인 태도는 그들을 '보살피고 이끌어야 하는' 자식과 같은 존재로 대하는 것이었다. 임금이 아비와 같다면 백성은 자식과 같다는 것이 중세 사회의 기본 관념이었다. 임금을 도와서 백성을 돌보고 계몽하면서 그들이 자신의 몫을 충실히 하도록 이끄는 것이 문인인 동시에 관리이기도 했던 지식인들의 기본적인 역할이었다.

그러한 입장을 반영한 문학 작품은 백성들에게 노동을 권면하는 내용을 담고 있는 것이 상례였다. 고발과 비판의 노동 문학이 주로 한시로 쓰여 지배층을 겨냥한 것이라면, 계몽과 권장으로서의 노동 문학은 일반 백성을 수용자로 전제한 것들이 많아서 다수의 작품이 시조나 가사와 같은 국문 문학 갈래를 빌려서 창작되었다.

백성에게 노동을 권하는 노래의 모습을 전형적으로 보여 주는 작품으로 송강松江 정철鄭澈(1536~1593)이 쓴 연시조 〈훈민가訓民歌〉가 있다. 이 속에는 오륜으로 표상되는 예의범절을 가르치는 작품들과 함께 노동을 권하는 작품들이 어울려 있다.

> 오늘도 다 새거다 호미 메고 가자스라.
> 내 논 다 매거든 네 논 좀 매어 주마.
> 올 길에 뽕 따다가 누에 먹여 보자스라.

밭갈이
소를 이용해 논밭을 가는 것은 한 해 농사의 시작을 위한 중요한 준비 작업이었다. 봄갈이의 시기를 놓치면 한 해 농사를 망칠 수 있어 때에 맞춰 부지런히 움직여야 했다. 밭가는 농부와 나무 아래에 앉아 이를 지켜보는 양반의 모습이 대조적이다. 김홍도 그림.

내용을 보자면, 벌써 날이 샜으니 호미 메고 나가서 일을 할 시간이다, 서로 서로 도와서 논일을 하고, 오는 길에는 뽕을 따서 누에를 먹여 보라는 것이다. '백성을 가르치는 노래'에 걸맞은 내용이다. 그런데 작품을 잘 살펴보면, 작가가 직접 나서서 일을 하라고 권하기보다 농민들이 스스로 알아서 움직이는 방식으로 내용을 서술하고 있다. 농민을 화자로 설정함으로써 '계몽'과 '권장'의 효과가 더욱 자연스럽게 살아나도록 하였다. 정철은 백성들이 이 시조를 노래처럼 부를 수 있도록 했다고 한다. 즐겁게 농사에 힘쓰는 일이 자연스레 몸에 배도록 하기 위한 전략이라 할 수 있다.

하지만 농민들이 지식인에 의해 지어진 이러한 권농의 노래를 기꺼이 받아들여 음송하면서 더 즐겁고 부지런하게 농삿일을 했을지는 미지수이다. 농삿일을 누구보다 잘 아는 이는 농민이다. 누가 시키지 않아도 때가 되면 나서서 하루도 거르지 않고 힘든 노동을 감수하는 그들이다. 그들의 삶을 저 바깥쪽에서 들여다보면서, 실은 위에서 내려다보면서 가르치려고 하는 시도는, 그것이 비록 선의에 의한 것이라고 하더라도, 농민들에게 상당한 거리감이나 거부감을 주지 않았을까. 진정한 삶의 각성과 교훈이란 삶의 현장 바깥이 아닌 안쪽에서 우러나오는 것이 정석이다.

〈훈민가〉가 보여 주는 것과 비슷한 방식의 권농류 작품은 조선 후기에 가사의 형태로 많이 지어졌다. '농부가農夫歌'라는 이름의 가사가 하나의 계열을 이룰 정도였다. 그 내용을 보면 농민을 깨우쳐 이끌어 가고자 하는 계몽적인 의도가 위의 〈훈민가〉보다 더욱 직접적으로 드러나는 경우가 많아서 문학 작품으로서의 함축성이나 울림은 약한 편이다. 의도한 계몽 효과 또한 그리 컸을 것 같지 않다. 그런 가운데 다음 작품은 상투적인 계몽 지향의 작품과는 꽤 다른 색깔을 지니고 있어서 눈길을 끈다.

이 월은 한봄이라 경칩 춘분 절기로다.
초엿샛날 좀생이로 풍흉을 안다 하며,
스무 날 날씨 보아 대강은 짐작하니,
반갑다 봄바람이 변함없이 문을 여니
말랐던 풀뿌리는 힘차게 싹이 트고
개구리 우는 곳에 논물이 흐르도다.
멧비둘기 소리 나니 버들빛 새로워라.
보습 쟁기 차려 놓고 봄갈이 하여 보자.
기름진 밭 가리어서 봄보리 많이 심고
목화밭 갈아 두고 제때를 기다리소.
담배 모종 잇꽃 심기 이를수록 좋으리라.
뒷동산 나무 다듬으니 이익도 되는구나.

첫째는 과일나무요 둘째는 뽕나무라.
뿌리를 다치지 말고 비오는 날 심으리라.
솔가지 찍어다가 울타리 새로 하고
담장도 손을 보고 개천도 쳐올리소.
안팎에 쌓인 검불 말끔히 쓸어 내어
불 놓아 재 받으면 거름을 보태려니,
온갖 가축 못 다 기르나 소, 말, 닭, 개 기르리라.
씨암탉 두세 마리 알 안겨 깨어 보자.

실학자 정약용의 둘째 아들인 정학유丁學游(1786~1855)가 지은 〈농가월령가農家月令歌〉로, 농촌의 일상을 월별로 풀어내면서 농사를 권면한 작품이다. 앞에서 본 정철의 〈훈민가〉와 비교해 보면, 이 작품은 지식인의 입장에서 농민을 계몽하는 입장이 더 직접적으로 드러나 있다. 〈훈민가〉와 달리 농민이 아닌 작가 자신이 화자가 되어 '하여 보자', '기다리소', '쳐올리소', '깨어 보자' 같은 청유형·명령형 어미를 써서 계몽의 뜻을 표명하고 있다. '심으리라', '기르리라'와 같이 자발적 노동 의지를 나타낸 표현도 포함되어 있지만, 전체적인 흐름은 바깥에서 들여다보면서, 또는 위에서 내려다보면서 노동을 권장하고 있다.

이처럼 계몽적 태도를 직접적으로 노출하고 있음에도 불구하고 이 작품은 정철의 〈훈민가〉에 비해 농촌의 삶의 현장에 훨씬 더 밀착해 있는 느낌을 준다. 화자인 작가가 저 위에 멀리 있다기보다 농민 바로 옆에 있는 것 같다. 그것은 이 작품 속에 농촌의 삶을 구체적으로 경험하면서 관심과 애정을 가져 온 사람만이 알 수 있는 생활 모습이 생생히 반영되어 있기 때문일 것이다. 초엿샛날 좀생이별을 통해 풍년과 흉년을 짐작한다거나, 스무 날 날씨를 보아 앞날을 가늠한다거나 하는 것은 농촌의 오래된 풍속이자 지혜로, 농촌의 삶에 대한 깊은 관심이 없으면 알기 어려운 일이다. 개구리 우는 곳에 논물이 흐른다거나, 담배 모종을 빨리 심을수록 좋다거나, 나무를 심을 때 뿌리를 다치지 않게 조심해야 한다거나, 검불을 태워서 재를 내면 일석이조가 된다는 등의 사항 역시 구체적인 농촌의 삶에서 우러난 생활의 지혜에 해당한다. 이러한 내용들이 생생하게 담겨 있으니, 농민들 입장에서 보아도 고개를 끄덕일 만한 힘을 지니고 있다. 작품의 작가를 국외자라기보다 동반자로 여기면서 노래의 내용을 기꺼이 수용할 수 있도록 하는 힘이 작품 속에 담겨 있다는 뜻이다. 진정성으로부터 우러나오는 신뢰감이다.

비록 속한 계층이 다르고 삶의 처지가 다르더라도, 진정성은 서로 통하게 되어 있다. 그리고 그 진정성이란 문학 작품에 생명력을 부여하는 핵심 요소가 된다. 앞서 살핀 이규보나 정약용의 고발적 노동 문학 작품이나 〈농가월령가〉는 그러한 진정성을 바탕으로 농민과 함께 하는 동반자로서의 길을 천명하고 있다. 문인 지식인 가운데 이처럼 진정으로써 함께 움직이고자 하는 이들이 있다는 것은, 그리고 그러한 마음자리를 애틋하고 생생하게 표현한 작품이 있다는 것은 무척 뜻깊은 일이다. 그것은 민중의 노동이 더욱 소중하고 인간적인 것이 될 수 있도록 하는 길을 열어 주었다. 세상의 모든 이들이 같은 일을 하며 같은 방식으로 살수 없는 것이고 보면, 이렇게 서로를 진정으로 이해하고 함께 손잡고 나아가는 일이야말로 '더불어 삶'의 기본 원리라 할 수 있을 것이다.

노동에 나서다

예나 지금이나 사람들은 힘든 일을 피하려고 하는 경향이 있다. 경치 좋은 곳에서 여유롭게 책을 읽다가 전원을 거닐어 보고, 감흥이 일면 시도 한 수 지어 보는 '선비'의 삶은 옛사람들이 꿈꾸던, 그러나 아주 소수의 사람에게만 허용되던 삶이었다. 앞에서 본 것처럼 노동하는 민중의 삶에 깊은 관심을 나타낸 이들이 없지 않았지만, 그들은 소수 중에서도 소수였다고 할 수 있다.

그런데 양반 가문에서 태어나 여유롭게 선비의 길을 가며 풍류를 누릴수 있음에도 불구하고, 단순히 농민의 삶에 대한 관심을 넘어서 직접 팔을 걷어붙이고 들판에서 일을 하던 이들도 있었다. 관찰자나 권유자가아닌 노동의 '당사자'로서의 삶이다.

서산에 도들볕 나고 구름은 낮게 난다.
비 뒤에 묵은 풀이 뉘 밭이 짙었는고.
두어라, 차례 지은 일이니 매는 대로 매리라.
도롱이에 호미 걸고 뿔 굽은 검은 소 몰고,
고동풀 뜯어먹이며 물가를 써려갈 제,

어디서 짐 진 벗님 함께 가자 하는고.

둘러 내자 둘러 내자 길찬골 둘러 내자.
바라기 여뀌를 골골마다 둘러 내자.
쉬 짙은 긴 사래는 마주 잡아 둘러 내자.

조선 후기 위백규魏伯珪(1727~1798)라는 선비가 쓴 총 9수의 연시조 〈농가農歌〉의 앞부분이다. 비가 오고 나서 밭마다 풀이 우거지니 들로 나선다. 도롱이 걸치고 호미를 걸고서 뿔 굽은 소를 몰고 나서니 영락없는 농민의 모습이다. 가라지나 여뀌 같은 잡초를 힘들여 뽑아내는 모습이 눈앞에 펼쳐지는 듯 생생하다. 저 사람이 곧 지은이 자신이라고 할 때, 저이는 왜 저렇게 팔을 걷어붙이고 들에 나서서 일을 하는 것일까.

땀은 떨어질 대로 떨어지고 볕은 쬘 대로 쬔다.
청풍清風에 옷깃 열고 긴 휘파람 흘려 불 제,
어디서 길 가는 손님네 아는 듯이 머무는고.

땀은 한없이 흐르고 햇볕은 따갑다. 잠깐 바람 쐬면서 휘파람을 부는데 지나던 선비가, 저 사람이 혹 내가 아는 사람이 아닌가 하면서 잠시 멈춰서 바라본다. 바로 이 장면 속에 앞서 제시한 의문에 대한 답이 있다. 길 지나는 저 선비는 삶의 현장을 바라보며 스쳐 지나가고 있는 중이다. 그가 보는 '나'는 어디 있는가 하면 삶의 현장 속에 있다. 삶의 바깥쪽과 안쪽의 차이, 이만큼 본질적인 차이가 어디 있을까. 그가 손님인 데 비해 나는 주인이다. 주인으로서 세상을 살고 있는 중이다. 줄줄 흐르는 땀이 곧 나 자신이 살아 있음의 표상이 된다.

요컨대 노동하는 삶이 객체가 아닌 주체로 역전되는 지점에 이 작품의 남다른 의미가 있다. 지식인에게 노동의 삶은 관찰이나 권장의 대상이었

새참
들에 나가 일할 때는 집에 들어오지 않고 들에서 식사를 하였다. 일손을 잠시 멈추고 탁주를 곁들여 먹는 거친 밥은 세상 최고의 별미였을 것이다. 김홍도 그림.

다. 그것은 힘들고 고통스러운, 그래서 안타깝고 불쌍한 일이었지만 어쩔 수 없이 감당해야 할 삶의 의무였다. 그런데 〈농가〉는 작가가 스스로를 노동의 자발적 주체로 세움으로써 그러한 발상을 뒤집고 있다. 육체노동이란 실제로 땀이 줄줄 흐르는 고된 일이지만, 그렇다고 해서 괴롭기만 한 일은 아니다. 오히려 그 속에는 현장 바깥에 있는 국외자로서는 미처 깨닫지 못할 진정한 삶의 의미가 있다.

스스로 노동의 주체로 나설 때, 그를 통해 자신이 삶의 주인임을 몸으로 느낄 때 일상의 작은 일 하나하나까지도 소중한 의미로 살아난다.

헝기에 보리와 마요 사발에 콩잎 채라.
너 밥 너무 많고 네 반찬 적을세라.
먹은 뒤 한숨 잠이야 너와 내가 다를쏘냐.

돌아가자 돌아가자 해 지거든 돌아가자.
냇가에 손발 씻고 호미 메고 돌아올 제
어디서 우배牛背 초적草笛이 함께 가자 재촉는고.

거친 음식에 그나마 양마저 족하지 않지만 함께 어울려 먹는 자체로 정겹고 맛나다. 그 뒤의 한 숨 잠은 또 얼마나 달콤한지 모른다. 해가 져서 하루 일과를 마치고 돌아올 때 소 등에서 들려오는 풀피리 소리는 이 세상을 나의 것으로 만든다. 글 읽는 선비들의 풍류가 멋지다고 하지만, 어찌 이만큼 깊고 진한 맛이 있을까.

노동하는 삶에서 발견하는 보람과 의미는 세상 모든 것이 '나를 위해 생겨났다.'고 하는 인식으로까지 이른다.

면화는 세 다래 네 다래, 이른 벼는 모가 곱기도.

오뉴월이 언제 가고 칠월이 반이로다.

아마도 하나님 너희 만들 제 날 위하여 만드셨구나.

　밭의 사래에 가득한 목화와 피어나는 벼의 모종, 무엇 하나 애틋하고 곱지 않은 것이 없다. 하늘이 이들을 낼 적에 다 나를 위하여 만들었다는 것. 그 말 속에 작가가 말하고자 하는 모든 뜻이 함축되어 있다. 세상의 그 무엇 하나도 내 것이 아닌 것이 없다. 세상 만물이 나의 것이니 내가 곧 이 드넓은 세상의 주인이다. 양반의 풍류를 버리고 노동하는 삶에 뛰어들어서 발견한 충만한 삶의 의미이다.

　이 작품에서 말하는 이러한 삶의 의미가 민중의 노동의 실상과 얼마나 부합하는 것일지는 의문이다. 어쩌면 이것은 풍류 삼아서 잠깐 노동을 시험해 본 사람이 다소 수선스럽고 과장되게 내세운 감정일지도 모른다. 실제 농민의 입장에서 보면 배부른 이야기요, 지식인의 입장에서 보면 일탈적인 자기 과시일 수 있겠다. 하지만 이렇게 부정적인 것으로 깎아내리기보다는, 스스로 낮고 험한 곳으로 내려가 삶의 새로운 가치를 발견하고자 한 시도에 큰 의의를 부여하고 싶다. 이 작품은 이른바 고상한 풍류에 빠져서 살며 노동을 천시하는 양반 지식인들에게 '실은 너희들이 가짜다.' 하고 따끔한 일침을 놓는다. 한편으로는 어쩔 수 없이 노동을 영위하면서 고통을 하소연하는 농민들에게 '당신들의 삶에 진정한 가치가 있다.'고 하는 각성의 메시지를 전한다.

　노동에 대한 지식인의 여러 시선 가운데 어느 것이 더 가치 있는 것인지를 가려내어 말하기는 어렵다. 그중 어느 쪽이든, 노동을 나와 상관없는 제3자의 일로 치부하지 않고 관심을 나타낸 그 자체에 의의를 둘 뿐이다. 삶의 밑바닥을 관심과 애정으로 돌아본 그 몸짓을 통해, 역사에 오래 남아서 감동을 전하는 문학 작품이 나올 수 있었다. 그 작품을 쓴 이들, 그렇게 자신의 존재를 세상에 길이 남기게 된 것이다.

3 노동하는 삶이
아름답다

노동의 삶은 노래나 시 외에 서사 문학 속에도 널리 반영되어 있다. 민간의 서사 문학과 지식인의 이야기 문학은 서로 다른 감각으로 노동을 형상화하면서 그것이 삶에서 어떤 의미를 지니는지를 반추한다. 구체적인 서술 대상과 표현 방식은 작품에 따라 다르지만, 그 작품들은 노동이 삶의 가치를 일깨우는 소중하고 아름다운 그 무엇이라는 사실을 확인하는 지점에서 서로 만나고 있다.

흥부와 심 봉사는 어떻게 다시 일어섰나

고전 문학에서 노동은 시가 외에 서사 문학 작품에서도 꽤 중요하게 다루어졌다. 특히 서민 계층이 기본 주체가 되어 발전시켜 온 판소리 문학에는 노동과 함께하는 일반 평민의 삶이 생생하게 반영된 부분이 많다. 민중의 생활상이 자연스럽게 투영된 결과이다.

판소리 문학 가운데 노동과 관련이 깊은 작품으로는 다른 어떤 작품보다 〈흥보가〉를 먼저 들 수 있겠다. 흥부가 놀부에게 쫓겨난 뒤 갖은 고생 끝에 제비의 도움으로 큰 부자가 되어 잘살게 됐다는 이야기는 누구나 잘 알고 있는 내용일 것이다. 그런데 그 과정에 흥부와 아내의 '노동의 삶'이 있었다는 사실은 잘 모르는 사람들이 많은 듯하다. 흥부 부부는 본래 유복한 집에서 편안히 살았던 터라 노동과는 거리가 멀었다. 하지만 온 식구가 굶주려 죽게 된 상황에서 어떤 일이든 나서서 하지 않을 수 없었다. 그리하여 예기치 않았던 험난한 노동의 삶이 이어진다. 그 상황을 판소리 〈흥보가〉는 다음과 같이 전하고 있다.

그래도 집이라고 멍석자리 거적 문에 지푸라기 이불 삼아 춘하추동 사계절을 지낼 적에, 따로 먹고살 도리가 없으니 무엇이 되든 품을 팔아서 끼니를 잇는 것이었다. 흥부가 품을 파는데, 위아래 논밭 기음 매고, 전세 대동 방아 찧기, 상고무역 삯짐 지고, 초상난 집 부고 전하기, 묵은 집에 토담 쌓고, 새 집에 땅 돋우고, 대장간 풀무 불기, 십 리 길 가마 메고, 오 푼 받고 말철 걸기, 두 푼 받고 똥재 치고, 닷 냥 받고 송장 치기. 생전 못 해 보던

일로 이렇듯 벌건마는 하루 품을 팔면 사나흘씩 앓으니 생계가 막막하다.

흥보 아내가 나서서 품을 팔 때, 오뉴월 밭매기와, 구시월에 김장하기, 한 말 받고 벼 훑기와, 물레질 베짜기며, 빨래질 헌옷 깁기, 혼장대사° 진일하기, 채소밭에 오줌 주기, 갖은 길쌈 베 매기와, 소주 곱고 장 달이기, 물방아 쌀 까불기, 보리 갈 때 거름 놓기, 못자리 때 방풀 뜯기, 아기 낳고 첫 국밥을 손수 지어 먹은 후에 몸조리할 때에는 절구질로 땀을 내며, 한시 반때 놀지 않고 이렇듯 품을 팔며 모진 목숨 살아간다.

혼장대사 혼례, 장례와 같은 큰 일을 이름.

흥부 부부가 한 일은 그야말로 날품팔이 막노동에 해당하는 비천한 일들이었다. 삯짐을 지거나 가마를 메는 건 그렇다 치고 똥재와 송장을 치는 일에까지 나섰으니 흥부가 한 일이 얼마나 험한 것이었는지 알 만하다. 그 아내가 했던 일 또한 천하고 험하기는 마찬가지였다. 아기를 낳고서도 국밥을 손수 지어 먹고 몸조리 대신 절구질을 했다 하니 기막힌 일이 아닐 수 없다. 그렇게 죽도록 일을 하고도 한 식구 먹고 살기가 그토록 어려웠으니 하층민이 노동을 통해 삶을 영위한다는 것은 그리도 힘든 일이었다.

이러한 처절한 고생 끝에 제비가 물어다 준 박에서 쌀과 돈이 한가득

나옴으로써 흥부는 부자가 된다. 흥부 부부가 맞이한 그 복은 우연한 횡재라기보다는 치열한 노동의 삶에 따른 보상이었다고 보는 것이 유력한 시각이다. 흥부는 노동에 나서서 자신의 삶을 스스로 책임져 가는 과정을 통해 세상의 주인으로, 진정한 부자로 거듭났다는 해석이다.

　이와 관련하여, 쌀과 돈이 나온 박 덩어리가 저절로 나온 것이 아니라 씨를 심어서 애써 가꾼 노동의 결과물이었다는 사실을 주목할 필요가 있다. 박에서 쏟아져 나온 복락福樂이란 기실 노동으로 일구는 삶의 성공적 결과를 상징하는 것으로 해석해 볼 수 있다는 뜻이다. 설혹 박에서 돈과 쌀이 쏟아져 나오지 않았다 하더라도, 노동의 삶을 통해 흥부의 미래는 이미 새롭게 열려 가고 있었던 것이라고 해도 그리 무리한 설명이 아닐 것이다.

　흥부가 노동의 과정을 거치며 자기 삶을 일으키는 주체로 거듭난 사실이 널리 인정되고 있는 데 비하면, 〈심청가〉의 심 봉사에 대해서는 이와 관련한 해석을 찾아보기 어렵다. 그런데 〈심청가〉 역시 '노동'이 작품의 서사를 이끌어 가는 중요한 요소이기는 매한가지이다. 어쩌면 〈흥보가〉 이상으로 노동의

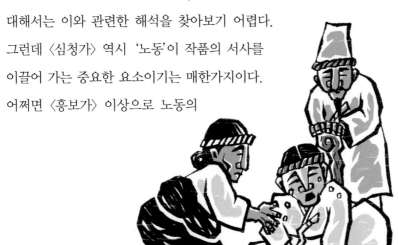

의미 맥락이 잘 살아 있다고 말할 수 있을 정도이다. 그 맥락을 간략하게 짚어 보면 다음과 같다.

〈심청가〉 첫머리에 심 봉사는 노동과 거리가 먼 존재로 나온다. 글을 읽던 선비였다가 갑자기 눈이 멀어 아무 일도 못하게 된 인물이 심 봉사이다. 그는 정신적으로는 어떨지 몰라도, 경제적인 측면에서는 거의 전적으로 아내인 곽씨 부인에게 의존하여 살아가는 무능한 존재였다. 곽씨가 바느질을 비롯한 갖은 품일을 부지런히 행함으로써 생계를 이어 가는 상황이었다.

그런 곽씨가 심청을 낳은 뒤 세상을 떠나자 심 봉사는 절망적인 상황에 빠진다. 제 몸 하나 간수하지 못하는 처지에 핏덩어리 딸까지 맡아 키운다는 것은 극히 어려운 일이었다. 자포자기로 무너질 수 있는 상황이었으나, 심 봉사는 이를 악물고 일어서서 부녀의 생존을 위한 투쟁을 시작한다. 앞이 안 보이는 봉사가 날마다 젖먹이 딸을 안고 동리를 다니면서 동냥젖을 얻어 먹이는 일이란 상상하기조차 어려운 것인데, 나서서 그 일을 해낸다. 그 일이란 심 봉사에게 하나의 지난한 노동이었다고 할 수 있다.

중요한 사실은 심 봉사가 그러한 움직임의 과정을 통하여 자기 자신을 삶의 주체로 세울 수 있었다는 것이다. 그는 어느새 자신은 물론이고 어린 딸까지 감당하여 추스를 수 있는 보호자적 존재로 다시 태어나고 있는 중이었다. 딸한테 동냥젖을 얻어먹인 뒤 딸을 어르며 즐기는 대목을 보면 그가 훌륭한 아버지라는 사실을 실감하게 된다.

젖을 많이 먹여 안고 집으로 돌아올 제 언덕 밑 그늘 속에 두 다리를 펴 버리고 아기를 어르는디, "둥둥 내 딸이야. 어허둥둥 내 딸이야. 뺑뺑하게 배불렀다. 이 덕이 뉘 덕이냐, 동네 부인님들 덕이로다. 어렸을 제 고생하면 부귀다남을 한다더라. 네도 어서 속히 자라나서 너의 모친을 닮아 현철하고 얌전하여 아비 귀염을 보이거라. 둥둥 둥둥 어허둥둥 내 딸이야."

넘쳐 나는 부성애와 세상의 고마움에 대한 가르침, 지향 대상으로서의 모친에 대한 각인. 이는 동냥젖과 함께 눈먼 아버지가 딸에게 전해 준 삶의 양식이었다 할 수 있다. 제 몸 간수하기도 지난한 처지에 이렇게 딸을 사랑으로 거두어 키우는 모습은 참으로 감동적이다. 모름지기 저 때만큼은 심 봉사 스스로 당당한 아버지로서의 자부심을 충만하게 느꼈으리라. 또한 이러한 상황은 심 봉사가 떨치고 일어서서 집 밖으로 나아가 움직이기 시작했기 때문에 가능한 것이었다고 말할 수 있다.

아버지 심 봉사의 희생과 사랑을 먹고 자란 심청은 철이 들자 아버지 대신 자신이 동냥을 나선다. 눈먼 아버지로 하여금 계속 험한 일을 하도록 할 수 없다는 따뜻한 마음에서 그리한 일이었다. 심 봉사는 딸을 만류하다가 그 뜻을 받아들여서, 딸이 벌어 오는 음식으로 생계를 잇게 된다. 이를테면 그것은 아버지에게서 딸로 생계의 책임이 변동하는 순간이었다. 심 봉사로서는 어깨에 짊어졌던 무거운 짐을 내려놓는 지점이었을 것이다. 이때 놓치지 말아야 할 중요한 사실은 심 봉사가 그렇게 노동의 짐을 내려놓으면서 다시 무능한 존재로 전락하기 시작했다는 사실이다. 딸에 의지하여 살다 보니 점차 집 밖 출입도 어려워져서, 급기야 오랜만에 심청을 마중하러 집 밖에 나섰다가 개천에 빠져 사경을 헤매는 처지에까지 이르게 된다.

그 아버지를 위해 심청은 죽음의 길을 떠난다. 저보다 더 소중한 제 딸을 보내는 일은 심 봉사로서는 도저히 받아들일 수 없는, 하늘이 무너지는 것과 같은 일이었다. 하지만 딸은 속절없이 떠나가고 심 봉사는 홀로 남겨진다. 그는 다시금 홀로 일어서야 하는 상황에 처한 것인데, 좀처럼 그리하지를 못한다. 대책도 없이 타인한테 의지하다가 심청이 남기고 간 곡식을 탕진하는 것이 그의 예정된 행로였다. 마침내 심 봉사는 황성皇城 잔치 가는 길에 몸에 걸쳤던 옷가지까지 도둑맞고는 하늘 아래 늙은 벌거숭이 몸뚱이 외에 아무것도 남지 않은 신세가 된다.

그런데 그때 하나의 작은 기적이 일어난다. 부인 곽씨가 떠난 절망의

방아 찧기
발로 밟아서 곡식을 빻는 디딜방아
질을 하는 모습이다. 그림 속 남자의
모습에서 방아 찧기를 하는 심 봉사
를 상상할 수 있다. 작자 미상.

상황에서 핏덩어리 딸을 안고 일어났던 것처럼, 심 봉사가 다시 한 번 벌떡 일어나서 길을 찾아 나섰던 것이다. 그는 벌거벗은 몸으로 원님 행차에 뛰어들어 제 사정을 말해서 옷가지를 얻어 입고 노자까지 구한다. 그리고 힘을 내서 황성 길로 나아간다. 흥미로운 것은 바로 그 지점에 '노동'에 얽힌 에피소드가 놓인다는 사실이다. 심 봉사는 길에서 방아 찧는 아낙네들을 만나 한바탕 신명나는 민요를 뽑아내며 진짜 노동인 방아 찧기를 하면서 노동의 주체로 나섰다.

(아니리) 백배 하직하고 낙수교洛水橋 얼른 건너 녹수정綠樹亭을 지날 적에 부인네들이 방아를 찧노라고 히히 웃음소리가 야단이로구나. 심 봉사 그곳을 지날 적에 공연히 봉사에게 농을 청하것다.
"근래에 봉사들 한시 재주던고. 저 봉사도 황성 잔치 가는 봉사제. 저렇게 무심히 갈 것이 아니라 방아나 좀 찧어 주고 가지."
"공연히 방아를 찧어 줘?"
"방아 찧어 주면 밥, 떡, 술, 담배까지 주지요."
"그래 일포식—飽食도 재수라고 한번 찧어 볼까?"
"여보시오, 우리가 방아를 찧되 방로이가忘勞以歌란 말이 있으니 방아소리를 맞춰 가며 찧읍시다."
심 봉사가 선소리를 맞아 가며 찧는데,
(중머리) 어유아 방아요 / 어유야 방아요
덜그렁덜그렁 잘 찧는다 / 어유아 방아요
태고太古라 천황씨天皇氏는 이목덕以木德으로 왕하였으니 나무가 아니 중할시고 / 어유아 방아요
이 방아가 뉘 방아냐 강태공의 조작이로구나 / 어유아 방아요
옥빈홍안의 비녀런가, 가는 허리에 잠簪이 질렸구나 / 어유아 방아요
길고 가는 허리는 초왕궁楚王宮의 허릴런가 / 어유아 방아요

심 봉사가 아낙네들과 부른 노래는 노동요이다. 남녀가 함께 선후창으로 어울리는 신명 넘치는 민요이다. 심 봉사는 선소리를 맡아서 노래를 이끌고 있는데, 이는 달리 말하면 그가 노동을 이끌고 있는 것과 같다. 심청한테 의지하여 살던 모습을 생각하면, 또한 뺑덕어미한테 대책없이 기대던 모습을 생각하면 상당한 변모이다. 심 봉사가 다시 일어나서 눈 뜨는 길을 찾아나가는 과정에 이처럼 '노동'이 자리한다는 것은 우연으로 돌릴 일은 아니다.

심 봉사는 한바탕의 노동을 마친 뒤 이전보다 훨씬 가벼워진 몸과 마음으로 힘차게 길을 떠난다. 그 길에서 현숙한 안씨 맹인을 만나 미래를 기약하며, 마침내 황성에 이르러 꿈에도 그리던 딸을 만나 번쩍 눈을 뜬다. 이때 심 봉사의 눈뜸을 심청의 효성이 만들어 낸 기적이라고 하는 것은 한쪽 측면만 본 것이다. 심 봉사는 스스로 일어나 제 삶을 책임지는 길로 나섬으로써 눈을 뜨게 되었다는 해석도 가능하다. 예전에 어린 딸을 안고 동리에 나섬으로써 한 번 눈을 떴던 것처럼 말이다. 어느 경우든 그 과정에 '노동'이라고 하는 신성한 몸짓이 자리하고 있다는 사실을 놓치지 않을 일이다.

또 하나의 허생, 노동으로 삶을 일으키다

흥부나 심 봉사가 보여 주는 노동하는 삶의 모습은 민중적 삶의 한 단면이라 할 수 있다. 흥부나 심 봉사 모두 가난한 하층민의 삶을 대변하는 존재로 이해될 수 있는 인물들이다. 하지만 가만히 살펴보면 흥부나 심 봉사의 계층적 정체성은 그리 단순하지가 않다. 흥부는 처음부터 하층 빈민이었던 것이 아니라 부잣집에서 양반으로 행세하며 살던 인물이었다. 심 봉사 또한 글을 읽던 양반 선비였다가 최하층 빈민으로 굴러떨어진 인물에 가깝다. 이들 작품의 배경이 된 조선 후기 사회는 전통적인 신분 질서가 크게 흔들리면서 경제력에 따른 사회 계층의 재편성이 활발하게 진행되던 시기였다. 흥부나 심 봉사는 그러한 사회 배경 속에서 탄생

될 수 있었던 소설적 주인공이라 할 수 있다.

조선 후기의 변화하는 사회상을 현실에 입각하여 사실적으로 투영하고 있는 양식에 야담이 있다. 《동패낙송東稗洛誦》이나 《청구야담青邱野談》, 《계서야담溪西野談》 같은 야담집에는 신분 계층의 혼란상을 비롯한 각종 시대적 문제를 반영한 많은 이야기들이 실려 있다. 그 가운데는 변화의 시대 속에서 삶을 영위하기 위한 수단으로서 노동을 중요한 화두로 다룬 이야기들이 많다. 예컨대 벼슬길에 나가지 못해 생계가 곤란해진 양반들이 노동에 나설 것인가를 놓고 고민하는 모습을 만날 수 있다.

글을 읽는 것을 업으로 삼아 온 양반 선비의 입장에서 일반 평민들이 행하는 노동의 길에 나선다는 것은 쉬운 일이 아니었다. 친지에게 손을 벌리거나 그것도 여의치 않으면 차라리 굶어죽을지언정 노동에 나서지 못하는 양반들도 있었다. 하지만 모두가 그 기로에서 머뭇거리거나 물러섰던 것은 아니다. 노동의 길로 과감히 나서서 새로운 삶의 경지로 나아간, 그리하여 이야기의 주인공이 된 인물들이 있다. 몇 년 동안《주역》을 읽다가 문득 떨치고 일어나 상업에 나서서 나라를 뒤흔든 허생은 연암 박지원 朴趾源(1737~1805)이 쓴 〈허생전〉을 통해 잘 알려져 있거니와, 여기 또 다른 허생이 한 명 더 있다. 그 이름은 허공 또는 허홍이다. 〈광작廣作〉*이라

광작廣作 원제는 생계를 잘 가꾸어 허공이 부자가 되다治產業許仲子成當.

는 제목으로 널리 알려진, 《동패낙송》에 수록된 이야기의 주인공이다.

여주에 허씨 성을 가진 양반이 있었는데, 세 아들을 두고 글공부를 시켰다. 집이 가난하여 사방 친지에게 두루 구걸하여 식구가 입에 풀칠을 할 수 있었다. 문제는 그가 세상을 떠난 다음이었다. 이제 더 이상 친지

나 이웃의 도움을 청할 염치도 없는 상황에서 삼 형제는 무언가 결단을 내려야 했다. 그때 둘째인 허공이 나서서 낸 의견이, 형과 아우가 산에 들어가 공부를 하고 있으면 자기가 아내와 함께 일을 해서 10년 안에 집안을 일으켜 보겠다는 것이었다. 그 제안이 받아들여져 형과 아우는 산으로 들어가고 허공은 팔을 걷어붙이고 농사일을 시작한다. 그런데 그가 노동을 수행한 방식이 예사롭지가 않다.

공珙은 남의 손을 빌려 땅을 갈면 비용이 들 뿐 아니라 자기가 힘써 하느니만 갈지 못하리라 싶어, 소에 쟁기를 붙여 논에 들어가서 늙은 농민을 맞아 잘 대접하여 두에 앉히고 쟁기질을 배웠다. 논이고 밭이고 갈기를 열 번이나 하여 깊숙이 흙을 일으키니 다른 농부에 비할 바 아니었다.

밭에는 담배 모를 옮겨 심기 위해서 거름을 두껍게 깔고서 이랑 위에 무수히 구멍을 뚫고 비 오기를 기다렸다. 한편 가뭄이 들어 담배 모종이 시들까 염려하여 이른 봄에 길게 가자를 매고 그 아래 담배씨를 파종하여 자주 물을 주었다. 그해 마침 크게 가물어 도처에 담배 모종이 전부 말라죽었으나, 공의 담배 모판은 유독 무성했다. 비가 오자 즉시 옮겨 심으니 오래지 않아 담배 잎사귀가 파초처럼 너푼너푼 땅을 덮었다. 담배가 약이 차기도 전에 강상江上의 연초 상인이 찾아와 담배밭을 통째로 200꿰미에 흥정해

샀다. 담배 장수는 잎사귀를 따서 모래사장에 말려 가지고 가더니 뒷날 다시 100냥을 가지고 와서 그 순도 사 갔다. 열 마지기 논에서 나온 곡식이 또한 100석에 이르렀다. 이로부터 재산이 매달 불어나고 매해 늘어 가서 그 성장을 이루 헤아릴 수 없었다. 5~6년 만에 노적이 가득 차고 논밭이 연달아서 10리 안쪽의 농민들이 공의 집에 의지하지 않는 자가 없게 되었다. 사방의 소작인들이 주찬과 어육으로 인정을 쓰니 밥상에 고기 반찬이 떨어지지 않았으나, 여전히 귀리죽 반 사발은 더하고 덜함이 없었다.

양반가 자손으로 결연히 선비의 삶을 포기하고 노동에 나선 것도 그렇지만, 노동을 행하는 방식이 무척이나 인상적이다. 단단한 결심으로 남들보다 부지런히 움직이고 검소하게 생활하는 한편으로, 치밀한 계획에 의거하여 체계적이고 과학적인 방법으로 농사일을 행하니 그 이루어 낸 성과가 대단했다. 가난하여 구걸로 연명하던 처지에서 불과 몇 년 만에 재산가로 변신하였으니 괄목상대할 만한 모습이다. 시대를 꿰뚫는 혜안과 더불어 놀라운 결단력과 실천력이 있기에 가능한 일이었다. 새로운 시대에 어떻게 대응해야 하는지를, 노동이란 어떻게 해야 하는지를 단적으로 보여 주는 모습이다.

이야기는 허공 부부가 집안을 일으키겠다는 일념으로 인고의 생활을 감내함으로써 성공을 거둘 수 있었던 것으로 전하고 있다. 그 10년의 세월은 힘겨운 고통의 날들이었을 것이다. 하지만 그 과정은 단순한 수단이 아니라 소중한 자기 발견과 실현의 과정이었다고 보아도 좋다. 열심히 노동에 나선 결과로 계획했던 것 이상의 성과들이 착착 구체화될 때 그것은 얼마나 뿌듯한 일이었겠는가. 험한 귀리죽 한 사발로 끼니를 때웠다지만, 노동의 결실이 맺히는 것을 보면서 부부가 함께 나누어 먹는 그 음식은 세상 그 무엇보다 귀하고 맛난 음식이었을 것이다. 이렇게 자신의 삶을 스스로 책임지는 길에 나선 허공의 적극적인 노동의 삶은 다른 형제들의 소극적 삶과 극명한 대비를 이루며 큰 의미를 발현하고 있다.

노동하는 삶이 아름답다

조선 후기의 실학자 연암 박지원은 세상을 꿰뚫어보는 안목을 지닌 당대 최고의 지식인이었다. 예리하고 비판적인 눈을 지닌 인물답게, 그는 노동하며 사는 삶의 가치에 대해 남다른 생각을 나타냈다. 그가 보기에 민중이 영위하는 노동의 삶은 세상 무엇보다 아름답고 신성한 것이었다. 그의 이러한 생각은 특히 〈예덕선생전穢德先生傳〉에 잘 반영되어 있다.

왕십리에서 무, 살곶이다리에서 순무, 석교에서 가지·오이·수박, 연희궁에서 고추·마늘·부추·해채, 청파에서 미나리, 이태인에서 토란 같은 것들이 나오는데 밭은 상상전上上田에 심고 모두 엄씨의 똥을 써서 잘 가꾸어 내는 것이다. 그래서 엄 행수는 매년 6000전을 벌기에 이른다.

아침이면 한 대접 밥을 먹어 치우고 만족한 기분으로 하루 동안 다니다가 저녁이면 또 한 대접 밥을 먹는다. 누가 고기를 먹어야 한다고 권하면 "목구멍을 내려가면 소채나 고기나 배부르기는 매일반인데 맛을 취할 것이 있겠느냐."고 사양한다. 또 누가 좋은 옷을 입으라고 권하면 "소매 넓은 옷을 입으면 몸이 활발치 못하고 새옷을 입으면 똥을 지고 다니지 못할 것"이라고 거절한다.

해마다 정월 초하룻날 아침이면 비로소 벙거지에 띠를 두르고 의복에 신발을 갖춘 뒤 인근에 두루 세배를 다닌다. 그러고는 돌아와서 다시 전의 그 옷으로 갈아입고 다시 바지게를 짊어지고 골목을 돌아다닌다.

똥지게
지금은 볼 수 없는 풍경이 되었지만 옛날에는 장군에 똥을 담아 지게를 지고 거름을 주는 곳까지 이동하였다.

엄 행수는 갖가지 똥지게를 짊어지고 다니면서 채소를 가꾸어서 내다 파는 사람이다. 정월 초하룻날부터 섣달그믐까지 매일같이 똥지게를 짊어지고 골목을 다니며 일을 한다. 그렇게 버는 돈이 만만치 않으니 이제 그 일을 그만둘 수도 있으련만, 그는 그 일을 천직으로 삼아 그치지 않는다. 남들 다 먹는 고기도 사양하고 보기 좋은 새 옷도 입지 않으면서 천한 일을 자청하니, 어찌 보면 바보 같은 삶이라 할 수도 있다. 하지만 저 모습을 보고서 바보라고 혀를 차는 것은 무엇을 잘 모르는 사람의 일이다. 천하의 큰 선비인 연암 박지원이 그의 모습을 보며 무엇이라 말했는지 들어 보자.

엄 행수는 똥을 쳐서 밥을 먹고 있으니 지극히 불결하다 하겠으나 그가 밥벌이하는 일의 내용을 따져 보자면 지극히 향기로운 것이다. 그리고 그의 몸가짐은 더럽기 짝이 없지만 의로움을 지키는 자세는 가장 깨끗하다. 그러한 뜻을 확대해 나간다면 비록 만종의 녹봉을 받게 되더라도 지조를 바꾸지 않을 것이다. 이 점에서 보면 깨끗한 가운데 불결한 것이 있고 더러운 가운데 청결한 것이 있는 것이다.

그래서 나는 음식에 곤란을 당해서 견디기 어려운 경우에는 매양 나보다 곤궁한 사람들을 생각하는데, 엄 행수를 생각하면 견디지 못할 것이 없다. 참으로 마음속에 도둑질할 뜻이 없는 사람이라면 엄 행수를 생각할 것이다. 이것을 확대해 나간다면 가히 성인의 경지에도 이를 것이다. 대저 선비가 궁한 생활이 얼굴에 드러나면 부끄러운 일이고 뜻을 얻어 출세하매 온몸에 표가 나는 것도 부끄러운 일이다.

저 엄 행수를 보고 얼굴을 붉히지 않을 사람이 얼마나 될까. 그래서 나는 엄 행수를 선생이라고 부르는 것이다. 어찌 감히 벗이라 하겠느냐. 그래서 나는 엄 행수에 대해서 감히 이름을 부르지 못하고 '예덕선생穢德先生'이란 칭호를 바친 것이다.

박지원은 똥지게를 짊어지는 저 엄 행수야말로 가장 향기롭고 의롭고 청결한 사람이라고 말한다. 제 스스로의 힘으로 삶을 책임지는 것이니 떳떳한 일이고, 누군가 해야 할 바를 스스로 나서서 행하니 의로운 일이다. 무엇 하나 꺼릴 것이 없으니 세상에서 가장 청결한 일이다.

남들이 다 더럽고 천하다고 여기는 노동이지만, 그 노동이 있어 사람들이 좋은 채소를 먹을 수 있다. 제 몸을 움직여 남을 살리는 것이니, 그것은 가히 성스러운 일이다. 그 일을 비루하다 여기지 않고 당당하게 살아가는 저 모습에 어찌 고개를 숙이지 않겠는가. 박지원은 엄 행수를 감히 벗이라 일컬을 수 없어 '선생先生'이라 한다 했거니와, 이치를 따지고 보면 과장된 것이라 할 수 없다. 스스로 험한 노동에서 보람과 즐거움을 찾아 유유자적하고 있는 터이니 모두가 우러러야 할 선생인 것이다.

노동하는 삶이 아름답다. 노동을 통해 제 자신을 일으키고 실현하는 삶이 진정한 삶이다. 우리의 고전 문학이 전해 주는 하나의 소중한 진리이다.

현대에 와서 사람들이 하는 일이 다양해지고 있다. 앞으로 또 다른 어떤 신기한 일들이 생겨나게 될지 헤아리기가 어렵다. 테크놀로지가 가늠하지 못할 속도로 눈부시게 발전하는 중이니, 그에 맞추어 오만 가지 새로운 일들이 만들어지게 될 것이다.

그런데 이러한 현대인의 일을 지난날과 비교해 보면, 예컨대 흥부 부부가 했던 일과 비교해 보면 한 가지 중요한 질적 차이를 발견하게 된다. 흥부 부부가 한 일이 예외 없이 온몸을 움직여서 행하는 육체노동이었던 데 비해 '미래 직종'으로 손꼽히는 요즘의 일들은 주로 책상에 앉아 머리와 손을 쓰는 것들이 대부분이다. 기술이 급속도로 발전하고 제반 작업 공정의 기계화가 확대되는 상황에서 이러한 추세는 앞으로 더욱 강화될 가능성이 크다.

이렇게 생각하면 지금까지 살펴본 고전 문학 속의 '노동의 삶'은 오늘날이나 미래의 삶과는 거리가 먼 것처럼 보이기도 한다. 하지만 중요한 것은 구체적인 노동의 형태보다 노동의 삶이 지니는 속성과 원리라 할 수 있다. 무엇보다 내가 행하는 노동이 나 자신과 세상 사람들의 삶을 건강하게 살려 내는 데 기여하는 일인지 돌아볼 필요가 있다. 박지원이 엄행수를 선생이라 칭한 것은 그가 열심히 일하는 것만을 두고 한 말이라기보다 그의 노동이 세상을 떠받치는 바탕이 된다는 것을 두고 한 말이었을 것이다.

우리가 앞에서 살펴본 고전 작품들에 등장한 노동이 다 그러한 것들이었다. 일하는 사람 스스로의 삶을 일깨우고 일으켜 실현하며, 나아가 세상살이를 건강하고 복되게 살려 내는 그런 일 말이다. 그런 일에 농사와 같은 육체노동만 있을 리 없다. 정신노동 또한 얼마든지 그와 같은 역할을 할 수 있다. 하지만 모든 일이 다 그러하지 않다는 것 또한 엄연한 사실이다. 나 자신의 삶을 소모하고 세상의 건강한 발전에도 도움이 되지 않는 일들이 수두룩하다. 그런 일에 매달려 삶을 소진한다면 얼마나 억울한 일이겠는가.

하지만 그보다 더 문제가 되는 일이 있다. 노동의 가치를 몰각한 채 일 자체를 회피하며 무위도식하는 삶이 그것이다. 이런 삶이 어떻게 자기 자신을 망가뜨리고 또 다른 사람의 삶을 해치는가는 길게 말하지 않겠다. 다만 정약용의 〈가마꾼〉에 나오는 채찍 든 사람의 모습을 한번 상기해 보면 좋겠다. 그 흉측하게 일그러진 모습을 말이다.

인용 작품

흥보가 209쪽
창본 김연수 본
갈래 판소리
연대 미상

심청가 212쪽
창본 정광수 본
갈래 판소리
연대 미상

심청가 214쪽
창본 정권진 본
갈래 판소리
연대 미상

광작 217쪽
작가 노명흠
갈래 야담
연대 18세기

예덕선생전 220, 221쪽
작가 박지원
갈래 고전 소설(한문)
연대 18세기

민요, 어울려 부르며 신명 내기

민요는 말 그대로 '백성의 노래'이다. 민간에서 자생적으로 구전되어 온 민요는 구비 문학 가운데서도 민중의 생활 현장에 가장 밀착해 있던 양식이라 할 수 있다. 놀이판이나 잔치에서 민요가 빠지지 않았고, 갖가지 의례를 행할 때도 민요를 불렀다. 무엇보다도 여러 노동의 현장에서 민요는 필수 요소였다. 민요를 분류하는 방법에는 여러 가지가 있지만 '기능'을 기준으로 삼는 방법이 유력하다. 어디서 무엇을 위해 부르는가에 따른 구분이다. 그 일반적인 방법은 민요를 노동요와 의식요, 유희요로 나누는 것이다. 노동요는 논농사와 밭농사, 가내 노동 등 일을 하면서 부르는 민요이고, 의식요는 고사나 지신밟기, 장례 등의 의식을 거행하면서 부르는 민요이다. 유희요는 그네 뛰기나 널뛰기, 강강술래 등의 놀이를 하면서 부르는 민요이다. 노래 자체를 즐기기 위해 부르는 민요도 유희요에 포함된다.

민요는 신명을 풀어내기에 적합한 고유의 가창 방식을 지니고 있다. 민요의 가창 방식은 독창과 제창, 교환창, 선후창 등으로 나뉜다. 독창은 말 그대로 혼자서 노래를 부르는 형식이다. 혼자서 일을 할 때에는 독창 형식의 노래를 불렀다. 〈밭매는소리〉, 〈신세타령〉 등이 그 예이다. 좀 더 눈여겨볼 것은 여럿이 노래를 부르는 방식이다. 사람들은 같은 사설을 함께 부르는 제창 형식 외에 서로 노랫말을 나누어 부르는 교환창과 선후창의 가창 방식을 활용하는 가운데 노래의 신명을 북돋웠다. 교환창은 사람들이 편을 나누어 돌아가면서 노래를 부르는 것인데, 후렴이 아닌 본 노랫말은 두 패로 나누어 부르는 것이 특징이다. 익숙한 경험을 바탕으로 노래의 분담이 자연스레 이루어진다. 경상도 지역의 〈모심는소리〉가 그 좋은 예이다. 민요에서 교환창보다 더 폭넓게 적용되는 가창 방식은 선후창이다. 한 사람이 본 노랫말을 부르면 나머지 사람들이 함께 후렴을 부르는 방식으로, 〈아리랑〉을 포함한 수많은 민요가 선후창 형식을 취하고 있다. 〈진도아리랑〉의 예를 들면 다음과 같다.

(선창) 문경 새재는 웬 고갠가, 구부야 구비구비가 눈물이 난다.
(후창) 아리아리랑 쓰리쓰리랑 아라리가 났네. 응응응, 아라리가 났네.
(선창) 노다 가소 노다나 가소, 저 달이 떴다 지도록 노다나 가소.
(후창) 아리아리랑 쓰리쓰리랑 아라리가 났네. 응응응, 아라리가 났네.

강강술래 주로 한가윗날 밤에 여성들이 놀았던 강강술래에서 부르는 민요는 대표적인 유희요이다.

다대포후리소리(위)와 상여소리(아래)
다대포후리소리는 멸치잡이 후리질을
하면서 부르는 노동요이고, 상여소리
는 장례의식 때 상여를 나르며 부르
는 의식요이다.

    선후창은 사람들이 함께 어울려 신명을 내기에 매우 효과적인 노래 형식이다. 노래를 잘하는 사람이 앞소리
를 맡아 한껏 기량을 발휘하면, 다른 사람들은 후렴을 받아 부르면서 신명을 낸다. 그 누구도 소외되지 않는 가
운데 나름의 흥을 한껏 낼 수 있다.

    오늘날의 대중가요를 보면 독창에 해당하는 노래가 많은 가운데 제창이나 교환창에 준하는 노래들도 종종
보게 된다. 그러나 선후창 형식을 적용한 노래는 찾아보기 어렵다. 민요의 전통을 연구하면 함께 어울려 신명을
내기에 적합한 새로운 노래 형식을 개발할 수도 있을 것이다.

4 풍류와 놀이

갈래 이야기 **가사, 천 개의 얼굴을 지닌 노래**

작가 미상, 〈금란계첩金蘭契帖〉(1857)

시와 노래가 무르익는 신명의 놀이터

오늘날 사람들은 수많은 놀이 문화를 즐긴다. 현대에 들어와 놀이의 기회가 많아지고 종류도 다양해졌다. 예전에 굿판이나 탈놀이를 펼치는 것이 모처럼의 특별한 행사였다면, 오늘날에는 연극이나 뮤지컬 같은 공연이 상시적으로 펼쳐지며 전국 곳곳에서 다양한 축제가 벌어진다. 놀이공원에는 각종 놀이기구에서 화려한 퍼레이드까지 보고 즐길 것이 가득하다.

하지만 우리 삶이 그만큼 즐겁고 풍요로워진 것인지 살펴보면 답은 간단치 않다. 무엇보다도 그 놀이 문화가 우리 자신이 주체가 되어 참여해서 즐기는 문화라기보다 누군가 만들어 놓은 것을 돈 주고 사서 즐기는 문화로 바뀌었다는 점을 주목하게 된다. 그러한 놀이는 자칫 한때 시간을 때우는 식의 소모적인 놀이가 될 위험성이 있다. 즐길 것이 많아지는 것은 좋은 일이겠지만, 그것은 놀이의 가치와 즐거움을 퇴색시켜 '풍요 속의 빈곤'이라는 부작용을 불러올 수 있다.

여기 오늘날과 대비되는 놀이 풍경이 있다. 때는 더위가 위세를 떨치는 여름날, 젊은 선비들이 시원한 정자를 찾았다. 흐르는 계곡을 마주한 작은 정자에 시원한 솔바람이 불어온다. 정자에 앉아 바람을 쐬며 풍경을 감상하는 자리에 시詩가 빠질 수 없다. "이제 시 한 수씩 지어 볼까?" "좋지. 운자韻字는 무엇으로 할까?" "바람 풍風과 단풍 풍楓이 어떨까." "좋지! 그럼 시의 주제는, 흠…… '미리 느끼는 가을'은 어떤가?" "그거 좋군!" 의견이 일치하자, 선비들은 너나 할 것 없이 시인이 된다. 경치를 바라보고 생각에 잠기면서 한 줄 한 줄 시 구절을 엮기 시작한다. 시간이

좀 지나자 마침내 시가 한 수, 또 한 수 완성된다. 이어서 감상의 시간. 지은 시를 한 수씩 읊어 내려가면 즉석에서 품평이 따른다. 감탄하기도 하고 미비한 점을 지적하기도 한다. 품평회를 거쳐 그날의 '장원'이 정해진다. 기쁨과 축하의 웃음 속에 어느새 해가 기운다. 그 흥을 그대로 끝내기가 아쉽다면, 기방妓房을 찾아가 장원작을 비롯한 그날의 작품을 음률에 실어 낭송하며 술잔을 기울여도 좋으리라.

계곡의 정자에 해가 기우는 그 시간, 저 건너 자그마한 시골 마을에 사람들이 분주히 움직이고 있다. 오늘은 남사당패가 마을을 찾은 특별한 날. 기대에 부푼 마을 사람들이 모여든 가운데 드디어 공연이 시작된다. 땅재주와 줄타기에 이어 덧보기 탈놀이가 벌어지자 흥에 취한 사람들이 신명이 나 하나둘 판으로 함께 나서서 어깨춤을 들썩이기 시작한다. 그렇게 펼쳐지는 한바탕의 난장 속에 누군가 아리랑타령을 뽑아낸다. "아리아리랑 쓰리쓰리랑 아라리가 났네~" 너나 할 것 없이 이어 받으며 흥을 풀어낸다. 누군가의 선창, "노다 가소. 노다 가소. 저 달이 떴다 지도록 노다 가소." 다시 합창, "아리아리랑 쓰리쓰리랑 아라리가 났네. 아리랑 응응응 아라리가 났네." 다시 또 다른 누군가의 선창, "청천 하늘엔 잔별도 많고 우리네 마음에 신명도 많네." 어떤 사설 어떤 창법이든 좋다. 그저 흥에 맞으면 그만이다. 판에 어울리게 신명을 풀어낼 수 있다면 사당패고 마을 사람이고 아무라도 좋다. 그렇게 시골 마을의 밤은 깊어만 간다.

돌이켜보면 그것은 누군가에 의해 주어지는 즐김도, 누군가 만들어 놓은 것을 소비하는 형태의 즐김도 아닌 스스로 제 마음속에서 흥을 이끌어 내어 풀어내는 즐김이었다. 그 풍류와 신명은 온전한 자기 자신의 것이었다. 선택받은 특별한 사람이 아닌 그 누구라도 시와 노래를 통해, 문학을 통해 삶의 오롯한 주인이 되는 것이었다. 그것이 옛사람들이 일구어 낸 '문학 문화'의 본질이었다.

문학이 소비의 대상으로 변해 가고 나날의 삶에서 점차 변방으로 밀려

나고 있는 현 시점에서 지난 시절의 풍류와 신명의 문학을 살펴보는 것은 단지 잃어버린 과거를 추억하기 위함이 아니다. 흔히 과거를 '오래된 미래'라고 하거니와, 지난 시절 삶의 풍경 속에 우리의 미래가 깃들어 있기도 한다. 옛사람들이 추구했던 풍류와 신명의 문학을 통해 미래 문화로 이어지는 시원한 길을 찾을 수 있기를 기대한다.

최근 들어 스스로 참여해서 만들고 즐기는 놀이 문화를 지향하는 이들이 늘어나고 있다. 공연이나 축제에서 '참여'와 '체험'이 중시되고 있으며, 동호회 활동 등을 통해 스스로 공연이나 놀이를 기획하고 연출하는 사례도 많아지고 있다. 이렇게 '타자의 문화'가 아닌 '주체의 문화'로 나아간다는 것은 바람직한 현상이다. 여기에서 잊지 말아야 할 것은 그 같은 '주체적 놀이 문화'를 영위해 온 전통이 이미 우리에게 있었다는 사실이다. 삶의 근원에 닿아 있던 지난날의 풍류 정신과 놀이 정신을 새롭게 돌아보고 거기에서 소중한 자양분을 얻을 때, 주체적 문화를 향한 움직임은 커다란 동력을 얻게 될 것이다.

무엇보다 풍류와 신명이 무엇인지를 제대로 느끼는 것이 중요하다. 진가를 알아야만 그 가치를 살려 낼 수 있다. 이제 몸과 마음을 활짝 열고 고전 문학이 펼쳐 보이는 풍류와 신명의 정서에 흠뻑 취해 보자.

1 시가 속에 깃든
사대부의 풍류

사대부의 삶과 시가詩歌는 떼려야 뗄 수 없듯이 사대부 지식인은 모두 다 시인이었다. 그들에게 시는 자신의 뜻을 표명하는 수단이기도 했으나, 그에 앞서 인생 그 자체였다. 시를 통해 풍류를 풀어내면서 사람들과 어울리는 것은, 나아가 우주 자연과 소통하는 것은 삶의 가치를 확인하고 고양하는 과정이었다. 사대부들의 시가 풍류에는 그들의 삶의 철학이 오롯이 깃들어 있다. 산간 계곡을 유유히 흐르는 맑은 시냇물처럼.

자연에서 찾은 탈속의 풍류

사대부의 풍류를 말하는 데 빼놓을 수 없는 것이 물과 산이다. 사대부들은 맑은 물과 조용한 산을 찾아 말없는 자연 속에서 자기 자신을 돌아보며 삶의 의미를 반추하고 진정한 여유와 즐거움을 누렸다. 그러한 사대부의 풍류를 일컬어 '계산풍류溪山風流'라 한다.

초기의 가사 문학을 아름답게 수놓은 〈상춘곡償春曲〉은 그 풍류의 모습을 단적으로 보여 준다. 정극인丁克仁(1401~1481)이 벼슬을 버리고 고향 태인에 돌아와 만년에 지은 것으로 추정되는 이 작품에는 사대부들이 꿈꾸는 삶의 방식과 풍류가 압축적으로 제시되어 있다. 〈상춘곡〉은 다음과 같이 시작된다.

홍진에 묻힌 분네, 이내 생활 어떠한고.
옛사람 풍류를 미칠까 못 미칠까.
천지간 남자 몸이 나만한 이 많건마는
산림에 묻혀 있어 지락至樂을 모르는가.
수간모옥數間茅屋을 벽계수碧溪水 앞에 두고
송죽 울울한 곳에 풍월주인風月主人 되었구나.

이 작품의 화자가 있는 곳은 세간世間이 아니다. 소나무와 대나무가 울창한 곳, 시냇물가에 자리잡은 자그마한 초가집이 화자가 머물고 있는 곳이다. 그곳에서 그는 세속 세계에 사는 사람들에게 묻는다. 자신의

매화초옥도梅花草屋圖
매화가 만발한 산속의 외딴 초가집
에서 선비가 피리를 불며 벗을 기다
리고 있다. 조선의 사대부가 꿈꾸던
'지극한 즐거움'을 표현한 문인 산
수화의 정수를 보여 주는 그림이다.

'풍류'가 어떠하냐고.

　이는 몰라서 묻는 질문이 아니라, 이미 그 안에 대답이 담겨 있는 설의說疑의 수사법이다. 푸른 시냇가 조촐한 초가집에서 맑은 바람과 밝은 달을 벗 삼아 사는 삶. 화자는 이것을 '지극한 즐거움至樂'이라고 한다. 그 공간을 둘러싸고 있는 빽빽한 소나무와 대나무는 붉은 먼지 날리는 세속 세계를 차단하는 경계이자 유가의 관습대로 그 안쪽 공간에 사는 이의 기품 있는 정신 세계를 표상하는 상관물이기도 하다. '붉은 먼지'와 '푸른 시내'의 선명한 대비를 통해 풍류의 공간과 세속 공간의 차이를 명확하게 보여 준다.

　세속을 벗어나 맑고 깨끗한 자연에서 찾는 풍류. 그것은 정극인에게만 해당되는 것이 아닌, 일반적이고 전형적인 사대부 풍류였다. 조선 사대부들의 시가 문학에는 번다한 세속을 벗어나 맑고 깨끗한 강호에서 심성을 가다듬으며 사는 삶에 대한 동경이 뚜렷이 나타난다. 단지 그리 바랄 뿐만 아니라 기회가 되면 실제로 그렇게 하곤 했다.

　사대부들이 자연을 동경한 이유는 무엇일까. 여러 가지 요인이 있겠지만, 무엇보다도 '수기치인修己治人'의 세계관에 주목할 만하다. 오늘날 지식인이라고 하면 흔히 특정 분야에 대한 전문 지식을 탁월하게 갖춘 사람을 떠올린다. 하지만 옛사람들에게는 바깥 사물에 대한 지식의 확충보다 중요하고 우선적인 공부가 있었다. 그것은 바로 심성의 수양을 통한 인격의 도야이다. 하늘이 부여한 본성을 잘 보존하고 닦아서 도덕적으로 완전한 인간이 되는 것이 바로 수기修己이며, 이를 바탕으로 다른 사람들의 삶을 행복하고 윤택하게 해 줄 치자治者로 나아가는 것이 곧 치인治人의 길이다.

　수기치인의 삶이란 어느 날 갑자기 성취되는 것이 아니다. 그것은 개인의 실천적인 삶 속에서 끊임없이 되새기고 가다듬어야 할 무엇이었다. 사대부들은 정치 현실 속에서 사사로운 욕망이 싹트거나 권력을 둘러싼 갈등이 야기될 때면 자연을 찾아가 자기 자신과 대면하곤 했다. 자연 속에 흐르고 있는 우주의 이치와 조화의 원리를 체득하는 것이다. 자연에서 그 이치란 것은 형이상학적인 형태가 아닌 미적인 형태로 존재한다. 자연의 조화로운 아름다움 속에 그 이치가 흐르고 있는 것이다. 그 이치를 찾아내 시적 언어로 풀어내면서 자연과 '나'를 합치시키는 것과 그러한 근원적인 미적 체험이 곧 사대부들이 지향한 풍류의 본질이었다.

다시 〈상춘곡〉으로 돌아가 보자.

엊그제 겨울 지나 새봄이 돌아오니,
복사꽃 살구꽃은 석양 속에 피어 있고
녹양綠楊 방초芳草는 실비 속에 푸르도다.
칼로 잘랐는가 붓으로 그렸는가.
조화 신공造化神功이 사물마다 헌사롭다.
수풀에 우는 새는 봄기운을 못내 겨워 소리마다 교태로다.
물아일체物我一體거니 흥興이야 다를쏘냐.

'봄을 감상하는 노래'라는 제목에 어울리는 아름다운 봄날의 정경이다. 추운 겨울이 지나고 봄이 오자 자연은 한 폭의 수채화 같은 아름다움을 펼쳐 낸다. 뉘엿뉘엿 저무는 햇살 아래 흐드러지게 핀 복숭아꽃과 살구꽃, 은실처럼 내리는 봄비 속에 더욱 푸르러 가는 버드나무와 향기로운 풀들이 만들어 내는 풍경이 눈앞에 생생히 펼쳐진다. 해마다 찾아오는 봄이지만, 그 봄은 이렇게 새삼 아름답고 신선하다. 흥취에 젖어 조물주의 공교로운 솜씨에 감탄할 무렵, 눈에 보이는 것만으로 모자랐던지 봄기운에 취한 새들의 앙증맞은 울음소리가 청각을 자극한다. 더할 바 없는 완벽한 조화의 아름다움이다. 이제 화자는 봄날 풍경의 일부로 스며들어 가는 '물아일체物我一體' 경지에 이른다. 대상과 자아가 하나가 된 모습이다. 미적 체험의 극치이다.

이렇게 자연과 하나 된 화자의 움직임은 이제 몸짓 하나하나가 풍류가 된다. 무엇 하나 풍류 아닌 것이 없다. 〈상춘곡〉에 그려진 이 풍류는 작가의 상상력에서 비롯된 허구적 형상이 아니다. 다른 수많은 노래들이 그러하듯, 그것은 삶의 실제적 체험에서 피어난 사실적 형상이다. 세종 11년(1429) 과거에 합격하여 벼슬살이를 시작했던 정극인은 여러 관직을 거치며 치인治人의 길을 걷다가 예종 원년(1469)에 벼슬을 그만두고 전라도 태인의 고현내, 지금의 정읍시 칠보면 무성리로 낙향하였다. 동진강 자락이 흘러드는 이곳에 그는 '불우헌不憂軒'이라는 이름의 세 칸짜리 집을 짓고 살았다. 오래도록 가슴속에 품으며 키워 낸 풍류였기에, 구체적인 삶의 현장에서 실현한 풍류였기에 멋드러진 '봄 노래'의 풍류는 이렇게 맑은 기운을 뿜어내고 있는 것이다.

영남 사림의 풍류 문화와 내면 지향

좋은 산과 맑은 물을 찾아 풍류를 풀어내는 것은 사대부들의 보편적인 꿈이자 삶의 방식이었다. 그리고 그러한 삶은 향촌에 생활 기반을 둔 사대부들에 의해 특히 풍요롭게 실현되었다. 향촌의 사대부들은 풍광이 아름다운 산기슭이나 강 언덕에 정자를 짓고 기회가 되는 대로 벗들과 어울려 문예 활동을 했다. 그러한 계산풍류의 창작 활동은 하나의 크고도 중요한 문예 사조를 이루었으니, 이를 '강호가도江湖歌道'라 일컫는다.

강호가도의 문학을 펼쳐 낸 문인이 많았는데, 그 가운데 두 집단이 관심을 끈다. 영남의 이현보李賢輔(1467~1555)가 주도한 안동 분강 지역의 풍류 모임과 호남의 송순宋純(1493~1583)이 이끈 담양 성산 지역의 풍류 집단이 그들이다. 이들은 사대부들이 어떻게 한데 어울리면서 풍류의 삶을 펼쳤는지를 잘 보여 준다. 그중 영남의 계산풍류 모임을 먼저 살펴보자.

지금은 안동호로 인해 그 자취를 볼 수 없지만 옛날 청량산에서 흘러나와 지금의 도산서원 앞을 가로지르던 분강汾江은 향기 가득한 풍류의 현장이었다. 그 물줄기를 따라 선비들의 청신한 풍류 활동이 펼쳐졌다.

그 출발은 농암聾巖 이현보였다. 벼슬을 마치고 노인이 되어 고향에 돌아온 이현보는 남은 세월을 풍류로 풀어냈고, 그 전통이 후대까지 이어졌다.

어떠한 풍류였는지 이현보가 쓴 〈비온 뒤 배를 띄우고 점석에서 노닐며 퇴계에 차운하다雨餘泛舟遊簟石次退溪〉가 그려 내고 있는 한 장면을 살펴보자. 1547년 7월 어느 여름날 저녁, 이현보가 벼슬을 그만두고 고향에 온 지 5년이 지난 여든한 살 때이다.

차운 남이 지은 시의 운자韻字를 따서 시를 짓는 것을 말함.

점석簟石의 놀이를 이황과 황준량, 그리고 여러 자제와 함께했다. 조그만 배에 올라 농암 아래에서 닻줄을 풀어 천천히 나아갔다. 사자 바위를 지나 코끼리 바위에 이르러 배를 정박하고 두루 구경하고 나서, 다 함께 그 바위 등에 올라가서 오래도록 만져 보고 놀았다. 그러다가 곧장 아래로 내려와서 바로 점석에 다다랐다. 이때는 오랫동안 내린 비가 새로 개고, 먼지

분천헌연도汾川獻宴圖
이현보가 분천에서 부모님을 위하여 베푼 잔치를 그린 그림이다. 이현보가 중심이 된 분강 지역의 풍류를 짐작할 수 있다.

와 더러운 것들이 깨끗하게 씻겼던지라 매끄럽기가 마치 벽옥璧玉 같았다. 다만 큰 비가 있었던 뒤끝이어서 돌 틈에 고인 물이 남아 있었다. 자리를 가려서 빙 둘러앉되 위아래의 순서는 가리지 않았다. 이윽고 조그만 술상을 차렸는데, 술잔 주고받는 예절은 모두가 지극히 자연스럽게 하였다. 이렇게 술을 마시고 이야기하기를 종일토록 하다 보니 바야흐로 날이 어두워지려 하였다. 구름 그늘이 달빛을 가리고 물빛이 아득하여 촛불을 밝혀 보니 바위는 강 가운데 놓여 있고, 강물은 여기에 이르러 나뉘어 흘렀다. 한 줄기는 내가 앉은 자리를 돌아 이황의 좌석 아래로 흘러갔다. 내가 취흥醉興을 타서 재미난 놀이를 하였다. 술잔에 술을 부어 조그만 나뭇가지 뗏목에 올려서 띄우니 이황이 아래에서 웃으며 받아 마시기를 왕복 서너 차례 하였고, 손자사위와 자제들은 이 정경을 보고 부러워하였다.

장마가 그친 뒤라 하늘과 땅의 더러운 먼지가 모두 씻겨 나가 티 없이 맑고 깨끗한 강호로 바뀌었다. 이렇게 청정한 자연을 마주한다면 그 누구라도 마음이 유리알처럼 맑아지지 않을까. 이날 이현보는 마음에 맞는 후진들과 더불어 조그만 배를 타고 유람하다가, 갈라진 돌 틈새 사이로 맑은 강물이 흐르는 점석에 둘러앉았다. 밤이 되자 촛불을 밝히며 흐르는 물결에 잔을 띄워 서로에게 권한다. 서늘한 강바람과 돌 틈으로 흐르는 강물, 그리고 정겨운 대화와 더불어 나누는 술잔. 이 얼마나 운치 있고 아름다운 풍류인가.

　　뒷날 '영남가단'이라는 이름을 얻게 된 영남 사대부들의 놀이와 예술 현장의 단면이다. 이러한 풍류의 주요 인물들은 이 지역에 농토와 누정 등 탄탄한 경제적 기반을 갖춘 양반 출신이며, 청년기에 정치적 이상을 품고 중앙 정계에 진출했던 영남 사림들이다. 그러나 막상 이들이 접한 정계는 피비린내 나는 사화기의 어둡고 부조리한 세계였다. 따라서 이들은 어지러운 중앙 정계를 피해 주로 지방 수령을 지내면서 고향 인근에서 성리학에 바탕을 둔 향촌 교화 운동을 벌이고 풍류 문화를 이끌었다. 한양으로 상징되는 부조리한 정치 현실과 거리를 둠으로써 이와 같은 풍류를 실현할 수 있었다. 이러한 풍류 현장에는 아름다운 자연과 더불어 마음을 나눌 수 있는 벗, 그리고 술과 놀이가 있다. 여기에서는 격식에 구애되지 않고 인간적으로 교감할 수 있는 여유로움과 멋스러운 삶의 태도가 넘쳐난다. 이현보의 〈어부장가漁父長歌〉도 이러한 풍류 문화의 소산이다.

종일토록 배를 띄워 물안개 속으로 흘러가고	盡日泛舟烟裡去
때때로 노 저어 달빛 아래 돌아온다.	有時搖棹月中還 이라
노 저어라 노 저어라.	이어라 이어라
내 마음 좇는 데서 기심機心을 절로 잊네.	我心隨處自忘機 라
찌이쿵 찌이쿵 어여차.	至菊恩 至菊恩 於思臥
노 두드리고 물결 타기 정한 기약 없다네.	鼓枻乘流無定期 라

강상조어도江上釣魚圖
사대부 화가 조영석이 그린 그림. 멀리 보이는 산과 강가의 모래밭, 잔잔한 물결과 갈대가 어우러진 바위를 배경으로 한가롭게 배를 띄우고 낚싯대를 드리운 풍경이 자유롭기 그지없다.

사대부들이 자신을 어부에 빗대어 노래하는 것은 동아시아의 시적 전통에서 무척이나 오래된 관습이다. 조각배를 타고 유유자적 떠다니는 어부의 자유로운 삶이 벼슬살이에 묶여 있던 관료들의 처지에서 보면 한없이 부러웠을 것이다.

노래의 시선은 먼저 종일토록 배를 타고 안개 속으로 흘러들었다가 달빛 타고 돌아오는 화자의 일상을 포착한다. 이 어부의 내면은 고기 따위는 초월한 채, 오직 기심機心을 잊는 데에 있다. 기심이란 기회를 보고 움직이는 마음으로, 부와 명예, 권력 등 세속적 욕망이 내포된 생각을 말한다. 화자는 이렇듯 명리名利에서 초탈한, 무한한 정신적 자유로움을 소망한다. 즉 세속적인 현실에서 벗어나 순백한 심성을 추구하고 있다. 마지막 구절도 멋지다. 별도의 기약 없이 흥에 겨우면 언제라도 배를 띄우고 물결을 타겠다는, 무언가를 억지로 하지 않겠다는 인생 태도와 다름없다. 본성이 요구하는 대로 자연스럽게 움직이며, 세속적인 시간에 얽매이지 않는 달관의 경지인 것이다.

여기서 영남 사림의 풍류가 자신의 마음을 닦는, 내면 지향으로 흘러가는 단초를 발견하게 된다. 이러한 흐름은 퇴계退溪 이황李滉(1501~1570)이나 그의 제자 권호문權好文(1532~1587)에 이르면 더욱 강화되어 간다. 이황은 〈도산십이곡陶山十二曲〉에서 다음과 같이 노래한다.

춘풍春風에 화만산花滿山하고 추야秋夜에 월만대月滿臺라
사시四時 가흥佳興이 사람과 한 가지라.
하물며 어약연비魚躍鳶飛 운영천광雲影天光이야 어느 끝이 있을까.

봄바람에 꽃이 산에 가득하고, 가을밤엔 달빛이 누대에 그득한 풍경은 도산서당 주변의 아름다운 자연을 묘사한 것이다. 그러나 이 장면이 역동적으로 느껴지는 이유는 시간의 흐름 속에서 봄과 가을, 낮과 밤의 정경을 교차시키고 있기 때문이다. 이렇듯 자연은 계절마다 아름다운 모습과 흥취를 다채롭게 내보인다. '사시四時 가흥佳興', 즉 사계절의 아름다운 흥취는 자연이 드러내는 무궁한 정취를 일컫는다. 자연은 순환하는 질서에 따라 활발한 생명력을 뿜어내고, 이를 바라보는 시적 화자 역시 무한한 흥취에 빠져든다. 그야말로 자연과 내가 합일되는 상황이며 물아일체의 경지에 다다랐다고 할 수 있다.

종장의 '어약연비魚躍鳶飛'는 《시경詩經》과 《중용中庸》에서 차용한 표현으로, 고기가 강물에서 뛰어오르고 솔개가 하늘로 날아오르는 정경이며, '운영천광雲影天光'은 주자의 시에서 인용한 것으로 하늘 빛과 구름 그림자가 함께 강물 위에 어리는 모습을 뜻한다. 이 모두는 조화로운 우주의 이법이 구현된 자연의 조화로운 상태를 말하며, 화자는 이러한 도道의 오묘함을 체현한다. 이황은 도산서당 앞에 좌우로 자리 잡은 봉우리를 '천연대'와 '운영천광대'로 명명하고, 이와 같이 조화로운 자연을 즐기며 그 도를 몸으로 체득하였으니, 그의 풍류는 내면주의적 성격을 지닌다.

계상정거도溪上靜居圖
이황이 머물던 당시의 도산서원과 주변 산수를 담은 정선의 풍경화이다. 도산서원은 이황이 죽고 난 뒤 증축되었는데, 그 이전의 정경을 엿볼 수 있다.

다음 〈도산십이곡〉은 소담하고 깨끗한 정취를 간직한 도산서원에서 독서와 산책으로 소일하는 즐거움을 노래하고 있다.

천운대 돌아들어 완락재 소쇄瀟灑한테

만 권萬卷 생애로 즐거운 일이 무궁하여라.

이 중의 왕래 풍류를 일러 무엇 할꼬

화자의 발걸음을 따라가 보면 먼저 도산서당 앞 오른쪽에 자리 잡은 천운대天雲臺를 돌아서 서재이자 침실인 완락재玩樂齋에 이르게 된다. 그

완락재에는 만 권의 책이 쌓여 있다. 물론 과장된 표현이지만, 이렇게 수 많은 책을 쌓아 두고 독서하는 즐거움은 무궁하다. 독서를 통해 성현과 만나고 인생의 이치를 깨우쳐 나가는 즐거움, 그 심성 수양의 과정을 곧 풍류로 삼은 것이 퇴계 이황의 삶의 방식이었다. 이는 도산서당의 주변 을 완상하면서 자연과 교감하는 '왕래 풍류'를 통해 더욱 충만한 것이 된 다. 소박하고 담백한 언어로 평이하게 그려 낸 듯하지만, 일상적인 삶을 지극한 풍류의 경지로 승화시킨 정신의 우뚝함과 내면의 깊이가 오롯이 드러나는 작품이다.

이황의 제자로 스스로의 뜻에 따라 평생 벼슬 없이 처사로 지냈던 권 호문은 〈한거십팔곡閑居十八曲〉에서 다음과 같이 노래한다.

바람은 절로 맑고 달은 절로 밝다.
죽정竹庭 송함松檻에 한 점 티끌 없으니
일장금一張琴 만축서萬軸書 더욱 소쇄瀟灑하다.

바람과 달이 절로 밝고 맑다고 한 표현에서 '절로'의 의미가 각별하다. 자연과 우주는 스스로의 운행 원리에 따라 어긋남이 없이 움직이는 도道 의 세계임을 '절로'라는 표현 속에 함축하고 있다. 달과 바람뿐만 아니 라 그의 생활 공간도 맑고 깨끗하기는 마찬가지다. 대나무 뜨락과 소나 무 난간 어디에도 한 점 티끌이 없다. 그 가운데 한 대의 거문고와 만 권 의 책이 놓여 있다. 음악과 독서를 통해 실현하고자 하는 삶이란 모름지 기 하찮은 세속적 욕망을 넘어선 도학자로서의 맑고 투명한 삶이다. 권 호문은 그 삶을 '더욱 소쇄하다'고 표현하거니와, 우리는 이를 통해 사 대부가 지향한 풍류의 한 극점을 볼 수 있다.

이처럼 영남 사림들의 풍류는 우주 자연과 대면하여 자신의 존재 가치 를 성찰하고 더욱 완벽한 인격의 실현을 지향하는 철학적 풍류였던 것이 다. 그 맑고도 깊은 경지란 가히 측량하기가 어려울 정도다.

호남 사림의 멋과 흥취

영남 사림들이 '도학'을 하나의 축으로 삼아 내면 지향 풍류의 흐름을 이어왔다면, 호남의 계산풍류는 또 다른 경지의 풍류를 보여 준다. 호남의 사대부들이 펼쳐 낸 풍류는 호방하고 화려한 가운데 낭만적 흥취와 멋을 추구한다.

호남 지역의 호방한 풍류 세계를 엿볼 수 있는 것이 호남 시단의 태두였던 송순의 회방연回榜宴에 얽힌 고사이다. 회방연이란 과거 급제 60주년을 기념하는 잔치를 말한다. 송순은 27세에 과거에 급제하여 50년 동안 벼슬을 지내다가 77세에 관직에서 물러나 면앙정俛仰亭에서 여생을 보내고 있었다. 87세가 되던 1584년에 한바탕의 흥성한 회방연 잔치가 베풀어졌는데, 《담양부지潭陽府誌》에는 당시의 파격적인 잔치 모습을 아래와 같이 기록하고 있다.

면앙정
송순이 1533년 고향에 세운 정자로, '면앙정'을 자신의 호로 삼기도 했다. 아름드리나무가 우거진 숲 가장자리의 언덕배기에 자리한 면앙정의 운치는 당대 호남 사림의 흠모 대상이었다. 전남 담양군 봉산면 제월리 소재.

> 송순이 문과 급제한 지 회갑이 되던 날에 면앙정에서 축하하는 잔치가 베풀어졌다. 마치 친은일親恩日과 같아서 호남 온 고을이 흠모하여 구경하였다. 술자리가 반쯤 이르렀을 때 수찬修撰 정철이 말하기를, "이 노인을 위해서라면 우리가 대나무 가마를 메도 좋겠다."고 하였다. 드디어 정철은 헌납 고경명, 교리 기대승, 정언 임제와 함께 송순을 태운 대나무 가마를 떠메고 내려왔다. 그 뒤를 각 고을 수령과 사방에서 모여든 사람들이 따랐다. 사람들 모두 감탄하며 부러워하였다.

술의 흥이 한껏 고조되자 정철의 제안으로 고경명, 기대승, 임제 등이 송순을 대나무 가마에 태우고 스스로 가마꾼 노릇을 자청하고 있다. 이들은 모두 호남의 탁월한 문인 학자이며 호남 시단의 중추적인 인물들이다. 아니 호남을 넘어서 이 나라 최고의 학자이자 문인들이었다. 그때 정철과 고경명의 나이는 이미 쉰을 전후한 무렵이었다. 나이도 체면도 다 떨쳐 버리고 취흥을 따라 자유롭게 살아가는 모습에는 도학적 풍류와는 또 다른 차원의 호방한 낭만적 풍류가 흘러넘친다.

송순이 기거한 면앙정은 김성원의 식영정息影亭과 양산보의 소쇄원瀟灑
園 등과 더불어 호남 지역 계산풍류의 중요한 산실이었다. 송순이 직접 쓴
〈면앙정가俛仰亭歌〉는 면앙정을 배경으로 펼쳐지는 사계절의 아름다운 풍
광과 속세를 떠나 자연을 즐기는 강호한정江湖閑情을 유감없이 드러내면
서 호남 계산풍류의 한 원형을 이루었다. 특히 작품의 후반에서 펼쳐 낸
비약적인 시적 상상력은 도도한 흥취를 거리낌 없이 드러내고 있다.

> 술이 익었거니 벗이라 없을쏘냐.
> 불리고 타게 하며 켜면서 이어가며
> 갖가지 소리로 취흥醉興을 재촉하니
> 근심이라 있으며 시름이라 붙었으랴.
> 누으락 앉으락 굽으락 젖히락
> 읊으락 휘파람 불락 마음대로 놀거니
> 천지도 넓고 넓고 일월日月도 한가하다.
> 희황羲皇 시절 모를러니 이때가 그때로다.
> 신선이 어떻던고 이 몸이 그로구나.

앞서 살핀 정극인의 〈상춘곡〉에 나타난 취흥이 한 선비가 홀로 자유로
운 가운데 느끼는 흥취였다면, 〈면앙정가〉의 취흥에는 벗과 더불어 흐드
러지게 피어나는 음악이 있다. 도도한 취흥은 청아한 노래와 악기의 선
율을 따라 더욱 고조되어 마침내 온갖 근심을 잊고 풍류 그 자체에 몰입
하게 된다. 이에 따라 모인 사람들의 행동도 일상의 예교에서 벗어나 자
유로워진다. '누으락 앉으락 굽으락 젖히락' 마음껏 움직이는 것은 인간
사의 규범이나 격식을 벗어난 모습으로, 화자가 스스로를 신선과 동일시
할 수 있는 근거가 된다. 이 얼마나 호방한 풍류인가.

송순의 이러한 낭만적 상상력은 송강 정철에 이어진다. 정철이 성산에

있는 김성원의 집에 머물던 시절에 지었다는 풍류의 노래 〈성산별곡星山別曲〉의 한 대목을 보자.

산중에 책력冊曆 없어 사시四時를 모르더니
눈 아래 펼쳐진 경치 철철이 절로 나네
듣거니 보거니 일마다 선간仙間 이라.
매창梅窓 아침 볕에 향기에 잠을 깨니
산옹山翁의 할 일이 곧 없지도 아니하다.
울 밑 양지 쪽에 외씨를 뿌려 두고
김매거니 북돋거니 빗김의 손질하니
소평邵平이 외 심은 고사 지금도 있다 할까.
짚신을 급히 신고 죽장을 흩짚으니
도화 핀 시벗길이 방초주에 이었구나.
거울 같은 맑은 물속에 저절로 그린 돌병풍
그림자 벗을 삼아 서하西河로 함께 가니
도원은 어디인가 무릉이 여기로다.

성산에 머문 길손 정철과 주인인 김성원의 대화 형식으로 이루어진 이 노래는 성산이라는 실재 세계와 선계라는 초월적 세계의 이미지가 지속적으로 겹쳐진다. 산중에 달력이 없다는 것은 이곳이 인간 세계의 인위적 규율에서 벗어난 곳이라고 하는 도가적 상상력의 소산이다. 달력이 없어도 계절은 절로 바뀌어 사시사철 아름다운 풍경을 자아내니 신선 세계나 다름없다. 주인이 하는 일을 보면, 봄날 나른한 햇살이 비칠 무렵 매화 향기에 잠이 깨어 울 밑에다 외씨 몇 개를 심어 두고 이를 가꾼다. 김을 매고 북돋으며 빗속에 손질한다고 하여 딴에는 분주한 듯하지만 그것은 실상 노동이 아니라 삶의 즐거움을 북돋우는 여유로운 풍류의 몸짓이다. 대나무 지팡이에 의지하여 떠나는 산책길도 마찬가지다. 향기롭고

도원문진도桃源問津圖
조선 시대 문인화에서 즐겨 그려졌던 도연명의 〈도화원기〉를 주제로 한 그림이다. 정철이 〈성산별곡〉에서 노래한 무릉도원의 탈속적 세계가 안중식의 화폭에서 이처럼 펼쳐지고 있다.

꽃다운 풀들이 흐드러지게 핀 모래톱에는 복숭아꽃이 만발하여 이에 어울리고, 그 곁의 맑은 시냇물에는 시냇가에 드리운 석벽이 그림처럼 어리어 있다. 이 얼마나 아름다운 세계인가. 정철은 그림자 벗을 삼아 서하로 내려가면서 자신이 걷고 있는 이곳이야말로 별천지인 무릉도원이라고 여긴다.

이처럼 호남의 풍류는 낭만적이고 정감적이며 역동적이다. 이런 점에서 철학적이고 이성적이면서 정태적인 영남의 풍류와는 사뭇 다르다. 세계를 관조하고 이치를 찾아 내 몸에 체현하는 영남의 풍류와는 달리 호남의 풍류는 세계를 즉물적이고 감각적으로 인지하며 정감적으로 표현한다. 따라서 유미주의적 세계 인식이 두드러지면서 흥취가 더욱 고양되어 가는 특징을 보인다. 윤선도尹善道(1587~1671)의 〈어부사시사漁父四時詞〉 '춘사春詞'에서 다시 한 번 확인해 보자.

고운 볕이 쬐이는데 물결이 기름 같다.
이어라 이어라
그물을 주워 둘까 낚시를 놓아 둘까.
지국총 지국총 어사와
탁영가에 흥興이 나니 고기도 잊을로다.

시적 화자는 지금 맑고도 따스한 봄날, 어선 위에 앉아 있다. 그가 바라본 바다는 봄 햇살을 받아 물결이 마치 기름 같다. 화사한 봄빛이 내리비치자 잔잔하게 일렁이던 물결들이 그 빛을 반사하여 은빛 물결로 바다를 뒤덮으며 장쾌한 광경을 만들어 낸다. 황홀한 세계에 도취된 서정 자아의 심리적 정황이 다음 행들에서 묘사되고 있다. 그물질에도 낚시질에도 흥미를 잃고 심지어 고기마저 관심사에서 멀어지는 드높은 흥취에 휩싸이게 된 것이다.

'풍류風流', 말 그대로 풀면 '바람의 흐름'이다. 바람이 흐르듯 여유롭게 움직이는 그것이 곧 풍류이다. 그 바람은 따뜻한 봄바람일 수도, 마음을 깨끗이 씻어 주는 서늘한 바람일 수도, 심신을 들뜨게 만드는 한바탕의 열풍일 수도 있다. 그 어떤 것이든 풍류의 길이란 자연에 거스르지 않고 그 흐름에 몸을 맡기며 우주의 근원적 섭리에 따라 움직이는 데서 자연스럽게 열리는 것이었다.

2 여성들의 놀이와 풍류

강호가도나 시가 풍류는 대개 남성 사대부나 선비들의 몫이었다. 그래서 여성들이 경치 좋은 곳을 찾아 풍류를 즐기며 시를 짓는 모습은 선뜻 연상되지 않는다. 남성 사대부의 풍류 자리에 참석하여 시흥을 돕는 기생의 모습이 떠오르는 정도이다. 하지만 이외에도 여성들이 펼쳐 내는 풍류의 문화가 있었다. 여성들의 시가 풍류는 남성과는 어떻게 달랐을까.

규방 여성의 화전놀이와 '풀이'의 풍류

세간에는 송강 정철 등 사대부 작가가 쓴 가사 작품은 많이 알려져 있지만, 오늘날까지 전해지는 가사 작품으로 여성이 쓴 것은 그리 많지 않다. 여성이 쓴 가사를 규방 가사라 하는데, 여성의 삶과 정서를 특유의 섬세한 필치로 그려 내고 있어 사대부 가사와는 또 다른 느낌을 전해 준다. 그 규방 가사 가운데 화전놀이의 정경을 담은 화전가류의 작품이 하나의 중요한 유형을 이루고 있다. 화전가는 여성들의 놀이 풍류와 시가 문화를 잘 보여 준다.

화전놀이란 조선 시대 부녀자들이 화창한 청명절*을 전후하여 풍광이 아름다운 야외로 소풍을 나가 꽃잎을 따서 전을 부쳐 먹으며 하루를 즐기는 놀이다. 집안에 틀어박혀 살아야 했던 여성들에게는 집 밖으로 나가 바람을 쐴 수 있는 특별한 기회였다. 쉽게 주어지지 않는 기회였던 만큼, 여성들은 화전놀이를 알차고 즐겁게 보내기 위해 많은 노력을 기울였다. 여성들은 놀이를 마치고 돌아오면 그날의 정경을 시로 옮겨서 즐거움을 되새기는 한편 놀이가 끝난 아쉬움을 달랬다. 그렇게 만들어진 것이 바로 화전가류의 가사이다.

화전가의 내용 구성에는 일정한 틀이 있다. 대개의 작품이 '신춘 예찬 – 화전놀이 공론 – 택일과 통문 – 재료 준비 – 몸치장 및 출발 – 절경 찬미 – 화전 굽기 – 회식과 유흥 – 이별과 명년 기약 – 귀가'순으로 짜여 있다. 화전놀이 당일을 중심축으로 삼아 그 준비부터 마무리에 이르는 일련의 과정을 담아내면서 그때 그때의 감흥을 드러내는 식이다.

청명절 24절기 가운데 하나로 춘분과 곡우 사이에 든다. 이때부터 날이 풀리고 화창해지기 시작한다. 4월 5일 무렵이다.

화전놀이에 참여하는 여성들은 각자 형편대로 떡가루며 기름 등을 추렴하여 정성껏 차려입고 정해진 승지를 찾아 떠난다. 기껏해야 동네 주변의 산수이지만, 담장 너머 자연 세계로의 공간 이동은 가문의 규율과 법도로부터의 해방이자 아름다운 자연과 마주하는 것이기에 그 흥취가 남다르다. 경북 봉화의 신승덕이 노래한 〈화전가花煎歌〉를 살펴보자.

쉬어쉬어 숨을 쉬어 감의봉을 올라서니
경치도 좋거니와 마음도 상쾌하다.
원근 마을 바라보니 춘색이 난만하다.
양류청청 푸르렀고 복사꽃 오얏꽃 붉었구나.
앞내를 벼려 보니 맑은 공기 떠오른다.
춘양에서 벼린 물은 낙수거리 돌아들고
법전서 벼린 물은 관터로 돌아들어
산 밑에 합수하여 갈벼로 흘러가니
글자로 모방하면 아홉 구자 쓰여 있고
원근산 바라보니 명산 경치 좋을시고.

사실 자연 자체의 아름다움에 대한 느낌은 여성이라고 해서 다를리 없다. 여성들이 창작한 화전가에서의 풍류도 산수 유람을 통한 미적 체험에서 시작된다. 이 작품은 구체적인 지명을 제시하고 이 공간에서의 체험적 서정을 특별한 수식 없이 진솔하게 드러내었기에 오히려 현실감이 있다.

승지에 도착하면 그녀들은 본격적으로 화전 굽기에 들어간다. 맵시 있는 손길로 꽃을 따서 전을 붙이는 모습이 경쾌하고도 즐겁게 묘사된다. 음식을 마련하는 일은 본래 노동에 해당하는 것이지만, 화전놀이는 이름 그대로 하나의 즐거운 '놀이'로 그려지고 있다.

정성껏 부친 화전을 나누어 먹은 뒤에 술까지 한잔 곁들이면 놀이의 즐거움은 한껏 고조된다. 화전놀이는 문중의 부녀들 중심으로 행해지는 경우와 촌락의 부녀들 중심으로 이루어지는 경우로 나뉘는데, 후자의 경우 꽃싸움 같은 즐거운 놀이에 이어, 술을 나누기도 했다. 술자리 끝에 흥이 나면 노랫소리가 낭자하게 펼쳐지기도 한다. 일상적 생활 공간에서는 상상할 수도 없는 일이다. 그때 여성들이 맛보는 정서적 해방감은 특별했을 것이다. 그들은 마음속에 억제되어 있었던 유희 본능을 술의 힘을 빌려 펼쳐 냈던 것이다. 경북 예천의 권대오는 〈병암정화전가〉에서 이렇게 노래하고 있다.

화전
찹쌀가루를 반죽하여 진달래나 개나리, 국화 따위의 꽃잎을 붙여서 기름에 지진 떡이다. 옛 여성들은 함께 모여 화전을 부치며 고달픈 여성의 삶을 서로 위로하였다.

연약한 여자 장위腸胃 한잔 술도 과하거든
잔 씻어 다시 마시는 중에 없던 풍정風情 절로 나네.
손길 잡고 일어서며 노래하고 춤을 추어
질탕풍류 일어나니 요지연이 방불하다.

사대부 풍류에서 술이 부정적 현실의 갈등과 시름에서 벗어나 강호 자연의 정취에 몰입하도록 하는 역할을 한다면, 화전놀이 자리에서 여성의 음주는 일상의 규범에서 억눌린 자아를 해방하고 자기 표현 욕구를 발산하며 다른 여성들과의 연대 의식을 강화하는 기능을 한다. 함께 어울려 노래하고 춤추며 '질탕 풍류'를 펼쳐 내는 모습은 예사로이 볼 일이 아니다. 그들은 잠깐이나마 그렇게 신선 세계의 연회인 '요지연瑤池宴'과도 같은 해방구를 만들어 그 자신 또한 아름다운 세상의 엄연한 일원임을 확인했던 것이다. 그리고 그들은 당시에 남성들의 전유물처럼 여겨졌던 '글짓기'를 한다. 경북 안동에 전해 내려오는 작자 미상의 〈화전가라〉를 보자.

온갖 경치 보는 대로 글이나 지어 보세.
김 낭자야 이리 오너라, 자네 먼저 한 귀 짓세.

저 김 낭자 거동보소. 벽계수에 부숙하던
제비처럼 우뚝 앉아 종이를 펼쳐 들고
제법 한 귀 지어본다. 한참을 생각터니
송이송이 피인 꽃에 쌍쌍이 나는 나비
너도 또한 미물이나 춘흥을 못 이겨서
춘풍 도리桃李 때를 타서 화전하러 네 왔더냐.
묻노라, 저 나비야. 명년 삼월 또 만나자.
권씨 부인 여보시오 자제 말고 지으시오
권씨 부인 붓을 들고 실령실령 써서 번다.

조선 시대에 문필은 곧 남성 권력을 상징했기에 몇몇 예외적인 여성들을 제외하고 규방의 부녀자들은 제대로 글을 배울 기회도, 글을 쓸 수 있는 겨를도 없었다. 그러나 화전놀이 판에서 취흥이 고조되면 사정이 달라진다. 내면에 잠재된 본능적 표현 욕구가 발동하는 것이다. 위의 김 낭자를 보면, 제비처럼 우뚝 앉아서 골똘하게 시상을 떠올리는 모습이 제법 엄숙하다. 그녀가 창작한 노래는 언문으로 된 가사 형식인데 뛰어난 솜씨는 아니다. 그러나 때마침 꽃 사이를 자유롭게 노니는 나비를 자신과 동일시하며 다음 해 화전놀이에서의 재회를 기약하는 내용에서 동화처럼 순박한 그녀의 내면 정서를 읽어 낼 수 있다. 화전놀이가 여성들의 욕구와 재능을 마음껏 펼쳐 내는 한바탕의 신명 나는 풍류 마당이었음을 잘 보여 주는 대목이다.

화전가에는 권위적인 가부장적 질서 속에서 억눌려 살아가는 여성의 고통과 한을 토로하고 이를 신명으로 풀어내는 대목들이 포함되어 있다. 온몸을 다 바쳐 살림살이에 힘써도 시부모와 남편에게서 돌아오는 것은 고맙다는 따뜻한 말 한마디가 아닌 따가운 눈총과 핀잔일 때가 더 많다. 그러기에 한은 눈더미처럼 쌓여 간다. 흥미로운 사실은 〈화전가〉가 놀이의 풍류를 통해 쌓인 한을 긍정적인 삶의 의지로 전환시킨다는 점이다.

화전놀이의 놀이적 성격이 가져온 치유의 효과라 할 수 있다. 여성들은 즐거운 화전놀이를 통해 서로의 상처를 어루만지는 가운데 연대 의식과 결속력을 드높였던 것이다. 작자 미상의 〈덴동어미화전가〉는 이러한 모습을 잘 보여 준다.

마음 심자가 제일이라 단단하게 맘 잡으면
꽃은 절로 피는 기요 새는 늘상 우는 기요
달은 매양 밝은 기요 바람은 일상 부는 기라.
마음만 여사 태평하면 여사로 보고 여사로 듣지
보고 듣고 여사하면 고생될 일 벌로 없소.
앉아 울던 청춘과부 갑자기 크게 깨달아서
덴동어미 말 들으니 말씀마다 모두 옳네.
이 내 수심 풀어벼어 이리저리 부쳐 두고
화용월태 이 내 얼굴 꽃 화자로 부쳐 두고
술술 나는 긴 한숨은 세우춘풍 부쳐 두고
밤이나 낮이나 숱한 수심 우는 새나 가져가지.
일촌 간장 쌓인 근심 도화유수로 씻어 불까.
천만 겹이나 쌓인 실움 웃음 끝에 하나 없네.
구곡간장 깊은 실움 웃음 끝에 하나 없네.
구곡간장 깊은 실움 그 말 끝에 슬슬 풀려
삼동실한 쌓인 눈이 봄 춘자 만나 슬슬 녹네.

이 노래의 배경은 경북 순흥의 비봉산이다. 마을 부녀들이 곱게 단장하고 와서 화전놀이를 즐기는데, 열일곱 살의 청상과부만이 눈물 콧물을 짜며 슬퍼하고 있다. 사연을 물어보니 남편이 죽은 뒤 그리움이 사무쳐 차라리 개가를 할까 고민한다는 것이다. 이때 덴동어미가 나서서 개가를 만류하며 그녀의 인생 유전을 들려 준다. 그녀 또한 열여섯 살에 결혼하여 열일곱 살에 청상과부가 된 뒤 세 번이나 개가를 했지만 번번이 남편을 잃고 늦게 얻은 아들 하나마저 불에 데어 불구가 된 채 살아가고 있다는 사연이다. 그녀는 인간의 팔자와 운명은 거역할 수 없는 것이라고 말하며, 인생사의 기쁨과 슬픔은 사람의 마음에 달려 있다고 청춘과부를 위로한다. 혹독한 운명을 경험한 덴동어미의 진심 어린 충고는 청춘과부의 마음을 움직여 마음속 가득 응어리진 슬픔을 풀어내게 한다.

이 작품에서 덴동어미가 청상과부의 재혼을 만류한 것이 옳은 처사인지에 대해서는 평가가 엇갈릴 수 있다. 중요한 것은 서로의 아픔을 공유하고 어루만지며 풀어내는 몸짓 그 자체이다. 억눌린 존재로서의 여성의 한을 풀어내며 아픔을 함께 치유하고 자아 실현을 추구하는 공동의 풍류. 이것이 화전가를 통해 표현된 규중 여성들의 풍류 세계였다.

호조낭관계회도戶曹郎官契會圖
계회도란 풍류를 즐기고 친목을 도모하기 위하여 조직된 문인들의 계회를 그린 그림을 말한다. 당시 사대부들의 계회 모습이 자세하게 드러나 있다.

여류 시인들의 시회와 풍류

조선 시대 사대부들은 계회契會와 시회詩會, 시사詩社 등의 이름으로 풍류 모임을 운영해 왔다. 이들 모임에서는 서로 뜻이 맞는 사람들이 함께 모여 좋은 장소를 찾아가 시를 짓고 읊으며 품평한다. 조선 중기 이후에는 중인층에서도 이러한 모임이 결성되었다. 하지만 규방에 갇힌 여성들로서는 이러한 시회나 시사를 꿈꾸기조차 어려웠다. 앞서 살핀 화전놀이 정도가 여성들이 내면의 소회를 시로 풀어낼 수 있는 드문 기회였을 따름이다.

그런데 19세기 중엽, 놀라운 일이 일어났다. 한양에 사는 일부 여성들이 시사를 만든 것이다. 그 모임은 '삼호정시사三湖亭詩社'. 지금의 서울 용산 한강변에 있던 정자 '삼호정'에서 따온 이름이다. 이 시사의 구성원은 모두 다섯 명이었다. 원주의 관기官妓 출신으로 삼호정을 소유하고 있던 김덕희의 소실이 된 김금원金錦園, 성천의 관기 출신으로 어려서부터 시와 그림에 뛰어나 이름을 날리다가 한강변의 별장 일벽정을 소유한 김이양의 소실이 되어 한양으로 올라온 김운초金雲楚, 원주 출생으로 일찍이 시명을 떨치다가 서기보의 소실이 된 서녀庶女 출신의 박죽서朴竹西, 문화 땅의 관기 출신으로 이정신의 소실이 된 경산瓊山, 관기 출신으로서 홍태수의 소실이 된 김경춘金瓊春이었다. 이들의 특징은 정실이 아닌 양반가 소실이라는 점, 대부분이 관기 출신이라는 점이다.

압구정도狎鷗亭圖
진경산수화의 대가인 정선은 한강 주변 풍경을 담은 그림을 다수 남겼다. 이 그림은 세조 때의 공신 한명회의 별장을 그린 그림이다. 삼호정 시사가 벌어지던 옛 한강가 정자들의 풍경을 가늠할 수 있다.

그녀들은 사대부가의 공식적인 가족으로서 인정받기 어려운 소실이었기에 엄격한 가족 제도의 울타리 밖에 있었으며, 사대부가의 첩실이 됨으로써 기녀의 신분에서 벗어나는 한편, 경제적으로도 안정된 삶을 누릴 수 있었다. 이 기묘한 틈새 공간에서 그녀들은 서로 동지애를 나누며 시적 재능과 예술혼을 마음껏 발휘하였다.

또한 나이에 관계없이 서로 어울려 좋은 경치를 찾아다니고 아름다운 자연을 즐겼다. 음악을 연주하며 즐기다가 문득 시상이 떠오르면 시로 표현하였다. 하지만 운 좋게 서울 사대부의 소실이 되기는 하였으나 기생첩이라는 존재적 제약으로부터 자유로울 수는 없었다. 그나마 이들이 자유로울 수 있는 곳은 계급의 차별이 없는 강호 공간이고 예술의 세계였다. 조선 최초의 여성 시사는 이렇게 신분적 한계를 딛고, 사회적 소수자로서의 연대 의식과 우정에 기반하여 성립되었던 것이다.

김운초의 시 〈일벽정시회一碧亭詩會〉에서 이들 내면 의식의 실마리를 찾아보자.

골방에 쓸쓸히 달빛 비껴 비추는데	洞房稍稍月橫斜
가을 들자 변방 가는 길 더욱 아득하네.	秋入關河路更賒
좋구나, 좋은 벗들과 회포를 나누는 일.	好是良朋論素抱
향기로운 술 마시며 국화 보는 일 어이 참으리.	那堪芳酒對黃花

환영의 경지를 참된 경지라 여기지 말 일인데	休將幻境爲眞境
다투어 끝 없음을 끝 있음과 혼동하네.	競以无涯混有涯
우리들 남은 생애 사모할 바 무엇인가.	吾輩餘生安所慕
그저 초계와 삽계 오가는 늙은 어부 따름일세.	秖從苕霅老漁家

시회가 열리는 별장의 내당에 비스듬히 달이 비치고, 가을이 깊어 가자 고향 생각이 절로 난다. 짙어 가는 향수 속에서 좋은 벗들과 속내를 터놓고 회포를 나누며 국화꽃 마주하여 향기로운 술을 마실 수 있으니 위안이 된다. 그렇지만 이러한 호사로 마음속의 근원적 슬픔까지 없애지는 못한다. 기생첩의 처지이기에 지금 누리고 있는 그 즐거움은 '참된 경지'라기보다 '환영의 경지'에 가까운 것이고, 불안정한 것이었다. 그리하여 화자는 '초계와 삽계 오가는 늙은 어부'를 따르고자 한다. 그 어부가 누구인가 하면 당나라 시인 장지화로, 부조리한 현실을 떠나 낡은 배를 집 삼아 강물을 떠다니며 살았던 인물이다. 김운초는 이 시에서 어부 모티프를 통해 어디에도 속박되지 않는 진정한 자유를 누리고자 하는 염원을 나타내고 있는 것이다.

호방한 성격의 김금원의 시 〈강사江舍〉에는 좀 더 화려하고 아름다운 풍취와 낙관적인 면모가 보인다.

서호의 좋은 경치 이 누대에 있으니	西湖形勝在斯樓
마음대로 올라가서 흥겹게 노닌다네.	隨意登臨作遊遊
서쪽 언덕 비단옷 입은 이 봄풀과 어울렸고	西岸綺羅春草合
강물 가득 빛나는 푸른 물빛 석양 속에 흐르네.	一江金碧夕陽流
구름 드리운 작은 마을엔 배 한 척 숨어 있고	雲垂短巷孤帆隱
꽃이 진 한가한 낚시터에 멀리 피리소리 구슬퍼라.	花落閑磯遠笛愁
끝없는 바람과 연기 거두어 모두 사라지니	無限風烟收拾盡
시 담은 비단 주머니 그림 난간 가에서 빛나네.	錦囊生色畫欄頭

삼호정에서 느낀 늦봄의 서정을 담은 시이다. 화사한 봄날 석양
무렵 흥겨운 마음으로 누정에 오르니 아름다운 풍광이 펼쳐진다.
서쪽 언덕에는 비단옷 입은 이들이 짙어 가는 봄풀 속에 노닐고,
석양 노을 속에 한강은 푸른빛으로 찰랑인다. 아름답다 못해 장엄
한 풍경이다. 그러나 세상이 어찌 아름답기만 하랴. 작은 마을에
정박한 외로운 배는 어쩐지 화려한 봄빛 속에서도 고독해 보인다.
꽃이 진 낚시터는 쓸쓸해 보이고, 어디선가 들려오는 피리소리에
도 작자의 고독과 쓸쓸한 마음이 배어 애상감이 묻어난다. 그러나
끝부분에서 시인은 그 애상의 정서를 밝고 긍정적인 정서로 승화
시킨다. '풍류의 여인'답게 봄날의 풍광을 예술로 승화시켜 낸
자아의 만족감을 내보이고 있는 것이다.
　이상 삼호정시사를 통해 본 여성들의 시가 풍류에는 신분적
태생으로 인한 고뇌와 예술적 재능에 대한 자부심이 섞여
있다. 사회의 약자이자 소수자인 첩실 여성으로서, 스스로
시사를 결성하여 내면의 정한을 풀어내는 한편
예술을 통한 긍정적 삶의 실현을 추구한 것은
우리나라 시 문학사에서 매우 소중한
의의를 지닌다.

기생의 음악 활동과 자의식

여성들의 풍류에서 빼놓을 수 없는 부류가 바로 기녀妓女들이다. 본래 기녀는 왕이나 양반층의 풍류 생활에 동원되는 천한 신분이지만, 교방에서 가무와 문예를 훈련받은 전문 예인이다. 다만 국가에 소속된 천민이었기에 주체적인 예술 활동을 펼칠 수가 없었다. 그러나 조선 후기에 이르러 신분제가 흔들리고 상품 화폐 경제가 발달하면서 예술의 대중적 수요가 늘어 갔다. 이러한 상황에서 기녀들 스스로도 예술 주체로서의 자의식이 강화되면서 서서히 풍류 문화의 주역으로 떠올랐다.

조선 후기 기녀들은 거문고나 피리 같은 악기의 연주자인 악공과 전문 가객 등과 함께 음악 활동을 펼쳤다. 여기에 요즘의 연예 기획사와 유사한 후원자가 개입하기도 하였다. 18세기 중엽 당대 최고의 풍류인이자 연예계의 후원자인 심용沈鏞(1711~1788) 일행이 그러했다. 서울을 주무대로 풍류 생활을 누리던 심용은 어느 날 평양감사 회갑 잔치가 열린다는 정보를 입수하고 모종의 일을 꾸민다. 조선 후기에 편찬된 작자 미상의 야담집 《청구야담靑丘野談》은 〈유패영풍류성사遊浿營風流盛事〉에서 당시 상황을 이렇게 기록하고 있다.

어느 날 심용이 가객 이세춘과 금객琴客 김철석, 기생 추월·매월·계섬 들과 초당에 앉아서 거문고와 노래로 밤이 이슥해 갔다. 심용이 말하기를, "너희들 평양을 가 보고 싶지 않느냐?"

"아직 못 가 보았사오나 가 보고 싶은 마음은 간절하옵니다."

"평양은 단군·기자 이래로 오천 년 문물이 번화한 옛도시다. 그림 가운데 강산이요, 거울 속의 누대라서 나라 가운데 제일이라 이를 만하다. 나 역시 가 보지 못했구나. 내가 들으니 평양감사가 대동강 위에서 회갑 잔치를 벌인다는구나. 평안도 모든 수령이 다 모이고 명기·가객이 뽑혀 오며 산더미 같은 고기와 바닷물 같은 술로 벌써부터 소문이 자자하다. 아무 날이 바로 잔칫날이라는구나. 한번 걸음에 심회를 크게 발산할뿐더러 놀음차로 돈과 비단을 많이 받아 올 수 있으니, 이 어찌 일거양득이 아니겠느냐?"

모두 손뼉을 치며 기뻐하고 곧 길채비를 해서 떠났다. (중략)

감사는 본래 심공과 친분이 깊은 터라 심공을 보고 넘어질 듯 놀라며 반가워했다. 그리고 서로 노는 재미를 비교해 묻는 것이었다. 배 안에 있던 여러 원님과 비장裨將들, 감사의 자제·조카·사위 등은 대체로 서울 사람들이었다. 뜻밖에 서울의 기생과 풍악을 대하니 누구없이 기뻐하는 것이었다. 또한 서로 아는 얼굴들도 많아서 손을 잡고 정회를 나누었다. 노래 기생과 거문고 연주자들이 각자 최고의 재주를 다해서 진종일 놀았다. 이에 서도西道의 음

평양감사향연도
평양감사의 부임을 환영하는 연회 장면을 그린 김홍도의 그림 가운데 달밤에 기생을 데리고 뱃놀이를 즐기는 〈월야선유도〉 부분이다. 심용과 계섬 일행이 한바탕 풍류를 펼쳐 보인 평양감사 회갑 잔치의 한 장면을 짐작할 만하다.

악인들은 아주 무색하게 되었던 것이다. 그날 당장 감사는 서울 기생에게 천금을 내렸으며, 다른 벼슬아치들도 각기 힘에 따라 상금을 내놓았다. 거의 만금에 가까운 돈이 들어왔다. 심공은 십여 일 함께 실컷 놀다가 돌아왔다. 지금까지 풍류 미담으로 전해 온다.

당대의 최고 예술 애호가인 심용과 더불어 빼어난 가객, 악공, 기녀가 만들어 낸 호탕한 풍류 생활의 한 장면이 생생히 드러난다. 글의 앞머리를 보면, 이들이 자기들끼리만 초당에서 노래하고 연주하면서 예술혼을 나누어 왔음을 알 수 있다. 생업을 위해 기예를 파는 것이 아니라 스스로의 예술 세계를 개척하고 동료들 사이에서 이를 나누며 드높은 예술 정신을 추구하는 모습이다. 이렇게 닦아 온 수준 높은 예술성이 기반이 되어 이들은 서울을 떠나 평양에서도 마음껏 기량을 뽐내며 멋진 풍류를 펼쳐 낼 수 있었던 것이다.

심노숭沈魯崇(1762~1837)은 〈계섬전桂纖傳〉에서 심용의 일행이었던 노래 기생 계섬에 대해 쓰면서 아래와 같은 일화를 전하고 있는데, 기생을 주축으로 한 풍류 문화의 한 단면을 잘 보여 준다.

계섬은 서울의 이름난 기생이다. 본래 황해도 송화현의 계집종으로 대대로 고을 아전을 지낸 집안 출신이었다. 사람됨이 넉넉하고 눈은 초롱초롱 빛났다. 일곱 살에 아버지가 죽고 열두 살에 어머니마저 죽자, 열여섯 살에 주인집 여종으로 예속되었는데, 노래를 배워 제법 이름이 났다. 그리하여 권세가의 잔치 마당이나 한량들의 술판에 계섬이 없으면 부끄럽게 되었다. (중략) 악보를 보며 교습하여 여러 해 과정을 거치자, 계섬의 노래가 더욱 나아졌다. 노래를 할 때에는 마음은 입을 잊고 입은 소리를 잊어, 소리가 쩌렁쩌렁하게 집 안에 울려 퍼졌다. 이에 그 이름이 온 나라에 떨쳐져, 지방 기생들이 서울에 와서 노래를 배울 때 모두 계섬에게 몰려들었다. 학사 대부들이 노래와 시로 계섬을 칭찬한 일이 많았다.

불우한 가정사로 여종이 된 계섬은 다행히 노래로써 명성을 떨치기 시작한다. 이때 음악적 재능이 탁월한 이정보가 벼슬을 마치고 예인들을 길러 냈는데, 계섬은 그의 문하에서 당대 최고의 예기藝妓가 되었다. 온 나라에서 그녀의 노래에 열광할 정도였다. 그러나 그녀의 후일담은 그녀의 범상치 않은 자의식을 보여 준다. 나이 마흔에 이르자 계섬은 사람들의 만류에도 불구하고 불교에 입문하여 시골에 묻혀서 밤낮으로 불경을 외우며 살았다. 삶의 무상함과 물러날 때를 제대로 알았던 것이니, 그 자신이 풍류의 소모품이 아닌 '바람처럼 흘러' 사는 삶의 주체로 움직였던 것이다.

다른 일화도 있다. 정조의 즉위에 공헌한 홍국영이 막강한 권세를 휘두르고 있을 때, 계섬은 홍국영에게 하사되는 처지가 된다. 기생은 국가의 재산이기에 가능한 일이었다. 그녀는 홍국영의 잔치에서 노래 솜씨를 발휘하여 벼슬아치들로부터 큰 사례를 받게 되자 "그자들이 어찌 나의 재주를 아끼고 소리를 감상해서 그랬겠는가? 주인에게 아첨한 것이다." 라고 하며, 자신의 예술을 진정으로 이해하기보다 권세에 아부하는 벼슬아치들에게 냉소를 보냈다. 권세가들조차 우습게 여기는 도도한 자부심이다. 홍국영이 실각한 이후 계섬은 자신의 노래를 제대로 듣고 즐길 줄 알았던 심용을 따라 활동을 계속한다. 그러면서 작은 시골 마을에 조촐하게 집을 짓고 불경을 외우며 지냈다고 한다. 이러한 그녀의 삶에는 참된 풍류와 예도의 길은 물론 삶을 달관한 이의 원숙한 태도가 깃들어 있다고 하겠다.

그녀의 시조 한 수가 여러 가집에 실려 전해진다. 《병와가곡집》에 실린 계섬의 시조를 감상해 보자.

청춘은 언제 가고 백발은 언제 왔나.
오고 가는 길을 알았다면 막았으리.
알고도 못 막을 길이니 그를 슬퍼하노라.

탄로가歎老歌의 유형에 속하는 이 작품에서는 한 시대를 풍미한 탁월한 예인으로서도 피할 수 없던 무상한 삶에 대한 비애의 정조가 짙게 느껴진다. 기생의 존재는 양면적이다. 사회적으로는 가장 미천한 천민이지만, 사대부의 풍류에 어울릴 수 있는 높은 교양과 예술적 능력을 지녔다. 그러나 그러한 교양과 기예를 지녔음에도 불구하고 남성들에게 욕망의 대상으로 노출될 수밖에 없었던 슬픈 운명을 지녔다. 기녀 스스로도 이러한 운명을 인정했다. 기녀가 자신의 삶을 노래한 작품집《소수록消愁錄》의 한 대목인 〈장안 호걸이 양한당에 모여 수삼 명기와 더불어 기생방의 맛을 논하다〉를 살펴보자.

고루거각 높은 집에 좋은 벗이 가득하고
술잔이 어지럽게 이리저리 돌릴 제와
녹음방초 긴 강둑에 답청하며 노닐 적에
생황 양금 피리 젓대
우리로 짝 못하면 흥미가 무엇이며
가을 달빛 창 비추고 한밤 적막 쓸쓸할 때
사창을 막아 닫고 비단 이불 젖힌 후에
앵무 같은 소리 버녀 악기보다 듣기 좋고
백옥 같은 맑은 살은 달빛보다 보들보들
금은보화 무엇이며 큰 돈 든다 아낄쏜가.
남자의 일시 호화 우리밖에 또 있는가.

《소수록》은 19세기 후반에 창작된 토론체 형식의 작품집이다. 위 대목은 기생을 요물이라고 비판하는 남자의 말에 대해 옥소라는 이름의 기녀가 반박하는 장면이다. 남성들의 연회나 유상의 잔치에 악공까지 불러 놓은들 기녀들이 없다면 무슨 흥미가 있을 것이며, 쓸쓸한 가을밤 아리따운 기녀와 즐거운 밤을 보내지 않는다면 무슨 재미가 있겠느냐고 따져 묻는다. 타자화되고 물화된 존재였던 기녀들은 이런 식으로라도 자신의 존재 가치를 드러내면서 세상의 인정을 받고자 했던 것이었다. 모름지기 그 이면에는 천한 존재로서의 슬픔이 깃들어 있었을지니, 한편으로는 무척 애처로운 느낌을 자아내기도 한다.

　남성 위주 사회에서 남성의 즐거움을 위한 봉사자로 키워졌던 기녀들. 그들이 이루어 낸 시가 문화는 한편으로 주류 문화에 종속된 2차적 문화의 성격을 취하면서도 그 이면에 주류 문화에서 볼 수 없는 존재의 슬픔이 깃들어 있다는 점에서 독특한 위치를 차지한다. 그들은 하나의 예술적 주체를 이룸으로써 지난 시절의 시가 풍류는 더욱 다채로운 모습을 갖출 수 있었다.

인용 작품

화전가(경북 봉화) 250쪽
작가 신승덕　갈래 규방 가사
연대 미상

병암정화전가(경북 예천)
251쪽(위)
작가 권대오　갈래 규방 가사
연대 미상

화전가라(경북 안동)
251쪽(아래)
작가 미상　갈래 규방 가사
연대 미상

덴동어미화전가(경북 영주)
253쪽
작가 미상　갈래 규방 가사
연대 미상

일벽정시회 255쪽
작가 김운초　갈래 한시
연대 19세기

강사 256쪽
작가 김금원　갈래 한시
연대 19세기

유패영풍류성사 258쪽
작가 미상　갈래 야담
연대 19세기

계섬전 260쪽
작가 심노숭　갈래 전
연대 19세기

청춘은 언제 가고 261쪽
작가 계섬　갈래 시조
연대 18세기

장안 호걸이 양한당에 262쪽
작가 미상　갈래 기녀 가사
연대 19세기

3 시정에 펼쳐진
전문 예인의 풍류

풍류는 반드시 아름다운 경치의 강호 산수에서만 이루어지는 것은 아니다. 여기에서는 도시의 시정市井에서 이루어지는 풍류를 살펴보고자 한다. 조선 후기 새롭게 부를 축적한 도시 중간층이 예술의 수요와 공급에 커다란 역할을 하게 되면서, 이들의 생활 공간인 시정으로 예술사의 중심 무대가 옮아가기 시작했다. 이들의 삶의 방식이나 예술적 지향은 양반 계층과는 달라 풍류의 양상도 새로울 수밖에 없다.

전문 예인의 시대

조선 후기 중간 계층이란 중앙 관청에 소속된 하급 관리인 녹사錄事·서리書吏·군관軍官 등과 기술직 중인들인 의원이나 역관층을 말한다. 이들은 자신들의 지위와 능력을 바탕으로 쌓아 올린 상당한 부를 통해 도시 공간에서 새로운 예술 향유층으로 떠올랐다. 조선 후기 기녀들이 예술 활동을 펼친 기방 공간을 장악한 사람들도 바로 그들이었다.

　이러한 상황을 잘 보여 주는 작품이 〈무숙이타령〉의 이본으로 알려진 〈계우사〉이다. 한양의 대방 왈짜* 무숙이는 평양에서 올라온 기생 의양이의 환심을 사기 위해 돈을 물 쓰듯 한다. 그의 소비벽을 알게 된 의양이가 버릇을 고치기 위해, 일부러 유산遊山 놀음을 구경하고 싶다고 하자 무숙이는 장악원의 최고 악공들과 당대의 명기 명창들을 대동하고 열흘 동안 북한산과 남한산성의 빼어난 경치를 구경하는 데 십만 금을 쓴다. 이번에는 선유船遊 놀음을 보고 싶다고 하자, 한강에 배를 띄우고 팔도의 명창 광대를 불러 십여 일 동안 노는 데 3만 3500냥을 쓴다. 물론 이는 과장된 얘기지만, 조선 후기 도시 중간층과 예술 향유의 양상을 보여 주는 사례이다.

　조선 후기는 전문 예인의 시대이다. 국가 권력이라는 새장에서 어느 정도 벗어나 자신의 예술을 팔아서 생활할 수 있는 여건이 되자 전문 예인들이 출현한 것이다. 시가와 음악 분야에서는 악공과 가객, 가기歌妓 등이 전문 예인이다. 이들은 일종의 연예인 그룹을 형성하여 수요자층에게 돈을 받고 예술을 공급하였다. 그러나 이들은 싸구려 예술로 돈에 영

왈짜　말이나 행동이 단정치 못하며 수선스럽고 거친 사람을 일컫는 말. 왈패와 같은 말이다.

혼을 팔지 않았기에 항상 예술적 성취와 돈의 유혹 사이에서 갈등과 번민을 했다.

악공이자 시조 작가였던 김성기金聖器(1649~1724)는 시정 예인의 삶을 단적으로 보여 준다. 정래교鄭來僑(1681~1759)는 《완암집浣巖集》〈김성기〉 편에서 이렇게 쓰고 있다.

상의원尚衣院 조선 시대 임금의 의복과 궁내의 일용품, 보물 따위를 관리하고 공급하는 일을 담당한 관청.

거문고 연주자 김성기는 원래 상의원尚衣院에서 활 만드는 일을 하는 사람이었다. 음악을 좋아하는 성격이어서 작업장에 나가 활 만드는 일은 하지 않고 다른 사람을 따라서 거문고를 배웠다. 연주의 정교한 기법을 터득하고 나서 드디어 활을 버리고 거문고를 전공하게 되었다. 그 후 솜씨 좋은 악공들은 다 김성기 밑에서 나왔다. 한편으로 퉁소와 비파도 다루었는데 신묘한 연주가 모두 극치에 이르렀다. 그리고 직접 새로운 악곡을 만들기도 했는데, 이 악보를 익혀서 이름을 떨친 악공들도 많았다. 그래서 서울에 '김성기의 새 악보'가 유행했던 것이다. 손님을 모아 놓고 잔치하는 집에 아무리 예인들을 많이 불러도 김성기가 빠지면 흠으로 여겼다. 그러나 김성기는 집이 가난했을 뿐더러 허랑하게 놀아서 처자식이 추위와 굶주림을 면치 못했다.

만년에는 서강 쪽에서 셋방을 얻어 살았다. 작은 배를 사서 삿갓 도롱이에 낚싯대를 하나 쥐고 강물에 떠다니며 고기를 낚아 살아가면서 스스로의 호를 조은釣隱이라 했다. 매양 밤에 바람이 자고 달빛이 맑으면 노를 저어 중류로 나와 퉁소를 꺼내어 몇 곡조 뽑으면 슬프고도 맑은 소리가 밤하늘의 구름까지 닿았다. 강둑에 지나가던 이들이 이 소리를 들으면 서성거리면서 떠날 줄을 몰랐다.

18세기 초엽의 이름난 악공이자 가객 김성기는 원래 활을 만드는 비천한 신분이었다. 하지만 그는 자신의 재능을 좇아 음악가의 길을 선택하여 거문고, 퉁소, 비파의 부문에서 당대의 탁월한 연주자가 되었을 뿐만 아니라, 지금까지도 전해지는 《어은보漁隱譜》와 《낭옹신보浪翁新譜》의 가락을 작곡하기도 했다.

김성기는 이처럼 뛰어난 음악가였지만 가난했다. 이러한 삶은 그의 올곧은 성품과 관련이 있을 것이다. 일화에 따르면 김성기는 당시 하늘을 찌를 듯한 권세를 누리던 목호룡의 잔치에 부름을 받았으나 죽기를 각오하고 참석하지 않았다고 한다. 그는 불의와 타협하지 않고 고상한 자세를 지키며 궁핍하게 살아간 예술인이었던 것이다. 대다수 하급 예인들이 예술 수요자의 비위를 맞추며 예속적 존재로 살아갈 수밖에 없던 상황에 비추어 보면 범상치가 않다. 진정한 풍류인이자 예술인으로서의 자부심은 권력의 속박을 넘어서는 것이다.

김성기는 만년에 번다한 세속 세계에서 벗어나 거문고를 안고 지금의 서울 마포인 서강으로 들어간다. 그는 한강에서 고기잡이를 하며 고달픈 삶 속에서도 참된 예술 세계를 추구하였다. 《진본 청구영언》이 전하는 김성기의 시조 한 수를 감상해 보자.

홍진紅塵을 다 떨치고 죽장망혜 짚고 신고
요금瑤琴을 빗겨 안고 서호西湖로 들어가니
노화蘆花에 떼 많은 갈매기는 내 벗인가 하노라.

자연은 인간 세계와는 달리 신분적 차별이나 예속이 없는 평등하고 자유로운 공간이다. 김성기는 그러한 자연으로 돌아감으로써 자주적인 예인의 길을 완성하고자 했다. 갈대꽃 핀 강변에서 갈매기와 벗하며 펼쳐낸 그의 음악은 풍류의 참다운 경지를 보여 준다. 한강의 밤하늘에 퍼지는 그의 퉁소 소리를 듣고서 사람들이 떠날 줄을 몰랐다고 하니, 얼마나 운치 있고 수준 높은 풍류의 현장인가.

조선 후기의 전문 예인 가운데 시 문학과 관련하여 특히 중요한 의의를 지니는 존재가 바로 가객歌客이다. 전문 가객은 시조의 가창자이자 창작자로서 조선 후기 시가 풍류의 주역이 되었다. 김천택金天澤(?~?)은 그 가운데도 손꼽히는 인물이다. 조선 후기 중인으로 뛰어난 시인이었던 정래교는 〈김생천택가보서金生天澤歌譜序〉에서 이렇게 기록하고 있다.

가객
김준근이 그린 작품 〈가객 소리하고〉
이다. 고수의 북 반주에 맞추어 가객
이 소리를 하고 있다. 가객이었던 김
천택, 김수장의 모습이 이와 같았으
리라.

백함伯涵 김천택은 노래를 잘 부른다고 나라 안에 명성이
자자했다. 그가 새로운 노래를 지으면 맑고 밝아서 들을 만
했다. 시조 수십 곡을 지은 것이 세상에 전한다. 내가 그의
노랫말을 살펴보니 모두 맑고 고운 데다 이치가 있었다. 음
조와 절강節腔도 모두 음률에 맞아, 송강 정철의 노래와 더
불어 최고를 다툴 만했다.
김천택은 노래를 잘할 뿐만 아니라, 문장에도 솜씨를 보였
다. 오호라! 지금 세상에 풍속을 살피는 자가 있다면 반드시
그의 노랫말을 채록하여 궁중의 음악에 넣었을 것이며, 저잣거리의 노래로 머물게 하지
는 않았으리라. 어찌 김천택에게 연燕나라나 조趙나라의 음악처럼 슬픈 노래를 지어 그
불평스런 마음을 노래하게 하는가. 그의 노래에는 강호·산림·방랑·은둔과 관련된 언
어를 사용한 것이 많고, 탄식을 반복하여 그치지 않았으니, 이 또한 세상 풍속이 쇠퇴하
였다는 뜻인가?

가집에 기록된 바에 따르면 김천택은 중인층이었다. 최초의 가집 《진
본 청구영언》을 편찬한 그는 당대의 뛰어난 가수이면서 수십 편의 시조
를 창작한 작가였다. 위의 글에서는 김천택의 시조를 정철의 작품과 견
주면서 "맑고 고운 데다 이치가 있었다."고 높이 평가하였다. 그 예술적
수준이 세상에서 공인을 받을 정도에 이르렀던 것이다.
김천택은 가객이라는 조선 후기의 새로운 예인 집단 중에서도 선구자
적 위치를 차지한다. 이 시대에 이르러 시조의 주류적 향유층이 양반에
서 전문 가객으로 옮겨 간 사실로 미루어 볼 때, 그의 문학사적 비중은
매우 높다고 할 수 있다. 위의 글에서 정래교가 김천택의 시조는 강호나
은둔을 표방한 것이 많고 탄식의 어조가 반복된다고 지적하였듯이, 실제
로 김천택의 시조 작품에는 내면 갈등을 드러내는 것이 많다. 그의 작품
속에 나타나 있는 고뇌를 느껴 보자.

장검長劍을 빼어 들고 다시 앉아 헤아리니

흉중胸中에 먹은 뜻이 한단보邯鄲步가 되었구나.

두어라 이 또한 운명運命이니 일러 무엇하리오.

여기서 '장검'은 흔히 남자가 품은 웅대한 포부나 이상을 상징한다. 김천택은 칼날처럼 날카롭고 강한 자신의 뜻이 '한단보'가 돼 버렸다고 탄식한다. '한단보'는 연나라의 한 젊은이가 조나라의 서울인 한단 사람들의 맵시 있는 걸음걸이를 배우려다가 본래 자신의 것도 잊어버리고 엉금엉금 기어서 돌아왔다는 고사인데, 자신의 능력과 분수를 헤아리지 않고 남의 흉내를 내다가는 양쪽 모두 잃어버린다는 의미이다. 그는 왜 이 고사를 인용했을까. 당시 중인들은 신분적 제약으로 자신의 포부를 펼쳐내는 데 한계가 있었다. 이로 인한 좌절감이 작품에 드러난 것이다. 그러나 김천택은 여기에서 체념하지 않고 아래와 같이 읊는다.

오수午睡를 늦게 깨어 취한 눈 열어 보니

밤비에 갓 핀 꽃이 그윽한 향 보내도다.

아마도 산가山家에 맑은 맛이 이 좋은가 하노라.

'게으른 잠과 취한 눈'에서는 예교를 뛰어넘은 은자의 탈속함이 엿보이고, '매화 향기 그윽한 산가'의 모습에서는 맑고 깨끗한 기품이 느껴진다. 풍류의 측면에서도 강호지락의 담박함을 지향한다는 점에서 사대부의 미의식에 오히려 가깝다고 할 만하다. 신분적 한계에 얽매여 있으면서도, 그 한계를 넘어서 자신이 추구하는 최고의 풍격에 다다르고자 하는 의지를 볼 수 있는 대목이다.

대표 가객 김수장과 안민영의 풍류
누구나 그러하겠지만 자신의 이상과 현실적인 삶 사이의 거리가 가까운 사람이 행복하다. 김천택이 신분 갈등으로 번민했다면, 숙종 때 서리를 지낸 김수장金壽長(1690~?)은 가객으로서 지극히 만족하였으며, 자신의 가악 생활에 대한 자부심도 컸다. 그의 성격 또한 막힘없이 소탈한 편이어서 그가 남긴 작품은 대체로 밝은 분위기를 지니고 있다. 김수장의 시조 두 편을 소개한다.

타고난 재주 쓸데 없다. 세상 영욕榮辱 나 몰라라
춘하추동 호시절에 백발 풍류 되었노라.
두어라 지나갈 뿐이니 내 뜻대로 놀리라.

터럭은 검으나 희나 세사世事는 같고 다르고

거문고 한 잎 위에 벗 노래 그치지 말고 우리의 벗님네와 잡거니 권하거니

주야장상晝夜長常 노십시다.

백 년이 꿈같다 한들 싫마 어이하리오.

김수장은 문무를 통한 입신출세와 부귀공명에 대한 소망이 애당초 자신의 성품과 맞지 않는다고 생각했다. 흐르는 물처럼 자유롭게 살면서 마음껏 풍류를 발휘할 수 있는 가객의 삶을 받아들이고 긍정한다. 첫 번째 작품에서는 세상 영욕을 모른 채 백발에 이르도록 계절 따라 가악 풍류를 추구해 온 한평생의 삶이 담담하게 그려지고 있다. 그에게 세월이란 멈추지 않고 흘러가는 소모적인 시간일 뿐이다. 도학자들이 시간의 흐름에도 불구하고 불변하는 자연의 이법을 체득하고자 했다면, 김수장은 그 속에서 하릴없이 늙어 가는 인간 존재의 유한성을 본다. 그는 순간순간 풍류에 몰입함으로써 삶의 무상성을 극복하고자 한다. 세월은 지나갈 뿐이니 자신의 뜻대로 풍류 생활을 즐기겠다고 한 종장에서 작가의 속내가 잘 드러나 있다.

이러한 삶의 태도를 더욱 분명하게 보여 주는 노래가 그 다음 작품이다. 머리털이 검거나 희거나, 세상사가 변하거나 말거나, 거문고 선율에 어우러지는 자신의 노래가 그치지 않고 벗님네와 더불어 마시는 술자리가 끝나지 않기를 바란다. 어쩌면 경박해 보일 수도 있으나, 한 길에 몰입하는 사람의 자세는 아름답다. 철저한 현실주의자였던 김수장은 가객으로서의 풍류 한길에 평생을 매진하였다. 이러한 인생 백 년이 꿈같다고 한들 어찌하겠는가라는 표현은 후회 없는 삶에 대한 도도한 자신감을 한껏 드러낸 것이다. 그의 또 다른 작품을 보자.

노래같이 좋고 좋은 것을 벗님네야 아시는가.

봄 버들 여름 바람과 가을 달 겨울 실경에 필운대 소격대 탕춘대와 남북 한 강 절경처에 술과 안주 풍성한테 좋은 벗 갖은 악기 아름다운 어떤 계집 제일 명창들이 차례로 벌여 앉아 엇걸어 부를 때에 느린 곡조 빠른 곡조는 요순 우 탕 문무 같고 후정화 낙시조는 한당송이 되었는테 소용 편락은 전국이 되어서 창갈 쓰는 솜씨를 각자 떨치어 관현성에 어리었다. 공명과 부귀도 나는 모르노라.

남아의 호기를 나는 좋아하노라.

눈썹은 그린 듯하고 입은 단사丹砂로 찍은 듯하다.
날 보고 웃는 양은 태양이 비치는데 이슬 맺힌 벽련화碧蓮花로다.
네 부모 너 낳아 버울 때 나만 사랑하게 하도다.

사시사철 좋은 날에 경치가 빼어난 곳에서 술을 마시고 벗들과 악공, 기녀, 명창들이 가곡 한바탕을 엮어 부르며 솜씨를 다투는, 질탕한 풍류의 현장이 생생하게 묘사된 작품이다. 이처럼 김수장의 노래는 세속적인 즐거움을 추구한다. 따라서 그의 풍류는 최고의 풍경과 빼어난 노래, 매혹적인 기녀들과 더불어 이루어진다. 심성을 닦고 도의道義를 추구하는 사대부나, 그러한 사대부를 동경하는 김천택 같은 중인 가객과는 달리, 그는 노래를 통해 거침없이 정감을 발산하고 빼어난 노래에 진정으로 감응하며 풍류를 즐겼고, 이러한 삶에 대한 자부심도 높았다.

김수장은 가난하여 자주 밥그릇이 비었지만 만년까지 가악 활동을 주도하였다. 1755년에 《해동가요海東歌謠》를 편찬하고, 1760년에 서울 화개동에 노가재를 짓고 노가재가단을 운영하였다. 김천택이 가슴에 품은 이상과 냉혹한 현실 사이에서 번뇌와 갈등의 세월을 보냈다면, 김수장은 현실주의자로서 가객의 삶에 자긍심과 만족감을 나타냈다. 예인으로서 진정한 풍류를 누린 것이다.

19세기에 스승인 박효관朴孝寬(?~?)과 더불어 가곡창을 정련하는 데 힘쓴 안민영安玟英(1816~?)도 가객의 풍류적 삶을 잘 보여 주는 대표적인 인물이다. 김수장보다 두 세대쯤 뒤에 태어난 안민영은 예술의 고급화에 힘쓰고 아름다움 자체를 추구하는 심미적 지향의 노래를 추구하였다. 따라서 투박하고 호방한 성격의 김수장과는 매우 다른 예술적 색채를 드러낸다. 표현의 우아함과 세련됨에 유의하면서 안민영의 다음 작품을 살펴보자.

인왕산 아래 필운대는 운애 선생 은거지라.

선생이 평생에 성격이 호탕하고 유유자적하여 작은 예절에 구애되지 않고 술을 좋아하고 노래를 잘하니 주량은 태백이요 놀기 좋아하는 선남선녀들이 구름같이 몰려들어 날마다 풍악 소리요 때마다 술이로다. 선생의 넓은 주량 한 말 술을 능히 마시거늘 어찌하여 첫 잔부터 사양함이 진정인 듯 봄바람 꽃 버들 피는 좋은 계절에 온갖 악기 앉히고서 우조 계면조를 부를 때에 반공에 떠 있는 소리 맑고 낭랑한 소리가 날아 넘쳐 대들보의 티끌이 날아나고 나는 구름 멈추니 이 아니 기특하냐. 소리를 마치거든 술잔을 씻어 다시 대작한 연후에 달빛 받으며 함께 돌아감이 옳지마는 편삭대엽 불러 마친 후에 묻지 않고 일어나서 벽에 걸린 큰 옷 벗어 들고 쫓기는 듯이 달아나니 이 어인 뜻이런가. 이때에 태양관 우석공의 노랫소리가 흰빛 같아 은자 풍류랑 묵객들과 명기 양반 자제들을 다 모아 거느리고 날마다 즐기실 때 선생을 사랑하고 공경하여 못 미칠 듯하구나.

아마도 태평성대에 호화롭고 즐거운 일은 이밖에 또 어디 있겠는가.

안민영이 자신의 스승 박효관을 예찬한 노래이다. 당대의 일급 예인들과 함께 필운대에 자리 잡은 운애산방에서 박효관이 벌인 난만한 풍류의 현장을 그려 내고 있다. 대들보의 티끌을 날리고, 흘러가는 구름을 멈추게 하는 낭랑한 풍악 소리가 드높은 흥취와 예술적 탁월성을 대변한다. 19세기에 들어와 예술의 수요층이 현저하게 확대되는데, 그 가운데 안민영은 왕실을 후원자로 삼아 고급 예술을 지향했던 만큼 그의 풍류 또한 사치스럽고 우아한 면모를 지닌다. 안민영이 "나는 청춘 시절부터 호방豪放 자일自逸하여 풍류를 좋아하고 배운 것은 모두 가곡이고 사는 곳은 모두 번화하였으며, 사귄 이들은 모두 부귀하였다."고 술회한 바가 이를 입증한다. 그의 또 다른 작품들을 살펴보자.

매화 그림자 부딪힌 창에 옥인금차玉人金釵 비껴 있네.

두세 백발옹은 거문고와 노래로다.

이윽고 잔들어 권하랄제 달이 또한 떠오더라.

필운대弼雲坮
박효관은 필운대에 운애산방이라는 풍류방을 만들어 안민영과 같은 제자를 가르치고, 풍류를 즐겼다. 운애산방은 19세기 가곡 예술의 산실로, 《가곡원류》의 탄생을 도왔다. 겸재 정선 그림.

도화는 흩날리고 녹음綠陰은 퍼져 온다.
꾀꼬리 새 노려는 안개비에 굴러가네.
마초아 잔盞 드러 권하랄 담장가인淡粧佳人 오더라.

김수장의 풍류가 거칠고 호방하다면 안민영의 풍류는 섬세하고 우아하다. 무엇보다도 작품의 분위기가 이를 말해 준다. 첫 작품을 보자. 작품의 후기에 따르면 안민영의 스승 박효관은 매화를 좋아하여 방 안에서 길렀는데, 마침 산방山房에 매화가 피어 향기가 은은했다고 한다. 그 향기와 그 그림자가 어린 창문에는 '옥인금차玉人金釵', 즉 아름다운 여인이 비스듬히 기대어 있다. 가악으로 평생을 보낸 늙은 스승과 제자가 거문고를 연주하고 노래를 부른다. 매화 향기와 음악의 선율이 섞여 퍼져가는 황혼에 달빛 떠올라 매화 그림자가 짙어 간다. 나누는 술잔에는 술향기가 피어오르고 미인은 창에 기대어 그윽한 자태를 내뿜는다. 이 얼마나 우아하고 환상적인 풍류인가.

두번째 작품은 봄날의 풍류를 노래하고 있다. 녹음이 퍼져 가는 가운데 살랑대는 봄바람에 복숭아 꽃잎이 흩날린다. 중장의 공감각적 표현이 특히 돋보인다. 안개비 사이로 청아한 꾀꼬리 울음소리가 굴러간다. 이 얼마나 아름다운 순간의 즉물적 묘사인가. 이러한 환상적 정조는 시적 공간을 세속 세계에서 분리하여 이상화하는 기능을 지니는 것으로 보인다. 여기에 또다시 오가는 술잔과 아름다운 미인까지 가세하니, 천상 선계의 풍류와 다름없다.

이처럼 당대 최상층을 후원자로 삼아 명인, 명창들과 어울려 유람과 술과 애정을 나누었던 안민영의 풍류는 19세기 중인층이 개발한 풍류의 정점이었다.

이상에서 살펴보았듯이, 조선 시대의 풍류는 지역과 계층, 그리고 성별에 따라 다채롭게 수행되었다. 그 가운데 공통점이 있다면, 풍류에는 그것이 내면의 것이든 외부 세계에 관한 것이든 우선 아름다움을 갈망하는 심미성이 있어야 한다는 것이다. 또한 내면의 심회를 펼쳐 내는 풀이성과 흥겨운 멋을 추구하는 신명성이 동반되어야 한다. 그런데 이 모든 지향은 놀이를 통해 실현된다. 따라서 풍류에서 핵심적 지위를 차지하는 것은 놀이이다. 양반 선비들의 시회나 뱃놀이, 부녀자들의 화전놀이, 조선 후기 가객들의 유산 놀음 등에서 볼 수 있듯이 풍류는 놀이를 통해 발현되었다.

인용 작품

김성기 266쪽
저자 정래교 갈래 전
연대 18세기

홍진을 다 떨치고 267쪽
저자 김성기 갈래 시조
연대 18세기

김생천택가보서 268쪽
저자 정래교
갈래 한문 산문(가집 서문)
연대 18세기

장검을 빼어 들고 269쪽(위)
저자 김천택 갈래 시조
연대 18세기

오수를 늦게 깨어 269쪽(아래)
저자 김천택 갈래 시조
연대 18세기

타고난 재주 쓸데 없다 270쪽
저자 김수장 갈래 시조
연대 18세기

터럭은 검으나 희나 271쪽
저자 김수장 갈래 사설시조
연대 18세기

노래같이 좋고 좋은 것을 272쪽
저자 안민영 갈래 사설시조
연대 18세기

눈썹은 그린 듯하고 273쪽
저자 김수장 갈래 사설시조
연대 18세기

인왕산 아래 필운대는 274쪽
저자 안민영 갈래 사설시조
연대 19세기

매화사 275쪽
저자 안민영 갈래 연시조
연대 19세기

도화는 흩날리고 276쪽
저자 안민영 갈래 시조
연대 19세기

4 민간의 놀이와
생활 속의 신명

문자 생활에서 소외된 일반 민중은 다양한 형태의 '말로 된 문학'을 통해 삶의 즐거움을 찾았다. 이야기와 노래, 연희 등 여러 장르에 걸친 민중의 말의 문화 속에는 구석구석 놀이 정신이 충만해 있다. 양반 사대부들이 '풍류'를 추구했다면 민간의 놀이 문화 속에 살아 움직이는 것은 '신명'이라고 할 수 있다. 기본 지향성은 서로 통하되 색깔을 조금씩 달리하는 여러 형태의 신명과 만날 수 있다. 민중적 신명과 만나는 것은 그 자체가 신명 나는 일이다.

생활 속의 놀이, 이야기

말로 이루어지는 민간의 문학 행위 가운데 가장 일상적이고 보편적인 것으로 설화說話, 곧 이야기를 들 수 있다. 이야기는 사람들의 일상생활 속에 폭넓게 깃든 가운데 휴식과 즐거움을 제공해 왔다. 편안한 마음으로 이야기를 나누다 보면 시간 가는 줄 모르고 즐거운 상상 속에 흠뻑 빠지게 된다. 사람들에게서 이야기는 가깝고도 편안한 생활 속의 놀이였다고 할 수 있다.

사람들은 많은 곳에서 이야기판을 벌였다. 들에서 일을 하다가 새참녘이 되면 나무 그늘 아래 모여서 이야기판을 벌였다. 아낙네들이 일하는 우물가와 빨래터도 좋은 이야기 장소였다. 하루 일과를 마치고 나면 사람들은 으레 사랑방에 모여들어 밤이 깊도록 이야기판을 벌였다. 한편, 마을 밖으로 나가면 더 흥성한 이야기판이 기다리고 있었다. 오일장이 열리는 장터거리에는 이야기꾼들이 모여서 이야기 시합을 벌이곤 했다. 사람들이 모여드는 점방이나 객사 같은 곳도 갖가지 담화가 오가는 이야기 장소가 되었다. 낯선 사람들이 한데 모이는 이러한 열린 이야기판은 세상에 떠도는 이야기가 나라 구석구석으로 퍼져 가도록 하는 통로 역할을 했다.

이야기를 좋아하는 데는 남녀노소와 상하가 따로 없었다. 이야기판은 궁벽한 산간 마을에서 수많은 사람이 오가는 시정 공간, 나아가 대갓집 사랑방에 이르기까지 곳곳에서 펼쳐졌다. 세상 어디라도 잠시 겨를이 생겨 사람들이 모여드는 곳이면 이야기가 슬그머니 피어나서 어느새 판의 중심이 되곤 했다.

《청구야담》에 전하는 〈취우驟雨〉는 이 같은 생활 현장 속 이야기의 풍경을 잘 보여 준다.

장동壯洞의 약주름 노인은 홀아비로 늙어 자식도 집도 없이 약국을 돌아다니며 숙식하였다. 4월 어느 날 영조英祖가 육상궁毓祥宮에 거동을 하는데 마침 소나기가 퍼부어 개천물이 넘쳐흘렀다. 구경 나온 사람들이 약국집으로 비를 피해 몰려들어 마루 앞 처마 밑에 사람들이 빽빽하게 서 있었다. 약주름 노인이 방안에 있다가 문득 말머리를 꺼내어, "오늘 비가 내 소싯적 새재를 넘을 때 비 같구먼."

옆에 앉은 사람이 말을 받았다. "아니, 비도 고금이 있소?"

"그때 내가 좀 우스운 일이 있어서 상금 잊히질 않네그려."

"거 이야길 들어 봅시다."

약주름 노인이 이야기를 꺼내었다.

"어느 해 여름이었지. 그때 왜황련倭黃連이 서울의 약국에 동이 났던 고로 동래東萊에 가서 사오려고 굼한 걸음을 하지 않았겠나. 낮참에 새재를 넘는데 겨우 진점鎭店을 지나 무인지경에서 오늘 같은 소나기를 만났는데 지척도 분간할 수 없었다네. 허둥지둥 비 피할 곳을 찾다가 마침 산기슭에 초막이 있는 것을 보고 그리로 들어가지 않았겠나. 초막에 웬 과년한 처녀가 있는데. 우선 후줄근한 옷을 벗어서 물을 짜는데 처녀가 곁에 있으면서 피하지 않더군. 홀연 마음이 동하여 상관을 하였는데 처녀도 별로 어려워하는 기색을 안 보이데. 이윽고 비가 멎어서 나는 그 처녀가 사는 곳도 물어보지 못하고 그만 훌쩍 나와 버렸다네. 오늘 비가 영락 그날의 비 같아서 그리 말한 것이었네."

노인이 풀어 놓은 이야기는 전설이나 민담이 아닌 자신의 경험담이었다. 소나기가 내리는 상황에서 소나기에 얽힌 옛 추억을 끄집어낸 것이다. 이는 이야기판을 여는 자연스러운 방법이 된다. 처음부터 바로 옛이야기가 시작되는 것은 그리 흔치 않다. 상황에 어울리는 신변 잡담이나 경험담 같은 것이 나오다가 점차 판이 무르익으면서 옛이야기로 접어드는 것이 이야기판의 일반적인 흐름이었다.

그런데 위의 약주름 노인의 이야기는 예기치 않은 뜻밖의 상황으로 이어진다.

그때 갑자기 처마 밑으로부터 한 평두平頭의 총각이 마루로 올라서더니, "아까 새재의 비 말씀한 양반이 뉘신가요?" 하고 물었다. 곁에 사람이 약주름 노인을 가리키자 총각은 그 노인 앞에 넙죽 절을 하지 않는가.

"오늘 천행으로 부친을 상봉합니다."

곁에 허다한 사람들이 모두 어리벙벙하지 않을 수 없었다. 약주름 노인도 영문을 몰라서 물었다.

"무슨 말인가?"

"저의 부친은 신상에 표가 있다고 합디다. 잠깐 옷을 좀 벗으셔요."

약주름 노인이 옷을 벗었다. 총각이 허리 아래를 보더니 서슴없이 말하였다.

"정말 저의 부친이셔요."

어찌 된 사연인가 하니 약주름 노인이 말한 그 처녀가 바로 자신의 어머니라는 것이었다. 그때 인연을 맺은 뒤 태기가 있어 자신을 낳았다고 한다. 철이 든 뒤 그 일을 전해 듣고서 부친을 찾으러 팔도를 누비고 다녔는데 이제 아버지를 만났으니 이것이야말로 천운天運이라 했다. 그러면서 자기가 부친을 봉양할 테니 함께 시골로 가자고 하는 것이었다. 사람들이 모두 희한한 일이라고 놀라면서 약주름 노인한테 자식을 따라가라고 권하며 한 푼 두 푼씩 돈을 모아 주었다. 비가 개자 노인은 사람들과 작별하고 아들과 함께 시골로 내려가 여생을 한가롭게 보냈다고 한다.

이야기란 것이 본래 이러하다. 한 편의 이야기는 또 다른 이야기를 낳으며, 그렇게 이야기는 꼬리에 꼬리를 물고 즐겁게 이어진다. 그리고 그 과정에서 뜻밖의 기적을 낳기도 한다. 약주름 노인의 이야기는 청년의 이야기를 낳았고, 예기치 않은 부자 상봉은 또 하나의 놀랍고 흥미로운 이야깃거리가 되었다. 그 이야기는 흐르고 흘러 야담집에까지 실려서 오래도록 사람들에게 놀라움과 즐거움을 전해 주었으며, 훗날 근대 작가 이효석李孝石(1907~1942)에게까지 이어져서 한 편의 아름답고 감동적인 소설 〈메밀꽃 필 무렵〉으로 펼쳐졌다. 이야기는 이렇게 무無에서 유有를, 무료에서 활력을 만들어 내며 즐거운 삶의 역사를 이루어 낸다.

생활 곳곳에 펼쳐지는 이야기판 가운데도 내로라하는 이야기꾼들이 모여서 이야기 시합을 벌이는 장은 특별한 의미를 지닌다. 이러한 이야기 경연은 사랑방, 객사, 장터거리 한쪽에서 수시로 벌어졌다. 특히 많은 사람들이 모여드는 장터거리에 이야기꾼들이 나와서 기량을 마음껏 발휘하여 한바탕 불꽃 튀는 이야기 경연을 펼치는 모습은 불과 수십 년 전까지만 해도 시골 장터에서 흔히 볼 수 있는 즐거운 풍경이었다.

조선 후기 문헌에는 한때 주름잡던 이야기꾼에 관한 기록이 전해진다. 오물음, 김중진, 민옹, 윤영 등 이야기꾼들의 능력은 다음과 같이 기술되고 있다.

'이야기 주머니說囊' 김옹은 이야기를 아주 잘하여 듣는 사람들은 누구 없이 포복절도하였다. 그가 바야흐로 이야기의 실마리를 잡아 살을 붙이고 양념을 치며 착착 자유자재로 끌고 가는 재간은 참으로 귀신이 돕는 듯하였다. —조수삼, 《추재집》 권7, 〈설낭〉

(김중진은) 익살과 이야기를 잘하여 인정물태를 묘사함에 당해서 곡진하고 섬세하기 이를 데 없었다.　　　　　　　　　　— 유재건, 《이향견문록》 권3, 〈김중진전〉

그(윤영)는 나에게 허생의 이야기와 염시도廉時道, 배시황裵是晃, 완흥군부인完興君夫人 등에 대한 이야기를 늘어놓되, 잇달아 몇만 언言으로써 며칠 밤을 걸쳐 끊이지 않았다. 그 이야기가 거짓스럽고 기이하고 괴상하고 놀랍기 짝이 없어서, 모두 들음 직하였다.　　　　　　　　　　— 박지원, 《열하일기》, 〈옥갑야화〉의 허생후지

기록 내용으로 보아 이들이 남다른 재치나 표현력 등으로 듣는 이들을 사로잡았음을 알 수 있다. 아쉬운 점은 이들의 이야기를 직접 들어 볼 수 없다는 사실이다.

하지만 이야기꾼의 자취가 완전히 사라진 것은 아니다. 수많은 노인들이 모이는 대도시 공원에서 이야기꾼들이 벌이는 이야기 경연의 한 단면을 볼 수 있다. 불과 몇 년 전까지 서울 한복판의 탑골공원에서 상시적으로 펼쳐졌던 이야기판은 그 좋은 사례이다.

탑골공원의 대표 이야기꾼들이 풀어내는 이야기는 보통의 이야기와는 질적으로 다른 것이었다. 이들은 단순한 이야기 전달자가 아니라 이야기 '창조자'이다. 이야기 구성을 자기 식으로 다시 짜고, 다채로운 표현과 실감 있는 묘사로 이야기의 맛을 한껏 살린다. 예컨대 봉원호 씨는 배고픈 사람이 음식을 맛있게 먹는 장면을 이렇게 표현하곤 했다.

> 이늠을 갖다가 미역에다가 쇠괴기를 느서(넣어서) 하얀 쌀밥을 해 가지구 두 모자가 앉어서 이늠을 먹으니께, 만날(맨날) 조당수만 먹던 사람네가 하얀 쌀밥에다 미역국에다 쇠괴기국을 끓여 가지구 먹으니께 섯바닥(혓바닥)이 장구 열채 돌리듯 하고 목젖이 여기 오너라 하구 배꿉이 해해 웃도록 앉어 먹었수그랴. (청중 웃음)

그 구연이 어찌나 맛깔 나는지 현장에 있는 누구라도 저절로 유쾌한 웃음을 토하게 된다. 즐거운 웃음은 구연 내내 끊이지 않고 이어지는바, 이야기꾼의 이야기가 펼쳐 내는 놀이의 즐거움은 다른 어떤 연희 이상의 것이었다.

탑골공원에서 이야기꾼으로 명성이 자자한 김한유 씨는 자신만의 특유의 만담과 고담으로 수많은 청중을 웃기고 울렸다. 그가 한번 입을 열었다 하면 200~300명의 사람들이 모여들었다고 한다.

> 이 여자가 어떤 여자냐? 사흘 전에 아들을 낳는데 아들이 어머니 하문에 나오다 죽

었어요. 게 어린앤 갖다 물었는데 그 아이 어머니 젖이 오만 원짜리 수박만 헌 늠의 것, (청중 웃음) 젖탱이가 뽀얀 늠이 대추 같은 젖꼭지 두 개가 달렸어. (중략) 젖을 이렇게 이렇게 이렇게 만져 가지고서 꾹 눌르니께 중부서에 소방대 뽐뿌는 저리가라여. (청중 웃음)

이런 이야기를 옳으니 그르니 논평하는 것은 사리에 맞지 않다. 마음속의 무거운 것을 다 내려놓고 신명나게 즐기면 그만이다. 그렇게 유쾌한 웃음을 풀어내는 '놀이의 시간' 속에서 우리의 삶은 그만큼 즐겁고 행복해지는 것이었다. 그 안에 어떠한 의미를 담고 있는가를 따지기에 앞서, 이야기가 우리 삶에서 발현해 온 본래 기능이 이런 것이다.

놀이 민요에 깃든 흥

인간은 놀이를 즐기는 존재이다. 사람들은 놀이를 통해 행복을 찾고 존재 의미를 발현한다. 민간에서 전승되어 온 신명의 노래로서 민요는 이러한 놀이의 본질과 진수를 잘 보여 준다.

민요는 종류가 다양하다. 민요 가운데 기본 바탕이 되는 것은 노동요이다. 노동을 하면서 부르는 노동요는 노동의 고통과 한

恨을 짙게 투영하는 한편, 신명으로 풀어내는 기능을 하기도 한다. 노동요와 함께 민요의 또 한 축을 이루는 것이 '놀이 노래'인 유희요遊戲謠이다. 이는 노동요와 달리 '놀이의 즐거움'을 본래 기능으로 삼는 노래로 놀이적 성격이 매우 뚜렷하다. 놀이와 노래가 한데 어울리면서 즐거움이 배가되는 것이 유희요의 특징이다.

유희요 가운데 가장 소박한 것은 아이들이 부르는 동요이다. 구전 동요는 단순한 가락과 소박한 사설로도 큰 즐거움을 준다.

예를 들면 때는 늦가을, 아이들 대여섯이 책보를 메고 둑길을 걷고 있다. 하늘에는 기러기가 줄지어 날고 있다. 기러기를 발견한 아이들은 하늘을 바라보며 목청 높여 노래를 부른다.

기럭아 기럭아, 기역 자 써 봐라~
기럭아 기럭아, 기역 자 써 봐라~

그러면 기러기들은 거짓말처럼 'ㄱ' 자 모양으로 대형을 바꾼다. 아이들이 "우리 노래를 알아들었나 봐!" 하고 박수를 치며 좋아할 때 짓궂은 아이가 썩 나선다.

기럭아 기럭아, 리을 자 써 봐라~

기러기의 재주가 좋다 한들 'ㄹ' 자를 선뜻 써낼 리 없다. "에이, 저것 봐라. 못 쓴다." 신이 나서 재잘거리며 아이들은 발걸음을 재촉한다.

이런 노래들은 어른이 만들어서 가르쳐 준 노래가 아니다. 형이나 언니 또는 친구한테 자연스럽게 배운, 먼 옛날부터 전해 내려온 노래이다. 수많은 옛시절의 동요들은 어린이들 삶의 완연한 한 부분이었다. 아이들은 그렇게 노래를 통해 삶을 즐기면서 성장해 갔다.

아이들이 부르는 유희요에 비해 어른들의 유희요는 가락이 더욱 구성지고 노랫말이 더 복잡하게 짜여 있으며, 놀이와 노래가 체계적으로 어울리곤 한다. 오늘날까지 구전되고 있는 유희요 〈강강술래〉가 좋은 예이다. 사람들은 〈강강술래〉를 여인들이 손을 잡고 원을 이루어 돌면서 부르는 노래 정도로만 알고 있다. 하지만 〈강강술래〉는 하나의 잘 짜인 노래이면서 정교하게 구성된 흥겨운 유희이다.

손을 잡고 원을 이루어 돌면서 '강강술래'를 후렴으로 삼아 노래를 부르는 것이 〈강강술래〉의 전형적인 구연 모습이다. 하지만 〈강강술래〉의 선율은 단일하지 않다. 보통 빠르기의 강강술래가 있는가 하면 선율을 유장하게 잡아 빼는 '긴 강강술래'가 있다. 그리고 선율을 빠르게 잡아채는 '잦은 강강술래'가 있다. 선율만 바뀌는 것이 아니라 이에 발맞추어 원무 동작 또한 느려지거나 빨라진다. 그렇게 춤과 노래가 서로 어울려져 즐거운 놀이를 이룬다.

〈강강술래〉에 손을 잡고 도는 '강강술래' 동작만 있는 것이 아니다. 다양한 리듬의 강강술래가 일단락되면 본격적인 동작 놀이가 이어진다. 변화무쌍한 대형에 맞춰 노래를 바꾸어 가는 가운데 흥을 한껏 돋운다. '남생아 놀아라'에서 '고사리 꺾기'와 '청애 엮기'로, 또 '지와밟기'와 '덕석몰기', '진주새끼'로 대형은 물론 노래가 변환된다.

그중 '지와밟기'는 사람들이 허리를 굽히고 일렬로 서서 한 사람이 그 등에 올라타 걸어가는 것으로 놀이가 진행된다. 전남 해남 지역의 강강 술래에서는 이때의 노랫말이 다음과 같이 엮인다.

(앞) 어딧골 지환가 장자 장자골 지화세	(뒤) 어딧골 지완가 장자 장자골 지와세
(앞) 어딧골 지환가 장자 장자골 지화세	(뒤) 어딧골 지완가 장자 장자골 지와세
(앞) 지화 봅세	(뒤) 자~
(앞) 어딧골 지환가	(뒤) 장자골 지화세
(앞) 몇 닷 냥 쳤는가	(뒤) 스물닷 냥 쳤네
(앞) 어딧골 지환가	(뒤) 전라도 지화세
(앞) 어딧골 지환가	(뒤) 장자골 지화세
(앞) 몇 닷 냥 쳤는가	(뒤) 스물닷 냥 쳤네
(앞) 어딧골 지환가	(뒤) 장자골 지화세

동작을 하면서 이처럼 계속 노래를 이어 나가는 것인데, 노랫말 구성이 재미있다. 뒷소리가 단순한 후렴이 아니라 앞소리와 짝을 이루어 묻고 답하는 방식으로 불린다. 서로가 동작과 선율, 노랫말을 정교하게 엮어 가면서 일사불란하게 움직이는 모습이다.

이어지는 '덕석몰기'에서는 "몰자 몰자 덕석 몰자" 하며 멍석을 말았다가 다시 푸는 동작을 흉내 내고 대형을 바꾸어 나간다. 그 다음 순서는 '진주새끼'이다. 새끼 쥐가 어미 쥐를 따라가는 모양으로 대형을 움직이면서 노래를 부르다가 '꼬리 따세'라는 구령과 함께 선두의 사람이 맨 뒤 사람을 잡으러 쫓아가는 동작으로 놀이가 진행된다. 이것으로 끝이 아니다. '진주새끼'에 이어 '대문열기'와 '가마타기'가 이어지고, 다시 강강술래로 돌아가 '잦은 강강술래'와 '중 강강술래', 그리고 '술래소리'까지 감으로써 비로소 〈강강술래〉는 노래와 놀이를 마치게 된다. 길고 다채롭게 짜인 한바탕의 신명 나는 노래이자 놀이이다.

노래와 놀이는 서로 한데 어울려 마음과 몸을 함께 표현한다. 마음의 표현이 즐거운 몸의 표현을 낳고, 몸의 표현이 즐거운 마음의 표현을 낳는다. 이 둘은 서로 긴밀하게 하나로 어울려 우리 삶을 즐겁게 한다. 한바탕 신명 나는 노래 겸 놀이를 펼치고 나면, 몸과 마음이 날아갈 듯 가벼워진다. 말하자면 그것은 운동이자 예술이었으니, 우리의 몸과 마음을 건강하고 아름답게 살려 나가는 진정한 삶의 과정이었다.

전문 연희패의 한바탕 놀이

민요는 본래 일반 민중이 만들고 이어 온 일상생활 속의 놀이였다. 그런데 민요를 축으로 한 놀이 문화는 조선 후기에 외연의 확장과 함께 질적 변화를 이루게 된다. 신명을 한껏 고조시키는 놀이에 대한 사람들의 욕구가 커지면서 전문 노래패와 놀이패가 속속 생겨났다. 해금을 장기로 하는 풍각쟁이패와 노래와 춤에 일가견이 있는 사당패, 각종 기예에 능한 남사당패, 줄 위에서 재주를 펼치는 솟대쟁이패, 집걸이 굿을 전문으로 하는 걸립패, 흥겨운 탈놀이를 펼치는 초라니패 등이 그들이다. 이들이 나서서 한바탕 놀이판을 벌이면 세상이 온통 신명으로 들썩일 정도였다.

〈흥보가〉는 이들 놀이패의 신명 나는 노래와 놀이가 생생히 담긴 작품이다. 작품 후반부는 즐거운 웃음으로 가득 차 있거니와, 특히 놀부가 박을 타는 장면은 놀이와 웃음의 백미에 해당한다. 이 박 속에서는 상전과 상두꾼 무리에 이어 온갖 유랑 놀이패가 떼를 지어 나온다. 그리고 이들은 한데 어울려 한바탕의 난장을 펼친다.

맨 앞장을 선 무리는 사당패였다. 구성진 꽃타령에 춤이 일품이다.

박이 벌어지니 사당패, 솟대패 여러 떼가 꾸역꾸역 나오는데 사당패가 앞을 서 나온다.

"난심아, 죽절아, 채선아, 옥남아."

소고 잡이, 장고 잡이가 꾸역꾸역 나오더니 놀부 집 안마당에다 구경석을 벌려 놓고 뭇 사당 거사들이 흥을 내어 노래한다.

"구경을 가자, 구경을 가잔다. 한라산, 백두산, 지리산을 짓쳐 들어가니 초가 삼간을 지었구나. 온갖 화초를 다 심었다. 맨드라미, 봉선화며 철쭉꽃, 진달래라. 여기도 넌출 심었고, 저기도 넌출 심었구나. 강원도 금강산으로 구경을 가잔다. 에루화 매화로구나."

놀부가 기가 막혀, "좋아, 잘 나왔다. 나오던 중 제일이다. 돈은 쓰는 돈이니 나온 걸음에 잘 놀아 보아라."

놀부가 굳이 놀아 보라고 하지 않아도 알아서 잘 놀 판이다. 이미 시작된 흥을 누가 막을 수 있겠는가. 사당패의 뒤를 솔대패가 잇는데 그들의 놀이는 멋드러진 기악의 향연이다. 이어서 등장하는 것은 각설이패와 풍각쟁이패. 그들이 펼쳐 놓는 장타령과 각설이타령은 본래 생계를 위한 노동요였을지 모르나, 실제로는 놀이적 신명을 극대화한 최고의 유희요였다. 우스꽝스러운 춤과 신명 나는 선율, 희극적인 노랫말이 어울려 한바탕 신명의 난장을 이룬다.

사당패
김홍도의 〈행려풍속도〉 가운데 〈가두매점〉으로, 전문 연희패인 사당패의 모습이 보인다. 남녀 사당패들이 공연을 펼치며 구경꾼들에게 돈을 걷고 있다.

이렇듯 뛰고 놀 때 이웃집에 열었던 박 한 통이 몹시도 바빴던지 구시월 알밤 벌어지듯 저절로 딱 벌어지더니 각설이패, 풍각쟁이, 초라니패가 또 나온다. 허리춤 훨씬 내려 쪽박 엎어 놓은 듯한 배를 내어 놓고 개미 상투 멋이 있게 이마에 딱 붙이고 장타령을 하여 나온다.

"뜨르르르르르르르 들어왔소. 구름 같은 댁에 신선 같은 나그네 들어왔소. 각설이라 먹설이라. 동서리를 짊어지고 죽지도 않고 또 왔소. 뜨르르르르르 뜨르르 몰아 장타령. 흰오얏꽃 옥과玉果 장, 누른 버들 김제 장, 부창부수 화순和順 장, 시화연

풍에 낙안樂安 장, 쑥 솟았다 고산高山 장, 철철 흘러 장수長水 장, 삼도도회 금산 장, 일색춘향 남원 장, 십리 오리에 장성長城 장, 애고대고 곡성 장, 오늘 가도 진안 장이요, 코 풀었다 흥덕 장, 주인은 있어도 무주 장, 술은 싱거도 전주 장, 물은 타도 원주 장, 탁주를 먹어도 청주 장, 돈을 내도 공주 장, 맨술을 먹어도 안주 장. 이 장 저 장 다닐 적에 뉘릿뉘릿 황육전, 펄펄 뛰는 생선전, 울긋불긋 황화전, 팟삭팟삭 담배전, 얼걱덜걱 옹기전, 딸각딸각 나막신전, 호호 맵다 고추전. 어서 가자, 어서 가. 오란 곳은 없어도 우리 갈 길은 바빠요. 놀부 샌님, 수이 가게 합시오."

이렇게 신명 나게 놀음을 노는데 액이 어찌 남아돌 수 있겠는가. 그야 말로 한바탕의 신명 나는 노래판이다. 환상을 빙자한 한바탕의 놀이판이 며, 웃음을 통해 현실을 뒤집어 버리는 반역의 판이다. 세상은 스스로 즐기는 자의 것이니, 저와 같은 신명을 통해 마침내 민중의 세상은 활짝 열리고 있는 중이었다. 어찌 꼭 박 속에서 금은보화가 쏟아져 나와야만 좋은 날이겠는가. 저렇게 신명의 노래로 마음껏 삶을 풀어내는 순간, 세상은 이미 그 자신들의 것이었다고 할 수 있다. 저 도저한 신명 뒤에 흥부와 놀부의 손잡음과 하나 됨이 있다는 사실을 심상하게 볼 일이 아니다.

공동의 축제, 굿놀이의 신명

전통 사회 일반 평민들의 삶 속에는 신명 나는 공동체적 놀이의 판이 있었다. 민간 생활의 한 매듭을 이루던 나눔과 풂의 한마당으로서의 굿판이 그것이다.

여러 종류의 굿 가운데 마을 주민이 공동으로 참여하는 마을굿은 대동 놀이로서의 성격이 두드러졌다. 마을굿판은 사람들이 다 함께 어우러져 마음에 맺혀 있던 답답하고 속상한 일들을 다 털어 버리고 하나가 되는 축제의 장이었다. 그러한 축제적 굿은 오늘날까지 제주도나 동해안 등지에 자취를 남겨 놓고 있다. 예컨대, 동해안 별신굿의 여러 굿거리는 축제로서의 굿의 모습을 잘 보여 준다.

다음은 동해안 별신굿 〈거리굿〉의 한 대목이다.

주무 (바가지를 들고 나와 무대에 던지며 휘이 숨소리를 거칠게 내며 꿀질하는 자세 취한다.)

조무 해녀 죽은 귀신이씨더.

주무 아 여 아줌마, 저거 해삼들 많이 있수까? 여거 해삼 좀 따자. (관중석에 들어가 남학생 다리 사이에서 해삼을 따는 시늉을 한다.) (청중 웃음)

조무 해삼이 싱싱하다. 해삼도 비싸다. 두 마리에 만 원 한다.

주무 야아 이거 뭔동 모리제? 해녀 죽은 귀신. 아이고 고 옆에는 전복들도 많이 있더라마는 수심이 너무 깊어가 꼰 들어간다. 못 딴다. (청중 웃음) 이 귀신부터 착실히 줘야만이 여거 온 학생들도, 이 바닷가에 있는 학생들도 많다.

조무 아.

주무 그런데 그 혹시 바다에 해산 작업을 할지라도 아무 사고가 아무 후패 없단다. 어짜 귀신아. (거리밥을 바가지에 담았다가 붓는다.)

동해안 지역의 굿은 재미있기로 정평이 나 있는데, 그 재미와 웃음은 특히 굿놀이에 잘 농축되어 있다. 굿놀이란 연극적인 형태로 진행되는 굿거리를 말한다. 위의 '거리굿'도 굿놀이의 하나로, 주신主神들을 따라온 신들이나 제명에 죽지 못한 잡귀 잡신들을 모아서 위로하자는 취지에서 펼쳐진다. 귀신들로 하여금 마음껏 웃고 즐기도록 함으로써 노여움이나 원한을 풀어 액을 방비하는 것이 이 굿의 목적이다.

위에 인용한 대목은 거리굿의 여러 장면 가운데 '해녀거리' 부분이다. 그 사설에 해학이 넘칠 뿐 아니라 무당의 연기가 실감나고 재미있어서 시종일관 유쾌한 웃음을 이끌어 낸다. 그렇게 다 함께 즐기며 웃는 가운데 귀신은 귀신대로 한을 털어 내고 사람은 사람대로 마음속의 거침을 털어 내는 것이니, 이 신명 나는 굿판은 삶과 죽음의 경계를 넘어선 대동의 한마당이라 할 수 있다.

사설 내용에서 알 수 있듯이, 위의 굿놀이는 대학생들이 모인 자리에서 연행된 것이었다. 굿에 통 익숙지 않은 청중이었지만, 그들은 단숨에 굿판으로 빨려 들어가서 연희가 진행되는 내내 마음껏 소리쳐 웃으며 하나가 되었다. 지금 이 자리에 있는 우리들을 달래고 보듬는 삶의 문학, 그것이 바로 굿이라는 사실을 잘 보여 주는 장면이다.

탈놀이에 깃든 공동체적 신명의 미학

풍물 연주에 맞추어 활달하게 몸을 놀리는 풍물놀이는 지난날 평민의 일상생활에서 빼놓을 수 없는 놀이였다. "자, 한번 신명 나게 놀아 보세~." 하는 구호와 함께 꽹과리가 울리면 북과 징, 장구, 태평소 소리가 한꺼번에 울려 퍼지면서 신명 나는 춤과 행렬이 시작된다. 그렇게 시작된 풍물놀이는 사람들의 흥이 다할 때까지 계속되었다.

풍물놀이에는 잡색雜色을 넣어서 재미를 북돋우는 것이 상례였다. 양반이나 각시, 포수 등으로 가장한 사람들이 재미있는 몸짓을 하며 풍물 연주자와 함께 어울림으로써 볼거리를 제공하는 것이 바로 잡색이다. 이때 사람들은 단순히 구경꾼에 머물지 않고 연주자 및 잡색과 어울려 춤을 추었으니, 모두가 함께 어울리는 공동체적 놀이였다.

풍물굿의 잡색놀이는 연극적 요소가 많거니와, 그것이 발전하면 온전한 연극의 형태를 취하게 된다. 우리나라 대표적인 전통 연극은 탈놀이(가면극)인데, 풍물굿을 포함한 민간의 연희에서 발전했다고 하는 설이 유력하다. 탈놀이는 특히 조선 후기에 들어 사람들이 많이 모이는 상업 중심지에 뿌리를 내리면서 그 공연 방식과 구성에 있어 큰 변화와 발전을 이루게 되었다.

우리가 특히 주목할 것은 공동체적 제전에 어울리는 탈놀이 특유의 연극 미학이다. 그냥 탈을 쓰고 흥 나는 대로 어울려 노는 것이라 생각할지 모르지만, 실제의 탈놀이는 그 이상의 요소를 지니고 있다. 다음은 〈봉산 탈춤〉 가운데 '양반마당'이다.

말뚝이 (등장. 울긋불긋한 검붉은 탈을 쓰고, 머리에 검은 벙거지를 썼다. 불그레한 짧은 옷 입고, 오른손에 채찍을 쥐었다. 굿거리장단에 맞추어 우스운 춤을 추며 양반 삼 형제를 인도한다.)

양반 삼 형제 (말뚝이 뒤를 따라 매우 점잔을 피우며 들어온다. 하나 어색하다.) (양반 삼 형제는 장은 샌님, 둘째는 서방님, 끝은 도련님이다. 생원과 서방님은 흰 창옷을 입고 머리에는 관을 쓰고, 도련님은 복건

팔탈판
19세기 조선의 민중 생활상을 기록한 김준근의 풍속화 가운데 탈춤을 추는 팔광대의 모습이다. 말뚝이, 영감, 할미, 양반, 목중, 여사당과 악사 등이 등장한다.

을 썼다. 생원님은 흰 수염이 늘어진 백색 면인데 언챙이다. 장죽을 물었다. 서방님은 검은 수염이 돋친 약간 붉은 면을 썼고, 도련님은 소년 면을 쓰고 남색 쾌자를 입었다. 이는 시종 말은 하지 않고 형들이 하는 동작을 같이 따라서 한다.)

말뚝이 (중앙쯤 나와서) 쉬─ (음악과 춤 그친다.) (큰 소리로) 양반 나오신다아. 양반이라거니 노론 소론 이조 호조 옥당을 다 지내고 삼정승 육판서 다 지낸 퇴로 재상으로 계신 양반인 줄 알지 마시오. 개잘양이라는 양 자에 개다리 소반이라는 반 자 쓰는 양반이 나오신단 말이요.

양반들 야 이놈 뭐야아.

말뚝이 아이 이 양반 어찌 듣는지 모르겠소. 노론 소론 이조 호조 옥당을 다 지내고 삼정승 육판서를 다 지내고 퇴로 재상으로 계시는 이생원네 삼 형제분이 나오신다고 그리 했소.

양반들 (합창) 이생원이라네요. (굿거리장단에 모두 같이 춤춘다.)

〈봉산 탈춤〉의 '탈춤'이라는 이름에서도 알 수 있듯이, 등장인물들이 탈을 쓴 채 대사를 통한 연기 외에 신명 나는 춤으로 놀이의 흥취를 살린다. 등장인물이 춤을 출 때는 음악이 판의 흥을 북돋우고, 때로는 사이사이에 구성진 노래가 곁들여진다. 서양식 무대 연극과는 성격이 다른 열

린 공간에서의 종합적이고 축제적인 연극이다.

〈봉산 탈춤〉에서 말뚝이가 "여보 구경하는 양반들, 말씀 좀 들어 보시오." 하고 관객들에게 말을 건네는 대목이 나온다. 작중 인물과 관객 간에 소통이 자연스럽게 이루어지고 있는 것이다. 그 바탕에는 "공연 장소와 극중 장소의 일치'라고 하는 우리 민속극의 독특한 미학이 놓여 있다. 이 연극 속에서 말뚝이나 양반 같은 작중 인물과 청중은 동일한 공간에 있는 것이다.

이 작품에서 양반과 말뚝이는 이런저런 일로 티격태격하는데, 그 다툼이 이루어지는 공간 배경은 놀이판 그 자체다. 양반이 놀이판 풍류 소리를 듣고서 말뚝이를 이끌고 슬쩍 나타났다가 말뚝이의 도발에 당황하여 승강이를 벌이고 있는 중이다. 관객들은 바로 '지금 여기'에서 벌어

지고 있는 다툼을 목격하고 있는 상황이다. 그들은 그렇게 한자리에 모
여 있는 것이니, 작중 인물이 관객에게 말을 걸거나 또는 관객이 작중
인물에게 야유를 보내는 것이 아주 자연스러운 일이 된다. 극중 상황과
실제 상황이 개방적으로 이어짐으로써 자연스레 '열린 연극'이 이루어
지고 있다.

  그나저나 양반에 대한 말뚝이의 도발은 그 품새가 예사롭지 않다.

생원 이놈 말뚝아. (음악과 춤 그친다.)

말뚝이 예에. 아 이 제미를 붙을 양반인지 좃반인지 허리 꺾어 절반인지 개다리소
반인지 꾸러미 전에 백반인지, 말뚝아 골둑아, 밭 가운데 최뚝아, 오뉴월 밭둑
아, 잔대둑에 베뚝아, 부러진 다리 절둑아, 호도엿 장사 오는데 할애비 찾듯
왜 이리 찾소.

생원 네 이놈, 양반을 모시고 다니면 새처를 정하는 것이 아니고 어디로 다니느냐.

말뚝이 (채찍으로 둥그렇게 공중에 금을 그으면서) 이마만큼 터를 잡아 참나무 울장을
드문드문 꽂고 깃을 푸근푸근이 두고 문을 하늘로 낸 집으로 잡아 놓았습
니다.

생원 이놈, 뭐야.

자신을 찾는 상전의 부름에 대한 말뚝이의 대꾸가 자못 기세등등하다.
잘못 건드렸다가는 오히려 상전이 큰 봉변을 당할 것 같은 기세다. 말뚝
이가 상전을 위해 잡은 거처는 또 어떠한가. 참나무를 드문드문 꽂고 문
을 하늘로 냈으니 그것은 다름 아닌 돼지우리의 모습이다. 양반들을 돼
지로 삼은 상황이다.

물론 이러한 모습은 희극적으로 과장된 것으로, 현실에서 실제로 있
을 수 있는 일이 아니다. 하지만 저 희극적 과장 속에는 세상을 보는 민
중의 시선이 깃들어 있다. 양반이 특별히 잘날 것도 우러러볼 것도 없는
별볼일없는 존재라고 하는 인식을 저러한 형상으로 나타내 보이고 있는
것이다.

〈봉산 탈춤〉뿐만 아니라 곳곳에서 전해져 온 수많은 탈놀이는 서민들
이 만들어 낸 놀이 문화의 진수였다. 놀이의 축제적 신명도 그러하지만,
독특하고 정교한 연극 미학 속에 시대의 모순에 대한 저항 정신을 담아
내고 스스로가 주역이 되는 미래상을 드러내었다는 점이 특히 그러하다.

놀이에는 두 종류가 있다. 놀고 나면 힘이 빠지는 놀이가 있고, 놀고
나면 힘이 솟아나는 놀이가 있다. 전자는 진짜 놀이라 할 수 없다. 놀고

나면 몸과 마음이 가벼워지면서 자신감과 활력이 차오르는 놀이가 진짜 놀이다. 지난 시절 선인들이 펼쳐 냈던 생활 현장 속의 놀이가 그러했다. 각종 오락과 게임이 홍수처럼 넘쳐나고 있는 오늘날, 과연 우리는 '진짜 놀이'를 즐기고 있는지 '참다운 놀이의 문학'을 누리고 있는지 찬찬히 한번 돌아볼 일이다.

인용 작품

취우 280, 281쪽
작가 미상
갈래 야담
연대 19세기

강강술래 287쪽
지역 전남 해남
갈래 민요
연대 미상

흥보가 288, 289쪽
창본 김연수 본
갈래 판소리
연대 미상

거리굿 291쪽
구연 김장길 외
갈래 굿놀이(무극)
연대 미상

봉산 탈춤 293, 296쪽
작가 미상
갈래 가면극(탈놀이)
연대 조선 후기

가사, 천 개의 얼굴을 지닌 노래

가사는 시조와 더불어 조선 시대의 대표적인 시가 양식 중 하나이다. 그러나 시조가 형식과 내용, 그리고 향유층의 측면에서 폐쇄성을 지녔다면, 가사는 매우 개방적이어서 그야말로 천 개의 얼굴을 지닌 노래라 할 수 있다. 이처럼 가사가 다채로운 면모를 지니게 된 이유는 4음보격 연속체의 운문이라는 형식적 요건 이외에는 주제나 소재, 내용과 표현, 길이나 구성 등에 특별한 제약이 없기 때문이다. 가사는 유장한 감흥을 읊조리고 장대한 체험을 서술할 수 있다. 때로는 허구적인 이야기를 재미있게 서술하기도 하며, 이념적·교훈적 설득을 펼치기도 한다.

가사는 언제 발생하였을까? 고려 말에 발생했다고 주장하는 사람들은 공민왕 때 왕사王師였던 나옹화상 혜근의 〈승원가〉와 〈서왕가〉를 논거로 삼는다. 조선 전기 발생설을 주장하는 사람들은 정극인의 〈상춘곡〉을 효시작으로 꼽지만, 초기 가사치고는 너무나 정제되어 있다는 점이 오히려 문제가 된다. 따라서 혜근의 작품을 부인할 만한 증거가 없는 한, 고려 말 발생설이 용인되고 있는 상황이다.

가사의 형식은 4개의 음보가 한 행을 이루고 이러한 행이 연속적으로 이루어지는 구조이다. 한 편의 작품은 서사, 본사, 결사의 3단 구성을 이루며, 맨 마지막 행은 시조의 종장과 동일하다.

고려 말 불교의 이념 전달을 위해 시작된 가사는 조선 전기에 사대부가 주요 담당층으로 자리 잡으면서 유가의 세계관과 미의식을 담아내게 된다. 강호의 조화로운 세계 속에서 물아일체의 흥취를 노래한 강호 가사, 임금에 대한 사랑을 그려 낸 연군 가사, 여정의 감흥을 노래한 기행 가사 등이 조선 전기 가사의 주류적 위치를 차지하며 전반적으로 서정성이 강하다.

조선 후기에 들어와 가사는 작품의 내용뿐만 아니라 작자층 또한 현저하게 확대된다. 사대부 가사에서는 이전의 강호 가사와 기행 가사가 계승되며, 유배 생활

일동장유가 김인겸이 조선 통신사로 일본을 방문하여 지은 기행 가사이다.

백천교 금강산의 절경은 강호 가사와 기행 가사의 좋은 소재가 되었다. 외금강 백천교는 가마를 타고 온 양반들이 여행을 이어가기 위해 나귀로 갈아타는 곳이었다. 금강산을 찾은 많은 사람들을 볼 수 있다. 정선 그림.

을 한탄하며 임금의 은총을 간구하는 유배 가사, 활기에 찬 도시 한양의 이모저모를 그려 낸 풍물 가사, 왜적에 대한 적개심과 태평성세를 기원하는 우국 가사 등도 새롭게 지어졌다. 중국이나 일본의 사행 체험과 이국적 풍속을 담은 장편의 해외 기행 가사도 출현하였고, 유교의 교훈을 서술한 오륜 가사도 창작되었다. 조선 전기의 서정성이 퇴조하면서 체험적 구체성이 확대되는 것이 이 시기 사대부 가사의 특징이다.

조선 후기 가사에서 특기할 만한 사실은 양반가의 여성층이 가사의 창작 및 향유에 참여했다는 점이다. 이들이 지은 규방 가사는 여성 생활에 관한 윤리 규범뿐만 아니라, 시집살이의 어려움과 신세 한탄 등 내면의 소회를 그렸다. 화전놀이와 같은 여성의 풍류 및 기행의 즐거움을 노래한 여성 가사도 상당수 발견된다.

서민층 또한 가사의 향유자로 등장하였다. 민중들의 고통과 수탈의 아픔을 노래한 현실 비판 가사가 하나의 계열을 이루었고, 어리석고 탐욕스런 인물을 등장시켜 무분별한 욕망 추구와 추락의 과정을 포착한 세태 가사도 뚜렷한 유형을 형성하였으며, 남녀 간의 애정을 노래한 애정 가사도 한 부류로 자리를 잡았다. 조선 후기에 새로이 전래된 천주교와 동학 등 종교적 이념과 교리를 설파한 노래까지 창작되었던 점을 감안하면 가사라는 갈래의 포용성과 유연성은 동시대의 어느 시가 갈래보다 넓었다고 할 수 있다.

참 고 문 헌

이 책에 실린 작품의
원문은 다음의 문헌들을 참고해
독자들이 이해하기 쉬운
현대어로 옮겼다.

1. 소수자

내시의 아내 진재교 옮김, 《담을 넘어 도망친 내시의 아내》, 나라말, 2007.

신아전 이옥 지음, 실시학사 고전문학연구회 역편, 《완역 이옥 전집 2: 그물을 찢어버린 어부》, 휴
　　머니스트, 2009.

2. 갈등과 투쟁

소나·계백·관창 김부식 지음, 이강래 옮김, 《삼국사기》, 한길사, 1998.

육신전 남효온 지음, 박대현 옮김, 《추강집》, 한국고전번역원, 2007.

해랑행·이노행 정약용 지음, 송재소 옮김, 《다산시선》, 창작과비평사, 1981.

**홍생이 굶어 죽다·생계를 잘 가꾸어 허공이 부자가 되다·송생이 궁한 지경에서 옛 종을 만나다·박
　　장각·도적 떼가 심상사를 꾀어 모시다** 이우성·임형택 역편, 《이조한문단편집》, 일조각, 1973.

3. 삶과 노동

어사용 1993. 3. 17. 경북 울진군 온정면 덕산1리 광골, 이해문(남, 1922) 구연, MBC 한국민요대
　　전 경상북도 편(1995) 수록.

밭매는소리 1993. 1. 12. 경북 영천시 화산면 효정1리 괴정마을, 김병록(여, 1925) 구연, MBC 한
　　국민요대전 경상북도 편(1995) 수록.

신세타령 1990. 1. 19. 전남 해남군 신아면 금호도, 김행님(여, 1926) 구연, MBC 한국민요대전 전
　　라남도 편(1993) 수록.

징거미타령 1993. 12. 30. 충남 연기군 금남면 용포리, 임명순(여, 1930) 구연, MBC 한국민요대
　　전 충청남도 편(1995) 수록.

풀써는소리 1994. 2. 3. 강원도 횡성군 청일면 춘당리 사재울, 변형근(남, 1922) 구연, MBC 한국
　　민요대전 강원 편(1996) 수록.

캥마쿵쿵노세소리 1993. 10. 6. 경북 예천군 예천읍 통명리, 이상휴(남, 1932) 외 구연, MBC 한국
　　민요대전 경상북도 편(1995) 수록.

시골집의 사계절 조동일, 《한국문학통사》(제3판), 지식산업사, 1994.

흥보가 김진영 외 편저, 《흥부전 전집 1》, 박이정, 1997. 신동흔 옮김, 《이 박을 타거들랑 밥 한 통만 나오너라》, 나라말, 2006.

심청가 김진영 외 편저, 《흥부전 전집 1》, 박이정, 1997.

광작 이우성·임형택 역편, 《이조한문단편집 상》, 일조각, 1973.

예덕선생전 이우성·임형택 역편, 《이조한문단편집 하》, 일조각, 1973.

4. 풍류와 놀이

유패영풍류성사·취우 이우성·임형택 역편, 《이조한문단편집 중》, 일조각, 1973.

김성기전 한국예술학과 음악사료강독회 역편, 《조선후기 문집의 음악사료》, 2000.

강강술래 1991. 1. 16. 전남 해남군 문내면 우수영 마을, 김길임 외 구연, MBC 한국민요대전 전라남도 편(1995) 수록.

흥보가 신동흔 옮김, 《이 박을 타거들랑 박 한 통만 나오너라》, 나라말, 2006.

거리굿 1997. 4. 1. 강원도 강릉, 김장길 외 구연, 《구비문학연구》 제10집(2000) 수록.

봉산 탈춤 이두현, 《한국의 가면극》, 일지사, 1971.

찾 아 보 기

302

찾 아 보 기

살아있는 고전문학 교과서

2 고전문학, 시대에 말 걸다

지은이 | 권순긍 신동흔 이형대 정출헌 조현설 진재교

1판 1쇄 발행일 2011년 3월 14일
1판 2쇄 발행일 2011년 4월 4일

발행인 | 김학원
편집인 | 선완규
경영인 | 이상용
편집장 | 위원석 정미영 최세정 황서현
기획 | 나희영 임은선 박인철 김은영 박정선 김희은 김서연 정다이
디자인 | 김태형 유주현
마케팅 | 이한주 하석진 김창규
저자·독자 서비스 | 조다영 함주미 (humanist@humanistbooks.com)
스캔·출력 | 희수 com.
용지 | 화인페이퍼
인쇄 | 청아문화사
제본 | 정민제본

발행처 | (주)휴머니스트 출판그룹
출판등록 제313-2007-000007호(2007년 1월 5일)
주소 | (121-894) 서울시 마포구 서교동 378-8, 9호 동현빌딩 3층
전화 | 02-335-4422 팩스 | 02-334-3427
홈페이지 | www.humanistbooks.com

만든 사람들

기획 | 황서현(hsh2001@humanistbooks.com) 김은영 김희은
편집 | 송성희 이영란
일러스트레이션 | 김혜리 하명희 윤진아 임양
본문디자인 | 씨디자인(조혁준 김진혜 고은비 김가영)
표지디자인 | 김태형
사진제공 | 고창판소리박물관(중박201103-146) 국립중앙박물관 권태균 서울대학교규장각한
국학연구원 유니버스코리아문예투자(주) 이담